漫不经心的
传 奇

谢强　严倩虹 —— 著

Cinéma
—— 法国电影与电影的法国
Français

重庆出版集团 重庆出版社

序 "平庸"出传奇

"写这本书是为了向包括电影在内的法兰西文化致敬。"作为学习法国语言出身、从事法国哲学研究的"同行",我对这句话颇有感触。其实,"致敬"表明的是对自己研习的异国文化的一种基本态度,亦为对于"他者"所持的明智立场。"致敬"深含出自理性的激情和充满激情的思考。作者正是怀着这样的"致敬",向读者展现他们的"法兰西电影文化寻根之旅"。

作者带领读者走进法兰西电影,娓娓道来的法国电影中的人和事、情与景、前生与今世,看似轻松、舒缓,其实深入阅读并非易事,这是因为其非同一般的介绍和叙述有几个突出的特点:

首先,作者不是单纯介绍法国电影的历史,也不是具体讲述电影史中代表作品的内容，而是在叙述、分析法国电影的历史、水土、血脉、遗传、环境的过程中，从电影走向文化，从电影中的法国走向文化的法国。法国电影和法国的文学、艺术、哲学思想、人文诸学科一样，其丰富多彩的绚丽之花，都盛放在法兰西文化的沃土之上。生在里昂、长在巴黎、走遍世界的法国电影，是法国文化"地气"哺育而成，它传承的是以笛卡尔"我思"为核心的思想传统，其实，仅仅用"浪漫"来概括法国文化的特点有失全面，法国文化的最强之势在于思想，法国电影是思想力量造就的果实。正如作者所说，法国电影和某些国家的电影的根本区别，就在于法国电影从来不单纯是娱乐或说教的，它总是希望在这些之外奉献思想。作者以大量事实分析告诉读者，法国电影是法国文化的个案，思想是其鲜活的灵魂，电影艺术印证了巴尔扎克的断言：艺术作品就是以最小面积惊人地集中最大量的思想。法国电影是把"观念纳入形象"的最佳典范，这也是为什么许多人认为法国电影是"真正的电影"的主要原因。

其次，作者把法国电影放在法国文化的视野下考察，不是就电影论电影。从电影法国走向文化法国的旅行因循的是一条"迂回之路"，即作者在讲述法国电影时，常常叙说法国电影之外的事情，比如历史，比如绘画，比如文学艺术，甚至还有法国建筑、巴黎的咖啡馆……这些叙述精彩而独到，因为，这种分析从电影本身出发，迂回至"他处"然后回归电影本身，用不同于自身的事情说明自身，也就是勒维纳斯在谈到布朗肖时所说，用异于自身的事情说明自身，可能会更加清楚和深刻。比如，作者在书中讲述了与法国电影诞生及发展密切相关的绘画，并特别对印象派作了详尽分析，这就深化了对1895年第一部公开放映的《火车进站》诞生的文化意义的理解。正如俄罗斯著名电影导演安德烈·塔可夫斯基所说：电影诞生的时刻，不只是电影技术的诞生，也不只是一种再现世界新方法的诞生，而是一种全新的美学原则的诞生，因为人类首次发现了留取时间印象的方法。对这个起点的深入研讨，使得法国电影成为集中诉说法国思想的神奇平台，它的诞生，具有哲学意义。正如德勒兹所说：用电影说哲学，比用文字似乎更有力、更有趣。当然，反过来说，用哲学、绘画来说电影亦比文字要有力和有趣得多……

再次，本书并非纯粹客观讲述个人的所见所闻，也不是把知识作为食物强行塞入读者口中，无论能否消化。相反，作者在传递知识和信息的过程中融入了自己的思考，更为可贵的是，他们时时不忘把自己的感受和体验在不经意中带给读者。作者从事中法电影交流和研究工作多年，且业余学习兴趣广泛，涉猎遍及人文科学的各个方面，故其对法国电影的讲述内容丰富、博采众长、融会贯通，有着自己独到的体验。比如，对法国电影本质特点的揭示，就是在"看"过那么多法国电影体会出来的。如同观画，电影是"看"出来的，但这个"看"并非仅限于人眼睛的视觉功能，它本身就包含感知，包含着经历，即包含思想；换言之，开始"看"，就是开始"思"。所以，被某些人视为"平庸"的法国电影，必须用"心"去看，就像法国许多哲学家所说的，需要去看、听、读的电影画面，与仅仅追求视觉感官刺激的某些电影有天壤之别。在作者看来，这正是法国电影的独特魅力所在。法国电影不是以什么超现实的奇特情节和特技吸引观众的眼球，而是以深厚的文化内涵和丰富的电影语言高出某些"大片"一筹。作者告诉我们，法国文化培育的法国观众，他们看电影，"看"到的是"平庸"的传奇，而不是传奇的平庸，作者的这种感受，传递出其对法国电影最根本特点的准确把握。作者"看"出了——也就是"感知"到了德勒兹所说的平凡、平庸背后隐藏着的奇妙。记得一位出色的当代史教授生前多次表示：做当代史要有感受。我想对做电影（当然也包括做其他行业）的人说，感受更重要，没有自身的感受，无法有真正的看、听、读，也就是没有真正的"思"。

文化视角、迂回论述和自身感受这三点集中体现了本书的独特之处。相信读者会从这部专讲法国电影的著作中"看"到电影之外的更多东西，领悟到电影之外的更多事情。

我与作者之一的谢强相识已久，多年前，我们曾是师生；多年后，逐渐成为书友；我们也曾有过一些交流和合作，很多方面他成为我的老师。书成之后，他嘱我写一小序，这是好意。但对电影，虽然热爱，毕竟是外行，恐难胜任此托，写下上面凌乱文字，不过是读后的一些感想，权当对多年来在法国文化领域辛勤耕耘的作者表示敬意，感谢《漫不经心的传奇》，让我"看"到、"想"到这么多。

杜小真

2014年4月，于烈治文山

> 电影用一只眼审视自身
> 用另一只眼注视世界
>
> ——居伊·萨玛玛

自序 电影之外的电影路

我们知道，法国电影在世界范围内一直都是一个独特和坚定的存在，它鲜明的特质既耀人眼球，又令人迷惑。本书试图从法国文化入手，追本溯源，发现法国电影产生的土壤，即法国电影为什么会这样，或者说法国的文化民族性在电影中的体现，而并非解读法国电影本身。

所以，在本书中，电影是载体，法国文化是主体；电影是线索，文化传承是脉络。要了解法国，有无数的方法，从法国文化与电影的关系入手不失为一种有趣而新颖的路径，因为法国电影至今仍然传承着法国的良好传统，能够与时俱进。在形式大于内容、模仿高于原创的当下电影市场中，发现一种民族特质，显示良好传统，主张品质为上，提倡开阔思维尤为重要。

有鉴于此，本书从水土、血脉、遗传、环境、人文等诸方面与电影进行链接，试图在挖掘、呈现法国文化与法国电影亲缘关系的同时，补充一些被忽略的故事、被误解的史实、被遗忘的细节，以及被夸大的事实。这种全景式的探幽与探索来自作者近十年的观察、体验与求证，力求在电影这门艺术之外，弄清法国电影的出处，即它的来龙去脉。而这样做的真正目的和益处，就是更深入地了解法国这个文化艺术王国的思维惯性和传承发展，因为电影是法国文化的重要组成部分，两者互为支撑，互为给养，贡献给世界电影文化的不仅是一根独特的标杆，还是一片迷人的风景。

于此，电影的法国，也是文化的法国，我们梳理的正是法国的电影文化。比如，关于水土，我们特别介绍了被忽略的里昂和处于巴黎香榭丽舍大街阴影下的卡布西纳大道，以及在戛纳电影节光环边缘的尼斯和大西洋沿岸的诺曼底，这些被重新发现的一方水土，人杰地灵，为法国电影提供了充分的滋养，也形成了法国电影的地域特征：两河交汇的内地韵味、地中海的风情、大西洋的情怀、巴黎的帝都王朝之气，这些都深深地扎根于影像之中。不管观者属于何种文化层次，法国电影都能让他们各取所需，只要你愿意并且能够，就可以揭开一层层面纱，直抵它最真实、最玄妙的面容。

关于血脉，卢米埃尔家族、雷诺阿家族[1]以及印象派与电影，是我们的关注重点。与美国庞大的电影工业相比，法国电影从一开始就呈现家族作坊特色，不妨说，整个法国电影就像一个家族企业，秉持抗拒流水线式的好莱坞范儿的家风。个人与电影的关系，在某种程度上，已经不是制片与

---

[1] 雷诺阿家族：指法国印象派画家奥古斯特·雷诺阿和他的儿子法国电影导演让·雷诺阿。本书中，不提名字只提姓氏"雷诺阿"时，指的是画家奥古斯特·雷诺阿。

制作，而是写作与创作。作品与产品或商品在法国人眼中确有尊卑之分，关注家族血脉传承可能比关注电影大师的风采更能感受法国电影的真谛。

关于遗传，这是法国电影文化中最丰富的宝藏，发现不尽，取之不竭，我们只能尽力寻找其主要的DNA。比如，法国人是天生情种，所以法国电影的情感也包罗万象，至今已经成为人类学、社会学可直接论证的蓝本和论据；比如，法国人身上的文人气质，这种中世纪骑士文学、18世纪文学沙龙的遗风怎么都挥之不去，而电影从某种意义上使得这种文风、遗风变得更加可视、可鉴；再如，法国人的哲学偏好，无论在思想界，还是哲学界，法国是世界公认的强国、大国。法国当代思想家、哲学家大都不约而同地把视线投向人类的日常生活。这种人文关怀指导哲学下凡，解决民生问题，发现社会问题。由于哲学和知识的介入，法国电影有了自己的深度和维度。

客观地说，中早期的电影大师都有自己的思想深度，用电影写作是许多电影大师的终身实践，观众也把电影当作课堂和神圣之地。而现在很多观众分不清写作与制作的区别，或者说不愿意用头脑看电影，只想借助视觉刺激，放空和宣泄自己。当爆米花电影成为时尚，电影就成了充饥的点心，而不是一道内容丰富的大餐。

法国电影生在里昂，长在巴黎，走遍了法国和世界。它从本土文化中得到的滋养，以及回馈给世人的果实，都比我们想象得多，也精彩得多。我们要做的，正是哲学家建议的，不仅要看电影，还要读电影、听电影，感受电影之外的东西。本书正是提供了这样一条电影之外的电影解读途径。

引子　　电影百年纪念

第一篇

上帝创造女人，
法兰西创造电影

被遗忘的时光 *2*
被遗忘的拉西奥塔 *2*

双流记 *6*
里昂的漫步 *6*
卢米埃尔，卢米埃尔 *22*

一种目光，两种方式 *32*
印象派的目光 *33*
父与子，绘画与电影 *48*

第二篇

巴黎，两条街的传奇
与咖啡馆的香气

巴黎，电影的爱巢 *62*

印象派绘画与电影首秀地之卡布西纳 *64*

歌剧院与大饭店之卡布西纳 *73*

香榭丽舍：政治的巴黎与时尚的巴黎 *82*

香榭丽舍：电影的巴黎与文化的巴黎 *101*

巴黎咖啡馆之歌 *119*

右岸：这些咖啡馆的那些人 *122*

左岸：这些咖啡馆的那些人 *143*

第三篇

南方蓝色海岸与北方诺曼底，
两个电影大区

徜徉在蓝色海岸 *174*
尼斯：无与伦比的光线 *175*
戛纳的蓝色秘密 *188*
香水格拉斯和圣特罗佩的海滩 *221*

坚硬的诺曼底，柔软的风景 *226*
印象派大本营与文学的记忆 *226*
诺曼底三宝、登陆战及其他 *236*

第四篇

风起于萍末，青出于蓝

银幕上下，电影内外　*252*
天生情种　*252*

有一种气质叫感性　*275*
伸向戏剧和文学的橄榄枝　*275*
戏剧的超越与文学的交错　*280*
生活感悟与喜剧源泉　*286*
大主题，小主题　*290*

观众：上帝与子民　*293*

在影像的最深处　*308*
福柯：影像考古学　*311*
德勒兹：镜像背后　*314*
西奥朗：法国文化DNA　*318*

后记　*324*

你觉得电影会死亡吗？
我不同意，那是回忆。

——雷吉斯·瓦格涅

引子　电影百年纪念

"太短了！通常我们得喊停，但现在都没有时间叫停。"灰白头发的雅克·里维特惊奇得哈哈大笑。"说实在的，这片子确实是太短了！"对这位以艺术纯粹而著称、风格偏冗长的法国导演来说，一次性只能拍五十秒——这简直难以置信。

而这，正是最初的电影拍摄形态：一次性拍摄约五十秒，自然光线、手动卷片，没有同步录音。里维特所用的三脚架上，一个胡桃木的方盒子，就是世界上最古老的一体式摄影机——卢米埃尔兄弟发明的"电影机"（Cinematograph）。

这是1995年，电影百年的纪念活动中，影片《卢米埃尔和四十大导》的一处拍摄现场。世界各地的著名导演，被邀请作为卢米埃尔新一代的电影摄影师，各自以自己的方式体验电影最初的神奇与浪漫。他们要用卢米埃尔兄弟的古老摄影机拍摄一段短片，而且有三个规则：五十秒，不能同步录音，不能重复拍三次以上。

另一处拍摄现场。蝉鸣声中，法国导演帕特利斯·勒孔特在把卢米埃尔摄影机架在了拉西奥塔火车站，一如百年前的1895年路易·卢米埃尔所做的那样。那正是世界上第一部公开放映的著名电影短片《火车进站》的拍摄角度。

勒孔特被称为奇才导演，影片风格以多样著称，著名的如《理发师的情人》（1990）、《火车上的男人》（2002）、《亲密的陌生人》（2004），宫廷喜剧片《荒诞无稽》（1996）曾荣获恺撒奖最佳影片和最佳导演两项大奖。2007年勒孔特曾来到北京，参加"国际导演拍北京"活动。但此刻，这个土生土长的巴黎人，站在地中海小城强烈的阳光下，注视着铁轨的远方。被风吹拂的树叶闪闪发亮。

远远的，火车来了。但勒孔特看到的不是百年前路易眼中粗重的蒸汽火车，而是轻盈的TGV高速列车闪着光无声地越过车站——它已不在拉西奥塔停站，只是带起了地上的报纸，飞旋在月台上。

事实上，现在这个小车站只有郊区快线火车在迎来送往，如拉西奥塔小城一样宁静。

第一篇　上帝创造女人，法兰西创造电影

记忆是由回忆保留下来的

——皮埃尔·达克

被遗忘的时光

被遗忘的拉西奥塔

帕特利斯·勒孔特曾说过,如果不干电影的话,就想去做莫奈那样的画家。那他一定熟悉莫奈的杰作《圣拉扎尔火车站》吧。铁路在当时是一个热门的绘画题材,杜米埃就有十来幅关于火车站的画作,刻画了火车旅行的社会和心理面相,莫奈则捕捉了繁忙的车站里火车在进出站时的瞬间力量与动态。或许正是这些画,直接启发了卢米埃尔的影片《火车进站》的拍摄视角。

自1843年法国第一条重要的火车干道通车以来,火车、车站和铁桥已成为作家与画家笔下代表力量、旅行或命运的浪漫象征,同时也反映了都市拥挤喧哗的社会和心理现实。1877年左拉写道："如同其父辈在森林和河流中找到诗一样，我们的艺术家大概在火车站找到了诗。"

俄罗斯电影大师安德烈·塔可夫斯基曾在《雕刻时光》一书中表示："我至今仍无法忘怀出现于19世纪的那部天才之作、揭开电影序幕的影片《火车进站》……那正是电影诞生的时刻，它不只是技术问题，也不只是一种再现世界的新方法，而是一种全新的美学原则的诞生。因为人类首度发现了留取时间印象的方法。"

电影这种活动影像使得观众犹如进入时空置换，身临其境之感如此强烈而美妙。于是从1896年至1898年，几乎所有卢米埃尔的竞争者都拍摄了一部火车进站的短片，包括《火车进拉西奥塔站》《火车进索纳·维尔弗朗什站》《火车进里昂·佩拉什站》《火车进加法站》《火车进纳格亚站》《火车进亚历山大站》《火车进纽约站》等。

初生的电影把火车摄入镜头，似乎顺理成章，其实这跟拍摄地拉西奥塔有关，因为卢米埃尔兄弟的乡间别墅就在那里。

拉西奥塔是法国普罗旺斯地区南部蓝色海岸的一处度假胜地，距离马赛不到一小时车程。美丽的海湾桅杆林立、帆影点点，海岸线长达二十公里，沙滩绵延伸展。这里没有尼斯和戛纳的衣香鬓影，来晒日光浴的大都是本地人及周边居民，气氛放松慵懒。尽管是盛夏，也不会看到有人下海游泳，因为地中海里的水是从雪山流下来的，清澈而冷冽。沙滩的尽头是老港，老港的尽头是欧洲第一高的悬崖鹰咀岩，倾斜四十五度插入海中，既像鹰嘴，也像鱼翅。

这座地中海小城有着自己的节奏和传统，如每年11月份在老港举行的"重回1720"节庆活动。街区会瞬间改装成18世纪的模样，穿着传统服装的居民，有兜售鲜鱼的、织染纺布的，贵族们身穿华服招摇过市，海盗们把酒欢歌，流浪艺人表演着杂耍，连路边咖啡馆的侍者们都成了旧时的酒保。小城尊重祖先的习俗，怀念旧日的好时光。

1890年，卢米埃尔兄弟的父亲安托尼·卢米埃尔在拉西奥塔建造了乡间别墅，共有四十间房，有三间画室。两兄弟和一大家子在这里度过了许多快乐时光。正是在这里，他们研制出了世界上第一台真正的电影摄影机。

于是，这栋乡间别墅成为卢米埃尔最早一批电影短片的诞生地，如《水浇园丁》《婴儿的午餐》《玩纸牌》等。《婴儿的午餐》中第一次运用了特写镜头。《水浇园丁》可以说是最早的喜剧片，是路易·卢米埃尔受弟弟爱德华一次恶作剧的启发，找了工厂里一个学徒和家里的园丁来出演的。可惜第一次世界大战时作为飞行员的爱德华牺牲了。

当时路易拍的一些短片，亲戚、朋友和工人都有参演。《玩纸牌》中左边那个就是父亲安托尼，中间的是温格罗尔（安托尼的亲家），仆人正给他们送上新鲜的啤酒。《火车进站》里那个一手挽着妈妈、一手拉着护士的小女孩，是路易的大女儿，披着苏格兰斗篷的则是路易的妈妈。这部短片首次运用了景深镜头中固定视点的单镜头表现方式，即是今天所说的"长镜头"。1962年，让-吕克·戈达尔在他的影片《卡宾枪手》中，对《火车进站》做了一次幽默的模仿。

电影的纪实风格和纪录片的真实性问题，都是后人学术讨论的内容。在路易最初的拍摄中，有拍摄手法的探索，但更重要的是其基于日常生活的现实主义态度。正是这一点打开了初生电影的广阔空间。

发明电影之前，卢米埃尔兄弟已研制成功了彩色照片，在拉西奥塔海岸第一次还原了这个世界的色彩。这才是他们真正的工作和职业兴趣——研究和生产照相器材。电影一开始只是活动照相而已，对他们来说，或许只是照相额外的副产品和好奇心的产物。对自身伟大发明的不经意，让我们感叹灵感、偶然等命运不确定性的关键词。真正的伟大总是不自知的，不经意中成为"电影之父"，成就一世英名，还有比这更动人的命运传奇吗？

因为与卢米埃尔兄弟的渊源，拉西奥塔被称为"电影摇篮"城市：海边矗立着卢米埃尔兄弟的雕像；小城博物馆里有关于卢米埃尔兄弟的展览介绍；城里最大的电影院以卢米埃尔兄弟的名字命名，影院外墙上有两兄弟标签似的大画像，门前特地修建了一个小广场。影院的前身是建于1889年的世界上最古老的电影院——伊甸剧院，最初是被当作戏院、音乐厅和运动馆使用的，1899年安装了电影放映机。2013年，《电影手册》前主编让·米歇尔·傅东在拉西奥塔创办了一个新的短片电影节，就在这家影院放映。

其实拉西奥塔早已拥有每年一度的"电影摇篮"电影节，只是其声名和影响完全无法与距其仅两小时车程的戛纳相比，甚至，也远不如里昂有名——因为卢米埃尔兄弟来自里昂，里昂作为电影发源地和法国第三大城市的声名，都轻易地掩盖掉了拉西奥塔这座小城。

里昂不是一个正面看着你们的城市
它是一个低头前行的城市

——贝特朗·塔维尼埃

双流记

打捞一个城市,甚至事无巨细地铺陈开来,不仅仅出于对其历史的兴趣,更是出于一种异乎寻常的尊重。位于法国东南方的里昂,没有北部巴黎的喧嚣,也没有南部马赛的热闹,低调恬静,既古典又现代,既是工业基地又是文化艺术之都。身处罗纳河与索恩河的交汇之地,里昂成长的独特性,是我们解读其作为电影故乡的一把钥匙。

里昂的漫步

贝特朗·塔维尼埃的漫步开始于富尔维耶尔山脚下的圣保罗街区。这里是里昂老城区的北部。在这片引人入胜的老城区里,15—17世纪哥特式古旧宅居彼此相连,橙黄和粉红色调鲜艳夺目,满目皆是竖格窗、空中花园、瞭望塔、螺旋楼梯,还有随性的涂鸦、精美的壁画,以及圣保罗大教堂、圣让首席大教堂、圣乔治大教堂等建筑,处处流露出文艺复兴风格的迷人气质。这片约五百公顷的里昂老城,1998年被联合国教科文组织评定为文化遗址,其名气与历史价值仅次于威尼斯。

电影《圣保罗的钟表匠》(1974)描述了索恩河、河上桥梁以及咖啡馆。这是塔维尼埃的首部剧情长片,改编自著名作家乔治·西默农的同名小说,由于预算微薄而把电影场景移到他出生的城市里昂。影片揭示的对立角色之间的独特关系和社会障碍的不可逾越性,恰如一幅社会肖像。影片获得路易·德吕克大奖和柏林电影节银熊奖,塔维尼埃由此崭露头角,成为一代老练的电影人,被称为"电影先生",人称"里昂的塔维尼埃"。影片主演诺瓦雷也由此成为塔维尼埃的御用男演员,两人共合作了八部影片。诺瓦雷于次年主演的《老枪》(1975)获得首届法国恺撒奖最佳影片、最佳男演员奖,影片在中国也受到热烈欢迎。

塔维尼埃年轻时做过大导演让-皮埃尔·梅尔维尔的助理,也写过美国电影的专著。他的电影题材广泛,温厚和悲悯感的气质有点类似让·雷诺阿。令他斩获戛纳电影节最佳导演奖的影片《乡村星期天》(1984),就是一部向让·雷诺阿《乡村一日》致敬的作品,极缓慢的横移镜头,配以印象派油画般的法国南部乡村风光,很好地模拟了片中老画家的视觉感受和心理节奏。塔维尼埃的最新影片《奥赛码头》(2013)是一部聚焦法国外交部的搞笑喜剧,因为法国外交部位于塞纳河左岸的奥赛码头,法国人喜欢用地名称呼政府机构,所以奥赛码头通常代表着外交部的意思。

在另一部关于公共教育现状的影片《一周的假期》（1980）中，塔维尼埃用镜头表现了里昂最著名的小巷。三百二十条大大小小的穿街小巷、喷泉、碎石甬道让人产生身在佛罗伦萨或罗马的错觉。4世纪，当古罗马居民从富尔维耶尔山移居到山脚下时，这些通道被修建起来，以方便居民从索恩河取水。

索恩河长四百八十公里，弯弯绕绕地穿城而过，在城市的南端与罗纳河汇合，将里昂一分为三。索恩河的西面是老城区，罗纳河的东面则是新城，两河之间狭长的半岛区，是里昂的中心地带，坐落着市政厅的沃土广场，堪称里昂的心脏，美术馆、歌剧院等都在附近。沃土广场往北是红十字广场，往南是白莱果广场。红十字小山俗称"工作山"，与俗称"祷告山"的富尔维耶尔山相对应，是里昂的丝织业中心。宽阔的罗纳河发源于瑞士，是除尼罗河之外流入地中海的第二大河流。阳光下，平静的罗纳河宛如微风轻拂下的一匹翠锦。

自1536年开设第一个丝绸纺织作坊以来，里昂逐渐发展成为欧洲的丝绸之都，是法国王室及贵族所用丝绸制品的唯一来源。其产品不仅有上等衣料，还有高级室内装潢用料，用于枫丹白露城堡、凡尔赛宫和卢浮宫的装饰。

丝绸贸易使得里昂在19世纪成为工业重镇。里昂位于地中海通往欧洲北部的战略走廊带上，有"欧洲十字路口"之称，又是横跨欧亚大陆古丝绸之路的欧洲终点站。如果说中国是丝绸之路的开端，那么法国里昂就是丝绸之路的末端，是丝绸最后的集散地。

红十字街区离里昂旧城区不远，是当时运输来自中国丝织货物的主要线路。这一片有许多像迷宫一样狭窄的封顶小巷，就是当年为避免丝织品风吹雨淋而设计的。里昂的丝织品及装饰艺术博物馆还收藏了一件世界罕见的清朝龙袍（另有三件收藏于北京故宫）。

由于丝绸工业的商业联系，1902年，里昂开设了法国大学里的第一个中文系，开展中文教学。里昂还拥有众多高等院校，学科齐全，所以中国早期利用"庚子赔款"建起的海外第一所也是唯一的一所大学——中法大学，就设在了里昂。

位于北京东城东皇城根北街的原中法大学，即是建于1920年，其前身为蔡元培先生发起组织的留法俭学会和法文预备学校，1925年该校文科移至今址，占地约9500平方米。

从1921年到1946年，里昂圣·依雷内堡的中法大学登记在册的四百七十三名学生中，有诗人戴望舒，画家常书鸿、潘玉良，建筑师林克明，作家苏雪林，翻译家敬隐渔、李治华等，今年九十九岁的李治华是法文版《红楼梦》的译者，历时二十七年才将《红楼梦》翻译完成。

里昂与中国早期的共产党领导人颇有渊源，周恩来、邓小平、陈毅、李立三、蔡和森和李维汉等人都以勤工俭学的方式在这里从事过政治活动，有的也曾在中法大学求学。1921年9月前往里昂游行的勤工俭学学生运动，在共产党的党史中被称为"里大运动"，标志着19世纪末开始的中国青年勤工俭学留学运动的结束。

1921年9月，里昂中法大学是在激烈的冲突中开学的。二十五年后，它似乎完成了使命，留下一段中法教育合作的历史。以中法大学的中文图书为基础建立的里昂市立图书馆中文书库，拥有一万多部中文书籍和四百多种期刊，是法国最丰富的汉学资料中心之一。1980年，中法大学复校，更名为中法学院。2014年3月，中国国家领导人习近平主席访法第一站就到了里昂，并为中法大学历史博物馆揭牌。

圣·依雷内堡位于富尔维耶尔山，原为一座军营。至今存留的拱形石门入口上，镌刻着四个阴文汉字：中法大学。历史的记忆就像山脚下流淌的索恩河，永远不会消失。

索恩河上悠悠的游船，已看不到卢米埃尔镜头中岸边成排的洗衣妇，但或许会发现临河一幢七层老式楼房的墙面上，那一幅八百平方米的大壁画"里昂人"。上面描绘了里昂历史上二十多位著名人士，包括发明家、科学家、艺术家和宗教人士，其中最出名的，大概就是电影的发明人卢米埃尔兄弟了。

里昂被称为壁画之都，大型的就有四十多幅。在红十字街区的鲁斯街口，一幅一千二百平方米的"卡尼"壁画，据说是目前欧洲最大的城市壁画。在卡尔基拉街上，一幢民宅的正面墙壁被画成"丝绸之门"，上面画着与中国有关的风光和人物，如长城、成吉思汗、张骞、马可·波罗以及敦煌壁画上的飞天等，充满东方韵味。无声的壁画讲述着里昂城的历史与生活，也把这个冬天多雾的山城装点得色彩缤纷。

作为法国第三大城市，里昂是个著名的工业城、科技城，协和飞机的设计研究总部就在这里。它还是法国第二大博览会中心，每年4月举行国际博览会的历史比里昂的丝织业还要悠久，早在1420年就开始摆摊交易了，并成为当地一项传统的贸易盛事。

但里昂历来也是个文化城市，可惜这一点就像当年的里昂画派已无人了解一样，被有意无意忽略了。在欧洲，除了威尼斯，里昂是拥有印刷工人最多的城市，这里的印刷厂印出了第一本法语书。文艺复兴时期的大作家弗朗西斯·拉伯雷，大学毕业后成为名医，他的名作《巨人传》就是在里昂的住所完成的，那里离他工作的医院不远。

里昂现有三十余家专题博物馆，其中有世界上最大的细密画博物馆，还有十五家颇具规模的剧院，以及遍布全城的上百家小型实验剧场和影院。在周末，沿着河道，来自各村镇的艺术家会在假日市场里聚集展览。里昂文化生活的丰富与开放由此可见一斑。

每年里昂都会举办各种类型的文化艺术节，如4月的里昂木偶节，市中心的里昂历史博物馆拥有全世界种类最丰富的木偶收藏。10月有卢米埃尔电影节，以及每逢双数年份的9月至10月的国际舞蹈节，每逢单数年份的9月开始持续到12月的里昂双年展，还有各种音乐节、音乐季。最著名的是12月的彩灯节，其历史可以追溯到1852年为庆祝富尔维耶尔山上大教堂重新开光而设立的城市节日。在两千多年前高卢人建城时，"里昂"的拉丁文含义即为"灯光"的意思。

里昂还是第一个收藏印象派绘画的城市，1901年即收藏了雷诺阿的作品《弹吉他的女人》，随后收藏了莫奈、马奈、西斯莱、莫里索和德加等人的作品。半岛区紧邻市政厅的里昂美术博物馆，即圣皮埃尔宫，占地一万五千平方米，藏品数量仅次于巴黎卢浮宫，有"小卢浮"之称。

建于17世纪中叶的里昂市政厅，有着浓郁的路易十三时期建筑风格，金顶方壁，内部是巴洛克装饰风格，为法国著名的皇家建筑。市政府每年都要投入三千万欧元用于历史建筑的保护，因为城市的历史建筑是一座城市的灵魂所在。

市政厅附近的里昂国家歌剧院，位于罗纳河边，1993年翻修自1831年开业的歌剧院旧址，建筑大师努维尔以他标志性的金属和玻璃材质，搭建了华丽的半圆顶玻璃外壁结构，与以大理石为饰的古老歌剧院合成一体，颇具现代感。整座建筑物的外壳屋顶灵感来自于努维尔外婆的百宝箱，而当夜晚来临，歌剧院内点燃一片红灯，犹如烤炉一般，故被里昂人称之为"面包烤炉"。

说起吃，里昂可是法国美食的发源地，号称法国的美食之都，拥有"一千五百间餐馆之城"的名气。里昂人不仅爱吃，对于食材、烹饪的手法也十分讲究。这里的名菜种类繁多，比如有一道名菜叫"消防员的围裙"，其实就是煎煮的猪肚。除了龙虾、鹅肝，还有著名的里昂干红肠等。里昂的乳酪世界闻名，种类多达一百种以上。

遍布全城的餐馆足够满足食客的胃口。里昂城里有全欧洲最古老同时也最大的餐馆"乔治啤酒店"，创办于1836年，海明威、罗丹、凡尔纳都曾是座上客；人们也可以驱车去近郊的保罗·博古斯米其林餐厅，主人是米其林三星教父保罗·博古斯，这个八十多岁的老头儿是法国国宝级厨师，他说自己擅长做菜只是因为生于里昂。当然，食客也可以随便走进一家大众餐馆，如果招牌以"LAMERE"开头、后面加姓氏的餐馆就是最正宗的里昂菜。

平常的下午，找个咖啡馆落座，比如塔维尼埃影片中的"艾奈之腹"咖啡馆，这里如今已成为电影爱好者的旅行目的地之一。市政厅所在的沃土广场以及南边的白莱果广场都是不错的休憩场所。

沃土广场由罗马时代的古河道填土而成，广场中央有一大喷水池，池中女神驾驭四匹烈马的塑像栩栩如生，游客多在此留影。据说这四匹马代表世界文明的起源，分别是埃及尼罗河、中东的幼发拉底河和底格里斯河以及印度的恒河。孕育华夏文明的黄河不在此列，我们只能将此归为偏见吧。

河流孕育文明。里昂在历史上就是个发明之城，这或许与罗纳河和索恩河的交汇不无关系。

1783年，蒙哥尔费兄弟研制出世界上第一个热空气气球，在凡尔赛广场把活羊、活鸡、活鸭成功送上了天空，被称为人类航空事业的先驱。

同年，茹弗鲁瓦首次使用推进器，驾驶一百八十吨的自造"火船"在索恩河逆水上行。这是世界上最早的机动船。

物理学家安培奠定了电磁学的基础，还发明了电流计，电流的单位因此被命名为安培。里昂的雨果大街上有个安培广场，那里有安培的铜像。

1804年，贾卡发明了能完成全部编织动作的提花织机，使工效提高了五倍。新织机在纺织业被称为贾卡机，为里昂的丝织业做出了重大贡献。但新织机的高效引起大批工人失业，贾卡多次遭到人身攻击。难怪红十字广场上的贾卡雕像有一种苦涩的表情呢。

发明家蒂莫尼耶于1829年发明了世界上最早成批制造的缝纫机，缝纫机被誉为"继犁之后造福人类的工具"，里昂也为蒂莫尼耶建立了纪念碑。

这里特别要提及的一点，正是缝纫机的工作原理启发了路易·卢米埃尔电影机发明的关键一步。有意思的是，卢米埃尔兄弟还在医药领域发明制造了"卢米埃尔"油膏纱布，这是对付烧伤的著名包敷纱布，还有用小钩和复杂的铰接构成的人形夹子，这大概因为卡钳是占据路易潜意识的器械：从缝纫机到手动器具，还有电影摄影机的胶片传动都需要它。如果活在现代，这两位不知疲倦的发明家还会有什么惊人发明呢？

生活没有假如，就像没有谁会在古代预见到网络滔滔的当代一样，唯有时间的洪流冲刷一切，奔涌向前。

贝特朗·塔维尼埃出生的房子今天已看不见了，但它在影片《圣保罗的钟表匠》中留下了影像。在这里，塔维尼埃的父亲收留过法国大诗人阿拉贡。

第二次世界大战期间，里昂被纳粹占领。塔维尼埃的父亲是知名记者和诗人，在家里冒险接待了著名诗人、有"20世纪的雨果"之称的抵抗运动领军人物路易·阿拉贡。就是在这里，阿拉贡写下"这里没有幸福的爱情"的诗句。

虽然塔维尼埃父亲的家被拆掉了，但他祖母在富什街20号的寓所还在，被摄入了纪录片《里昂，塔维尼埃眼中的城市》（1988），从一个孩子的视角看里昂。

里昂成长的历史就像两条河流的交汇一样，充满独特的混合性。

在法语中，罗纳河是阳性的，索恩河是阴性的，就像半岛区的白莱果广场上17世纪的铜雕，罗纳是男像，索恩是女像。铜雕作者纪尧姆·古斯图是出生于里昂的大雕塑家，他的"马利的骏马"被视为法国雕塑杰作，原作收藏于卢浮宫。

里昂，就是男人河罗纳与女人河索恩的爱子，诞生于公元前43年。最早，里昂是罗马殖民地，自高卢时期，古罗马帝国就在这里建立首府，恺撒大帝以此作为征服高卢的基地。当时巴黎只是法国北部一个默默无闻的小村庄而已。

富尔维耶尔山是这个城市的发源地，自古以来就是里昂的宗教中心，山顶的白色圣母大教堂被视为里昂的标志。大教堂的建设始于1870年，于1896年竣工。在右边相连的圣母礼拜堂塔顶上，玛利亚塑像圣洁高贵，在阳光下闪着金光。教堂左侧建有半悬空的平台，可俯瞰里昂全景，那一望无际的红瓦屋顶。山上建于公元前15年的高卢—罗马剧场，是法国最古老的剧场，可容纳三万人，至今还经常举行音乐会和露天演出。两千多年前的里昂即以此为中心，是一座山丘上的都市。

直到14世纪，里昂才正式归属法兰西。1515年，达·芬奇在这里将自己发明的一个会走的机器狮赠予法国国王，以庆祝佛罗伦萨与法兰西达成新联盟。狮子是佛罗伦萨的标志，当国王对着机器狮抽上三鞭，狮子胸部就会打开，开出一朵鸢尾花，即法国王室的标志。

这可以解释为什么法王亨利四世要在里昂的圣让首席大教堂迎娶来自佛罗伦萨王族的王后玛丽·德·美第奇了，教皇约翰二十二世也在这里加冕。里昂大主教享有首席大主教的地位，因而他的座堂冠以首席大教堂的名称。这座位于索恩河畔斑驳古老兼具罗曼和哥特式风格的首席大教堂，已有近千年历史，而其建造时间更长达三个世纪。这或许可以理解为什么里昂的丝织工人织成一块路易十四的装饰挂毯要花费二十年时间了。

作为"第七艺术"的电影诞生于里昂,是偶然,或许也是偶然中的必然。从地理到历史的混合性,造就了里昂开放、自由与包容的习性。19世纪末,正是法国社会各种思想交汇激荡、艺术活动异常活跃的时代,那种深具创造力的环境,使得艺术家能自由地发明观看世界的新方式。而对细节的完美追求,让身处里昂发明和工业生产氛围的卢米埃尔兄弟,在无意识中超越美国、英国、德国的同行,发明可以进行商业放映的电影机,从而名垂青史。不仅仅是发明的技术的成功,更有卢米埃尔兄弟"大胆的写实主义"带来了美学上的真实,使得电影这一门新的艺术形式,很快便如火如荼地燃烧到新世纪的旷野上。

圣让首席大教堂的对岸,隔着索恩河,就是白莱果广场,它是欧洲最大的净地广场,被称为"美丽的庭院",用红土铺就,与里昂老城的红色屋顶相得益彰。广场中间,一座高大的太阳王路易十四的骑马青铜雕像,是最重要也几乎是唯一的装饰。广场周围是19世纪的建筑,有着欧洲最长的商业步行街,奢侈品牌名店林立。一群群鸽子起起落落,生动着广场的景致。

白莱果广场的东面,跨过罗纳河就是里昂的新城。这里有法国中部唯一的摩天大楼,以及法国最大的城市公园提德多公园。国际刑警组织总部就在这里。

2011年,奥利维埃·马夏尔的新片《里昂黑帮》上映。他被认为是梅尔维尔黑帮片的继承者,而从影之前他本身就是一名警察。他的前两部作品也讲述了警察的故事,但《里昂黑帮》将镜头对准了他们的对立面。影片有成为一部法国版《教父》的野心,但马夏尔认为自己并不是在美化六七十年代的黑帮，相反，表现了黑帮中所谓神圣不可侵犯的男人情谊只不过是一种幻觉而已。

这是里昂的另一面。19世纪时里昂曾多次爆发工人起义。这里不仅盛产柔软的丝绸，也有一身的血气与傲骨。第二次世界大战期间，里昂是法国抵抗运动的中心之一，1941年创建了抵抗运动宣传报纸《解放报》。

抵抗运动领袖之一的马克·布劳契1886年出生于里昂，年轻时先后在巴黎和柏林学习。第一次世界大战期间，布劳契被征入伍，战争结束后在斯特拉斯堡大学教授中世纪历史。20世纪30年代，布劳契被巴黎大学索邦神学院聘为教授，先后发表了研究专著《国王和奴隶》及《封建社会》。布劳契是当时法国历史学界研究中世纪历史的泰斗，他的一些著作如《历史学家的手笔》和《封建社会》，在他去世后曾多次再版。

1942年，身为犹太人的布劳契参加了法国抵抗组织，并很快成为一个组织的领导者。1944年6月16日被捕后，他遭到酷刑拷问，但闭口拒不合作。几天后，恼羞成怒的盖世太保将他和其他二十七名抵抗运动成员一起枪杀于里昂郊外。

《小王子》的作者圣·埃克苏佩里，1900年出生于里昂。身为飞行员的他，在第二次世界大战期间以四十岁高龄加入法国空军。1944年7月31日，圣·埃克苏佩里在最后一次执行前往法国南部的侦察任务时，飞机钻入云端后神秘消失了。同年8月，盟军解放了巴黎。

在圣·埃克苏佩里逝世五十周年之际，他的肖像连同他的《小王子》，被法国政府印制在面值五十法郎的新版钞票上。《小王子》是20世纪流传最广的童话，出版五十年来译成一百〇二种语言，被誉为阅读率仅次于《圣经》的最佳书籍。法国版的音乐剧《小王子》是法国经典音乐剧的代表作品之一，1974年美国导演斯坦利·多南还把《小王子》搬上了银幕。

纪录片《里昂，塔维尼埃眼中的城市》中的演员皮埃尔·梅兰多勒，像塔维尼埃的父亲一样是个记者、作家，他的作品《里昂，鲜血与金钱》《里昂，鲜血与墨水》和《时间天桥》，内容都是关于里昂政治生活的。

1988年，梅兰多勒还出演了《终点旅馆》（又名《监狱终结：克劳斯·巴比的生命》），这是一部记录审判克劳斯·巴比的纪录片。克劳斯·巴比是名纳粹头目，号称"里昂屠夫"，在第二次世界大战期间曾下令杀死四千多人，二战后逃往南美，并为美国情报机构服务，最后遭玻利维亚驱逐，押回法国受审，被里昂法庭判终身监禁，囚禁于罗纳河右岸的蒙吕克监狱。

说起来，像是历史开了一个严肃的玩笑。1943年，作为法国抵抗组织成员的法国军官安德烈·德维尼被捕，就关在蒙吕克监狱。四个月后，他在被克劳斯·巴比枪决前成功越狱。1971年晋升为将军。

法国电影怪杰罗伯特·布莱松唯一一部大团圆结局的影片《死囚越狱》（1956），就取材于安德烈·德维尼的越狱回忆录。影片就在蒙吕克监狱拍摄，德维尼是重要的拍摄顾问。他到现场帮助布莱松重现情节，也展现逃跑场面中的不同技巧。

布莱松在影片中再一次坚持了"纯"电影倾向，与主流叙事相对抗。影片唯一的配乐是莫扎特的弥撒曲，布莱松非常节制地运用它，传达了语言无法传达的意义,即人的自由意志与神的恩宠,如同影片的副标题"风吹向它想去的地方",说明"人唯自救,神才救之"。影片也印证了那句话:"宗教和艺术是两条平行线,它们只在无限远处,在上帝那里汇合。"

虽与小津安二郎的克制、严谨和静观的影片风格类似,但布莱松是自觉地限制材料和手段,摒弃明星制与表演,达到个人风格的高度统一。布莱松是影史上少有的把事先形成的观念完美融入自己电影的导演,所以塔可夫斯基盛赞说:"如果布莱松在世界影坛位居第一,其他所有导演只能位居第七八位。"

值得一提的是,该片摄影师路易·马勒,一年后即拍摄完成自己的第一部故事片《通往绞刑架的电梯》(1957),获得了路易·德吕克奖,其影像风格有布莱松的味道,好几场电梯里的戏都刻意模仿布莱松《死囚越狱》的狱中场景。路易·马勒因该片被视为"新浪潮"的开山人物,但他与新兴的潮流若即若离,一直都以拍摄带有强烈个人色彩的边缘题材而知名。

作为电影的故乡,里昂似乎被遗忘在一个世纪以来的电影大梦中。与巴黎相比,这里的电影拍摄活动并不活跃。在里昂拍摄的重要影片,除了布莱松的《死囚越狱》,大致还包括克里斯托夫·雅克的《归来的人》(1946)、马塞尔·卡尔内的《红杏出墙》(1953)、弗朗索瓦·特吕弗的《密西西比美人鱼》(1969)、菲利普·考夫曼的《生命中不能承受之轻》(1987)、雅克·德雷的《犯罪》(1993)、克洛德·贝里的《露西·奥布拉克》(1996)、安德雷·德切尼的《窃贼》

（1996）、让·贝克尔的《恐怖花园》（2003）等。

　　里昂出生的电影明星寥寥可数，如雅克琳娜·德鲁巴（1910）、阿兰·莫代（1928）、雅克·德雷（1929）、罗杰·科奇奥（1934）、多米尼克·布朗（1953）等。里昂出生的著名导演除塔维尼埃、雅克·德雷之外，还有如黛安娜·克里斯。她1948年出生于里昂，年轻时曾出演过费里尼执导的《卡萨诺瓦》。她的导演作品有讲述两个女人之间友情和爱情的《禁色迷情》（《一见钟情》，1983），有描写19世纪法国小说家乔治·桑和诗人缪塞暴风骤雨恋爱史的《恋恋红尘》（《世纪之爱》，1999），该片由朱丽叶·比诺什和意大利男星斯特法诺·迪奥尼斯主演，后者就是《绝代妖姬》里阉人歌手法里乃利的扮演者。克里斯还拍摄了传奇女作家萨冈的传记片《萨冈》（2008），全景式展现了萨冈以其书其人成为战后一代女性象征的非凡人生。萨冈十八岁时出版了她的第一部小说《你好，忧愁》，获得巨大成功，这部小说是她用七周时间在巴黎咖啡馆的露天座上写成的。萨冈漂亮出众、自由不羁，写作、赛马、飙车、赌博、酗酒，一生烟不离手，还染上了毒瘾，却备受法国人钟爱，被视为一个时代的青春代言人。

　　回到《终点旅馆》。该片导演马塞尔·奥菲尔斯，是德裔法籍和美籍导演马克斯·奥菲尔斯之子。马塞尔长达四个多小时的纪录片处女作《悲哀与怜悯》（上下两集），一经问世便震惊了国际影坛，但在法国却长期遭到禁映。因为影片毫无顾忌地挖掘和展示了法国当代史上黑暗的一页，即第二次世界大战爆发后短短一年间，号称强大的法国不仅不战而退，还与德国纳粹合作迫害犹太人。

马塞尔的影片经常触及敏感的当代政治问题，如反映纽伦堡审判的《法庭的记忆》(1976)、关于两德统一的《十一月的日子》(1990)、报道萨拉热窝事件的《我们看到的麻烦》(1995)等。

与马塞尔类似，塔维尼埃拍摄的纪录片《无名的战争》(1992)，回顾和反思了发生在20世纪中期的阿尔及利亚战争。1951年到1962年，将近三百万法国青年参加了一场如今不愿提起的战争——阿尔及利亚战争。三十年之后，这些从未对外人说过这段战争经历的老兵在摄影机前开始讲述。塔维尼埃成长于笼罩在阿尔及利亚战争阴影之下的50年代，他拍摄这部影片是对自己也是对三百万同龄人的一个交代。

60年代，塔维尼埃有了儿子尼尔斯·塔维尼埃。尼尔斯1965年生于诺曼底，十岁就在父亲的影片中扮演角色，曾主演过《豪情玫瑰》(1994)等剧情片，却以拍摄短片和纪录片出名，2001年他还与父亲合导过一部有关里昂的纪录片《受伤的生命：里昂的双重痛苦》。尼尔斯热爱舞蹈，2006年导演的第一部影片《芭蕾公主》，就用童话的形式献给了钟情已久的舞蹈。影片主演卡洛尔·布盖的电影生涯始于路易斯·布努埃尔的影片《朦胧的欲望》(1977)，1989年的《美得过火》为她赢得恺撒奖最佳女演员的桂冠。她和尼尔斯2007年作为法国电影代表团成员到过中国。

有时候，电影就像个储蓄罐，不是吗？

目光掠过富尔维耶尔山顶的白色圣母院。无论在城市的哪个角落，一抬头便能看到它。

向东，向东，贝特朗·塔维尼埃的漫步最终停在了卢米埃尔学院，他是这里的院长。

卢米埃尔，卢米埃尔

里昂东部的蒙普莱基尔，新城的卢米埃尔街区，现在从白莱果广场坐地铁D线可直接到达，但在19世纪末时，那里还是远离市中心的乡下。1900年，万国博览会在巴黎举行，卢米埃尔兄弟的电影机大放异彩。这一年，卢米埃尔一家决定迁入蒙普莱基尔，父亲安托尼·卢米埃尔请三位建筑师设计建造了一幢四层别墅。1902年落成后，这座雄伟壮丽的私人住宅被当地居民称为"卢米埃尔城堡"，安托尼在这里居住到1911年去世。

此后，直至20世纪60年代末，这里是卢米埃尔公司的所在地。如今这幢别墅已成为卢米埃尔博物馆，顶层安托尼的原画室开辟为图书馆和档案中心，但他二楼的卧室还保留着当年的样子。

这里也是卢米埃尔学院的所在地。院长贝特朗·塔维尼埃曾说，安托尼·卢米埃尔比他的两个儿子更相信电影的未来。这句话显然意味深长。

安托尼·卢米埃尔出生于1840年，父亲是葡萄种植者，母亲是接生婆。十五岁时，安托尼成为孤儿，由二十八岁的姐姐抚养，学习木匠手艺。1858年，十八岁的安托尼到巴黎，跟著名的静物画家奥古斯特·龚斯当丹学画，为他日后的照相手艺打下坚实的基础。

1862年，卢米埃尔夫妇定居贝桑松，开了一家照相馆。贝桑松位于法国东部，是个历史悠久的古城，是大作家维克多·雨果的出生地，那儿出生的名人还有画家库尔贝、诗人马拉美、无政府主义创始人普鲁东、乌托邦社会主义创始人傅立叶等,当然还有日后的电影发明人卢米埃尔兄弟。

1870年,为躲避普鲁士人,卢米埃尔一家从贝桑松迁居里昂,又开了一家照相馆。当时路易·卢米埃尔刚六岁。在罗纳河上年复一年的汽笛声中,卢米埃尔兄弟渐渐长大了。

1876年左右,安托尼开了一家大一点的店,专门为里昂名流制作肖像。1878年,安托尼在巴黎博览会上获摄影金奖。他的照相馆门庭若市,但他对照相器材有了更大的兴趣。

1881年,代替湿版技术的溴化银摄影干片已经问世,但是质量不稳定,价格也非常昂贵。安托尼一直想自己制作,但没成功。

当时卢米埃尔兄弟是巴黎最好的技工学校的学生,他们在物理和化学方面极有天赋。聪明的路易发现了问题:父亲居然用母亲称面粉的秤来称化学试剂!他改用精确的天平秤,结果做出了非常好的感光硬片,即蓝干板,不但质量稳定,而且适合大批量生产。于是两年后安托尼干脆关了照相馆,建立照相器材厂并成立公司,由此奠定了卢米埃尔家族的事业基础。

到1890年,卢米埃尔公司已售出四百二十万张蓝干板,遍布五大洲。安托尼开始动工兴建拉西奥塔的乡间别墅。这一年,卢米埃尔兄弟利用伊士曼的方法,将照相术从黑白变成了彩色,并于1893年将这一技术商业化。

同一年,一位商人温格罗尔迁至这里,与卢米埃尔一家结下深厚的友谊。用安托尼的话说,为了让两个丈母娘省钱,温格罗尔家先后有两男两女四个孩子与卢米埃尔家的四个孩子结为了连理。你可以在早期的卢米埃尔影片和照片中发现这个有趣的大家族。

这时候，经过十年的发展，卢米埃尔的工厂已成为法国最大的照相器材厂，雇用三百多位工人，生产一千五百多万张蓝干板，行销世界各地。

1894年6月，一向对新事物敏感的安托尼买回一台爱迪生发明的笨重的西洋镜摄影机。在一番研究摆弄后，他要求奥古斯特和路易两兄弟设计可以离开木箱观看活动影像的机器。于是这对兄弟就着手研发活动视像机模型。

当时，艾蒂安·朱尔·马莱、乔治·德梅尼、托马斯·爱迪生的研究都取得了一些成果，但没人能在银幕上把影片放映出来。必须找到一种驱动胶片的系统。奥古斯特考虑用一个圆筒来实现，但做出来的系统非常笨重，效果不好。

路易也为了这个发明而辗转反侧。有天晚上，答案突然在脑海中闪现，那就是缝纫机的驱动装置，用缝纫机缝衣服时，衣料"一动一停"的运动不是跟胶片传送所要求的方式很像吗？他兴奋地告诉哥哥奥古斯特，可以用类似缝纫机"压脚"那样的机械所产生的运动来拉动片带。

经试验，果然可行。后来奥古斯特在一篇文章中说："我的弟弟在一夜之间就发明了活动电影机。"路易一开始把它做成偏心圆的形状，后来改成三角形。厂里的技工师傅于勒·卡尔邦蒂埃根据路易的图纸，把机器组装了出来。

当时法国没有透明的赛璐珞胶片，路易是用照相纸来测试的，因为透明度不够，它们实际上不能投影到银幕上。路易特地派人到美国去买了一些赛璐珞胶片回来，然后在实验室开始一系列的试验，最后终于做成了合用的片子。

1895年年初，路易改进了这一发明，并于2月13日将这种电影系统注册了专利。当时还没有名字，只是把它描述为可以连续照相和放映的机器。又过了几个星期，才取了"电影机"这个名字。

专利是卢米埃尔兄弟两个人联名拥有的，那只是因为他们习惯这样，不管那项工作是谁完成的。一次，卢米埃尔一家去布列塔尼的一个小岛游玩，兄弟俩还在一个山洞中时，涨潮了，他们被海水堵在山洞里。两兄弟认为自己必死无疑，发誓永不分离。自此之后，他们真就这样做了，干什么都在一起，就像一对孪生兄弟。所以尽管事实上路易是电影机的唯一发明人，就如同奥古斯特其实是其他某些发明的唯一发明人一样，但都是两个人一起署名。

1895年3月19日，路易在楼房外边的工厂锅炉房窗户前架起了机器，开拍第一部电影：《工厂的大门》（《工人离开卢米埃尔工厂》），头戴羽帽、腰系围裙的女工们和推着自行车的男工人相继走出大门。由于那时候镜头的透光率不好，路易需要很强的日光，所以选择在中午时分拍摄。

当年这个架设摄影机的地方，如今被卢米埃尔博物馆郑重地辟为"摄影机之处"，以示纪念。当年拍摄《工厂的大门》的圣·维克多街，于1929年被命名为"首部电影街"。而当年工人们走出厂门的地方，是今天卢米埃尔学院电影放映厅的入口，它是经过修复的首部电影摄影棚的延伸。摄影棚是电影历史上的第一个布景，曾作为远景出现在《工厂的大门》中，1995年被列为历史遗迹。而卢米埃尔摄影机更属于文化的遗迹，神圣如耶稣裹尸布一样，被恭放在卢米埃尔博物馆一层的展览大厅，供人瞻仰。

1895年3月22日，路易在巴黎全国工业促进会作演示，介绍活动视像和彩色照片样品，第一次放映了影片《工厂的大门》。这是"活动摄影"首次在大银幕上放映，但只是作为学术成果而已。到年底的12月28日在巴黎作首次商业放映时，才被公认为电影诞生的日子。作为专利的联名者，卢米埃尔兄弟一起被称为"电影之父"。

有意思的是，法国人讲"histoire du cinema"（电影史），美国人用"histoire du film"（影片史）。这种语言和概念上的距离在追溯电影起源时会带来不可避免的分歧。

美国有理由把影片的发明归功于美国发明大家托马斯·爱迪生，并将1893年5月9日爱迪生的西洋镜摄影机上市的日子作为电影的发明日，尽管爱迪生的成功也源于许多前辈，像麦布里奇、马莱和艾金斯等人奠基的原理及技术的巧妙综合，但他仅仅把它作为自己发明的留声机上的一种视觉附件，忽略了其美学上的可能性。他的创造本身并没有脱离"照相馆"的原有模式，每次仅能供一个人观赏的"窥视镜"，不过是一次次地重复着摄影师的"窥视"，其内容大都是简单的跳舞、拳击、变戏法、做游戏等娱乐性场景，只是套用了舞台剧模式虚构的一些小节目而已。

与爱迪生仅供一人观看的"窥视镜"相比，卢米埃尔的电影是一个更宽泛的概念，同时解决了拍摄及放映的难题，包含了大银幕，由此奠定了"电影"的整体概念与形态。除了精巧轻便的摄影机技术上的胜出,卢米埃尔制作的电影的内容更本质、更人性,他的电影机镜头是向世界开放的。

路易·卢米埃尔不是一个喜欢热闹的人,他的纯粹帮助了新生的电影。他用摄影机拍一些朴实的主题,如同一个在周末作画的质朴画家,或者一个娴熟的照相师,但他自觉地摆脱了照相馆摄影师封闭的人为空间的束缚,迈向了广阔、开放的自然空间。作品的内容,多是表现和复制现实生活中的真实情形,比如最初拍摄的一些短片:《工厂的大门》《火车进站》《烧草的妇女们》《出港的船》《警察游行》等,就直接表现了那些下班的工人、上下火车的旅客、劳动中的妇女、划船出海的渔民、街头行进中的警察,等等。路易的镜头真实地捕捉和记录了现实生活的即景,如乔治·萨杜尔所说:"从卢米埃尔的影片中人们了解到,电影可以是'一种重现生活的机器',而不是像爱迪生的'窥视镜'那样,仅仅是一种制造动作的机器。"

"爱迪生喜欢非凡的、卓越的、大场面的东西,但他只能制造一些外表的东西,它们是活动的,但都是扁平的,没有实体、没有生命。路易·卢米埃尔只想复制周围的真实,表现外表的变化,亦即普遍的、平凡的、日常的东西,由机器眼和导演的直接观察重新审视的东西,结果它们在文学上成为卓越的,成为认识的对象和节目的主体。"拉鲁兹在《法国电影史》中这样表示。

追本溯源,爱迪生和卢米埃尔对电影的不同兴趣和表达,恰好代表了美国电影和法国电影的迥异风格。最好的交响乐并不总是使用大鼓,法国电影的日常性、品位与趣味,都已在卢米埃尔的早期电影里得以展现。那些电影持久的生命力,已经包含电影的过去、未来和现在。任何时候，它们都是极具现代性的画面。

　　1895年放映的那些影片，都是路易·卢米埃尔亲自拍摄的，大概有五十部。只有一次例外，《烧草的妇女们》是哥哥奥古斯特拍摄的，那次刚好哥哥前来度假。路易的拍摄无意中开创了一些不同的影片类型，如纪录片、喜剧片。1895年6月，路易拍摄的关于议员下车的一部短片，可能是世界上最早的一部新闻片。

　　路易不仅亲手拍摄，也亲手在盛有显影剂和定影液的搪瓷铁桶里冲印。相应的正片同样如此。这些片子都是十七米长，放完要一分钟。十七米的长度是由片盒的容量决定的。

　　1895年之后，路易基本不再亲自拍摄，而把培训出来的约五十名摄影师，如加布里埃尔·维耶尔、欧仁·普罗米欧、费利克斯·麦斯基什、弗朗西斯·杜布利耶等派到世界各地去拍摄。这些摄影师可以说确立了两种纪录片雏形，如费利克斯将各地游历的真实见闻记录在胶片上，而弗朗西斯被派往俄国时曾到过一个犹太人聚居区，但没有带回影像资料，当时正值德雷福斯案件闹得沸沸扬扬，于是他便将来源各异但与案件无关的镜头组接在一起，配上详细的字幕，以虚构的方式讲述了德雷福斯的故事。

　　加布里埃尔是卢米埃尔最杰出的摄影师之一，曾是里昂医学院的学生，有一天突然决定改变自己的生活，就肩扛一部摄影机出发了。他到过墨西哥、日本、印度、加拿大和摩洛哥。在摩洛哥拍摄的彩色底片都堪称杰作，而他也在摩洛哥度过了生命的最后时刻。

几年之内，卢米埃尔的摄影师在全世界拍摄了不下一千二百部片子，记录了各地的人情风貌。这是一件激动人心的事。

尽管如此，在路易的思想中，电影机只是进行"运动研究的一个宝贵副产品"，摄影师在控制速度时，可以实现"真实运动的完美复制"。他预言"电影是一种没有前途的艺术"，电影机会像万花筒和立体视镜，被抛弃在物理实验室或玩具店的尘埃中。所以1895年年底在巴黎举办的首次电影放映活动，只有其父安托尼参加了。他比路易更相信电影这种新发明的潜力。

由于卢米埃尔电影机在技术上的优越性，1896年时，这部机器已经出现在布鲁塞尔、马德里、圣彼得堡、科隆、孟买、上海、墨西哥城等地。1896年8月11日，在上海徐园内的"又一村"放映的"西洋影戏"，使中国人第一次看到了电影。

到了1897年，由于世界各地对电影机的需求日益迫切，卢米埃兄弟的小公司再也无力独揽，于是他们将制造机器的专利权卖给了实业家夏尔·百代。同年，为满足观众需要，卢米埃尔公司还出版了一套小电影纪念卡，就像现在的幻灯片，共有九百个画面。这实际上是一部卢米埃尔的电影文献，有些照片是原来片目上没有的，有些是在当时当地拍摄的现场画面。

夏尔·百代敏锐地把电影视为新时代的象征，认为"电影是明日的戏剧、报纸和学校"，并在几年之内打造了集制造摄影机、放映机和影片于一身的第一个世界电影王国，成为影业巨头。1909年，百代公司曾派摄影师到北京拍摄风光片。电影的发明为20世纪抢攻下一个最赚钱的新经济区块。

1899年,路易研发了三百六十度摄影机和电影放映机。1900年,路易在巴黎万国博览会上展示三百三十六平方米超大银幕的放映,相当于现在的最大银幕,可供两万人观看。

1902年和1903年,路易做全景照片的巡回展出,并于1903年出版了《卢米埃尔记事录》,一时成为摄影爱好者的圣经。

尽管电影摄影机大获成功,卢米埃尔兄弟还是于1905年结束了所有的电影制作,回到老本行照相器材上,尤其是彩色胶片。十年,一场平凡而伟大的电影发明传奇落幕了。

1909年,路易成为法国科学院院士,奥古斯都则成为法国医学院院士。

第一次世界大战期间,卢米埃尔的工厂被迫关门。

1925年,因妻子去世,路易迁居巴黎近郊的诺伊市。1935年路易在法国科学院展示立体电影,这是他最后一次参与电影技术的发明。

1939年,路易被任命为第一届戛纳电影节主席。戛纳市长在火车站亲自迎接路易,然而电影节最终却因战争停办。

1948年,路易在邻近马赛港的邦多勒去世,享年八十四岁。奥古斯都于1954年去世,享年九十二岁。

从今天来看,路易·卢米埃尔做到让全世界忘掉了爱迪生和迪克逊,还有马莱和雷诺,这应该归结于更本质、更深刻、比机械更重要的东西。"摄影机只能诞生在一个创世者手中,他必须集发明家和创作者、科学家和艺术家、工业家和导演于一身……就好像路易·卢米埃尔是莫扎特、帕格尼尼、史特拉第瓦里三位一体,他因此才是电影之父。"原法国电影资料馆馆长亨利·朗格卢瓦如是说。

在法语中,"卢米埃尔"的词义是"光"。"光"发明了电影,真是恰如其分。

自然中存在的
艺术中也存在

——雨果

一种目光，两种方式

2005年夏天，卢米埃尔学院与里昂美术博物馆联合举办了一次重要的主题展：《印象派与电影的诞生》。展览将四十幅印象派画作与六十部卢米埃尔兄弟的影片同置一室，公众才第一次意识到，这些画作与电影之间存在某种神秘的联系。

电影史学家萨杜尔说："像电影这样的艺术之所以能出现在我们眼前，是因为我们的眼前不是一片荒原。"如果说19世纪末工业文明的发展是孕育电影的子宫，那么印象派绘画就是电影的精神血脉。这条隐秘的河流，长久以来无人知晓，尤其是印象派绘画对初生电影的巨大影响。

印象派的目光

作为西方现代艺术史上最著名的艺术运动，印象派成为西方现代绘画与古典绘画的分水岭。它打破了古典绘画的传统，使绘画表现更加自由。

从源头来说，印象派属于巴比松派风景画家一脉，他们年轻时的某些作品深受柯罗的影响，女画家贝尔特·莫里索还曾是柯罗的学生。居住在巴比松长达二十七年的米勒，在1873年，即去世前两年完成的《春天》中画了彩虹，并给予光线以重要地位，这预示了莫奈、毕沙罗和西斯莱等印象派画家笔下春光烂漫的花园即将怒放。但印象派画家们不再在风景画中使用浪漫派笔触，而是注重风景画的客观性。

1863年春天，莫奈、雷诺阿和巴齐耶利用格莱尔画室的假期去巴黎郊区的巴比松，确切地说是枫丹白露的森林写生。他们在距巴比松两公里的沙耶-昂-比耶尔开辟了住地，两年后搬到了森林边上的另一个村子马尔洛特。毕沙罗、西斯莱、塞尚等人也先后去了枫丹白露，形成了早期印象派小团体。他们在露天作画，诚实地面对风景。而那些在1840—1850年间先后到达巴比松村的风景画家们，通常先去户外写生，然后在画室里根据需要对素材进行改编加工，完成一幅具有现实感的风景画。这两者的区别是微妙的，也是根本性的。

印象派的发展来源于艺术上写实主义的兴起。如果追本溯源，18世纪的法国大革命导致了欧洲宗教及非宗教势力的动摇，社会的剧变，让艺术和艺术家获得了一种全新的自由。源于对意识形态的全盘否定，写实主义相信肉眼所见的现实，而非空洞的宇宙性信念。

写实主义代表画家库尔贝在1855年发表的写实主义宣言中，提出艺术应真实地表现当代生活，他还宣称："写实主义，就其本质来说是民主的艺术。"但他提出绘画只应该去画眼睛看到的东西，从而在事实上否定了历史画之类的体裁。

同时，文学从19世纪中叶雨果的浪漫主义过渡到福楼拜的写实主义，其后司汤达、乔治·桑、巴尔扎克等人的写实风格将之发扬光大，雨果也以写实力作《悲惨世界》闻名于世。

左拉将写实主义发展为自然主义，主张以科学为指导，保持绝对的客观和中立，实录现实世界的真相。不过，在他好朋友马奈的画作《左拉》里，他那有点僵硬的姿态可不那么自然。左拉是早期印象派积极的鼓吹者和狂热的捍卫者，他肯定印象派为艺术而艺术的精神："绘画给予人的是感觉，而非思想。"这种震撼的观念才是印象派最深刻的贡献。左拉小说《作品》中，于埃先生的原型是一位印象派收藏家肖凯，当时是财政部的一名小职员，早年几乎是塞尚画作的唯一收藏家，而左拉与塞尚从小就是至交。但在后期，左拉与印象派渐行渐远，终至分道扬镳。

绘画中的印象主义和文学中的自然主义流派相对应，都受到哲学上实证主义的影响。印象派画家在形体写实的基础上，用看似杂乱的笔触描绘更加真实的自然色彩，即印象的真实，或者说感觉上的真实。莫奈的《花园中的女人》是一幅取材于维尔达弗莱花园自然景色的杰作，它成功表现出原初"印象"的自然性：阳光透过树叶洒落下来，在地上形成明暗分明和斑驳的光影。

这幅杰作被1867年的官方美术沙龙拒之门外,后来被巴齐耶出资收购。巴齐耶出身富有家庭,经常慷慨解囊资助同行。第二年,巴齐耶的《家庭团聚》为当年的官方沙龙所接受,这幅画在某种程度上是对《花园中的女人》的呼应。不幸的是巴齐耶在1870年11月的普法战争中阵亡于博纳拉罗朗德战场,时年仅二十九岁。

这一年,随着普法战争的爆发和后来巴黎公社的成立,一个时代结束了。这些政治事件对艺术生活产生了重要影响,其中最直接、最痛苦的就是巴齐耶的英年早逝。这些事件还造成艺术家们四处流散。莫奈决定离开法国,第一次去了伦敦。他喜欢上伦敦的雾,自1899年开始曾连续三年到伦敦绘画写生。当年毕沙罗也跑到英国,和莫奈一起参观伦敦的博物馆。

历史的诡异之处在于它的不可捉摸。于此,印象派的脉络有了一条隐秘的支线。

1871年,莫奈途经荷兰回国。这期间,莫奈接触到大量从透纳到弗朗斯·哈尔斯等绘画大师的作品,从中获益匪浅。

1874年首届印象派画展上展出的著名海景画《日出·印象》,是莫奈追忆透纳的风景画而在诺曼底的勒·阿弗尔港创作的。这一印象派绘画的渊源,直到1892年才被毕沙罗道出:"我们的道路是从英国大画家透纳开始的……"

英国大导演迈克·李的最新影片《透纳先生》(2014),就是一部表现透纳人生经历的名人传记片。主演蒂莫西·斯波是迈克·李的御用演员，为了演好透纳，他专门学习了两年绘画，最终成为2014年戛纳电影节的影帝。

西斯莱是英国画家博宁顿水彩画的崇拜者。虽然他生于巴黎，但他的父母都是英国人，所以直到1899年因喉癌去世为止，西斯莱也未取得法国国籍，但这不妨碍他成为印象派团体中的重要一员。不过他大概是其中最不幸的画家之一，因为在他去世的第二年，其画作《水灾》以四万三千法郎的高价卖出，比他有生之年所获得的全部收入还要多。

阿让特伊是印象派群聚时代的一个绘画地点，位于巴黎西北的郊区，是当时巴黎人的一个休闲去处。莫奈从伦敦和荷兰回来后就住在这里，时间长达七年。这地方是马奈介绍给莫奈的，马奈家在阿让特伊对面的热纳维里埃拥有大片不动产，所以他对这一带的风景很熟悉。

莫奈喜欢画流经阿让特伊的塞纳河上来往的帆船，那美景可与勒·阿弗尔港的点点帆影媲美。后来由于画商迪朗·吕埃尔的大量订货，莫奈有了可观的收入，于是他买了一艘平底船，改装成画室。马奈见他居然在这种停泊在河边、周围长满水草的小船上工作，揶揄他是"水中拉斐尔"。

一天，莫奈正在河边画画，一个身穿划船运动服的年轻人上前搭讪，他就是卡耶博特。当时他住在河边的一个别墅里，在那里制作赛船。他曾经在画室里学过画，因为实在忍受不了学院派枯燥的教学方式而放弃了绘画。

与莫奈的相遇让卡耶博特重新拿起了画笔，而且很快参加了1876年的第二届印象派画展，展览的场地还是卡耶博特帮忙找的，那是他朋友的房产。这个正直宽厚的年轻人在事实上接替了巴齐耶在印象派团体中的位置。在经济危机的艰难日子里，卡耶博特用当法官的父亲留下的巨额遗产，以周到和不露声色的方式帮助印象派画家们，尤其是莫奈。他专门收购在他看来卖不出去，也就是一般收藏家难以接受的作品。

1894年，四十五岁的卡耶博特去世。他多年前就留下遗嘱，要把收藏的六十七幅作品捐献给国家，希望以后能在卢浮宫展出。雷诺阿是遗嘱执行人，在他的努力下，三年后终于由国家收藏了其中的三十八幅，并在卢森堡博物馆（当时的巴黎现代艺术馆）展出，引发学院派的强烈抗议。直到1937年，这些卡耶博特遗赠的画作才被移送到卢浮宫。

这批印象派画家看起来不追求官方荣誉，曾被认为是无政府主义画家，其实他们只是反对官方对艺术的垄断而已。毕沙罗爱读克鲁泡特金的著作，雷诺阿是温和社会主义者，德加出身于贵族银行家家庭，马奈是生活安逸的布尔乔亚，莫里索是大家闺秀，莫奈向往克莱蒙梭的激进主义。他们喜欢成群结队地在一个地方度假或居住，比如巴比松、翁弗勒尔或阿让特伊，只有德加例外，他反对露天作画。但无论艺术观点是否相左，还是出身不同，印象派画家们一致的热爱现实世界、热爱世俗生活，从而把社会生活和大自然的生动光影引入了画布。

位于诺曼底的埃特雷塔海岸有着19世纪艺术家们最为欣赏的景色。曾住在此地的莫泊桑1886年在《一个风景画家的生活》一文中，描述了莫奈的作画方法："我经常跟着克劳德·莫奈去寻找印象。他已不再是画家，而是猎人。他走着，身后跟着一群孩子，他们帮他提着五六幅同一题材但在不同时刻画的、因而有着不同效果的画。他随着天空的变化，轮流拿起它们。这位讨厌弄虚作假和墨守成规的画家，面对着他的画，等待着、窥伺着太阳和阴影的形状，他几笔就把洒落的光线和飘过的云朵采集下来，快速放在画布上。我曾亲眼看到他这样抓住一簇落在白色悬崖上的灿烂阳光，把它锁定在一片金黄色调中，使这难以捕捉的、耀眼的光芒产生令人惊异的效果。"

其实，印象派在形式革命之前，首先是一个类型革命，过去被视为小主题的风景、肖像、静物、日常生活景象成为主要的绘画题材。印象派们走出画室，面对自然万物进行写生作画：田野中缤纷的花草，夕阳下的树林；农民在小酒店喧哗聚餐，布尔乔亚在咖啡馆高谈阔论；半裸的舞娘，撑阳伞的淑女……光线和色彩交织出缤纷动人的画面。在他们看来，世界万物在阳光下一律平等，如雷诺阿所说："自然之中，绝无贵贱之分。在阳光底下，破败的茅屋可以看成与宫殿一样，高贵的皇帝和穷困的乞丐是平等的。"他们的艺术是追求民主、自由、平等思想在作品中的反映。

而火车、汽轮等快速交通工具的出现，对19世纪下半叶风景画的演变构成一个决定性的因素。1870年的画家们选择写生地，一般是从巴黎很容易去到的地方，从而表明他们对于交通工具有很大的依赖性。写生地分布在铁路或塞纳河沿线，这与道路和交通工具的发展完全吻合。虽然印象派画家徜徉过枫丹白露的森林小路，像巴比松派一样描绘田野风光，但他们同样赞美工业化所带来的新景象。铁路、桥梁以及马车、火车和船等各种交通工具统统被搬上画面，从而创作了一种风景画的新图像，比如莫奈的《圣拉扎尔火车站》《阿让特侬的铁路桥》，雷诺阿的《沙图的铁路桥》则掩映在花木丛中若隐若现，至于马奈的《铁路》，与其说是风光画，不如说是以火车为背景的肖像画。

此外，能在户外与素材的互动中作画，要归功于一种能把颜料装进小管内的新工艺。以前的颜料容易氧化，搬运时必须将它们放在皮口袋里，需要时将之研碎，并与一种配方极为保密的黏合剂搅拌后才能使用。1841年，美国画家约翰·兰德发明了盛放颜料用的软金属管，从此，画家们就可以带着轻便的画盒到室外写生了。颜色的品种也不断增多。1807年出现了钴蓝色、朱红色和深茜红色，1822年有了祖母绿色，而到了1840年年末才出现镉黄色。

"正是这些便于携带的颜料管使我们能完全进入大自然作画。没有它们，就没有塞尚，没有莫奈，没有西斯莱，没有毕加索，更没有被记者们称为印象派的一切。"雷诺阿幽默地评价这一绘画工具革命性进步的贡献。

应该说，在不同艺术形式的融合与借鉴中，绘画和摄影的相互模仿最为典型，早期摄影被称为"用光绘就的图画"，而其后摄影卓越的再现能力又对古典绘画的艺术观念造成极大冲击，某种程度上也推动着绘画道路的转向，如印象派的出现。

当然，照相术的发明也使得印象派画家多了参考和描绘的工具，比如马奈在为后来担任法国总理的乔治·克莱蒙梭画肖像时，没法让政治家在画布前坐那么久，这时就需要相片的帮助。但马奈肖像中的现实主义，不是逼真再现模特的脸庞，而是一种解读和分析，这让他的作品与众不同，耐人寻味。

马奈被称为印象派之父，尽管他从不参加印象派画展。他位于巴黎圣·佩特斯堡街51号的画室，就在圣拉扎尔火车站附近，从1878年起成为印象派画家的圣地。但塞尚不喜欢他，大概是觉得马奈的优雅和高贵太过于烦琐，当时的马奈已是名噪一时的人物。应该说，起源于1863年落选者沙龙的印象派运动，以马奈激怒观众的《草地上的午餐》为标志，到1883年马奈逝世，这场长达二十年的艺术运动也进入了尾声，以1886年最后一次集体展览为终结，多年遭受非议的印象派画家们也开始进入主流视野，并走向各自的成功。

值得一提的是，这帮印象派画家人人酷爱音乐，几乎都是瓦格纳的狂热追随者。1882年1月，雷诺阿在意大利旅行期间，特意前往巴勒莫的棕榈饭店为瓦格纳画肖像，大师同意拨出三十五分钟的时间，结果这位声名显赫的模特儿在肖像画中像是"一名新教牧师"。

德加的父亲经常在家举行音乐会，德加因此结识了许多前来表演的歌剧院管弦乐队的乐手，并分别为他们画了肖像。后来他将这些肖像组成了一幅《歌剧院管弦乐队》。当然德加更倾心于画芭蕾舞演员。德加还在生命的最后时刻发现了德彪西，他是唯一认识德彪西的印象派画家。德彪西的作品恰似用音乐表现印象派画家所表现的绚丽光彩。

从1874年至1886年间，印象派举办过八次展览，知名度越来越高，以至于每一次出现都成为巴黎的大事件。剧作家梅雅克和阿莱维甚至创作了一部趣味横生的三幕喜剧《印象派画家》。作为阿莱维的密友，德加为此剧提供过素材，当他和雷诺阿在剧院看演出时，还是被惹得捧腹大笑。

应该说，除了印象派画商如迪朗·吕埃尔的努力，上流社会也是印象派画家取得成功的一个重要因素。上流社会的人没有资产阶级那种多疑而庸俗的偏见，习惯于某种程度的精神自由。在他们眼里，与流行观点持相反意见、对那些受到社会排斥的人加以庇护是件有趣的事。比如出身于巴黎富豪之家的夏庞蒂埃夫人，是福楼拜、莫泊桑、左拉等人的出版商的太太，她的父亲曾是拿破仑三世的御用珠宝制造商。她在格勒奈尔街11号的沙龙，接待第三共和国初期巴黎所有的重要人物，包括政客、作家、画家、演员和歌手。巴黎公社后，她的沙龙成为印象派小社团。正是通过夏庞蒂埃夫人的大力引荐，指名请雷诺阿画肖像的名流接踵而来，使得雷诺阿得以度过1874年后的严重经济危机。雷诺阿为夏庞蒂埃夫人画过数幅肖像，其中一幅《夏庞蒂埃夫人及子女像》在1879年的官方沙龙展上广受瞩目，雷诺阿自此声名鹊起。普鲁斯特在《追忆似水年华》中花费了不少笔墨追忆这幅名画，赞叹其为"一幅可与提香精品媲美的杰作"，并认为相形之下，雷诺阿的画更彰显出一种"画中诗情"。

那时候，奥斯曼的大都市改建计划正隆隆进行，现代主义黎明的巴黎，展现出新的城市风景，现代生活也成为理所当然的艺术主题。印象派的城市风景画大多描写首都的休闲娱乐生活：赛马、夜总会、咖啡馆、歌剧、舞蹈、群众性舞会、在公园和林荫路上散步等，构图、取景和透视方面往往受到日本版画和摄影艺术的启发。马奈名作《草地上的午餐》和莫奈《花园中的女人》的场面，几乎是以照相的视觉营造的，人物与风景的关系都体现出一种"瞬时性"。德加和雷诺阿更乐于描绘这样的现代生活场景，如德加的《舞蹈课》、雷诺阿的《煎饼磨坊的舞会》。

自学成材的德加在印象派团体中比较特别，他对自然风景不感兴趣，只热衷于对行为动态瞬间的捕捉，这大概也是他成为业余摄影师的原因之一。他做事总是出乎意料，只和马奈走得比较近，但两人经常产生激烈的争论。德加还喜爱收藏，在他陈列得如同私人博物馆的大房子里，收藏了数以千计的同行作品，包括油画、素描和版画，其中有德拉、克洛瓦、安格尔、杜米埃及马奈、塞尚、高更等人的作品。马奈所有风格的作品他都有，还有数量可观的日本版画、素描和书籍——他是当年的哈日族。奇怪的是，他没有任何莫奈的作品。尽管德加一向蔑视成功，也蔑视奖章，但他算得上是成功最快的印象派画家，1912年，《把杆的舞女》在拍卖会上的售价高达四十三万法郎！在他去世的第二年即1918年，德加的画更卖出了惊人的价格，标志着印象派不可逆转的胜利。卢浮宫也以四十万法郎买下德加的《贝莱利一家》。

艺术史学家克洛德·安贝尔说：照相术与绘画，相互抄袭，相互重叠，这是"雌雄同体"的形成。德加的画作尝试用摄影的方式"看"事物，用摄影的语言思考，比如《勒皮克子爵像》，有如画家带着一个空取景器在街上闲走，选择取景。这一点对电影至关重要，用"镜头"和"画面"叙事。

印象派绘画直接地见证生活。初生的电影，与之有着神秘的相似性。

可以说，电影与绘画反映的是同一种生活，只是电影让画面动了起来，"尤其当电影被涂上色彩时，它简直就是真实的自然"。

"海水和河水的千姿百态，云层中光线的千变万化，花朵鲜艳夺目的色彩，炽烈阳光下树叶五彩缤纷的折射——这一切都被他抓住，并真实地表现出来。"评论家戴奥多尔·杜雷评价莫奈的一段话，可以用来描述印象派整体的迷人特征。

事实上，卢米埃尔影片固定视点的单镜头表现形式，以及"当场抓住的自然"的特性，与印象派绘画何其相似。"抓住鲜活的自然"是印象派绘画，也是卢米埃尔电影的首要目标。

这是一种目光的革命：看不见的事物（光、风）、不可企及的事物（云、雪）和不可触摸的事物（烟、汽）的形象化。卢米埃尔的镜头如印象派画笔一样重现那个时代尤其是工业革命的图像：蒸汽、车水马龙、人群涌动……

虽然绘画是一种古老的艺术，与人类意识同样古老，而电影是一种现代艺术，是工业和科学发展的产物，但这两种艺术形式如此相亲相近，正如戈达尔所说的，"卢米埃尔兄弟是一个小作坊，但他们却是印象派的表兄弟"，他认为"路易·卢米埃尔因为受印象派影响而成为福楼拜和司汤达的传人"。

应该说，印象派是发端于19世纪中期的一场意义深远的艺术运动，是自然主义倾向的巅峰，也是现代艺术的起点。印象派作品表现的移动，与以前的所有作品皆不同，这代表它的现代性。19世纪末诞生的电影就体现了这种移动的现代形式。印象主义的作用在于让初生的电影一下子进入现代性，立即成为一种诗意现实主义的艺术。

看一看印象主义的原则：用色彩塑造空间，光在模仿自然中的核心作用，捕捉视觉瞬间的方式，心眼合一的表现，取景与定位的科学，这些也都是电影创作所遵循的原则。从某种意义上说，卢米埃尔兄弟无意中用胶片延续了印象派画家的研究课题。

尽管路易·卢米埃尔本人喜欢巴贝迪安的铜雕，不一定喜欢印象派绘画，但当他着手发明电影这一艺术新门类时，不可避免地要受到印象主义这一时代艺术思潮的影响，当他用胶片进行拍摄时，便无意识地使用了雷诺阿或莫奈的视角：在方式上，表现为对露天光线的采集；在情感上，表现为对原始感觉的捕捉。他们的主题大多雷同，同样追求再现现代生活场景：家庭与孩子、城市与街区以及新兴的工业社会场景。

不过，绘画和摄影一样，单一而静态的影像，如同视觉上的过去式，是过去时空中某一刻的回忆。而电影提供了视觉上的现在式，使动态现实的本身宛然再现。电影的动态影像，记录时间片段的同时使得空间也运动起来。这是视觉艺术史上的伟大转折点，这不仅进一步提高了人类重现动态的可能性，更改变了观众与银幕世界的心理关系。

1895年，电影诞生这一年，法国画坛各种流派艺术观并存：学院派代表威廉·阿道夫·布格罗在官方沙龙展出《幸福的灵魂》，而他曾经的学生、年轻的马蒂斯在为参加第二年的沙龙展做准备；十四岁的毕加索初露头角；后印象派的高更第二次赴塔希提岛。

这一年，巴黎举办了后印象派代表画家塞尚回顾展，毁誉参半；印象主义色彩派代表莫奈的二十多幅《鲁昂大教堂》组画在吕埃尔画廊展出，大获成功。这是两个对印象派历史有重要意义的画展。

这一年的3月，莫里索因感冒猝死，享年五十四岁。这位矜持、生性高贵的女画家，从做省长的父亲那里继承了大笔财富，虽然她一直处在印象派运动的边缘位置，但所有印象派画家无一例外地都喜欢她，而她只是一往情深地喜欢马奈。马奈为她画过多幅肖像，包括《阳台》《贝尔特·莫里索在梳妆》《带手笼的贝尔特·莫里索》等。1874年，即印象派举办首次画展那年，三十三岁的莫里索心甘情愿地嫁给了马奈平庸的弟弟欧仁·马奈，婚姻算得上美满。她的家成为印象派的一个活动地点。莫里索去世前一年，雷诺阿画了幅《莫里索与女儿朱莉》。莫里索去世后，雷诺阿和朱莉的监护人、诗人马拉美共同照顾十六岁的朱莉。雷诺阿和马拉美是在马奈画室认识的，他们也都是在那里结识了莫里索。

以1874年的首次轰动画展为标志，经过二十多年的发展，这时期的印象派已经成为不容忽视的重要绘画流派。马奈惊世骇俗的画作《奥林匹亚》于1889年进入巴黎卢森堡博物馆，度过一段饱受非议的时期后，于1907年被正式移至卢浮宫。这是印象派胜利的一年，美术馆不得不开始收藏大批印象派画家的作品，成为今天巴黎奥赛博物馆的主要展品。

在印象派后期，新印象派和后印象派接踵而来。前者被称作点彩派，修拉和西涅克用最先进的科学成像规律来作画，用将纯色小圆点直接点在画面上的办法形成所需要的调色效果,改变了几千年来画家在调色盘上调色的方式;后者认为绘画不应只是客观世界的描绘,而要揭示主观世界,更重视自我的感受和情绪,如凡·高、高更与塞尚,强调写意而不是写形,这种写意手法受到东方艺术尤其是日本版画的影响。后印象派标举个人特性的现代艺术精神,对西方现代绘画起着直接的影响,如塞尚之立体派,高更之野兽派,凡·高之表现派。

塞尚虽然参加过第一届印象派画展,但他基本都在出生地普罗旺斯的埃克斯偏居一隅,孜孜研究色彩与形体的结合,强调画面视觉要素的构成秩序,而无意于再现自然。同样脱胎于印象派的高更,对欧洲文明和艺术传统的怀疑让他偏爱更原始的艺术方式,用平涂、强烈的轮廓线以及主观化的色彩表现经过概括和简化了的形体,从而取得音乐性、节奏感和装饰效果。而凡·高认为,"颜色不是要达到局部的真实,而是要启示某种激情。"他说:"作画,我并不谋求准确,我要更有力地表现我自己。"为了更充分地表现内在的情感,凡·高探索出一种表现主义的绘画语言——浓重响亮的色彩、跃动的笔触,以及躁动不安的情绪。

从印象派到后印象派,是从追求物理真实到心理真实的过程。此后绘画越来越偏向内心,摈弃对外部自然的描摹,以探索潜意识的意象为目的,形成各种新的艺术流派,如超现实主义、象征主义、达达主义、未来主义等。毕加索是现代主义种种流派的集大成者,他的"同时性视像"语言,彻底打破了文艺复兴以来透视法则对绘画的限制。这些现代绘画流派同样成为实验和艺术电影的源泉之一,如布努埃尔和达利合作的影片《一条安达鲁的狗》。而主流电影的发展在于用画面讲述故事。

一个事实由此展现：绘画的发展在于削弱叙事性，而电影的发展在于强化叙事性，或者说，电影接过了绘画的叙事功能。电影与绘画渐行渐远，终至分道扬镳。而它早期留下的印迹无疑是绘画的，而且是印象派的。

光与影，是印象派绘画的关键词，同时也是电影的代名词。

初生电影与印象派绘画之间的亲缘关系，还可以从参与发明电影的人的绘画素养中得到佐证。乔治·梅里爱酷爱绘画和雕塑，他的职业生涯是从绘画开始的，后来的象征主义画家古斯塔夫·莫罗收他为徒。梅里爱影片的幻觉和想象嗜好，大概与此不无关系。

夏尔·百代本人是业余画家和画家赞助商。

安托尼·卢米埃尔自幼习画，他的老师龚斯当丹的老师托马斯·库图尔，正是马奈的老师。安托尼的作品被归为贝桑松画派，也正是在贝桑松孕育了他的两个儿子，电影的真正发明者。

可以说，初生电影与绘画、摄影的渊源关系，就如同罗纳河与索恩河的交汇造就了里昂——电影的确是一项伟大的综合艺术。

当然，文学与电影、艺术的关系也相当紧密，比如毛姆的长篇小说《月亮与六便士》中，那个抛弃了巴黎的事业去塔希提岛生活的画家原型就是高更。马奈的画作《娜娜》，其灵感就来自于左拉的成名作《小酒店》。此后左拉完成以娜娜为主角的小说《娜娜》。这部小说被多次搬上银幕，其中让·雷诺阿于1926年将其拍成了同名电影。他的父亲，正是印象派画家奥古斯特·雷诺阿。

父与子，绘画与电影

有"埃克斯的易怒大师"之称的塞尚，1902年在给友人的信中写道："我瞧不起所有在世的画家，除了莫奈和雷诺阿。"

奥古斯特·雷诺阿出生于利摩日的一个穷裁缝家庭。五岁时全家迁居巴黎，十三岁时他已学会瓷器画的手艺，由此对绘画发生兴趣，后进入格莱尔画室学画，结交了莫奈等好友。雷诺阿性格随和，一生像个手艺人一样兢兢业业地作画，被让·科克托形容为"像一棵盘枝错节的树长年繁花盛开"。他一生中从不浪费白天的时间，比如每年去地中海小城卡涅度假，每次转火车时都会看到有一株玫瑰花的枝叶在一面墙上攀缘，每当这时他就会拿出画架和颜料，画一幅玫瑰写生。

最初去枫丹白露森林写生时，年轻的雷诺阿没有钱乘坐火车和马车，全长五十八公里的路程，他经常是背着行李从巴黎徒步走到那里，中途需要休息两次。"画风景，就是一种体育运动。"雷诺阿愉快地说。

1865年，在枫丹白露森林边上的小村子马尔洛特，二十四岁的雷诺阿认识了十八岁的莉丝，莫奈也遇上了来自里昂的妙龄少女卡米耶。她是莫奈一生中唯一画过肖像的女人，从1870年结婚，到1879年她因病早逝，卡米耶一直是莫奈最喜欢的模特儿。雷诺阿为莉丝画过近二十幅肖像，《打阳伞的莉丝》被1868年的官方沙龙所接纳。二人的亲密关系一直持续到1872年。

"雷诺阿擅长描绘具有人情味的人物。这突出表现在一系列明亮的色调上，这些色调以一种神奇的和谐相互搭配。我们会以为看到委拉斯开兹画中的炽烈阳光照耀在鲁本斯的画上。"左拉如此评说雷诺阿。

雷诺阿于1880—1881年创作的巨幅画作《划船者的午餐》是他在那一时期的创作顶峰，一幅当世的"调情宴游"图，不同阶层的人在此聚餐同乐，有着莫泊桑所说的"船夫的傅立叶式乌托邦"情调。作为背景的富尔奈斯餐厅，位于巴黎西北塞纳河畔的克罗瓦西岛上，紧邻沙图桥，和岛对面的水上咖啡馆"青蛙沼泽"一样，现在已成为印象派历史的一部分。

画作上的人物都是雷诺阿的朋友，比如跨坐在椅子上的是卡耶博特，几年后成为雷诺阿长子皮埃尔的教父。画面左边正逗小狗玩的年轻女郎，后来成为雷诺阿生活中的重要人物，也就是让·雷诺阿的母亲阿丽娜·夏里格。两人于1879年年底相识。当时雷诺阿住在蒙马特圣乔治街35号，常去对面的乳品店吃饭，阿丽娜和母亲因为跟老板娘是同乡，也常去那家店。母女俩在蒙马特山脚下的一家缝纫厂工作。

1882年，雷诺阿从阿尔及利亚和意大利旅行回来，决定娶比自己小二十多岁的阿丽娜为妻，但直到1890年才正式成婚，那时长子皮埃尔已经五岁了，他们也把家搬到了蒙马特吉拉尔东街13号"雾之别墅"。次子让·雷诺阿1894年就出生在那里，教父为印象派画商迪朗·吕埃尔之子乔治。自从1875年为创作《煎饼磨坊的舞会》第一次来到蒙马特，雷诺阿便再也没离开过，他喜欢蒙马特的乡村气氛。

德加一向不喜欢女人，但在一次展览中，他看到阿丽娜后对雷诺阿说："您夫人像是一位正在看着街头流浪汉的王后。"阿丽娜擅长烹调，每周六炖砂锅来接待不期而至的朋友，已成了这个家的惯例。

自从有了阿丽娜，雷诺阿的生活发生了很大变化，不再在晚间去咖啡馆，也不再参加其他社交活动，只是晚上在家接待朋友或者邻居。"母亲给予父亲很多东西，除了宁静的心情，还有孩子。他可以把孩子当成模特画进画里，这也是他无须再出门的一个好借口。"让·雷诺阿回忆说。父亲有一幅《写字中的让》，画中的小男孩让趴在桌子上，正在聚精会神地涂鸦。

在这种舒适、惬意的家庭气氛影响下，雷诺阿开始画柔软温暖的《浴女》系列大裸体。从意大利旅行归来初期的"安格尔式"的作品，到去世前的《浴女群》，画面上那些又像小孩又像女人的悠然自得的浴女，充满了纯真无邪的性感，洋溢着一种欢乐与青春的活力。

直到去世，雷诺阿的生活中都只有家庭和画室这两样东西，而多数时间这两者是混淆在一起的，因为他在继续用画笔描绘妻子，而且也越来越多地把妻子雇用的手脚粗壮的女仆作为模特画进作品中，尤其是让·雷诺阿的保姆加布里埃勒，她是阿丽娜的表妹，来自老家勃艮第的埃索瓦。对让·雷诺阿来说，道德和社会教育已经和艺术教育融为了一体。

1885年，雷诺阿首度前往埃索瓦，其后数度在该地小住，甚至购置了一栋房子定居下来，并布置了一间画室。他喜欢置身于那些朴素的乡民之中，画那些河边的洗衣妇。雷诺阿最小的儿子可可于1901年出生在这里。雷诺阿去世后，就葬在埃索瓦的墓园里，尽管他是在尼斯附近的滨海小镇卡涅去世的。

晚年的雷诺阿饱受风湿病的折磨，不得不前往南方。1907年，雷诺阿买下卡涅的科莱特农庄，将其改建成一座宽敞舒适的现代庄园。此后，他绝大部分时间是在科莱特度过的。"他生命的最后时光是最华彩的篇章！"夏加尔说。尽管风湿病导致的变形，将雷诺阿变成一棵枝丫蜷曲的老树，手上还缠着绷带，绷带之间夹着画笔，但他对绘画的激情，一直不曾消退。

雷诺阿最后一次出门是在1919年夏天，去世前的三个月，他应邀前往卢浮宫参观自己的肖像画《夏庞蒂埃夫人》的首展。坐在由人抬着的椅子里，雷诺阿像绘画界的教皇一样，一个展厅一个展厅地看过来。他在有生之年实现了自己的最大心愿。

12月2日，雷诺阿因肺部感染去世。他的床头有一幅油画，画着从科莱特花园采来的银莲花。"我想，我开始有些明白了。"临终前一天，他把笔还给看护时，喃喃低语。

雷诺阿去世后，让·雷诺阿在科莱特庄园拍过数部影片。这座大宅院在1960年被地方政府买下来，改建成一座美术馆，藏有部分雷诺阿的作品。

对雷诺阿来说，他画画是因为那很有趣。他从来不相信将颜料抹在画布上，是在进行某件神圣的事。在伟大与令人愉快之间，他选择了愉快。"人们轻视那些爱笑的人。……对我来说，一幅画应该是可爱、令人愉快又漂亮的东西，对，漂亮的！"也许雷诺阿是唯一一个从未画出悲怆画作的伟大画家，他一向讨厌黑色。画画也从不以锐角或直线入手，他的笔锋是圆的。"自然中没有直线。"他说。

"我所喜爱的法国绘画传统，是那么温和亲切、明快、好相处……

而且不特意引人注目。"雷诺阿这句话同样可以用来形容法国电影,尤其是他的儿子让·雷诺阿的电影。

让·雷诺阿的作品中有一种显而易见的"通俗性",这根本上来自生活哲学的引导,他也因此成功地拍摄出电影史上最生动的影片。而这种"通俗性",或许正来自雷诺阿的言传身教。雷诺阿告诉儿子"人生要随遇而安",让·雷诺阿奉之为座右铭。

雷诺阿的大儿子皮埃尔是戏剧和电影演员,曾主演过四部让·雷诺阿的影片;小儿子可可是陶艺家;皮埃尔的儿子克鲁德是摄影师,一直是让·雷诺阿的御用摄影。这个不大的家族涉及绘画、电影、摄影、陶艺、音乐等多种艺术门类,并且他们都是这些行当的杰出者。许多制片人曾希望让·雷诺阿拍一部有关父亲生活的影片,但他以儿子不能以商业用途拍老子为理由谢绝了。

让·雷诺阿的专业是哲学和数学,第一次世界大战前参军,当过骑兵和步兵,两次负伤。当年雷诺阿钟爱的模特,也就是让·雷诺阿的保姆加布里埃勒,这位十五岁的少女带着两岁的让·雷诺阿看了第一场电影,完成了第一次"触电"。

卡特琳·海丝琳,又名苔苔,雷诺阿的最后一个模特,是马蒂斯推荐给他的一个阿尔萨斯女孩,当时在家养伤的让·雷诺阿很快爱上了她。1920年1月结婚后,遵照前一年去世的雷诺阿的遗嘱,让·雷阿诺和妻子定居在枫丹白露的马尔洛特,从事陶器制作。这个雷诺阿早年活动过的小村子,后来成为让·雷诺阿好几部影片的外景地,如处女作《水姑娘》和《乡村一日》。

2012年，吉尔·布都拍摄的《雷诺阿》，讲述了奥古斯特·雷诺阿的晚年生活，以及他的模特儿安蝶与雷诺阿的二儿子、后来成为法国大导演的让·雷诺阿的情感故事。扮演奥古斯特·雷诺阿的米歇尔·布盖，曾因主演《密特朗总统》（2005）获恺撒奖最佳男演员奖。法国新星克丽丝塔·泰瑞特饰演模特儿安蝶，让·雷诺阿的扮演者樊尚·罗蒂埃曾出演娄烨的《花》（2011）。

在马尔洛特期间，让·雷诺阿经常去巴黎观摩电影，尤其是美国电影。可以说，他的电影志向源自美国默片大师埃立克·冯·斯特劳亨和查理·卓别林，他看过至少十次斯特劳亨的影片《愚蠢的妻子》，并从中欣喜地发现："也许可以在法国现实主义的传统中用真实的主题来感动观众。""我又从父亲的作品中研究了法国人的举止……"1936年斯特劳亨定居法国，第二年主演了让·雷诺阿的《大幻影》。

其实，让·雷诺阿开始电影之路的一个动力，是希望在银幕上展现妻子苔苔的美丽，如同父亲在画布上所做的那样。所以苔苔是他前五部影片的当家花旦，其中就有1926年的默片《娜娜》。该片的拍摄受到了《愚蠢的妻子》的直接影响。这是让·雷诺阿第一部"值得被人谈论"的作品，也是他唯一一部突出金钱分量的作品。1956年的《艾琳娜和她的男人们》某种程度上是对《娜娜》的应和。《娜娜》是战后在柏林影棚拍摄的第一部法国电影，耗资整整一百万法郎。尽管当时取得很高的票房，但初出茅庐的让·雷诺阿作为投资者却面临破产，因为他为这部影片倾其所有，直至最后一个铜板。让·雷诺阿不得不出卖父亲的画来偿还债务，并着手拍摄片商预约之作《玛尔基塔》（1927）以摆脱困境。

1927年，让·雷诺阿和妻子一起出演先锋派导演阿尔贝托·卡瓦尔康蒂的短片《小莉莉》，由此认识了卡瓦尔康蒂的外甥女迪多·弗里尔，当时她十九岁，在片中扮演一个小角色。1935年让·雷诺阿与妻子离婚。1939年，让·雷诺阿与在《游戏规则》中担任场记的迪多相恋同居。1940年12月迪多跟随让·雷诺阿前往好莱坞拍片，并于1945年成为让·雷诺阿的第二任妻子。

《游戏规则》是让·雷诺阿在第二次世界大战前法国完成的最后一部作品，也是法国诗意写实电影的巅峰之作。萨杜尔曾指出，《游戏规则》之于战前时代的重要性正如《费加罗的婚礼》之于法国大革命，是对一种精致、不自觉而又堕落的文明最清晰的表现。这部诚实而睿智的影片，在相当程度上宣告了第二次世界大战的序曲。这是一部"快乐的悲剧"，让·雷诺阿善于从对人类悲剧的深刻认识中挖掘出喜剧的味道。影片中城堡晚会的游戏一幕最能代表让·雷诺阿的法国作品。片中有一句著名的台词："你知道，世界上最糟糕的事情就是每个人都有他的道理。"可谓至理名言。

让·雷诺阿之前一年拍摄的《衣冠禽兽》，取材于左拉的小说，小说阐释了人与机器的暗喻，物质和精神的宿命。影片体现了第二次世界大战前欧洲社会的阴沉和压抑，也是让·雷诺阿的名作之一。而他于1934年全实景拍摄、大部分由非职业演员出演的《托尼》一片，被认为是意大利新现实主义的先驱作品。意大利的年轻贵族卢奇诺·维斯康蒂当时正在巴黎，他协助让·雷诺阿拍摄了好几部电影，其中就包括《托尼》。正是因为让·雷诺阿的影响，维斯康蒂才决定投身电影，并以其处女作《沉沦》(1942)拉开了战后意大利新现实主义电影的序幕。

更早前的1931年，让·雷诺阿在用一周时间拍摄完成的第一部有声片《给宝贝服泻药》中发明了现场录音，直接录下抽水马桶的声音和一个夜壶摔碎的声音。在此之前，电影中的声音都是现场拟音的。

《游戏规则》当年票房惨败，被批评为"伤风败俗"，这使得让·雷诺阿心灰意冷，"我决定要么离开电影，要么离开法国。"几个星期后，第二次世界大战爆发，他黯然离开了法国。

此后，让·雷诺阿侨居美国，为好莱坞拍摄了六部影片。1949年，让·雷诺阿夫妇搬入贝弗利山庄，并模仿科莱特庄园对新寓所进行设计。当年年底让·雷诺阿途经巴黎去印度。1950年，他取道印度和意大利回国，并在这两个国家分别拍摄了《大河》(1952)和《金马车》(1953)。前者是让·雷诺阿的第一部彩色片，表现了他对一个古老国家的观察与思考；后者是根据梅里美的戏剧改编的，结构像一个盒子套盒子的游戏："文明的欲望是伟大的发动机，它促使我发明了《马车》。"

返回巴黎后，让·雷诺阿拍摄了一部红磨坊题材的《法国康康舞》(1955)，让人们重又找回巴黎的轻快。巴赞说，《法国康康舞》"是在奥古斯特·雷诺阿墓前最美的赞歌"。这不仅是因为影片与奥古斯特·雷诺阿那幅《煎饼磨坊的舞会》在视觉效果上的相似性，更是因为来自于绘画的灵感的诞生与呈现，我们可以在片中发现老雷诺阿、德加、洛特雷克的视角和目光，甚至是柯罗红点的闪现。镜头给予康康舞娘的赞美，跟印象派绘画中的平民尊严一脉相承，揭示了只有灵魂才有高尚低俗之分。正是这种平民视点使得让·雷诺阿早在1936年就勇敢地在塞纳河畔拍摄了高尔基的《底层》。《法国康康舞》最后的康康舞场景所产生的热烈气氛，犹如一曲嘹亮的赞歌。

四年后，让·雷诺阿拍摄了《草地上的午餐》。虽然片名让人想起马奈的同名画作，并拍摄于科莱特和卡涅，但影片中的草地、水和橄榄树，不再是印象派的动机，而是宇宙的元素。它看起来像《乡村一日》的续集，但表面上更感官、更欢愉，而在这之下，掩藏着让·雷诺阿的严肃思考：日神文化和酒神文化的冲突，即感性与理性的冲突；被界定的生活和生命的运动之间的冲突，即有序与无序的冲突。

1958年，四十岁的安德烈·巴赞去世。在他去世的当天，正是特吕弗开拍《四百击》的日子。特吕弗曾认为让·雷诺阿的作品属于几近无可挑剔之列，尊称他为"世界上最伟大的导演"，这反映了以让·雷诺阿为代表的诗意写实流派对新浪潮的影响。在去世前一天，巴赞在床上通过电视看完了让·雷诺阿的《朗热先生的犯罪》（1935），并作了很长的分析。这部影片的对白是战前法国电影中最精彩的对白之一，也是让·雷诺阿影片中最为突出的，这很大程度上要归功于让·雷诺阿这部影片的合作者、诗人普莱维。此外，雷诺阿在这部影片中对景深镜头的使用，在他战前的有声电影作品中极具重要性。

正如让·雷诺阿影片中对水的特殊偏爱，他影片中那种灵活、流动和起伏,一定程度上来自他标志性的景深镜头的作用。"我入行越深就越喜欢在电影中使用景深镜头。我更愿意自由地安排我的人物,让他们处于离镜头不同距离的位置上,然后让他们运动起来。"让·雷诺阿这种超越影像内容而致力于场景结构的手法,早于奥逊·威尔斯十年。当然,他喜欢让演员即兴演出,也是影片自由轻快的原因之一。

在巴赞去世的1958年上映的《大幻影》完整版,是让·雷诺阿1937的作品。1937年10月,美国总统罗斯福看完《大幻影》之后,宣布"世界上所有民主党都应该看这部电影"。这部不朽名作的底片曾被德国人收缴,之后被美国人在慕尼黑找到,让·雷诺阿和夏尔·斯派克将它重新整理出来。

让·雷诺阿认为,人与人之间的壁垒与其说是由于国家主义纵向的分割造成的,不如说是文化、种族、阶级、职业等将他们从横向上切分开来。这个"人以群分"的主题几乎出现在他每一部的作品中,《大幻影》就是对这些横向断裂中的"平民—贵族"这一对立进行了突出的论述。作为一部"政治"电影,它却能很大程度地淡化政治偏见,让·雷诺阿给片中所有的人物,甚至所有的思想以平等的机会。这种平等的艺术立场我们已在印象派画家身上得到了验证。

"让·雷诺阿的作品中最吸引人的矛盾性是一切都偏离到了一边。他是世界上唯一一个放任自己用这样一种表面看来潇洒从容的手法来处理电影的导演。如果想简要地概括让·雷诺阿的艺术,我们可以将它称之为错位的美学。"巴赞写道,"随着让·雷诺阿成为现实主义电影的一位大师，又继承了自然主义小说和与他同时代的印象派绘画的传统，这种矛盾性就愈演愈烈。"

换言之，"错位"是让·雷诺阿嘲讽艺术的最主要手段，这跟奥古斯特·雷诺阿对艺术的"不规则性原则"见解如出一辙。

"让·雷诺阿影片中最美的时刻都具有一种几乎过度的美，那种耀眼使人不得不低下双眸。演员被推出自身之外，愕然地沉浸在某种赤裸中，它与剧情的表现毫无关联。"巴赞指出，"这就如同画家们一样，迫使我们从画面中找到他想给我们看的东西。"也许这就是电影与绘画相通的地方，也是它们更胜于其他艺术的地方，犹如投射在人身上的一束光。

即使从表面上看，奥古斯特·雷诺阿的绘画与让·雷诺阿的电影都留下了视觉传递的遗产，比如油画《煎饼磨坊的舞会》被搬上银幕，成为《埃莱娜和她的男人们》中的民间舞会，也是《法国康康舞》中的一个场景；油画《秋千》成为影片《乡村一日》中的秋千，《乡村一日》中还重现了奥古斯特·雷诺阿的《青蛙池》《划船者的午餐》。但让·雷诺阿作品中突出的绘画性并不在摄影的构图上，而在他视角的质量上。可以说，让·雷诺阿的电影和奥古斯特·雷诺阿的画作表现出了共同的敏感性，特别是对现实主义的敏感，成就了一种对现实深沉的、肉欲的爱恋感觉。一种平凡的幸福感，一种含笑的怀疑、不苦涩的嘲讽甚至充满柔情的残忍，都来自这位混合了强悍与亲切的大导演自身的投射。《乡村一日》有着印象派的主题和光线，让·雷诺阿在这里效仿父亲，正如他在《游戏规则》中效仿博马舍和缪塞。

巴赞说："没有人能比让·雷诺阿更好地抓住电影最真实的本质

了,并把它从与绘画或戏剧模棱两可的类比中解放出来。"导演并不只是在四边形的边框内安排影像素材,他要懂得显影框的后面,被展现所依附的被遮蔽的一面,那才是真正有价值的存在。让·雷诺阿的天才之处是在电影中找到了表现他童年时期那些伟大画家和作家价值的最佳方式,或许有人会认为《乡村一日》高于莫泊桑的原作呢。

1962年,让·雷诺阿完成了他的最后一部影片《被捉住的军士》。1970年,他获得法国荣誉军团四级勋章。同年,他再度来到好莱坞。在回答为什么选择到美国生活时,他说:"使我成为今天的我的环境是电影,我是一个电影公民。"

据让·雷诺阿的一位朋友回忆,"晚年的让·雷诺阿几乎足不出户。他的全部作品都被做成十六毫米胶片,在家放映。幕布从房顶垂下,正好与挂在墙上的父亲的三幅油画重叠。在墙的另一端,有一幅其父奥古斯特·雷诺阿的肖像,它好像自己挪动位置,在给儿子留出空间。"

在让·雷诺阿开始拍电影时,随处可见父亲的影子,周围的人都认为儿子在模仿父亲。当时的让·雷诺阿发誓绝不给人留下这种口实。但到晚年时,他意识到他的努力失败了:"最后,我在家中把自己的作品全部看了一遍,必须承认我一直在模仿父亲。除此,我什么都没做。"

1979年2月,让·雷诺阿在贝弗利山庄的寓所去世。他的邻居奥逊·威尔斯在致悼词时提到,那些花大价钱收藏奥古斯特·雷诺阿画作的电影人,却从不看让·雷诺阿的影片。这种有意无意的忽略,让人们在父与子的对比中及时止住了笑声,继而品出一丝的苦涩。让·雷诺阿的遗体被运回法国,下葬于埃索瓦父亲的墓旁。

如果说在法国这片电影的天际中，维果是一颗明亮的星座，格莱米永是一个黑色的太阳，帕缪尔和吉特里是两颗比邻的各自闪耀着光辉的行星，梅里爱是一轮皎洁的月亮，那么雷诺阿就是一条银河系，他塑造的每一个人物就是其中的一颗行星、一束照亮我们黑暗的光芒。

与奥古斯特·雷诺阿一样，让·雷诺阿也是法国近代艺术史上不可绕过的名字。两个雷诺阿之间的关系，先是父与子，其次是绘画与电影，最后是印象派与法国电影。法国电影资料馆馆长塞尔日·杜比亚纳和奥赛博物馆馆长塞尔日·勒莫瓦尼，曾将父子两个人的作品联系起来审视，试图让观众看到架上绘画与影片片段之间的比较关系。让·雷诺阿在回忆录《我的生平和我的影片》中这样写道："我一生都在确定父亲对我的影响。"

法国电影对自身文化的传承，首先体现在像让·雷诺阿这样的大师身上，这种血缘的、环境的、文化的影响，足以使法国电影如《乡村一日》一样，安处于弥漫着美国电影文化的世界电影市场的一隅。

第二篇　巴黎，两条街的传奇与咖啡馆的香气

巴黎从童年时代便深入我心
我只因这座伟大的城市才成为法国人

——蒙田

巴黎，电影的爱巢

2007年，巴黎市政厅挂出一条横幅——"电影中的巴黎"，这是巴黎市政府举办的电影主题图片展览，展览还有一个解释性副标题："从梅里爱到爱美丽的梦想生活"，道出了首都与电影的亲密关系。

巴黎是法国的首都，更是电影的首都。埃菲尔铁塔、巴黎圣母院、香榭丽舍大街、巴黎歌剧院、塞纳河、布劳涅森林、旺多姆广场、卢森堡公园、夜总会、咖啡馆、大饭店等共同构成法国电影的浪漫，从而约定俗成地变成了法国和巴黎的浪漫。

同时，电影用幻想、回忆和欲望重新创造了一个新巴黎，并逐渐形成了影像上的巴黎主义：穿皮革的致命美女、通俗喜剧明星、商人或警察，以及新浪潮所带来的新形象，如大学生、教师、边缘艺术家，还有这些人物张嘴不离的爱情与烦恼、政治见解与生存哲学。

1895年，巴黎诞生了第一部喜剧片《洗衣匠》；1906年，诞生了第一部言情片《道歉规则》；1907年，第一部艺术电影的出现，使得电影成了明天的戏剧；1908年，维克多兰·雅塞拍摄了第一部诗意现实主义电影《尼克·卡特》；1913年，莱昂斯·彼雷拍摄出第一部自然主义电影《巴黎的孩子》。1908—1920年，电影语言在巴黎形成。美好年代的巴黎、享乐悠闲的巴黎跃然于银幕之上。

马塞尔·莱尔比耶是最有巴黎味的法国印象派导演，他的《黄金国》（1921）被视为法国印象主义电影的旗帜，另一位巴黎电影导演路易·德吕克对他发出"这，才是电影"的惊叹；雷内·克莱尔达达主义风格的《沉睡的巴黎》（1924）中，巴黎的埃菲尔铁塔对抗纽约的摩天大厦，暗示法国电影可以与好莱坞电影比肩；而让·雷诺阿认为巴黎不是抽象和诗意的，他要表现闻得到尿味、听得见马桶冲水声的巴黎，《游戏规则》因而构成了"不言而言"的法国电影语言艺术；特吕弗认为的巴黎，是路易·费雅德的屋顶、让·雷诺阿的城市、雅克·贝克的街道以及他自己的家；在戈达尔眼中，巴黎是中转站；侯麦的巴黎是人生的轨迹，无人可逃；里维特的巴黎则是一座关于符号的迷宫；瓦尔达认为巴黎是想象的宝库；路易·马勒却将巴黎庸俗化；夏布罗尔的巴黎甚至是丑陋的。雅克·贝克一生拍摄了十三部影片，其中九部都拍摄于巴黎。1944年，布莱松完成了《布劳涅森林的女人们》，评论认为"别人是在拍电影，而布莱松是在做电影教材"。

世界上没有一个城市能像巴黎这样放映如此多的影片。巴黎的电影文化是超级的、多元和多样的。电影资料馆、电影俱乐部、电影图片社已将电影文化机构化、日常化。巴黎的影迷不是一般意义上的影迷,他们有观影习惯、开放胸怀,艺术品位已具专业水准,可以说,他们是世界上最幸福的影迷,如描述巴黎人的这段话所说:"巴黎人的一只脚站在优越的现代世界,一只脚仍留在优美的历史空间里。前者享用物质,后者享受精神,这才是真正现代人的享受。"

巴黎的人与物、情与景都可以在影像上找到对应,这无论对一个城市,还是对一种艺术来说,都是难得的、罕见的。巴黎有二十个城区,巴黎大区还有数个省,几乎每一个城区、每一个省都有自己长长的电影摄制名单。巴黎市政府投资的宣传影片《巴黎,我爱你》,就由二十个区的代表共同完成,每个故事五分钟,反映每一个区的文化特征。如果说起城市与电影的共生关系,没有比巴黎更典型的了。电影从未离开过巴黎,就像巴黎从未离开过电影。

那么,就让我们走上那两条巴黎最著名的大街,来一趟电影之旅吧。

印象派绘画与电影首秀地之卡布西纳

巴黎,这个活色生香的名字,开始是定格于一个叫卡布西纳大道的地方。那是人人都想去走一走的繁华街区,从莫奈创作于1873年的画作《卡布西纳林荫大道》中就可以看出端倪。

1874年4月15日,莫奈这幅画作挂上了卡布西纳大道35号的大厅。装饰了棕红色的天鹅绒帷幔的墙壁上,同时挂着三十余位画家的一百六十五件作品——他们是1873年底成立的自称为"无名的画家、雕塑家和版画家协会"的成员,经莫奈提议,自发举行了这次展览。

这就是人们称之为"印象主义"的第一次集体画展,事实上是一次落选者沙龙展,参加者有莫奈、雷诺阿、德加、塞尚、毕沙罗、西斯莱等。当时莫奈的参展作品《日出·印象》的标题被一名保守的记者路易·勒鲁瓦借用作为嘲讽,称这次展览是"印象主义画家的展览会","印象主义"由此而得名,并沿用至今。女画家莫里索受莫奈和雷诺阿之邀也参加了该展览,她的《摇篮》受到评论家少有的赞誉,之前十年她都是官方沙龙展的参加者。

展览大厅原是法国摄影界先驱纳达尔的工作室。纳达尔还是画家和记者。1858年,纳达尔乘坐热气球升空,在五百二十米的高空拍摄了世界上第一张鸟瞰式的巴黎照片,由此开拓了人类的视野疆域。据说凡尔纳的科幻小说《从地球到月球》里的主人公阿尔就是以他为原型的。

首次印象派画展选址这里纯属偶然,因为房间空着,尚未出售。纳达尔是马奈的好朋友,马奈又跟印象派关系密切,就暂时租借给朋友办展览。从1874年到1886年,印象派画展共举办了八届,第六届也是在这里举行。

毕沙罗是印象派团体中年纪最大的一个,也是唯一参加过八届印象派画展的画家。2014年2月,在伦敦苏富比举办的一场"印象派、现代及超现实主义艺术"拍卖中,毕沙罗1897的作品《春天清晨的蒙马特大道》(1897)以全场最高价的一千九百六十八万两千五百英镑成交,被认为是近十年来拍卖场上最重要的印象派作品。而在1875年，巴黎德鲁奥拍卖行举行首次印象派绘画出售活动时，莫奈的作品价格介于一百六十五至三百二十五法郎之间，雷诺阿的是一百至三百法郎，西斯莱则是五十至三百法郎。

1874年的那一天，在卡布西纳大道发生的美术史上的大事，如同二十年后同一条大道举办的首次电影放映，观众被银幕上的"火车进站"吓得乱叫一样，当时参观展览的观众被这些非比寻常的油画震惊了。也许是冥冥之中的巧合，同一条大道上相距不远的两种划时代意义的展出，展览与放映，绘画与电影，具有如此的渊源，就像画家雷诺阿与电影导演雷诺阿，表明了它们之间的承继与相邻性。

1895年12月28日，巴黎天气很冷，卡布西纳大道像往常一样人头攒动。在大道14号的大咖啡馆门前，有个人不停地叫喊着："快进来，先生们，女士们，看看世界独一无二的节目，现代新奇观！"然而人群并没有停留。一天下来，放映卢米埃尔电影的咖啡馆印度厅只有收获三十五法郎、三十五个观众。

乔治·梅里爱是首场放映的三十五个观众之一。他被银幕上的活动影像深深吸引，忍不住要拿出两万法郎购买电影机，但遭到了婉言回绝。

三十四岁的梅里爱是巴黎罗培·乌坦剧院的老板，从小酷爱戏剧表演，后来成为一名魔术师和喜剧演员。被拒后，年轻气盛的他立志要经营电影，他从伦敦买来一台放映机自己试验改进，造出了自己的摄影机。他先是模仿卢米埃尔兄弟和爱迪生,但所拍的八十多部短片都无新意可言。1897年,梅里爱花八万法郎在巴黎附近蒙特洛伊的自家庄园建立了摄影场,之后偶然的一个意外让他发明了特技摄影,由此逐渐发挥出自己独特的创造性。

作为第一位真正意义上的电影导演,梅里爱创造了"幻景影片"和"排演影片",运用幽灵般的影像营造超现实的世界,成为表现性电影的源头,与卢米埃尔兄弟的再现性电影交相辉映,共同构成了电影艺术的元语言。没有这位魔术大师,电影也许会因为缺乏风情而寥落。对,梅里爱就是2011年的3D大片《雨果》中,那个隐姓埋名在巴黎蒙帕纳斯火车站开玩具店的老头。这部影片不仅是好莱坞大导演马丁·斯科塞斯写给电影史的一封情书,更是向电影始祖梅里爱的致敬之作。美国电影大师格里菲斯也曾深受梅里爱的影响。

与美国人对梅里爱的热爱相比,法国本土的电影人却更多地继承了卢米埃尔电影的衣钵,这大概是因为法国人更注重和享受日常生活的趣味。当年电影这新玩意儿第一天公映的境况虽然不佳,但惊人的消息传出后,第二天排队观影的人便长达三百米,人群纷至沓来,每天放映十八场,还满足不了人们的好奇心。当放映到火车进站的场面时,惊慌失措的观众们尖叫着纷纷离座躲避,生怕火车会压到他们,以致每次放映前要再三声明:"火车不会跑出来的!"

两个月前的1895年10月22日,一列行驶中的火车失控,冲破了蒙帕纳斯火车站的外墙,摔倒在大街上,砸死了一个在街上兜售报纸的妇人。这起骇人的意外发生后,观众第一次在银幕上目睹火车这个钢铁怪物迎面驶来,惊惧几乎是必然的。然而这些活动影像如此逼真自然,同样令人震惊。也许可以说，从卢米埃尔镜头里的火车进站、工厂下班、婴儿吃饭、男人打牌开始，就奠定了法国电影"闷"却真实感人的特征。

如今，当年放映的大咖啡馆已荡然无存，取而代之的是一家叫斯克里布的饭店。在光鲜亮丽的流行服饰橱窗之间，要仔细寻找，才能看到饭店素朴的入口处墙壁上镶有一块纪念1895年12月28日大咖啡馆印度厅公映的纪念牌。斯克里布饭店将两个厅分别命名为路易·卢米埃尔和奥古斯特·卢米埃尔，以纪念卢米埃尔兄弟对电影的杰出贡献。

事实上，当年卢米埃尔兄弟并没有来，到场的是他们的父亲安托尼·卢米埃尔。路易曾回忆说："他总纠缠我们，让我们允许他到巴黎进行展示，我们声明我们绝对不参与其中。"作为发明人，卢米埃尔兄弟并没有预料到这项发明的巨大威力，他们只是技术迷，如果没有父亲的倾力推广，这项伟大的发明很可能就被淹没在历史的尘埃之中。

巴黎的电影放映盛况让安托尼心花怒放，他开始着手拍摄《激情》一片。这部影片人物栩栩如生，人们认为这是在奥地利的一个村庄拍摄的，实际上是在巴黎20区拍摄的。但安托尼还是对两个儿子做了让步，不再拍电影了。

应该说，安托尼期待的电影观众是中产阶级，这可以从两幅卢米埃尔电影的海报看出来。一幅印刷于1896年，无疑也是电影史上的第一张海报，由亨利·布里斯波设计。海报前景是一位教士和一位军官正在聊天，看上去是影院的常客，右后景是一群有教养的人争相进入大厅抢位。画中有七个人分别是雇员、朋友和顾客，那个光头的很像大咖啡馆经理莫里斯·拉封,他原来在阿尼耶市做咖啡生意,可能是安托尼一个摄影师好友克莱蒙·莫里斯的堂弟,正是克莱蒙怂恿安托尼到巴黎做商业放映的。1896年12月,安托尼派拉封到美国去当影院经理,但他不懂英语,于第二年返回法国。拉封执掌这家咖啡馆直到六十二岁,距该店关张仅几个月。

另一幅电影海报"浇花女工"是马尔塞拉·昂左勒所画,也于同年出版。这张电影海报里没有教士和军人,但画中人穿着讲究,明显属于有闲阶层,两个小孩也衣冠楚楚。一法郎的票价和大咖啡馆地点的配搭也确实体现了中产定位。

当时放映卢米埃尔电影的其他影院,如位于巴黎10区的圣·丹尼影院、杜法维尔大商场影院等,票价只有五十生丁。但五十生丁相对于二十分钟长度的影片还是贵了些,相当于一公斤半面包或一个缝纫女工七十五分钟的工钱。外省比巴黎的工资还要低百分之四十五,但票价没有变。

尽管如此,一法郎的门票也没能阻止人潮涌去市中心看"活动影像",因为当时的卡布西纳大道相当于现在的香榭丽舍大街,繁华人人都爱。

卡布西纳原来是方济各会一座修道院的名字,当时这座修道院位于旺多姆广场与歌剧院广场之间。大道名为"Boulevard",有些人认为它来自德语,指一片有城墙的院落,一些人认为是指一片绿草覆盖的土丘。

在法兰西斯一世时代,巴黎只有一个中心:巴黎圣母院。1670年,太阳王路易十四推掉父亲留下的堡垒式城市,修筑向郊区延伸的大街,由此出现林荫大道。

1720年，路易十五在巴黎东边开辟新区，即玛德莲教堂、卡布西纳大道、圣拉扎尔街这一带，相当于现在的CBD，招来富裕阶层买地置业。很快，这里宅院府邸林立，成为巴黎最显赫的街区。

大道实际上并不是一条连接玛德莲教堂和吉纳兹剧院的大街，而是由一段段很短的街道组成的街区，分别叫玛德莲、卡布西纳和意大利人，还有蒙马特、圣丹尼、圣马丹等。事实上大道不仅仅是一条街，而是一个象征。

玛德莲教堂是为纪念圣母而建的一座希腊神庙风格的大教堂，五十二根科林斯大圆柱令人印象深刻。它是路易十五的情妇蓬巴杜夫人向国王建议修建的。这位信仰天主教、酷爱戏剧的平民女子，在成为实际的法国皇后之后，长期担任艺术女神的角色，以"蓬巴杜风格"闻名于世。可惜她体质孱弱，在1763年8月3日教堂奠基后的次年，便因病香消玉殒。

建造教堂的工程在法国大革命中被迫中止。1806年12月，拿破仑一世决定将其改建为英雄殿。但1812年拿破仑战败后，其恢复改建为教堂。1824年，教堂终于完工了，但直到1842年才正式剪彩，全程几乎经历一个世纪。巴黎还没有一个建筑命运如此多舛。

雨果一家曾住在玛德莲广场旁的维尼翁街，他搬来后，此地成了巴黎最抢手的街区。普鲁斯特小时候就住在连接玛德莲广场的玛雷伯大道9号，当时这一带是巴黎最高级的住宅区。让·科克托也曾住在玛德莲广场的一栋楼里，有人问他房子烧起来会想带走什么时，他说："就把火带着。"

意大利人大道实际上是卡布西纳大道的延伸，是拿破仑三世时期最具巴黎风情的地方。1860年起，风流倜傥的马奈几乎天天在意大利人大道的"托尔托尼"咖啡馆吃午餐，那是个漂亮时髦的地方，如雷诺阿所说："托尔托尼，那条大街，完全是身价的标志。"马奈偶尔会去数步之遥的26号的"巴德咖啡馆"，那里是巴黎时尚的另一个中心。而24号就是著名的马蒂内画廊。马蒂内本身是个画家，后来成为美术部官员，开了这家画廊后又成了画商。他创办了《艺术通讯》杂志，不顾官方艺术家们的攻击，展出独立画家尤其是库尔贝、惠斯勒和马奈的作品，他的勇气令马奈深受感动。

1879年，夏庞蒂埃夫妇创办的用于推广印象派画家的机构《现代生活》杂志社和画廊，就坐落在意大利人大道和王子街的拐角处，由奥古斯特·雷诺阿的兄弟爱德蒙·雷诺阿负责。他首次为画家们举办个人画展。

印象派最后一次画展于1886年在意大利人大道的迈松·多雷举办。此时创立者们的分歧愈加严重，小团体差不多已分崩离析，各走各路了。但作为一个绘画流派，印象派这时已开始踏上了成功之路。

圣马丹大道从18世纪末巴黎出现时尚娱乐设施，到拿破仑三世时期，一直是巴黎最著名的夏季娱乐街区，一个真正的游乐场，杂技、音乐、驯熊、比武，应有尽有。它有一个名号"巴黎—阴蒂"，可见其娱乐程度。它也是贵族和轻佻女子的猎场。圣马丹剧院也名噪一时，但在巴黎公社时被烧毁。

卡布西纳一直保留着动荡的巴黎生活的声音。

自1837年起,卡布西纳大道几乎全是咖啡馆、饭馆和酒吧,原来的娱乐项目已经很少了。路易·菲利普下令关闭所有不雅场所。当时一位满腹怨气的老板在门上贴出一首四行诗:

> 这里有三座门相连,
> 希望之门、饥饿之门和死亡之门。
> 人们从希望之门进来,
> 从后两座门出去。

路易·菲利普在执政前,生活在海峡彼岸的伦敦,当时伦敦有供水、下水和路灯,而巴黎仅有少量的煤气灯。因此到他执政时,卡布西纳大道铺上了石头,但路太窄,车辆经常相撞。

路易·菲利普以"平民皇帝"自居,生活简单且缺乏个人魅力,加上施政倾向保守谨慎,终在1848年爆发的"二月革命"中被逼下台。

革命的爆发让长期流亡在外的路易·拿破仑·波拿巴回到巴黎。1848年12月,这位拿破仑一世的侄子高票当选第二共和国总统。1851年他成功发动政变,一年后自立为国王,号称拿破仑三世。第二共和国变成了第二帝国。

第二帝国时期经历了由专制统治向自由主义演变的过程,法国的经济因此得到了大发展。这时期的卡布西纳街区也最是热闹和喧嚣,到处是小商贩的叫卖声,交织着狗吠和街头卖艺人的歌声,吞刀、拔牙、脱毛，无奇不有，其情形类似北京当年的前门大街。

1853年，在国王的授意下，雄心勃勃的巴黎市长奥斯曼男爵开始对巴黎进行大规模的城市改造和建设。二十年间，首都面貌焕然一新，不仅开通了十来条主要干线，还建设城市公园，安装了煤气照明、自来水和地下排水系统（从1852年起即开凿了长达五百公里的地下排水渠），改变了巴黎的肮脏形象，一举超越了伦敦。1856年时甚至提出要修建地铁，但遭到工程师的反对。奥斯曼设计新大道时，还有一种隐晦的考虑，就是当发生暴乱时，要便于军队进行镇压。

奥斯曼时期留下城市规划在内的大批文化遗产，如宽阔笔直的林荫大道、统一的六层楼建筑，连同其咖啡馆和店铺，确立了如今巴黎的形象和特征，包括一些巴黎的标志性建筑，如里昂信贷银行、法国兴业银行、巴黎春天百货、萨玛丽丹百货等，其中最著名的就是法国国家歌剧院（巴黎歌剧院），即加尼叶歌剧院。

歌剧院与大饭店之卡布西纳

法国作家、前国家电影中心主任杰罗姆·克莱芒说：奶酪、葡萄酒、长棍面包，还有建筑是法式生活方式的代表。对法国人来说，建筑不仅是栖身之所，更是一种审美存在，尤其是当它成为某种艺术的载体时。

站在卡布西纳大道歌剧院地铁站的出口，一眼就能看见宏伟而典雅的加尼叶歌剧院，带三角楣的平伏圆屋顶以及四周的四组金色雕塑，在阳光下闪闪发亮。四组雕塑分别表现音乐、诗歌、歌剧和舞曲等主题，原件均存于奥赛博物馆，博物馆内还有一座歌剧院的模型。歌剧院是文艺复兴与巴洛克风格结合的杰作，无疑是巴黎奥斯曼风格的中心，也是拿破仑三世的典型建筑。1964年，文化部长安德烈·马尔罗请俄裔法国绘画大师马克·夏加尔为歌剧院的天顶作画，巧妙的是新加的天顶画与拿破仑三世的建筑风格很是和谐。这幅天顶画与20世纪80年代贝聿铭为卢浮宫增添的玻璃金字塔，被称为巴黎建筑中现代艺术与古典风格完美结合的双璧。

1927年，加尼叶歌剧院首映了阿贝尔·冈斯的默片巨作《拿破仑》，同时用三块连接在一起的银幕放映。这部英雄主义的传记片，成功运用快速剪辑和叠印手法，来模仿一种经历革命生死的混乱状态，并出人意料地将三台摄影机的画面连成最早的超级宽银幕，给人以极致震撼。这部长达五个小时的史诗片首映选在这座由拿破仑三世钦点的歌剧院，不能不说是恰当和有深意的。

1860年9月29日，拿破仑三世下令兴建新歌剧院，地址选在卡布西纳大道与和平街之间。歌剧院的设计者夏尔·加尼叶也是摩纳哥大赌场的设计者。工程于1861年7月动工，但很快便遇到了麻烦：挖掘刚开始便出现了水层问题，光抽水就用了八台蒸汽泵，整整抽了七个月，所以到第二年才正式开工。大概受此启发，记者、侦探小说家加斯东·勒鲁写出了神秘小说《歌剧魅影》，在歌剧院的地下藏了一个湖，作为主人公的藏身之所。这部关于爱与救赎的小说于1911年出版后，成为无声电影和早期恐怖电影的宠儿，中国早期电影《夜半歌声》（1937）就是改编自

1925年美国版的《歌剧魅影》。如今最受欢迎的《歌剧魅影》还是英国音乐剧大师安德鲁·韦伯的同名音乐剧。而当年歌剧院因为1870—1871年的普法战争和巴黎公社推迟了竣工，直到1874年才交付使用，整整用时十二年。

1875年1月5日晚，加尼叶歌剧院举行盛大的落成仪式。当时谁也没想到照亮剧院正面，倒是相邻的大饭店打开了所有窗户，并打出祝贺的灯光。当晚的贵宾有法兰西第三共和国总统、伦敦市长、西班牙国王等。奇怪的是歌剧院设计者加尼叶不在嘉宾之列，他被告知在售票处取二等包房的票（一百二十法郎）。中场休息时，总统麦克马洪接见加尼叶，并授予他荣誉军团荣誉十字勋章，加尼叶这才名声大振。

歌剧院所在的卡布西纳大道与戏剧关系密切。戏剧是巴黎历史重要的一部分，这要归功于路易十六的王后玛丽·安托瓦奈特，她和蓬巴杜夫人一样喜欢戏剧，尤其是喜剧。她甚至在自己的府邸上台表演。

1781年，王后得知圣·奥诺雷街上的王宫剧院再次被火烧毁后，立即下令建筑师重建，地点就选在圣马丹。重建后的剧院大厅豪华宽敞，并安置了多条通道和防火设施。可惜在1871年还是被巴黎公社付之一炬。

在路易十八时代，国王荒谬地建立了一条区分喜剧演员和街头艺人的标准。街头艺人要登台表演就必须具备马戏、走钢丝等技艺，他们上台不许演喜剧，只能演哑剧，因为他们没有权利开口说话。当时，一个著名演员弗里德里克·勒梅特尔在主演《向阳坡旅馆》时，把它变成了一个纯粹的闹剧。他篡改台词，加入文字游戏、隐喻、评论和即兴表演,他的打扮,尤其是独眼罩的打扮使其成为一个特立独行的代表人物,获得巨大成功,甚至前往英国伦敦展演。后来这出戏被马塞尔·卡尔内和雅克·普莱维改编为影片《天堂的孩子们》,成为法国电影的杰作之一。

昂比古剧院烧毁后,勒梅特尔转到圣马丹剧院,与玛丽·杜布瓦(大仲马和维尼的偶像)同台演出。

卡布西纳大道曾经有一个绰号叫"犯罪大道",因为悲剧和轻悲剧在这里轮流上演,二十年间,仅五个演员的角色就参与表演过数万件凶杀案。

1828年,戏剧界爆发浪漫主义战斗,巴黎分为两个阵营:一方是以法兰西大剧院为首的传统戏剧,另一方是以雨果、大仲马为代表的浪漫主义戏剧。大仲马的《亨利三世》(1829)比雨果的《欧那尼》还早问世一年,这出戏完全破除了古典主义的"三一律"。他的儿子小仲马的成名作《茶花女》于1848年问世,1852年改编为同名话剧上演,这代表着法国戏剧由浪漫主义向现实主义的演变。这种演变与文学和绘画的写实主义潮流一脉相承。

法兰西大剧院的王室总监泰勒伯爵,当年曾在离圣马丹剧院不远的一个堆满手稿的小房子里,接见过当时还籍籍无名的大仲马,并给予他鼓励。巴黎还要感谢这位伯爵,是他在埃及谈判中购买了著名的卢克索神庙方尖碑,一直矗立在巴黎最大的协和广场上。

1863年,歌剧院刚动工不久,法国科幻小说家儒勒·凡尔纳写了一部小说《20世纪的巴黎》，其中提到前往一个巨大的太空旅馆的旅行，起点就是加尼叶歌剧院，可见其声名之盛。这部小说被尘封遗忘长达一个多世纪，直到凡尔纳的重孙发现了它，并于1994年首次出版。

凡尔纳是世界上被翻译作品最多的第二大名家，仅次于阿加莎·克里斯蒂，位于莎士比亚之上。2005年被法国定为凡尔纳年，以纪念他的百年忌辰。梅里爱最负盛名的代表作《月球旅行记》（1902），即改编自凡尔纳的科幻小说。这部由三十个分镜头构成、总长十一分钟的影片，是法国电影史上首部重要制作。

凡尔纳的科幻小说被誉为科学预言，很多想象在今天已变为现实。但是他没有想象到电影这个20世纪大放异彩的"第七艺术"在他有生之年的发明和兴起。比如取材于加尼叶歌剧院的音乐剧电影《歌剧魅影》，就曾多次被翻拍，而且很可能还会继续翻拍下去，这就是电影和经典的魅力。

在大咖啡馆的电影放映人满为患后，相距不远的卡布西纳大道12号的大饭店和平咖啡馆，也开设了一个放映厅，每晚八点半开始放映，直至十二点结束，门票也是一法郎。1896年年底，欧也妮·皮卢也在这里组织放映过短片《俄国沙皇夫妇访法参观凡尔赛宫》。

大饭店是与加尼叶歌剧院同时兴建的，只是比歌剧院早建成而已。和平咖啡馆就坐落在大饭店的一个角落，位于歌剧院广场。当时拿破仑三世希望为1867年的巴黎世界博览会兴建一个世界上独一无二的大饭店，以体现帝国的科学艺术和工业成就，证明法国已进入现代化。

1861年4月5日，大饭店开始动工，昼夜不停，并顺利地于一年后竣工。大饭店面积达八千平方米，占据了卡布西纳、斯克里布和奥柏三条街。在斯克里布街上，还可以看到加尼叶歌剧院专为拿破仑三世建造的奢华阶梯和雕饰柱灯，可惜这位皇帝到死都没有机会走上这座阶梯。

投资人佩雷尔兄弟于1857年建过巴黎最早、最豪华的卢浮宫饭店。设计师阿尔弗雷·阿尔蒙曾于1843年设计重建了巴黎的第一个火车站——圣拉扎尔车站，当时是为巴黎至圣日耳曼–昂莱线路服务的，是法国第一条重要的火车干道。大饭店是阿尔蒙最后一个伟大作品。他请来顶级雕塑家、画家为八百间客房和六十五个套房做装修。一层餐厅有八百个座位，分为晚餐订位、普通餐厅和一个咖啡馆（和平咖啡馆）三部分。酒窖藏有一百万瓶葡萄酒。饭店还第一次采用了液压升降机。

1862年5月5日，拿破仑三世和皇后欧仁妮莅临大饭店开业典礼，并聆听由作曲家雅克·奥芬巴赫亲任指挥的歌剧《茶花女》和《吉赛尔》。

开业后，大饭店经常接待各国要员。1866年，清朝的恭亲王派一个外交代表团来到法国，下榻在大饭店。他们带来的厨师和法国厨师交流厨艺时，惊讶地发现法国人竟会做燕窝。其实，早在饭店开张那一年，一位法国伯爵就把燕窝秘方从北京带到了这家大饭店。

大饭店原名叫"和平大饭店"，在开幕时改为"大饭店"，突出了大和豪华的意思，只是一层的咖啡馆仍称为和平咖啡馆。

大饭店所在的十字路口不是普通的交通路口，这里交汇的是一架巨大的生理机器，它的名字叫巴黎。在这里不仅能听到法国的脉动，也能看到世界的回应。

爱德华二世是英国维多利亚女王的长子。踏上法国的土地之初，他就对皇后欧仁妮说：您的国家多漂亮啊！我愿意当您的儿子，留下来。一次，他在和平咖啡馆用餐，说法国姑娘都是天使。这位满嘴甜言蜜语的爱德华王子是典型的纨绔公子，但有人却认为他是欧洲第一绅士，学他穿西装只扣一个扣子。这种潇洒的穿衣方式沿用至今。

左拉在大饭店观察巴黎的生活场景，完成了著名小说《娜娜》。女主人公娜娜从此成为卡布西纳大道最著名的一个虚拟人物，一个圣洁的魔鬼、一个放荡的维纳斯，是大饭店奢华生活的象征，她也在大饭店401房结束了自己的一生。时至今日，法语俗语还称女人为Nana，足见其影响之深。

左拉的"自然主义宣言"就是在这家饭店写下的，他主张以科学实验方法从事文学创作。从1871年起，左拉用二十余年的时间创作了包括二十部中、长篇小说的《卢贡-马卡尔家族》，这是左拉自然主义大型系列小说，堪与巴尔扎克的《人间喜剧》媲美，其中就包括《娜娜》，它是左拉轰动一时的小说《小酒店》的续篇。

1877年，为庆祝雨果浪漫主义戏剧代表作《欧那尼》重演，大饭店节日大厅举办了一场盛大的晚宴，七十五岁的雨果从此不朽。1885年6月1日，上百万巴黎市民涌上街头，为不朽的雨果送别。

这位和卢米埃尔兄弟一样出生于贝桑松的法国大文豪，在中国以《巴黎圣母院》和《悲惨世界》闻名，这也是两部被多次改编为电影的小说，因为它们有震撼人心的力量，"人类最神圣的慷慨，是为别人赎罪。"2012年，好莱坞制作、英国导演汤姆·霍珀的音乐剧电影《悲惨世界》上映，还是令观众激动不已。我们也感怀1861年这位大作家针对英法联军烧掠圆明园发出的正义之声："我希望这一天会到来——摆脱偏见的干净的法国将把这些掠夺品归还给遭到洗劫的中国。"

1902年2月26日，龚古尔文学奖评委会在大饭店召开第一次会议，决定设立五千法郎的奖金，奖励当年出版的最佳小说和散文作品。后来奖金改为五十法郎，仅仅是一种荣誉，但其重要性已超过法兰西文学院的小说大奖。自1903年开始颁发奖项，龚古尔文学奖已走过百年历程，成为法国最重要的文学奖项。获奖小说包括普鲁斯特的《在花枝招展的少女身旁》、马尔罗的《人的状况》、波伏娃的《名士风流》和杜拉斯的《情人》等。

龚古尔兄弟是自然主义小说家，他们认为：历史是已经发生事件的小说，而小说是即将发生事件的历史。为纪念1870年早逝的弟弟儒勒·龚古尔，早在1874年7月，哥哥埃德蒙·龚古尔就立下遗嘱，要用遗产作为基金成立龚古尔学院，即龚古尔文学奖评选委员会。当时他指定福楼拜、左拉、都德等十名作家为第一届院士。为了保证院士们能不偏不倚地进行评选，遗嘱规定每位院士可享有一栋住宅和一份保障生活的年金。但埃德蒙直到1896年才去世，这份名单后来有所变动。

继左拉的"自然主义宣言"之后，1908年秋，意大利诗人马里内蒂在大饭店写下了"未来主义宣言"，反对文学上的麻木不仁。该宣言于1909年2月20日在巴黎《费加罗报》上刊出，引发近代未来主义的文艺思潮。

大饭店的斜对面，就是纳达尔早期的工作室，初试啼声的印象派第一次画展之地。

几个月后，1874年12月20日，也就是加尼叶歌剧院竣工之时，法国艺术家协会在大饭店为印象派的前辈柯罗举办了一个招待会，给这位"诗人画家"颁发勋章。柯罗的名作《马库西的回忆》多年前被拿破仑三世收藏。两个月之后，1875年2月25日，这位著名的巴比松画派代表去世。同年去世的还有两位大家：同为巴比松画派代表的米勒和雕塑家让·巴蒂斯·卡尔波，后者正是加尼叶歌剧院前脸雕塑的作者。

卡布西纳大道28号，即举行首次电影放映的大咖啡馆原址附近，是一家著名的音乐厅——奥林匹克音乐厅，1893年由"红磨坊"的创建者开办，曾有多位名家在此演唱，比如"小麻雀"艾迪特·皮雅芙。《玫瑰人生》（2007）被认为是皮雅芙的传记片，主演玛丽昂·歌迪亚以此片成为近半个世纪以来首位获奥斯卡奖的法国女星。第一次世界大战前，这家音乐厅就出现在了麦克斯·林戴的影片中。1929年曾被改建为影院，并于1938年上映过让·雷诺阿的影片《马赛曲》。

作为电影在巴黎的第一个根据地，卡布西纳大道直到20世纪初才开始被摄入电影镜头。其中比较著名的影片，除了多次翻拍的《歌剧魅影》，还有朱利恩·杜维威尔《祝女士幸福》（1929）、杰拉尔·乌里《虎口脱险》（1966）、克劳德·勒鲁什《告密者》（1970）、沃尔克·施隆多夫《斯万的爱情》（1984）、罗曼·波兰斯基《惊狂记》（1988）、拉乌·鲁兹《追忆似水年华》（1992）、罗伯特·阿尔特曼《云裳风暴》（1994）、让-皮埃尔·热内《漫长的婚约》（2004）、达妮埃尔·汤普森《蒙田大道》（2006）等。

卡布西纳大道曾是巴黎最早的艺术和文学中心。随着"美好年代"的来临,传奇开始在巴黎另一条著名的大街——香榭丽舍大街——上演。

香榭丽舍:政治的巴黎与时尚的巴黎

如果说世界上有哪座城市能轻易地让人流连忘返,如入魔幻之境,那巴黎不是首选也会是必选。它的如电影场景般的格局,如精致花边的优雅,以及飘荡着的暧昧不明的情感,这一切汇成一股独特的吸引力,"花都"名不虚传。

若说起巴黎的形象代言,非香榭丽舍莫属。作为法兰西第一街,香街的魅力不仅仅是奢华的样板、血拼者的天堂,也是历史的现场、观光客的圣地。所以香街永远人潮涌动,人人都要踏上一脚才甘心。

可以想见,平常少有巴黎人会去那儿溜达,就如北京人无事不会去王府井一样。但当夜幕降临,情况就有些不同,把巴黎人的脚步带到那儿的,是大大小小的影院、俱乐部、咖啡馆——巴黎人爱电影是出了名的,对他们来说,看电影是日常生活的一部分,而且,从来都是。

当然,1895年初生的电影在巴黎进行首次商业放映时,影片里还没有一个巴黎的画面,观众看到的是里昂的工厂、南方庭院中的小孩和参加会议的人们,以及一列开进拉西奥塔火车站的火车,他们没有看到巴黎。其实在卢米埃尔后来拍摄的一千四百部影片中,有一百七十一部是在巴黎拍摄的,占比十分之一还多,比里昂的比例大多了。这也许跟百代和高蒙两大电影公司有关,他们只买有巴黎镜头的卢米埃尔影片。

此后,巴黎越来越多地出现在银幕上,几乎巴黎的每一条街道都上过镜头,想要完整寻找这些街道几乎是不可能的。所以,到了巴黎,就等于进入了一个电影大场景,一言一行,都是在不自觉地扮演自己。你看不到导演,那是时间,它正在导演一部叫作巴黎的永不落幕的电影。

不过,当真的摄影机开动,出现在镜头里的巴黎场景,其实是来自三种方式的塑造:一是实景,稍加装饰,就变成古老的巴黎街道;二是替代景,比如用法兰西银行替代凡尔赛宫;三是虚景,比如把巴士底狱、爱丽舍宫和巴黎圣母院当作背景,美工的才华足以乱真。

与卡布西纳大道一样,大名鼎鼎的香街其实不仅仅是一条街,而是一个街区。如果把香街比作血管,那每根血管都会连着一个电影末梢。这里是巴黎电影的心脏,有巴黎最漂亮的影院,也是无数电影的场景,有梦幻布景之称。

早在20世纪30年代,马克斯·诺塞克就拍摄了《香街之王》(1934),雅克·胡森拍摄了《香街之约》(1936)。第二次世界大战以后,导演罗杰·布朗拍摄了香街三部曲《香街怪事》(1948)、《香街午夜》(1953)和《香街历险》(1956),以及《最后一次看巴黎》(1956)、《勾引者》(1959)和《演员》(2000)。萨沙·吉特里于战前拍摄的《回顾香街》(1938),无疑是最著名的香街电影,讲述香街1617年至1938年的历史,路易十五和拿破仑三世的奢华时代。

香榭丽舍大道其实全长不到两公里,东起协和广场,西至星形广场,以中段圆点广场为界分成两部分:东边的一半是纯林荫道,清幽安宁,西边仅一公里的街上排列着三百多家光鲜亮丽的商店,雍容华贵,红尘滚滚,这里便是游客心目中的香街。

与枫丹白露这个译名一样,"香榭丽舍"被誉为法译汉的范例,为留学法国的诗人徐悲鸿所译。香榭丽舍法文名Champs-Elysées,Champs意思是田园,Elysées源自希腊文Elusia,意思是供英雄及高士休憩的"幸福岛"。1670年始建时,依据太阳王路易十四的构想,这条由王宫旁的杜乐丽花园往西开辟的供散步用的大道,两旁应该是连绵的草坪、花卉和大树,如成片的田野花园,延伸至圆点广场。1709年,这条大道得名香榭丽舍,但直到1723年,才算全面贯通。人们击鼓植树,每三人负责种一棵树,第一遍鼓,把树入坑,第二遍鼓,填土和平地。几个小时后,这条散步大道变成了苗圃,后来渐渐长成了林荫道。

1792年,随着起义的巴黎民众在香街高唱《马赛曲》,推翻了王权,建立了法兰西第一共和国,香街开始进入伟大时代。

在香街东端的协和广场,现与玛德莲教堂的南面以罗亚尔街相连。1702年时这里只有两个纪念雕塑,作者是路易十四最喜欢的雕塑家安东尼·柯塞沃克。1794年,广场多了两座非凡的大理石雕像"马利骏马",那原是路易十五约于1739年向雕塑家纪尧姆·库斯图定制的,用来装饰王室宫邸马利城堡公园水池的雕像。库斯图正是柯塞沃克的侄子,他也是里昂的罗纳河神和索恩河神雕像的作者。1745年马雕完成后,就安放在马利城堡。此雕像自问世之初即被视为法国雕塑杰作,因此得以在法国大革命时期马利城堡遭毁时幸免于难,并于1794年运至巴黎,置于协和广场的高大底座上,立于香街大道入口处。1984年,"马利骏马"被移至卢浮宫保存,现在协和广场和马利城堡公园放置的是其复制品。

协和广场始建于1757年，之后于1763年改称为路易十五广场，广场中心塑有路易十五骑像。因为亨利四世建了新桥，路易十三有了孚日广场，路易十四建了旺多姆广场，所以路易十五修建了这个八角形的大广场。

法国大革命时期，路易十五广场被改名为革命广场，广场竖起了断头台。路易十六和王后玛丽·安托瓦内特等一千多名皇室成员及保皇派，在这里被新国民公会的罗伯斯庇尔处决。同痴迷于书画最后国亡被俘而死的中国皇帝宋徽宗一样，性格优柔寡断的路易十六痴迷于制锁技术，最终却打不开自己的命运之锁，成为法国历史上唯一一个被处死的国王。他在临终时高喊："我清白死去。我原谅我的敌人，但愿我的血能平息上帝的怒火。"

玛丽原为奥地利帝国公主，十八岁时成为法国王后，生活奢侈无度，有"赤字夫人"之称。据说当玛丽被推上断头台时，踩到了刽子手的脚，她马上说了句："对不起，您知道，我不是故意的。"这位王后的生平故事被好莱坞大导演科波拉的女儿索菲娅·科波拉拍成了电影《绝代艳后》（2006），她的上一部影片《迷失东京》（2003）曾是小资们的大爱，但这部大制作却被批评为浮华空洞，一股子美国味，尽管索菲娅史无前例地获得了凡尔赛宫的拍摄许可，在凡尔赛宫实景拍摄，而且还从爱马仕私人博物馆中借了若干件藏品作为道具，但到底是文化隔膜，如隔岸观花，影片也只是投向衣香鬓影的法国波旁王朝的美丽一瞥。2006年戛纳电影节上，索菲娅镇定地回击对展映片《绝代艳后》的议论："你们这些法国人太敏感了，别人一碰你们的历史，你们就紧张。"

顺便提一下，影片中各式宫廷糕点都是从位于香街大道75号的拉杜瑞甜品店送去的，那是一家始建于1862年的百年老店的分店，其千层酥和杏仁饼可谓天下一绝。

回头说说大革命。1794年4月，新共和国政府首脑丹东也被时任国民公会主席的罗伯斯庇尔下令处死。他们本是大革命的英雄与战友，同为激进的雅各宾派领袖，后来却分道扬镳，之后更成为宿敌。但革命的吊诡之处在于，在四个月后的热月政变中，罗伯斯庇尔也被推上了广场的断头台，和丹东及数万法国人一样，成为法国大革命的殉道者。雨果在《九三年》中这样写道："当路易十六被判死刑时，罗伯斯庇尔的生命只剩下一年半，丹东只剩下一年零三个月……人类的气息是多么短暂而可怕！"

1983年，波兰导演安杰依·瓦依达拍摄了《丹东》，并因此片获恺撒奖最佳导演奖。这是一部用新的视角探索和评价法国大革命的历史片，主演杰拉尔·德帕迪约奉献了他职业生涯的一次巅峰演出。1794年，丹东上断头台时三十五岁，1983年，扮演丹东的德帕迪约正好也是三十五岁。

到了1795年，革命广场又改称为协和广场。1840年经过重新整修，形成了现在的规模。广场的四周安放有19世纪法国最大的八个城市的雕像。从1852年至1870年，协和广场在每年的8月15日都要举办国庆庆祝活动，这是拿破仑一世定下的国庆节日。1856年国庆时，还举办了中国节，在广场周围建造了中国塔和庙，中法文化交流历史可谓源远流长。2004年春节，"中法文化年"活动的高潮，就是在香街大道举行的盛大的华人彩妆巡游活动，埃菲尔铁塔也首次披上了红装，吸引了七十余万巴黎市民前来观看。这也是巴黎市政府首次批准外国人在香街举行如此规模的表演活动。1854年时广场国庆节的主题是埃及和墨西哥。

说到埃及，一座有三千四百多年历史的埃及卢克索神庙方尖碑，至今矗立在协和广场中央，直耸云天。这是1831年埃及总督赠送给法国的大礼，由一整块巨形粉色花岗岩雕琢而成，碑身的古文字记载着古埃及拉美西斯法老的事迹。当初为了运输这块高二十三米、重达二百三十吨的方尖碑，人们特地造了一条船，取名卢克索号，经过十八个月的航行，历经千难万险，于1833年12月23日抵达协和广场码头。协和广场立碑是19世纪巴黎的一件大事，1836年10月25日，大作家、《红与黑》作者司汤达与三万人一起见证了这一时刻。

三个月之前，1836年7月29日，位于星形广场的凯旋门竣工揭幕。这座雄伟壮丽的"伟大的雕塑"，象征着英雄史诗般的拿破仑时代，是拿破仑为庆祝奥斯特利茨战役的胜利，于1806年下令修建的，可惜未等完工拿破仑就郁郁而终。凯旋门门壁上皆有巨型浮雕，以"马赛曲"最为人称道。此时，东西两端这两个巴黎重要的标志物之间还没有什么联系。

协和广场作为巴黎最大的广场和香街大道的一端入口，在白天自是车流人流川流不息，所以作为电影场景拍摄往往只能等到晚上。在这里拍摄的重要影片有：路易·马勒的《扎齐在地铁》（1960）、马克·西默农的《署名费拉》（1980）、埃里克·朱多尔和朗兹·贝迪亚的《孤独的两兄弟》（2008）等。

如果你注意到戈达尔在《女人就是女人》（1961）中放了一张偌大的扎齐照片，就知道这部影片不一般了。《扎齐在地铁》是路易·马勒的第一部喜剧片，用了高速摄影、低速摄影、慢动作、跳切、闪回等大量纷繁的技法来叙事，表现手法之多之杂实属罕见，既迷幻又明快，带有激进的新浪潮色彩。片中叛逆古怪的小女孩扎齐，仿佛就是《天使爱美丽》（2001）中艾米莉的前身，只是艾米莉更纯真更快乐，如落入凡间的天使。

《天使爱美丽》营造出如世外桃源般的梦幻巴黎气质，影片音乐为此加分不少。片中电影院里正在放映的影片是特吕弗的《朱尔与吉姆》（1962）。当然，影片最大的惊喜是主演奥黛丽·塔图，她因此一夜成名，此后在《时尚先锋香奈儿》（2009）中扮演香奈儿也备受好评，同年成为世界最畅销香水——Chanel五号香水的代言人。这个一头黑短发、棕色大眼睛、有糖果般笑容又会闪现少女般哀愁的塔图，大概是在中国最知名的法国新生代女演员了。

毗邻协和广场的克利翁大酒店，是巴黎最古老、最奢侈的豪华酒店之一，历来是世界各国元首和各界要人首选的下榻之地，也是许多电影明星的下榻之处，如葛丽泰·嘉宝、麦当娜等。它的前身是早在1758年广场始建时同时兴建的两座豪华宫殿之一，被克利翁伯爵购入作为私产建筑。1778年，法国人就在克利翁大酒店与美国人缔结法美同盟条约及通商友好条约，承认美国独立。

因为克利翁大酒店的尊贵身份，它也成为著名的名媛成年礼舞会的举办地。每年11月的克利翁名媛成年礼舞会，是巴黎社交季唯一向全世界开放的贵族舞会。能拿到请柬进入观礼的，全球只有二百五十个人。

成人礼舞会起源于英国宫廷，一些千挑万选的刚满十八岁的贵族女孩，由仪式感十足的宫廷舞会，以最传统的礼仪，正式介绍给女王和皇族贵胄。1957年，法国高级时装品牌让·巴杜复兴了这个传统，主要在巴黎郊区的凡尔赛宫或巴黎歌剧院举行，但在1968年"五月风暴"自由平等思想的影响下终结。

1992年，社交公关大师奥弗利·勒努阿尔恢复了这项活动，与大品牌合作，并选择克利翁酒店为固定举办地。如今严格的血统观念已然被淡化，受邀女孩中真正有贵族血统的已越来越少，多的是政界显要和商界名流的千金，或者干脆是平民出身的娱乐圈明星的后代。如此庄重显赫的成人礼舞会，现在也能嗅出奥斯卡颁奖典礼般的商业味道了。

克利翁大酒店以套房著称，其中伯恩斯坦套房被称为是巴黎最美套房，以酒店常客、著名作曲家伯恩斯坦命名，光房间外两个大天台面积就有一百平方米，放眼望去尽收半个巴黎城。而路易十五套房是最知名的套房，房内手工雕琢的彩绘木器、丝织品都是按照路易十五的风格打造的，六十平方米的天台朝向协和广场，可以欣赏巴黎全景。1980年3月中旬，特吕弗执导影片《最后一班地铁》，女主角德纳芙在旅馆房间的场景，就拍摄于克利翁大酒店。

1828年，协和广场和香榭丽舍大街成为巴黎市政府的资产。于是市政府在这条大街上铺设人行道，安装路灯和喷泉，将其建成为法国第一条林荫大道。

第二帝国时期，拿破仑三世扩建巴黎，由塞纳省省长奥斯曼主持的扩建工程，耗时十八年才完工。奥斯曼以交叉路口的广场作为交通枢纽，新建扩建了许多大小广场，如星形广场、巴士底广场、歌剧院广场、共和国广场等,连接各广场路口的是笔直宽敞的梧桐树大道,两旁是统一的六层楼建筑,每条大道都通往一处纪念性建筑物。这种恢宏通畅的城市格局在一个半世纪后的今天,依然是实用与审美相结合的典范。

在扩建工程中,奥斯曼改造了星形广场,并把它周围的五条道路增建为十二条,呈外向辐射状。香榭丽舍也从圆点广场延长至星形广场,成为十二条辐射大道中的一条,也是其中最著名的一条,正好位于巴黎历史中轴线的核心段落。在这条穿过凯旋门的轴线的尽头,就是"巴黎的曼哈顿"拉德方斯新区,那儿的标志是一座"回"字形的新凯旋门,为纪念法国大革命二百周年而建,于1989年竣工。它比凯旋门高一倍还多,三十万吨的重量只靠十二根壁柱支撑,也是现代建筑的一项奇迹。

1965年,埃里克·侯麦拍了一部以凯旋门为主角的短片《星形广场》,正是那里的人们生活与工作状态的真实写照。该片是由新浪潮导演共同拍摄的集锦片《六位导演眼中的巴黎》中的第四部分。

凯旋门下的无名烈士墓是塔维尼埃的选择。1989年,他在纪录片《生命,不仅仅是生命》中讲述了十二个无名烈士的故事。

星形广场的瓦卡姆大街39号原是一家拳击馆,犯罪片大师雅克·贝克就是在这里的拳击赛上发现了利诺·文图拉,让他参与主演了电影《金钱不要碰》(1954),影片的男女主角分别是著名影星让·迦本和日后大名鼎鼎的让娜·莫罗。文图拉由此一脚踏入影坛,他在法国影坛的影响力相当于李小龙,曾因主演《悲惨世界》(1982)而获得恺撒奖最佳男演员提名。这地方后来又出现在克劳德·勒鲁什《一个男人和一个女人》(《男欢女爱》,1966)、贝托鲁奇《巴黎最后的探戈》

(1972)、菲利普·德·普劳加《脆嫩的小鸡》(1978)中。

雅克·贝克曾长期担任让·雷诺阿的助手，他在20世纪20年代末通过画家塞尚的儿子，结识了当时刚刚起步的导演让·雷诺阿，两人志趣相投，在1931年至1938年共合作拍摄了近十部影片，其中包括让·雷诺阿的代表作《大幻影》，直到第二次世界大战开始，让·雷诺阿远走美国，两人才结束了合作。在贝克去世后，让·雷诺阿说："我无法接受雅克已经不在人世了。他是我的兄弟、我的儿子；我无法相信此刻他正在坟墓里腐朽。我想他定是在另一个世界的某个角落等我，等我们一起去拍另一部电影。他热爱人类，不是以任何一般性的、理论的方式，而是直接地爱每个人。他选择朋友从无偏见，不管你是水管工还是著名作家。"这大概就是贝克的影片能准确描绘法国社会风情，反映各阶层人物生活与性格的原因，如《红手古比》(1943)中的农民、《花边》(1945)中的时装店店员、《安东尼夫妇》(1947)中的工人。他去世那一年的最后一部影片《洞》(1960)，堪称经典越狱电影，被认为水准高于三十多年后的好莱坞名作《肖申克的救赎》。

邻近星形广场的香街133号是一家大商场，曾是两部电影《坏孩子》(1964)和《杂货店之流》(2001)的场景。

每年7月14日法国国庆日，香街上的阅兵式总是引人注目的一景，有时会作为场景出现在影片中。在让·吉罗执导的喜剧片《警察在纽约》(1965)中，阅兵队列中突然闪现一辆小卡车，喜剧效果立现。

1999年，一辆标致出租车出现在阅兵队列中。希拉克总统不无调侃地回答身旁日本首相的疑问：那是我们的新式武器。这是热拉尔·克瓦兹克拍摄的《出租车2》，吕克·贝松是该片编剧。

2004年，杰拉尔·皮雷拍摄的《空中决战》中，一架幻影战斗机赫然飞过阅兵队列。

《这是一次约会》是克劳德·勒鲁什1978年拍摄的一部短片。凌晨五点，他驾驶着奔驰跑车一路横穿巴黎，从香街大道直至蒙马特的圣心堂。1999年，勒鲁什对《巴黎首映》的记者回忆说，那天他一共闯了三百一十八个红灯，创造了一项纪录。这部仅九分半钟的公路短片，是一次电影与巴黎的激情约会。而起点，勒鲁什自然而然地选择了香街，这无可争议的第一街。

18世纪初，香街是散步区。第二帝国时期，随着香榭丽舍的扩建，这里成为高档居住区，随之而来的是针对上流社会的服务行业进驻香街，先是马术业和汽车业，然后是大饭店和高档餐馆。在经济飞速发展的"美好年代"，香街发展成为高级商业区，成为与卡布西纳大道比肩的新繁华去处，各种高档商店、银行、高级夜总会陆续进驻。

1912年，娇兰香水在香街大道68号建店。现在你还可以在这儿买到一款1964年以金色和粉色包装的香水产品，就叫"香榭丽舍"。同一年，路易·威登也放弃卡布西纳大道，来到香街大道70号，也就是娇兰隔壁。1916年，路易·威登发起成立了"捍卫香榭丽舍委员会"，为这条街的发展做了许多工作。如今位于香街大道101号的路易·威登，大概是中国人最熟悉的奢侈品店了，它在蒙田大街22号还有一家旗舰店。

今天的高级时装商们仍忠诚于香街，著名的蒙田大街就是巴黎高级时装的橱窗，这些高雅的时装画廊已经成为法国艺术与文化遗产，因而备受电影青睐，如雅克·贝克的《花边》，男主角是个时装设计师，影片中充满令人眼花缭乱的各类时装和时尚元素，是当时流行时装的大集合，还有让·波耶《贵妇的裁缝》（1956）、安德雷·于尼贝拉尔《巴黎的模特》（1956），以及罗伯特·阿尔特曼《云裳风暴》（1994）、大卫·弗兰科《穿普拉达的女魔头》（2006）等。

蒙田大街12号就是普拉达店。该楼四层，是玛琳·黛德丽1992年去世前的最后住所。

这位当年跟嘉宝齐名的德国性感女神，从《蓝天使》（1930）中的舞女到《摩洛哥》（1930）中的痴情女，再到《上海快车》（1932）中的风尘女郎，以冷艳性感的形象红极一时。她也爱穿男性服装，开创了一种性别模糊的美。在她丰富的情史中，有一页是属于让·迦本的，他们在香街大道74号的公寓旅馆住过一段时日。那时黛德丽精心装扮自己的爱巢，还把雷诺阿和西斯莱的画作挂在墙上。1934年，黛德丽与大作家海明威在法国的一艘豪华游船上一见钟情。当时海明威刚结束东非旅行，途经巴黎准备回美国，而黛德丽则完成最后一次德国之旅，准备返回好莱坞，他们由此开始长达三十年的柏拉图之恋。

让·迦本戏路宽广而且高产，擅长扮演集悲情与浪漫于一身的普通法国人形象，这大概得益于他年轻时从事过多种不同职业的体验。中国观众熟悉的是他在《悲惨世界》（1958）里的出色表现，而《大幻影》（1937）、《雾码头》（1938）、《衣冠禽兽》（1938）等名片则奠定了其影坛巨匠的地位，他几乎是让·雷诺阿和马塞尔·卡尔内的御用男演员。1981年，电影界为表示对让·迦本的敬意，创立了让·迦本奖，用以奖励法国电影最具潜力的男演员。

当年从南美回国后，让·迦本暂住星形广场的费朗大街38号，准备出演影片《受骗者的反抗》（1961）。与费朗大街交会的侯赛街有一家夜总会，出过不少电影明星，如菲力浦·努瓦雷、让·皮埃尔·达哈等。在该街另一家夜总会，即海军上将夜总会，则走出了电影明星让·里夏尔、让·勒费弗尔等。

蒙田大街6号是《蒙田大道》（即《乐队之椅》，2006）一片的主要场景，导演达妮埃尔·汤普森以小成本影片获得巨大票房。这是一部表现演艺界生活的喜剧片，瓦莱丽·勒梅西埃因此片获恺撒奖最佳女配角奖。她是法国近十年来最著名的女喜剧演员，年收入超过一百万欧元。

导演汤普森是杰拉尔·乌里之女，属于20世纪70年代兴起的子承父业的法国世家派导演中的一员，该派其他导演有贝特朗·布里耶（贝纳尔·布里耶之子）、让·贝克（雅克·贝克之子），后来的奥利维耶·阿萨亚斯（雅克·雷米之子）、雅克·欧迪亚（米歇尔·欧迪亚之子）、马修·卡索维茨（彼得·卡索维茨之子），以及20世纪90年代的小施隆多费尔（皮埃尔·施隆多费尔之子）和尼尔斯·塔维尼埃（贝特朗·塔维尼埃之子）等。其中最成功、最具代表性的导演当属雅克·欧迪亚，他跟父亲一样也以编剧起家，却大器晚成，十多年仅拍摄了六部电影，但每一部都获恺撒奖和戛纳电影节奖项的肯定，青出于蓝而胜于蓝，其最新作品就是2012年大热的由玛丽昂·歌迪亚主演的《锈与骨》。与崇尚内心经验和个人主义式的现代问题的作者派导演不同，世家派导演更关注民生和社会问题，他们重视观众，有着入世的电影品格，但他们做的不是法国电影的好莱坞化，而是"类型片的法国化"。

米歇尔·欧迪亚曾在邻近蒙田大街的特雷默伊街14号，即特雷默伊旅馆，写下电影《职业人》和《立正》的剧本。这位退役的自行车运动员，当年以编剧才能在电影界崭露头角，十多年后却以导演身份成为新浪潮一代导演眼中"爸爸电影"的代名词。还好与20世纪50年代那种优质派与新浪潮派之间水火不容的关系不同，如今世家派和作者派导演之间关系融洽，互为补充，也可以说，社会大环境已迥然不同了。

蒙田大街40—42号是香奈儿旗舰店，30号是迪奥旗舰店，处在与弗朗索瓦一世街交会处。弗朗索瓦一世街26号，是欧洲一台广播公司所在地，许多法国著名喜剧演员在此制作节目，如让·亚尼、科吕什等。1940年，德国占领法国后，这里曾经是德国洲际制片公司总部，后来又成为"美国之声"的总部。萨沙·吉特里在这里拍摄了《给我你的眼睛》（1943）。

香街大道、蒙田大街和乔治五世大街组成的三角形区域，被称为"金三角"，此地集中了香奈儿、迪奥、纪梵希、路易·威登等一线奢侈品牌的旗舰店，奢华之风熏得游人醉。这些大牌也一向是戛纳电影节的明星赞助商。乔治五世大街和蒙田大街交会于塞纳河边的阿尔玛广场，广场附近的乔治五世大街12号，是疯马夜总会，《风流绅士》（1965）曾在这里取景，那是美国名导伍迪·艾伦编剧并参与演出的影坛处女作。

另有一些奢侈品牌如爱马仕、圣罗兰等，则集中在与蒙田大街相交、与香街平行的圣多诺雷旧城街。该街55号，就是总统府爱丽舍宫。爱马仕的"凯莉"包诞生于1956年，其名字取自嫁与摩纳哥王子的好莱坞女星格蕾丝·凯莉；"柏金"包则诞生于1984年，是为英国女星简·柏金而特别设计的。中国游客的血拼胜地老佛爷百货，一家诞生于1893年的老牌百货公司，则位于奥斯曼大道40号，就在卡布西纳大道加尼叶歌剧院附近，奥斯曼大道64号是著名的春天百货公司。奥斯曼大道东与卡布西纳蒙马特大道相接，西与香街星形广场的费朗大街相连。

如果说有哪位法国作家的气质最贴近香街，答案应该是马塞尔·普鲁斯特，一个上流社会华丽虚无的形象，一种19世纪末和"美好年代"的绮丽颓废调调。他苍白、弱不禁风且神经质，1910年出版《追忆似水年华》第一部时已经四十岁了。1922年春天，普鲁斯特写完第七部的最后一句，同年年底便因肺病去世，享年五十一岁，和他的偶像巴尔扎克一样。

"很长时间，我睡得很早。"普鲁斯特写下《追忆似水年华》的第一句，距今已经一百年了。这部意识流的皇皇巨作，绝对是文学作品中影视改编难度极大的一部，但导演拉乌·鲁兹做到了，其骨子里来自拉丁美洲的天马行空的想象力，很好地契合了小说魔幻现实主义的精神内核。这位被评论家誉为是继戈达尔之后最具革新意识和创造力的电影大师，因肺癌已于2011年去世。

电影《追忆似水年华》（1999）改编自同名小说第七部，由凯瑟琳·德纳芙、艾曼纽·贝阿和文森特·佩雷斯主演。文森特·佩雷斯有"法兰西第一情人"之称，曾与德纳芙合作了获奥斯卡最佳外语片奖的

《印度支那》（1992），他的前女友是法国前第一夫人卡拉·布吕尼，妻子卡琳·希拉是法国著名演员杰拉德·德帕迪约的前妻，也是大导演吕克·贝松的妻妹。现在的他也是一名导演，其作品顺理成章地由吕克·贝松担任监制。

其实之前就有德国著名导演施隆多夫着手把《追忆似水年华》的第一部改编成电影《斯万的爱情》（1984）。施隆多夫曾做过大导演阿伦·雷乃和梅尔维尔的助手，在影片中试图挖掘普鲁斯特所表现的人物的精神世界。男主演杰瑞米·艾恩斯是位有深厚表演功底的奥斯卡影帝，其混杂了忧伤与癫狂的神秘气质无人可出其右。女主演奥内拉·穆蒂是意大利女星，最近参演了伍迪·艾伦的喜剧片《爱在罗马》（2012），这是伍迪·艾伦欧洲致敬系列的第四部。法国著名男星阿兰·德龙在片中扮演一个同性恋公爵。

说回普鲁斯特，其实跟香街颇有渊源。小时候的普鲁斯特几乎每天放学后都由保姆领着到香街花园里玩耍，那里有弹珠、秋千、旋转木马，以及对小女孩的朦胧初恋……今天，穿越香街花园绿地的那条蜿蜒小路被命名为"普鲁斯特小径"，以纪念这位大作家无忧无虑的童真岁月。

位于香街林荫大道的香街花园也是多部影片的取景之地。美国导演斯坦利·多南的《谜中谜》（1963）曾在这里拍摄，情节是奥黛丽·赫本饰演的女主角来花园邮票市场寻找朋友帮忙。这是一部发生在巴黎的爱情喜剧片，却以惊悚悬疑手法拍摄，男主角是加里·格兰特。赫本在这部片子里一共穿过十二套纪梵希女装，养眼得很。多南因执导经典歌舞片《雨中曲》（1952）而享誉世界影坛，曾与赫本多次合作。

花园中的木偶戏表演也出现在喜剧片《虎口脱险》（1966），以及萨沙·吉特里的《回顾香街》中。木偶戏属于路易十五的一个情妇的家族，她的后代又与拿破仑后代联姻，这个家族的一位传人是个历史教授，专门用木偶给孩子们讲故事。

香街花园的另一侧就是爱丽舍宫，由一道雄鸡铁栏分隔。爱丽舍宫本是公爵府，1753年路易十五将之买下来作为情妇蓬巴杜夫人的巴黎住所。蓬巴杜夫人尽管惹人争议，却是一代佳人，艺术上颇有造诣，巴黎西南郊塞夫勒皇家瓷器厂的塞夫勒瓷器，其经典粉红色就叫蓬巴杜玫瑰红色，蓬巴杜发型在男性摇滚艺术家和演员中曾风靡一时，其中包括马龙·白兰度和詹姆斯·迪恩。蓬巴杜夫人所推崇的洛可可艺术，成为18世纪流行于欧洲特别是法国的一种典型装饰风格。至于她与路易十五的情感故事，有一部上下集的电视电影《路易十五的情妇》（2006），其中不乏溢美之词，男主角又是文森特·佩雷斯。

第二共和期间爱丽舍宫成为总统府。到第二帝国时期，拿破仑三世将爱丽舍宫全部翻新一遍，历时十四年，到1867年才完工，形成现在爱丽舍宫的建筑格局。显然，摄影机是不可能随意进入的，通常情况下，影片中的爱丽舍宫是由马恩庄园城堡代替的，如弗雷德·金尼曼的《豺狼末日》（1972）、杰拉尔·乌里的《小律师与大逃犯》（1978）、弗朗西斯·吉罗的《总统轶事》（1984）、弗里德里克·奥伯汀的《圣·安东尼奥》（2004）等。

一条大街能成为一个象征，不仅仅因为它的繁华漂亮，更重要的是因为其有着非凡的历史文化积淀。香街大道两端，从协和广场上的卢克索神庙方尖碑到星形广场上的凯旋门，见证了多少光荣与屈辱、兴衰与变迁。

1792年，巴黎起义民众在香街高唱马赛曲，后来成为国歌；1810年，拿破仑与奥地利公主玛丽·路易丝结婚，在香街举行入城式和庆典；1814年反法联盟军攻入巴黎，普鲁士和英国士兵宿营在这里；1836年7月29日，凯旋门揭幕；1840年12月15日，去世将近二十年的拿破仑骨灰经过凯旋门重归巴黎；1855年，拿破仑三世在这里主持第一届世博会开幕；1882年7月14日，香街举办国庆庆典；1885年6月1日，大文豪雨果的灵柩停在凯旋门下供民众瞻仰，极享哀荣；1900年，香街庆祝新世纪的世博会开幕以及地铁通车；1944年8月26日，戴高乐将军率领凯旋的军队走过凯旋门，接受民众的欢呼；1970年11月12日，民众又在这里为戴高乐将军默哀。如今星形广场被命名为戴高乐星形广场，以纪念这位伟大的反法西斯领导者。

巴黎的第一条地铁线在香街大道一共有五个站，从西到东是戴高乐之星、乔治五世、罗斯福、香街克莱蒙梭和协和广场，分别以法国总统、英国国王、美国总统和法国总理名字命名。罗斯福站位于圆点广场，而东段林荫道上的克莱蒙梭广场伫立着一座昂首阔步的戴高乐雕像。浮华与香艳的背后，是激荡的历史风云和权力与野心的博弈。可以说，没有哪一条街能比香街更代表巴黎，时尚的巴黎、文化的巴黎，以及政治的巴黎。

从克莱蒙梭广场往南，左右两边分别是大皇宫和小皇宫，它们及旁边的亚历山大三世桥，都是为1900年的巴黎世界博览会而建造的。19世纪的法国是世界的中心，这些美丽典雅的建筑记录了已经告别的那个时代的富贵荣华。

穿过亚历山大三世桥向西，战神广场上的擎天一柱就是埃菲尔铁塔。这座巴黎地标性建筑是1889年世博会的荣耀产物，作为现代铁塔的鼻祖，它是当时席卷世界的工业革命的象征。1889年3月31日，铁塔主体建筑完工，埃菲尔亲手把法兰西三色旗升到塔顶，他兴奋地说："只有法国的国旗拥有三百米高的旗杆！"当年建塔方案遭到以莫泊桑为首的巴黎文人们的激烈反对，不过后来文人们还是经常去铁塔那儿的餐馆吃饭，因为"只有在埃菲尔铁塔，才是唯一看不到铁塔的地方"。

如今的凯旋门和埃菲尔铁塔都是巴黎的象征，注定要在有关巴黎的电影里留下踪迹，如迈克尔·柯蒂斯的《卡萨布兰卡》（1943）、理查德·布鲁克斯的《魂断巴黎》（1954）、斯坦利·多南的《甜姐儿》（1957）等。在雷内·克莱尔早期的名作《沉睡的巴黎》（1924）中，埃菲尔铁塔几乎是影片的主人公。而在《爱沙尼亚女人在巴黎》（2012）中，埃菲尔铁塔见证了外乡人安妮在巴黎的兴奋、失落和痛苦，也许在她这个爱沙尼亚人眼中，那个由让娜·莫罗扮演的难伺候的巴黎老太太，就像铁塔一样美丽而坚硬吧。事实上埃菲尔铁塔与电影有着另外一种关系：铁塔的设计者古斯塔夫·埃菲尔，是高蒙董事之一。

香榭丽舍：电影的巴黎与文化的巴黎

一朵雏菊花标志的高蒙公司，创建于1895年7月，比电影第一次正式放映的日子还早了五个月。用雏菊花作为标志，是因为创建人莱昂·高蒙妻子的法语名为雏菊。作为世界上第一家电影公司，1898年高蒙的秘书爱丽丝·居伊掌管了制片部门，并拍摄了若干影片，成为电影史上第一位女导演。1902年，高蒙公司开始实验有声电影，1907年已是统御世界影业的大亨之一。

另一影业巨头百代公司诞生于1896年，其标志为一只昂首的公鸡。高卢鸡原来是唱机品牌，因为鸡可以"响亮地叫"，故被查理·百代选为公司标识。在美国好莱坞尚未兴起的1907—1920年间，百代的制片风格与理念使其成为法国甚至全球电影业的龙头。雏菊绽放，雄鸡高唱，两大劲敌共同成就了法兰西的银幕霸业。直到今天，这些标识依然会提醒我们关于法国电影的历史与荣光。

观众是从卢米埃尔时代的卡布西纳大道上领略电影这第七艺术魔力的，与香街无关。直至1930年，香街才真正与电影结缘，出现大批电影院。今天，与电影有关的一切都散布在香街及其周边，就连戛纳电影节组委会也不例外。所以，香街也被称为电影胜利大街。

香街大道单号一侧，27号是高蒙香街影院，于1971年落成，开张影片是"法国舅舅"雅克·塔蒂的最新影片《交通意外》。这是塔蒂创造的经典银幕形象"于洛先生"系列影片的第四部，也是他最后一部故事片。这位伟大的现代喜剧的发现者，以自编自导自演的方式，嘲讽人类现代生活的荒谬感。这一次，他的冷喜剧没有得到热反应，惨淡收场。

香街31号原是百代影院。1933年开业时，观众惊喜地看到自己出现在银幕上，这是幕间休息时被偷拍的。1934年2月6日，香街发生暴乱。当晚，影院放映了《悲惨世界》一片。

香街双号一侧的50号是高蒙大使影院，1959年建成。此前，这里是派拉蒙·爱丽舍影院，于1933年落成。

高蒙大使影院隔壁52号的屋顶就是马蒂尼天台，曾作为电影《方托马斯》的场景，现在已成为电影的圣地，是巴黎电影人定期聚会之所。

"方托马斯"是法国历史上一个丑恶恐怖的形象，被视为幽灵的代名词。默片时代，高蒙以多于百代三倍的价格买下《方托马斯》系列小说的版权，使得导演路易·费雅德一举成名，并成为高蒙公司的艺术总监。这位早期巴黎的电影大师，原是记者和诗人，偶然投身于电影，他将卢米埃尔的现实主义与梅里爱的想象力结合起来，一生拍摄了七百多部长短影片。《方托马斯》之后曾被多次翻拍，最近的是2011年，导演克里斯多夫·甘斯携两大重量级男星文森·卡索和让·雷诺翻拍了《千面人方托马斯》。20世纪60年代在中国上映的由安德里·胡尼贝勒执导的《方托马斯》系列影片，就曾在马蒂尼天台取景。

胡尼贝勒的制片公司在与香街大道相交的马尔波夫街26号。34号是马尔波夫影院。1959年6月23日上午，诗人、作家鲍里斯·维昂在观看由自己的同名小说改编的电影《我要往你们的坟墓上吐唾沫》时，猝死，年仅三十九岁。维昂是巴黎第二次世界大战后出现的一个传奇性人物。

"在20世纪50年代的巴黎，鲍里斯·维昂意味着一切：诗人、小说家、歌手、破坏分子、演员、音乐家和爵士乐评论家。他是我的朋友，我很佩服他如此激情地醉心于折中主义、毁灭性的反讽，以及对挑衅的偏爱。"路易·马勒说道。

鬼才导演米歇尔·贡德里的最新影片《泡沫人生》（2013）也改编自鲍里斯·维昂的同名小说，该小说自出版后成为20世纪60年代后一代代年轻人的"圣经"，有"法国当代第一才子书"之称。影片是一部另类气质的奇幻片，讲述了超现实的年轻理想主义诗人科林的故事，由奥黛丽·塔图和罗曼·杜里斯主演。值得一提的是，片中的奇幻场景都是手工制作，非电脑后期加工制造。片中的哲学家帕特，一个在维昂小说里进行漫画式描绘的对象，显然就是萨特。作为朋友，萨特勾引了维昂的爱妻米歇尔，使得后者成为他"三十年如一日"的情妇，并在他所有的情妇中享有特殊地位。1968年后，萨特把自己的手稿都交托给米歇尔。1985年，米歇尔把她拥有的大量萨特手稿捐赠给了法国国家图书馆。

1946年7月6日，十四岁的特吕弗在马尔波夫影院看完美国影片《公民凯恩》（1941），散场时在本子上写下：奥逊·威尔斯。自从两年前爱上电影，这个少年影迷每当看到喜欢的电影，总会在本子上记下导演的名字。多年后，小影迷成了大导演。

马尔波夫街5号，是特吕弗的金马车电影公司，该名源自让·雷诺阿的影片《金马车》。至今，门口还挂着公司的牌子，里面存放着大量资料，包括项目计划、媒体文章和电影剧本。1982年，该街遭到恐怖袭击，特吕弗形容这次事件:"被炸的马尔波夫街,就像《德意志零年》。"

与马尔波夫隔一条街的香街大道林肯街14号,是一家三厅艺术影院林肯影院,在商业连锁影院群集的香街也算是个异类。其创始人波里斯·古勒费齐是法国电影界一位传奇人物,白手起家,曾把电影院的版图扩展到巴黎近郊。1969年10月,他建立这家香街第一座多厅影院,从此常驻于此,直到1980年去世。如今这家影院由古勒费齐的女儿打理,放映片单趋于商业化,这大概也是情势使然。

蒙田大街15号,即阿玛尼旗舰店对面新艺术风格的香街大剧院,1924年就出现在了雷内·克莱尔的《幕间休息》中。这部二十二分钟的实验影片,是达达主义的代表作,以美式追逐喜剧颠覆了原本严肃庄重的出殡行列,既怪异又有趣。片中赫然是达达艺术家们的全明星阵容,而且所有幕后人员均在镜头前亮相。

1988年,在克莱尔百年纪念日,香街大剧院重新放映这部短片,以示致敬。1962年,雷内·克莱尔成为第一个被接纳为法兰西学院院士的电影艺术家。1994年,法兰西学院设立了雷内·克莱尔奖,"新浪潮之母"阿涅斯·瓦尔达凭借自己毕生的电影作品于2002年获得该奖。

克莱尔是作家和记者,和路易·费雅德一样,偶然投身于电影创作。众所周知,新浪潮干将多为记者和评论家、作家,这是法国电影一支非常重要的创作血脉,在一定程度上影响了法国电影的整体气质。

1990年,电影人齐聚香街大剧院,颁发该年度的恺撒奖。最佳影片、最佳导演、最佳女演员等五项大奖都被授予了贝特朗·布里耶的

《美得过火》。该片幽默而有几分诗意地探讨了婚姻中的两性关系，颠覆了一直被类型化的偷情题材。男一号德帕迪约可算是布里耶的御用演员，两人合作了至少五部影片。布里耶本是作家，20世纪70年代以在性题材影片中的黑色讽刺引起国际关注。他常以男女关系入手，对传统道德加以冷嘲热讽，这在此后的《浪得过火》（1996）中尤甚，一个爱岗敬业的法国妓女，一部匪夷所思的浪漫喜剧，也算是法式特产。

与蒙田大街相邻的让·古戎街，街名同样出自名人。让·古戎是16世纪法国的"国王雕刻师"，曾与著名建筑师埃尔·莱斯科合作建造卢浮宫，并为卢浮宫作装饰工作。

让·古戎街17号，曾是一家用帐篷和木板搭建的简易影院。1897年5月4日，这家叫巴扎尔的影院失火，大火夺走了一百二十九人的性命，其中有妇女一百二十三人被活活烧死或踩死。当时现场有两百多名男人，但他们非但不去救人反而还用拳脚驱打女人，夺路而逃，遭到社会舆论的强烈谴责。1900年，火灾原址上建起一座修道院，以悼念在此死去的亡灵。

因为这场灾难，一些影片被禁止放映，初生的电影因此险遭夭折。也因为这一惨剧，人们决定建造坚实可靠的影院。1919年，巴黎有十一家电影院，到1922年就有了四十三家。

19世纪初，雨果就住在让·古戎街唯一的一栋楼房中，赶写《巴黎圣母院》，六个月未出家门，出版商威胁如不按时交稿将对其进行罚款。1830年7月25日终于完稿，1831年年初出版，这位伟大作家最平民化的杰作就此诞生。这时候的雨果，绝想不到自己身后会在香街大道上有那么隆重的葬礼游行,几乎成为巴黎市民的一个集体回忆。

与其他名著一样,《巴黎圣母院》也有多个电影版本,其中典型的有让·德拉努瓦执导的《巴黎圣母院》(1956),影片曾于20世纪80年代初在中国上映。德拉努瓦2008年以百岁高龄逝世。另一部由威廉·迪亚特尔拍摄的美国影片《巴黎圣母院》(1939)也很有名,这位生于德国的导演,在美国20世纪40年代、50年代的影史中,以拍摄传记片和爱情文艺片而享有盛誉,之前他还导演过《左拉传》(1937)。另有法语版、英语版的同名音乐剧《巴黎圣母院》,也各自盛极一时。

1832年秋,雨果和妻子阿黛尔迁至玛黑区的孚日广场,在那里接待弟子或文友,把酒高谈,度过了十多年的快乐时光。孚日广场是17世纪的皇家小广场,地处玛黑区的中心,其贵族气派与附近平民气质的巴士底广场完全两样。巴尔扎克、缪塞、高迪耶等作家都曾是雨果家的座上客。1903年巴黎市政府买下雨果故居,建立"雨果之家"以供世人参观缅怀这位文学大家。

写作狂人巴尔扎克被称为"文学的拿破仑",靠狂饮咖啡提神,一生写下了九十六篇小说,集结为《人间喜剧》,其计划中还有四十多篇,虽没有全部完成,但已是文学史上的惊人纪录。他死于盛年,就在香街大道旁的一栋豪宅里,那时他新婚刚五个月。

香街大道的巴尔扎克街1号,就是资深的艺术实验影院巴尔扎克影院,外形与内部陈设皆如一艘搁浅在陆地的巨轮。它建于1935年,是巴黎第一家在阶梯大厅中安装扶手椅的影院。1975年,大厅被一分为三,命名为巴尔扎克三厅影院。

影院老板让·雅克·斯波里昂斯基，是巴黎三个著名独立电影人之一，他以艺术家的创意和持久的热情，精心设计音乐、美食与电影相结合的感官盛宴，使得电影爱好者成为巴尔扎克影院的忠实观众。2003年，六十岁的斯波里昂斯基和他的巴尔扎克影院被业界最权威的专业杂志《法国电影》评选为年度最佳经营者与最佳影院。

香街的第一家影院，建于1913年，就在香街大道38号。阿尔莱蒂的首部影片《爱的温情》曾在这里放映。阿尔莱蒂被称为"法兰西嘉宝"，主演了多部马塞尔·卡尔内的影片，如《北方旅馆》（1938）、《天色破晓》（1939）、《夜间来客》（1942）、《天堂的孩子们》（1945）、《巴黎的空气》（1954），成为法国艺术电影顶峰的标志。阿尔莱蒂的私生活同样为人称道，由于初恋情人死于第一次世界大战，她终身未婚。因在第二次世界大战期间与一位德国军官相恋，战后阿尔莱蒂遭到审判，她的辩词非常出名："我的心属于法国，我的屁股属于世界。"她于20世纪60年代初息影，1966年因眼疾不得不彻底结束演艺生涯。

导演卡尔内原为新闻记者，后任雷内·克莱尔和雅克·费代尔的助手。费代尔是一位诗意写实健将，也是个强调气氛重于一切的说故事高手，对卡尔内影响至深。当年卡尔内与诗人、编剧高手雅克·普莱维第一次见面时，后者正和让·雷诺阿拍《朗热先生的犯罪》，普莱维就此结束和让·雷诺阿的合作，与卡尔内开启长达十年的金牌组合。他们将诗意写实的都市景观和下层边缘人物灰暗压抑的气氛发扬光大，以御用男演员让·迦本粗壮沉默的受困英雄形象，指陈第二次世界大战前后法国人的心理困境。一个感伤凄美的黑白巴黎梦世界，被一代代的影迷所怀念。1979年，卡尔内继雷内·克莱尔之后，当选为法兰西学院院士。

香街大道76号，原是好莱坞星球餐厅。十年间，它一直在此展示电影道具和电影服装。

102号是一家夜总会迪斯科舞厅，为同性恋聚集地之一。有一些关于同性恋的电影就是在这里拍摄的，比较著名的有《甜蜜的花瓣》。

116号就是著名的巴黎夜总会"丽都"，也是UGC诺曼底影院所在地。UGC是法国最大的商业连锁影院，显然，在香街这样的黄金地段是不会缺席的。诺曼底影院于1937年2月4日落成，以庆祝诺曼底邮轮的建成。邮轮是法国海运的荣耀，因此影院的室内装饰突出了轮船的特征。影院楼下是一家巴黎邮局，战前是一家私人广播电台。1940年，一些电影演员在这里拍摄了一部有关广播的电影《广播的惊喜》，讲述一个年轻人要去伦敦当自由法国播音员的故事。

92号是UGC胜利影院，1939年落成，原名为"五人电影俱乐部"。著名三级片《艾玛纽》从1974年6月6日到1985年1月29日在此不间断放映，创下了比美国歌舞片《西区故事》还长的放映纪录，成为有史以来商业上最成功的情色片。

当时放映《西区故事》的柱廊影院，位于香街144—146号，是1938年香街最早开设的影院之一。在1962年至1966年间，《西区故事》在这家影院上映了四年八个月零十天。如今这家影院叫UGC乔治五影院，有十一个放映厅，是香街最豪华的影院。

大名鼎鼎的《电影手册》杂志最早就成立于这家影院楼上。法国女星贝尔纳代特·拉封对这个团队有一段精彩描述："《电影手册》，就是塞纳河上拉瓦尔游船，整个团队沉浸在胶片的神圣氛围中。这里没有领导，只有能识精英的精英们。夏布罗尔、特吕弗，通过侯麦又结识了雅克·里维特、让·杜马奇等一大批志同道合的才俊。他们每次相聚，电影的热情就会被点燃，当这种热情达到燃点时，他们就开始拍电影。"

显然，这艘游船不是荡起塞纳河轻快的涟漪，而是掀起了电影海洋莫名的巨浪。

1959年，特吕弗和夏布罗尔以一则社会新闻为蓝本写了个剧本，这时他们共同的朋友戈达尔正在为剧本发愁，于是就有了电影《筋疲力尽》：导演戈达尔，编剧特吕弗，艺术指导夏布罗尔。作家皮埃尔·宝兰格扮演警察局长，戈达尔自己也出演了一个角色。犯罪片大师让·皮埃尔·梅尔维尔扮演著名小说家帕维莱斯科，在巴黎奥利机场接受女主角帕特丽夏的采访时，他在其中阐发了一个著名的言论：生活中有两件事情很重要，对于男人而言，是女人；对于女人而言，就是钱。

法国电影的一个经典场景，由此诞生在香街的一个小巷子中，即片中卖报女孩帕特丽夏和不修边幅的小伙子米歇尔的镜头。它代表了一个时代的结束和一个时代的开始。米歇尔由让·保罗·贝尔蒙多扮演，镜头持续了几分钟。这个肩扛拍摄的段落镜头开启了一个新电影运动——新浪潮，并且至今仍余音袅袅。

影片中，米歇尔在街上晃荡，突然有个女孩出现，问他："你痛恨你的童年吗？""是的，我喜欢成年人。"这个情节非常突兀，跟电影没有任何关系。这种在影片中安插毫无关联情节的打断手法，后在戈达尔的《疯狂的皮埃洛》（1965）中重现：由贝尔蒙多扮演的男主角忽然转向观众，对着镜头说"她只知道玩"，女主角问"你在跟谁说话"，然后两人一起对着镜头，男主角说"观众"。这种反常规叙事所带来的间离效果，也被后来的一些导演所采用，比如贝特朗·布里耶。

1959年被《电影手册》定义为"一个电影的分水岭"。这一年，有二十四位法国导演拍摄了他们的处女作，特吕弗的《四百击》和戈达尔的《筋疲力尽》是其中的顶尖之作。自从1942年奥逊·威尔斯的处女作《公民凯恩》问世以来，再也没有一部处女作影片能够引起如此巨大的影响。直到三十年后，法国新锐电影人崛起，在1992这一年，共诞生了三十九部电影处女作，其中西里尔·科拉尔自编自导自演的半自传影片《疯狂夜》获得恺撒奖最佳影片等四项大奖，可惜这位电影全才在颁奖前夕就因艾滋病英年早逝；阿诺·德斯普里钦的心理惊悚片《哨兵》，提名当年的金棕榈奖；夏维尔·毕沃斯的《北方》也提名恺撒奖最佳处女作奖。有意思的是，第二年又有三十九部电影处女作问世。由于法国开放的文化政策，可以说，在法国所有人都可以拍电影，所以法国导演的数量在全世界是最多的，这在一定程度上保证了法国电影的多元和丰富，以及充分的活力。

很多导演喜欢描绘复杂暧昧的三人关系，特吕弗《朱尔与吉姆》（1962）中的三人就非常典型，让娜·莫罗贴上两片胡子装扮成卓别林的样子，三人一起赛跑看谁最先到达桥的另一端，此段落堪称绝世经典镜头。还有戈达尔《法外之徒》（1964）中的三人，法斯宾德《爱比死更冷》（1969）中的三人，贝托鲁奇《戏梦巴黎》（2003）中的三人，等等，他们相互依附表面看似平和的关系，最终却因失衡而走向毁灭。

朱尔和吉姆最终的分歧似乎成为特吕弗和戈达尔关系的隐喻，而两人之间的第三者，是时间。这两个曾经的不良少年，一起掀起电影巨浪，叱咤整个20世纪60年代。1968年"五月风暴"之后，两人的意识形态却分道扬镳，戈达尔的电影风格趋向政治批判，并严厉批评特吕弗的作品，特吕弗不甘示弱加以反击，在影坛闹得沸沸扬扬。纪录片《戈达尔与特吕弗》（2009）通过珍贵文献与访问片段，讲述两大巨匠从莫逆之交到水火不容的传奇友谊，也见证了世界电影变迁的关键十年。

在《筋疲力尽》中，还有几处香街场景，比如乔治五世地铁站入口、蒙田大街迪奥旗舰店等。片中美国女孩帕特丽夏曾去麦克·马洪影院观看美国导演奥托·普雷明格的《漩涡》（1950）。麦克·马洪影院位于星形广场的麦克·马洪大街5号，是在影迷心中有着神圣地位的一家艺术实验影院。纳粹占领期间，这里被强征放映德国宣传片。第二次世界大战结束后，罗斯福总统莅临麦克·马洪影院的开幕酒会，致辞时突然冒出一句："何不在此放映美国电影？"于是麦克·马洪成为专门放映美国电影的影院。

年轻影迷对麦克·马洪的热爱，甚至演变成"麦克·马洪运动"：他们自称是"麦克·马洪人"，其中就有特吕弗、戈达尔、塔维尼埃等日后大导；他们自成一套"麦克·马洪主义"，并选出心目中的四大偶像，弗里茨·朗、约瑟夫·罗西、奥托·普雷明格和拉乌尔·沃尔什。

第一偶像弗里茨·朗是出生于维也纳的德国人，20世纪20年代德国表现主义的代表人物之一,《大都会》(1927)、《M》(1931)等影片奠定了其在影史上的地位。第一次世界大战以后,欧洲,特别是德国,弥漫着反思人类行为的气氛,在这个思潮下,涌现了一大批表现主义作家、导演和艺术家,弗里茨·朗是其中的代表之一。表现主义的特征是用象征和隐喻的手法,对人性的复杂和阴暗进行变形揭示,对人类社会比较悲观,这和第一次世界大战带给欧洲人的挫折感有关。1934年,短暂流亡法国的弗里茨·朗去了美国,在米高梅等好莱坞公司,拍摄了《狂怒》等二十一部影片。1963年,弗里茨·朗还接受戈达尔的邀请,在影片《轻蔑》中扮演了一位电影导演。

跟麦克·马洪大街相邻的星形广场瓦卡姆大街37号是帝国影剧院。20世纪60年代,这个影剧院曾被称为阿贝尔·冈斯帝国影剧院。那是因为1955年5月17日在帝国影剧院举行的"全景电影"开幕式上,人们对美国人弗雷德·沃勒大加赞扬,却只字不提阿贝尔·冈斯,要知道,这位法国先驱者早在1927年就天才地使用了令人赞叹的三面银幕。为了表示抗议,在座的法国国家电影中心主任雅克·弗洛愤然离开了会场。之后,在很长一段时间里,这里被称为阿贝尔·冈斯帝国影剧院。

后来,这里成为法国电视二台的一个影棚。其间,法国著名电视主持人雅克·马尔丹为老年妇女制作了一档电视节目,播放长达二十年。

1989年,帝国影剧院成为电影恺撒奖的颁奖地,伊莎贝尔·阿佳妮因影片《卡蜜尔·克劳黛尔》(即《罗丹的情人》)第三次获得最佳女主角奖。这位性格孤傲的女演员擅长表现比较复杂的另类女人,此后她又以《玛戈皇后》(1994)一片跃升为国宝级女星,《裙角飞扬的日子》（2010）为她第五次捧得恺撒奖的后冠。

阿佳妮的成名作是特吕弗的《阿黛尔·雨果的故事》（1975）。当年在拍摄时，特吕弗有时会对她说："我们的生活是一面墙，而每一部电影是一块砖。"而她总是回答："不对，每一部电影都是这面墙。"

1947年，瓦卡姆大街曾发生一起重要的电影事件：电影人路易·达干在此创立了电影工作者协会，以抗议"布鲁姆—贝尔纳斯协定"。该协议是1946年由当时的法国总理布鲁姆和美国国务卿贝尔纳斯在华盛顿签订的，它废除了战前规定的一百二十部美国译制片输入限额，而采取了一种放映比额制，即法国放映本国影片的比例随着影片产量而递减。战前法国影片在本土市场的比例高达百分之七十，战后，美国只允许法国保有百分之三十的本国影片放映比例，这使得法国电影业陷入一片恐慌，因为它的商业地盘本来就狭小，英语国家的观众对法国电影几乎一无所知。

一年后，制片厂相继被迫关门，电影从业人员失业率剧增。于是各地组织了保卫法国电影委员会，电影明星们在林荫大道上游行示威，或在集会上发言。国会为此召开紧急会议。1948年年底，该协定被废止，同时恢复了一百二十部美国译制片限额。而最重要的一个措施，是对上映的美国影片征收附加税，作为对本国制片业的援助基金，从而挽救并促进了法国电影的发展。

由于大量制片人、导演、放映商、记者等汇集于香街，第二次世界大战前，香街就出现了一些私人放映场所，专门给专业人员审看影片和进行媒体发布。影迷们也可以在一些小影院观摩经典影片，比如麦克·马洪影院、星形影院、代纳影院等。

连接麦克·马洪大街和瓦卡姆大街的桃雍街14号，是一家私人放映场所。1944年8月26日，亨利·朗格卢瓦给朋友们首场放映了《随风而去》，该片一年后才正式面市。

此后，这里成为一家电影俱乐部，专门放映有巴黎镜头的美国电影。朗格卢瓦之家公寓因其浴室而闻名，这位法国电影资料馆的创始人用一种防燃材料来存放拷贝。1941年此地还成立过法国电影解放委员会。

回到香街大道。65号是创建于1936年的"香街新闻电影俱乐部"，主要放映新闻和纪录片，就如现在的电视新闻栏目一样。17号是电影杂志《电影生活》所在地，电影编剧马塞尔·欧迪亚曾在这里做按稿件计酬的记者。

33号是法国国际电影俱乐部"电影圈"，俱乐部有一个容纳五十座的影厅，专门放映让·维果的《操行零分》（1933）和让·科克托的《诗人之血》（1930）。维果在法国被尊为一代宗师，但他英年早逝，如同彗星划过天空，因肺结核去世时年仅二十九岁，被比作电影界的兰波，短短一生只留下四部长短片。他擅用慢镜头、古怪角度及观点颠覆银幕的传统，对超现实主义者影响不小，另一方面，其抒情的笔触、含蓄的画面风格又使之成为诗意写实的先驱。《操行零分》因贯穿全片的反叛意识以及无政府主义倾向，被法国电检当局一禁十年。多才多艺的科克托身兼诗人、评论家和画家、戏剧家、小说家等多重身份，是超现实主义的另一代表人物。他的《诗人之血》混合了特技摄影及多种镜头实验技巧，见证他一贯充满隐喻有如私密日记的风格。

同楼还有一个"灰姑娘"电影俱乐部，在整个20世纪30年代，专门为儿童放映夏诺特、基顿和迪士尼的早期影片。

1935年，亨利·朗格卢瓦和乔治·弗朗叙在此建立了一个特别的电影俱乐部，该俱乐部的格言是：只观看，不讨论。很快，这里受到影迷的青睐，时常能看到普莱维兄弟、雅克·贝克、马塞尔·卡尔内等著名电影人的身影。

弗朗叙年轻时在保险公司工作过，做过剧场道具工，在遇到朗格卢瓦后开始涉足电影业，是法国著名纪录电影学派"三十人集团"的重要人物，主要作品有《禽兽之血》（1949）、《途经洛林》（1950）、《荣军院》（1952）、《伟大的梅里爱》（1953）、《居里夫妇》（1953）。他从1958年开始转拍故事片，秉承超现实主义精神及诗意现实主义传统，著名作品有《头撞墙》（1959）、《没有面孔的眼睛》（1960）等。

1936年，朗格卢瓦和弗朗叙创立了法国电影资料馆，不到一年即成为法国最重要的电影档案中心，此后更成为影迷心中的电影圣殿。

1968年，当时的法国文化部部长、诺贝尔文学奖得主安德烈·马尔罗在多次干涉资料馆事务不成后，宣布解除朗格卢瓦的馆长职务。撤换之举激怒了以特吕弗、戈达尔为代表的超级影迷兼电影人，电影资料馆对他们来说不仅是学堂，更是家庭，他们跟朗格卢瓦形同父子，所以为了捍卫他们的"教父"，热爱电影的人们迅速集合起来。2月15日，数千名电影人、知识界人士游行示威，要求马尔罗辞职。2月26日，保卫电影资料馆委员会成立，让·雷诺阿任名誉主席，成员包括阿伦·雷乃、戈达尔、特吕弗、罗兰·巴特等人,斗争持续近两个月。4月21日,马尔罗让步,朗格卢瓦恢复了馆长职务。这就是著名的"朗格卢瓦事件"。长达三个半小时的纪录片《亨利·朗格卢瓦:电光魅影》(2004)中回顾了这一事件。这位新浪潮教父、全世界最知名的电影资料馆馆长的传奇一生,已经成为法国电影历史的一部分。

在当年电影资料馆举行的朗格卢瓦复职仪式上,特吕弗于2月5日开机而在此时刚好杀青的影片《偷吻》作为特别影片放映,片头醒目地写着"献给亨利·朗格卢瓦"。该片拍摄期间正遇上朗格卢瓦事件,特吕弗因此在生活中扮演着电影人和战斗者的双重角色。

当时谁也没料到,这是1968年"五月风暴"象征性的前奏,就像电影预告片介绍即将上映的大片一样,这一电影事件会引发学运以至全国性的骚乱,直接导致戴高乐政府信用破产,戴高乐于第二年黯然下台。他担任了十一年的法国总统,在此时政局动荡又被人指责为独裁时,曾发出这样的感慨:"你们说,我到底怎样才能治理一个拥有二百四十六种不同奶酪的国家?"

一群影迷为电影而战,无意中却改变了世界。这样的事例,恐怕也只会发生在像法兰西这样的电影国度。

"五月风暴"正是意大利导演贝托鲁奇的影片《戏梦巴黎》(2003)的背景。与窗外大街上如火如荼游行示威的学生们不同,孪生兄妹雷奥和伊莎贝尔,还有美国少年马修,三个热爱电影的如花少年,在公寓里一起玩猜电影的游戏、做爱、喝酒、讨论毛主义,沉湎于由电影所织成的脆弱封闭的诗意世界里,甜蜜又迷乱。此片的尺度非常大,远远超过贝托鲁奇导演的另一部影片《巴黎最后的探戈》(1972),但却没有一点情色意味。最终,双胞胎姐弟扔下马修,冲向大街,在与警察对峙的火海中消失了。

贝托鲁奇是第一个获准进入北京紫禁城实景拍摄的外国导演,他的《末代皇帝》(1987)包揽第六十届奥斯卡金像奖九项大奖。他师从帕索里尼和戈达尔,这两位大师都是坚定的左派,一定程度上影响了贝托鲁奇的政治观。政治与性一直是他关注的主题。

贝托鲁奇也借《戏梦巴黎》向戈达尔和法国新浪潮深深致敬:片中伊莎贝尔介绍自己1959年出生在香街大道上,开口第一句就是"纽约先驱论坛报",镜头立刻切换至《筋疲力尽》画面,帕特丽夏在街头随意喊着"纽约先驱论坛报";另一个段落,三位年轻人体验《法外之徒》(1964)中三个主人公狂奔穿越卢浮宫的疯狂行为,最终以更短的时间打破纪录。他们仿佛活在自己所爱的电影中。影片提到的二十多部经典影片,除了多部新浪潮作品,还包括《蓝天使》(1930)、《城市之光》(1931)、《金发维纳斯》(1932)、《瑞典女王》(1933)、《荒漠怪客》(1954)、《无因的反叛》(1955)、《假面》(1966)、《穆榭特》(1967)等,如一份影迷列单。

巴黎浓厚的电影氛围的形成,并不仅限于街头巷尾的电影院,在1920—1970年,巴黎的电影俱乐部就培养了几代观众、电影爱好者以及评论家、历史学家和导演。巴黎的电影文化远非一种热烈的业余爱好,它已经被组织化机构化,过去只有法国电影资料馆,现在还有蓬皮杜中心、卢浮宫、奥赛博物馆和电影影像中心。

电影资料馆几经搬迁，先是在与奥斯曼大道相交的梅西纳大街开张，后搬到拉丁区以巴黎高师出名的于勒姆街，1960年安顿在夏约宫东侧的地下大厅，现在，它坐落在巴黎东南部一片绿地中的贝西街51号。穿过绿地，就是西蒙·波伏娃桥，桥的另一边就是法国国立图书馆，四座玻璃塔楼像四本打开的书。

戈达尔曾回忆说，年轻时他偷过很多首版书，在新桥上好不容易卖掉后，就用换来的钱去看希区柯克或者霍华德·霍克斯的电影。偶尔去年迈的纪德家坐坐，一起在厨房里吃三明治。

现在，如果办一张蓬皮杜中心的会员卡，就可以用很便宜的价格享受一年的免费观影。蓬皮杜中心有两个放映厅。对现代艺术博物馆蓬皮杜中心而言，电影也是现代艺术之一，应该如艺术品般以系统的方式介绍给世人。蓬皮杜中心与电影资料馆一样，享有国家百分之八十的经费赞助。

电影影像中心位于雷阿尔，也就是中央市场灯火通明的地下商业街里。作为城市动脉的中心、巴黎地铁网最大的交会处，这里依旧红尘滚滚，只是没了鱼腥味和红肉绿菜，有的是各种连锁店、服饰店，是周末逛街的好去处。影像中心由巴黎市政府资助，1988年开张初期只放映与巴黎有关的电影，数年后改名为"影像论坛"，不仅是拥有四个放映厅的影像中心，也是电影教育与影像实验的中心，经常举办丰富多彩的电影活动。这里离蓬皮杜中心或卢浮宫都很近。

> 巴黎是一场流动的盛宴
> ——海明威

巴黎咖啡馆之歌

"不在家，就在咖啡馆；不在咖啡馆，就在去咖啡馆的路上。"这一句流传甚广的咖啡广告用语，用来形容法国人的咖啡馆情结倒是贴切。

在法国，无论繁华都市还是僻静小镇，只要有人活动的地方就一定会有咖啡馆，或大或小，或古典或现代，或富丽堂皇或简洁明快。最有特色也最具浪漫情调的当数街头巷尾的露天咖啡座了，花花绿绿的遮阳伞下摆放着一排排座椅，就像电影院一样，这些座椅全都面向着大街，"银幕"的一方是人潮涌动、光怪陆离的街景，而且永不落幕。

说起喝咖啡，法国人不是最早也不是最讲究的，却是最纯粹的。进了咖啡馆，只需喊一声："一杯咖啡！"谁都知道你要的是Espresso（浓咖啡），而不是其他，况且法国的咖啡馆也没有什么稀奇古怪的种类。Espresso素有"咖啡之魂"的美称，是用咖啡机高温高压萃取的咖啡液，浓度为一般黑咖啡的一到两倍，表面有一层浓厚如糖浆的金黄色油脂，苦得像魔鬼，不过风味独特，醇香沁人。

Espresso味道浓厚，加入牛奶或其他饮料也不会被稀释，所以可做成各种花式咖啡，比如加牛奶、肉桂粉可制成卡布其诺；加牛奶和巧克力酱，可制成摩卡；若只加入绵密细软的奶泡，则成了一杯玛琪雅朵。卡布其诺因牛奶和咖啡混合后的颜色很像当时圣芳济教会修士的教袍而得名。虽然这种咖啡饮品很受欢迎，但法国人心中的Espresso才叫咖啡。

法国杰出的外交家塔列兰说过："熬制得最理想的咖啡，应当黑得像魔鬼，烫得像地狱，纯洁得像天使，甜蜜得像爱情。"这是一种纯粹的品位。法国人喜欢浓缩，就像他们喜欢提炼思想、精致生活一样，因为浓缩最适合回味。一小杯浓缩，能让自己清醒而不是兴奋，慎明而不是陶醉，这是一种优雅。如果说美国是一种可乐文化，法国就是一种咖啡文化，特质鲜明。不迎合，不花哨，先苦后甘，余味无穷，这也正是法国电影的文化特征之一。

西方人讲个性，但至少在喝咖啡这件事上，法国人做到了共性，人手一杯Espresso，不论阶级和身份，实现真正的平等。这是一种品性，也是一种品格，他们反对、反感把人分类，这或许是一种虚伪，但至少是一种表面的礼貌，或者说是教养。

再说，法国人上咖啡馆，重点并不在于咖啡，而在于咖啡馆的情调和氛围。一杯咖啡在手，就是道具和暗号，无论独坐还是交谈，自可消磨一整个下午。何况，大多数咖啡馆都还兼着酒馆和小餐店的功能呢，于是咖啡馆往往成了社会活动中心，犹如巴尔扎克所说的"民众议会"，以至于成了法国社会和文化的一种典型标志。

作为历史悠久的聚会场所，咖啡馆有着不同的种类：餐馆、啤酒馆和为消费者提供歌舞表演的咖啡音乐厅。在电影发明之前的近一个世纪中，音乐是咖啡馆主打的娱乐节目。直到1895年卡布西纳大道大咖啡馆宣告了电影的诞生，电影才逐渐取代了音乐的主角地位。

1907年之前，咖啡馆对电影传播所起的作用，是模糊而偶然的。咖啡与电影的这种联系，一是电影最早是在咖啡馆的舞厅和宴会厅放映的；二是人们在看完电影之后或中场休息时，可以用餐。

有些咖啡馆直接取名电影咖啡馆，在大厅里架起银幕，人们可以边吃边看电影。咖啡馆变影院和影院变咖啡馆之间的差别非常微妙。在马赛，一家咖啡影院牌子上写着"入门二十五生丁，可以消费咖啡、冰淇淋和啤酒"，这意味着电影是免费观看的，因为食品的价格就是二十五生丁。这家咖啡馆没有列在马赛咖啡馆系列，而是列在马赛电影院系列，它们的税费是不一样的。

第一次世界大战前，巴黎已有一百多家这样的咖啡影院。第一次世界大战以后，独立的电影院兴起，咖啡馆也就失去了放映功能，单纯成为看电影后的吃喝消遣去处。

事实上，巴黎的咖啡馆一直是城市的公共休息室，人们在这里会友、阅读、写作、谈论哲学、调情、恋爱。花都的香，不仅有花香、香水香，更多的是咖啡的香。几百年来，咖啡馆在这个城市里扮演着极其重要的角色。咖啡的浓香，就是巴黎氛围的菁华。

巴黎有许多咖啡馆因与文学艺术的渊源而闻名于世，一些咖啡馆本身就是颇具历史传奇色彩的名胜。它们主要分布在三个街区，即右岸的蒙马特、左岸的蒙帕纳斯和圣日耳曼德普雷。

右岸：这些咖啡馆的那些人

塞纳河像一道圆弧，蜿蜒穿过市区，把整个巴黎一分为二，形成南北两片，习惯上被称为左岸和右岸。之前提到的卡布西纳大道和香街都位于右岸。

那么，就从右岸说起。

蒙马特高地是全巴黎地势最为陡峭的一个区，位于巴黎北部。一百三十米高的蒙马特高地最高处，兼具罗马和拜占庭风格的圣心堂，像是高地上的皇冠，是除了埃菲尔铁塔外另一处能观看巴黎全景的地方。自19世纪中期以来，蒙马特便是众多艺术家的聚集之地。

1869年，西斯莱一家住在蒙马特高地山脚的花城17号。与高地俯视的巴黎市中心不同，这个1860年才被当时负责巴黎城市改造的奥斯曼划归巴黎市的街区，几乎仍处于野生状态。除了能提供廉价住房，艺术家尤其是早期印象派画家们对蒙马特高地开阔的视野和浪漫的一面情有独钟。而当时的学院派画家，即属于官方美术沙龙的群体，大都住在西边相邻的17区，那是巴黎最好的中产阶级住宅区。

对西斯莱而言，蒙马特有其值得称道的地方：他和巴齐耶共用的画室位于南边不远处，而与巴齐耶、马奈、雷诺阿、德加、方丹·拉图尔、莫奈、毕沙罗、塞尚等其他未来的印象派画家们经常见面的盖尔波瓦咖啡馆，离这儿也不远。这群人代表着1870年普法战争前夕形成的前卫派，甚至被称为"盖尔波瓦画派"。他们在这里热烈地讨论着展览计划。马奈是小团体的核心人物，这个咖啡馆是他于1863年发现的，当时他常去旁边的店里买颜料。作家左拉、评论家阿斯特吕克、迪雷和摄影师纳达尔也经常来这儿。左拉在小说《作品》里写过这家咖啡馆，用的名字是"博德坎咖啡馆"。这家原位于蒙马特南边皮嘉尔广场克里希大道9号的咖啡馆，被称为"永远的波希米亚文化及艺术圣地"，是当时巴黎的精神象征，可惜如今已无迹可寻。

当时在盖尔波瓦咖啡馆旁边还有一家"拉杜耶老爹"咖啡馆，也是印象派画家常去的地方，它的前身是一个小酒馆，1814年因在克里希进行的巴黎保卫战而闻名。马奈1879年在这家咖啡馆创作过一幅重要作品，可能是《在温室里》。1885年，为纪念在美术学校举办的马奈回顾展，"拉杜耶老爹"咖啡馆举行了一次盛大的宴会，所有的艺术界名人都来了。这也是印象派画家在这里的最后一次聚会。

从1875年起，盖尔波瓦咖啡馆被冷落了，取而代之的是皮嘉尔广场9号的新雅典咖啡馆，它有讨人喜欢的面向广场的露天座。咖啡馆内有两张桌子专供马奈和德加使用，后者还为咖啡馆画了一幅《苦艾酒》。不过这家咖啡馆如今也不存在了。当时有许多画家、作家、记者都住在附近，所以皮嘉尔广场还兼有艺术家论坛的功能，而且广场定期会有模特聚会。印象派画家很少会用职业模特，因为这些模特大多来自意大利半岛地区，有明显的区域特征，不适合描绘法国的现代生活，而且雷诺阿、莫奈和西斯莱等人都付不起每场十法郎的费用。不过，马奈为创作

《弗里-贝热酒吧》，就在广场的模特集会上选了一个男模特，这也是他最后一次起用职业模特。马奈在这幅最后的名作里留下了耐人寻味的构图谜语。他之前的画作如《卖啤酒的女侍》则出自离皮嘉尔广场不远的罗什舒阿尔大道上的啤酒店。

德加晚年一直住在克里希大道6号，就在盖尔波瓦咖啡馆对面，他是在蒙马特居住的最后一位印象派画家。11号住过毕加索。莫奈在广场皮嘉尔街28号有间画室，16号住过女作家乔治·桑，当时她正和钢琴家肖邦热恋。他们会经常到附近莎达街16号的荷兰浪漫派画家阿里·谢佛尔家聚会，如今这座宅邸已改为"浪漫时代博物馆"，收藏有乔治·桑的遗物和画像，以纪念这位浪漫小说家。

克里希大道西端，靠近克里希广场的130号，当年住过毕加索，隔壁的128号住过修拉。马奈住在离克里希广场不远的巴蒂尼奥勒街34号。克里希广场也曾是多部影片的场景，比如特吕弗的《四百击》。广场附近的克里希大街7号是一家三厅前卫影院，执导过《巴黎野玫瑰》（1986）的导演让·雅克·贝奈克斯为其创始人之一。他和《地下铁》（1985）的吕克·贝松、《新桥恋人》（1991）的莱奥·卡拉克斯在20世纪80年代被誉为"法国电影三天才"，即"BBC"。

皮嘉尔和克里希一带是享乐主义者的天堂，巴黎著名的声色场所、举世闻名的红磨坊就在克里希大道82号。红磨坊之所以著名，原因之一是画坛怪杰图卢兹·洛特雷克从1885年至1901年三十七岁去世时，以歌舞厅为题材创作了一系列名画；二是这里上演的有情色之惑的法国康康舞，几乎被世界各国视为法国的民族舞蹈，使得很多旅游者趋之若鹜。前面说过让·雷诺阿以红磨坊为题材拍过一部《法国康康舞》

（1955），而由巴兹·鲁赫曼执导、妮可·基德曼主演的音乐电影《红磨坊》（2001），也为这家著名夜总会带来不朽的声誉。

红磨坊的左边是勒比克街，往上走便是蒙马特中心。勒比克街15号，是双风车咖啡馆，《天使爱美丽》中的艾米莉，就是在这家咖啡馆当服务生的。现在咖啡馆墙上贴了一张艾米莉的扮演者奥黛丽·塔图的签名照片，以供四面八方的游客参观。

勒比克街54号，是凡·高和他弟弟提奥的旧居。凡·高1886年从荷兰来到巴黎投靠家族中唯一与其保持密切关系的弟弟。提奥代理了大量印象派作品，凡·高因此结识了不少印象派画家。1887年11月，凡·高与高更相遇，一见如故。第二年，两人在南部普罗旺斯小镇阿尔勒一起度过了六十二天。他们经常在咖啡馆相互画肖像画，凡·高更是经常作画到凌晨，他的画作里就有一幅《夜间咖啡馆》，还有一幅《夜晚露天咖啡座》。但两人性格的冲突和观念的分歧，导致某一天在与高更的争执中，凡·高陷入疯狂而拔刀相向，最后割掉了自己的耳朵。

1889年5月，在提奥的安排下，凡·高到二十公里外的圣雷米精神病医院进行疗养。次年5月，凡·高来到巴黎北部小城奥维尔求医，住在市政厅对面拉武咖啡馆的阁楼里。他仍勤奋作画，七十天后在外出作画时，开枪自杀，两天后身亡。他给提奥留下的遗嘱中写道："我相信，在我死后，会在咖啡馆举办我的画展的。"可惜提奥半年后也病逝了。1996年，在凡·高去世一百〇六年后，拉武咖啡馆终于举办了为期两个月的凡·高画展，了却其遗愿。如今这家咖啡馆已改名为"凡·高之家"。

天才总是令人欷歔感怀。20世纪50年代，美国导演文森特·明奈利和乔治·库克执导的《凡·高传》（1956），是艺术家传记电影中一部细腻动人的代表作。主演柯克·道格拉斯是好莱坞大明星迈克尔·道格拉斯的父亲，当年曾是著名的硬汉型巨星，戏路宽广。安东尼·奎因饰演画家高更，获奥斯卡最佳男配角奖。

1990年，美国导演罗伯特·奥特曼拍摄了反映凡·高晚年生活的《凡·高与提奥》，给扮演凡·高的英国演员蒂姆·罗斯带来国际性声誉，他就是后来一部荡气回肠的诗意电影《海上钢琴师》（1998）里那个音乐天才"1900"的扮演者。同年，好莱坞大导演马丁·斯科塞斯在黑泽明导演的《梦》（1990）中扮演了凡·高。

法国名导莫里斯·皮亚拉拍摄的是凡·高最后七十天的生活。在影片《凡·高》（1991）中，凡·高不是一个疯狂的画家，而是一个懂得享受人生甚至有幽默感的艺术家。主演雅克·迪特隆因此片获恺撒奖最佳男主角奖。

刚刚去世的法国电影大师阿仑·雷乃早年以短片出道，处女作即是以凡·高画作为影像素材讲述其生平的纪录片《凡·高》（1948），获得奥斯卡最佳短片奖。近年英国还有一部以纪录片方式制作的电视电影《凡·高：画语人生》（2010），主演是"神探夏洛克"本尼迪克特·康伯巴奇，这位英国男星此后出演了《霍比特人》和《星际迷航：暗黑无界》等好莱坞大制作。

勒比克街83号是历史悠久的烘饼磨坊咖啡餐厅，它和吉拉尔东街81号的拉岱磨坊是当年高地上三十多家磨坊仅存的硕果。蒙马特高地曾是一片布满葡萄园、磨坊风车的乡间小村落，19世纪末歌舞厅的兴起，使得原本榨葡萄汁、磨麦烘面包饼干的烘饼磨坊，纷纷将麦场改装成舞池，成为大众舞厅，吸引了那些对正统的文艺沙龙感觉乏味的波希米亚艺术家。奥古斯特·雷诺阿杰作之一的《煎饼磨坊的舞会》，描绘了1876年时磨坊舞会莺歌燕舞的热闹景象。当时他的画室就在蒙马特科尔托街，他的许多作品都以科尔托街的花园为背景，比如《秋千》。1889年底，雷诺阿还把家安顿在吉拉尔东街13号，这栋花园围绕的楼房有一个诗意的名字：雾之别墅。

从勒比克街向右走进奥尔尚街，来到埃米尔—古多广场，右边一堵在1970年一场大火中仅存下来的正墙，就是见证着现代绘画历史的圣地——洗衣舫。它原是一家供跳舞的小咖啡馆。由于这幢外形奇特又破烂的建筑物与停泊在塞纳河畔的洗衣船相似，1902年定居于此的诗人、画家马克斯·雅各布就给它取了这个外号。第二次世界大战期间，雅各布因为犹太人身份被纳粹投进巴黎附近的达朗西集中营，后来死在了那里。

定居在洗衣舫的第二年，雅各布便推荐毕加索来此居住，两人一同蜗居在一间阴暗潮湿、仅有一张床的房间。为此两人不得不倒班睡觉，晚上当雅各布入睡时，毕加索便就着钨丝灯作画，直到早上雅各布醒来后再换班睡觉。就这样，毕加索养成了在晚上和在钨丝灯下作画的习惯。所以今天当我们欣赏毕加索的作品时，其实也应该在同样色温的钨丝灯下，才能准确品味到它的颜色和处理手法。

1907年，毕加索以描画五位裸体少女的《亚维农的少女》一鸣惊人，这幅被称为"立体主义"画派的开山之作，彻底改变了20世纪艺术的风貌。毕加索称这幅画为"驱邪之画"。1909年在离开洗衣舫之前,毕加索在此举办了一次远近闻名的宴会。除了克里希大道,毕加索还住过洗衣舫附近的加布里埃尔街49号,现在那里的外墙上有一块纪念铭牌。

从加布里埃尔街往北走,在柳树街和圣吕斯蒂克街交会处,有一家餐馆叫不拘礼节,其原名叫桌球,也是蒙马特艺术家们出没之处,凡·高于1886年在此创作了《供跳舞的小咖啡馆》。

稍远一点,在柳树街与拉波瓦尔街交会处,一栋粉红色的楼房就是玫瑰屋咖啡馆,曾经在莫里斯·郁特里洛的画里出现过。郁特里洛自幼与母亲住在蒙马特的科尔托街12号,即现在的蒙马特高地博物馆。那里原是蒙马特最古老的旅馆,从1875年开始,一些著名的艺术家便住在那里了。郁特里洛的母亲苏珊·瓦拉东是一位油画家,也受雇于德加、雷诺阿等画家兼职做模特儿。后来郁特里洛一家迁居到附近的拉波瓦尔街2号,即玫瑰屋咖啡馆现址。在母亲苏珊的循循善诱下,自小出入酒馆的轻狂少年郁特里洛爱上了绘画,成天背着画具游走在蒙马特的大街小巷。到了1907年,郁特里洛的画风逐渐成熟,进入后人称谓的"白色时期"。为准确表达街道上一片片褪色的白土墙,他大胆地把蛋壳、石膏等不同材料掺入白色颜料里,将斑驳残旧的质感生动地表现出来。

现在,粉红墙壁绿门窗的玫瑰屋咖啡馆,是巴黎少数由著名画家工作室改装成咖啡馆的名胜之一。再往北一点,在柳树街和圣文森街相交的十字路口东北角,就是著名的狡兔之家。

如果说盖尔波瓦咖啡馆开启了蒙马特时代,那么终结这个时代的就是狡兔之家咖啡馆。一道木栅栏围着一幢低矮的两层楼房，朴实无华的风貌酷似一座农家小院，但狡兔之家在20世纪初却是法国文学和艺术革命的发源地，多种流派诞生于此。现在此处竖有巴黎市政府的历史文化纪念碑。

"狡兔"这个奇怪的名字来自于招牌上一只正从平底锅中蹦跳出来的可爱兔子形象，那是画家安德烈·吉尔于1880年绘制的一幅油画。直到1914年，这里一直是蒙马特艺术家和作家们的青睐之地。

住在洗衣舫的毕加索和雅各布经常来这里。毕加索与来自意大利的莫迪利亚尼讨论立体主义，这时毕加索已凭借《亚维农的少女》成名，被誉为绘画天才。当时莫迪利亚尼也住在洗衣舫，但他性格有点古怪，沉默寡言，不太喜欢和别人谈论自己的作品，平时主要在咖啡馆和街上找一些免费的模特儿画素描。他是用线条造型的行家，创造了一种既是图像又是装饰风格的线条艺术语言，很符合现代精神传达的表现主义。他放荡不羁，经常惹是生非，三十六岁就因肺病离开了人世。由米克·戴维斯执导、安迪·加西亚主演的《莫迪利亚尼》（2004），讲述了这个堪比凡·高的悲剧性天才短暂一生中最后三年的故事，包括他与妻子珍妮的爱情，以及与毕加索亦友亦敌的微妙关系。片中毕加索带莫迪利亚尼去拜访雷诺阿时说道："去拜见上帝。"可见雷诺阿在画界的影响力。

莫迪利亚尼与酒鬼画家郁特里洛是挚友。郁特里洛嗜酒如命，人们经常看到他醉醺醺地倒在咖啡馆的走廊尽头。1924年时，郁特里洛曾因酒瘾深重而企图自杀，但直至1955年去世他始终没有放弃绘画。画家洛特雷克、诗人魏尔伦、作家弗朗西斯·卡尔科等也经常光顾狡兔之家。

魏尔伦岳父母的家，就在圣心教堂东面半山坡上的尼科莱街14号，现门口立有巴黎市政府的历史文化纪念碑。就是在这里，魏尔伦第一次见到十七岁的少年诗人兰波。那天他们在车站错过，兰波自己找到家里来了。这个怒发冲冠的乡下大男孩，以他融合着美与狂暴的诗作，彻底征服了魏尔伦。第二年，魏尔伦抛妻弃子，跟着兰波去了伦敦和布鲁塞尔。1873年7月，魏尔伦在酒后用枪击伤了兰波以后被捕。兰波也由此彻底放弃了诗人生涯。1891年兰波在马赛因癌症去世时，年仅三十七。这颗硕大的流星，从十五岁开始写诗，到二十岁彻底离开文坛，惊鸿一瞥，却光芒永存。他的艺术世界里充满了符号、幻想、梦境和视觉幻象。安德烈·布雷东在《超现实主义宣言》中提到：兰波在生活实践和其他方面是一个超现实主义者。

魏尔伦也是从十四岁开始写诗。1870年，魏尔伦娶了一位与兰波同龄的十六岁姑娘，并出版了诗集《佳节集》，被雨果评价为"这是一枚炮弹里的花朵"。如果没有兰波的出现，魏尔伦可能过着小资产阶级的正统生活，但兰波像一道强光照进他的生命，他不由自主地跟着这道光走了。在狱中最痛苦的时候，他投入了宗教的怀抱。不过，无论此后生活如何潦倒，他心底那份柔和的诗意不曾消亡。德彪西那首脍炙人口的《月光曲》的灵感正是来自魏尔伦的同名诗作。虽然晚年生活贫困，魏尔伦在法国文学界的名声却如日中天，并于1894年被选为"诗王"。1895年完成了最后一本诗集《死亡》。

如今狡兔之家不仅外貌依旧，而且保持了20世纪初巴黎咖啡音乐厅的传统，每晚有一批香颂歌手进行针砭时弊的即兴表演，幽默的歌声随着烟雾弥漫的空气四处荡漾。

在狡兔之家左面的街角，有一座葡萄园山坡，这里是巴黎城里仅存的葡萄园。酒的品质一般，但因其产地有名和出产量少，常跟艺术品一起拍卖，拍价甚高。

当年西斯莱与毕沙罗数年前一样，在蒙马特这个介于城市与乡村之间的街区寻求一种严肃的现实主义。在他之后，凡·高以及保罗·西涅克也曾在此作画，他们超越创作对象，注重内心表达。再往后还有郁特里洛和毕加索，把这个街区当作造型艺术的试验场。直到第一次世界大战为止，蒙马特以它颓废、自由又开放的气氛，一直深受艺术家的喜爱。

如今的蒙马特因为早期艺术家们的离去而显得魅力不再，取而代之的是络绎不绝的观光客。但那些僻静的街道、陡峭的台阶、爬满常春藤的建筑和袖珍小公园，依然保留着一种童话般的魔力。

印象派发轫于蒙马特，但其1874年的首次画展却是在当时巴黎最繁华的卡布西纳大道举行，地点就在纳达尔的工作室。它的斜对面，就是大饭店的和平咖啡馆，如今是硕果仅存的歌剧院区域的文艺咖啡馆。它和当时相隔不远的大咖啡馆一样，也是第一批放映电影的巴黎咖啡馆，但它流传更多的是一些文坛佳话。

柯南·道尔常来和平咖啡馆。他笔下的福尔摩斯有一句名言："你只要在和平咖啡馆待上足够长的时间，准能碰上一个朋友。"

铁三角左拉、莫泊桑和福楼拜也常在和平咖啡馆聚会。莫泊桑的小说《俊友》就是从卡布西纳大道开头的。纪德、皮埃尔·路易斯和保罗·瓦莱里，他们喜欢象征主义，并定期去看马拉美。三人联手做了一首四行诗，成为和平咖啡馆最特别的文字。

王尔德也是和平咖啡馆的常客，他根据自己的心情选择坐在卡布西纳大道一侧，还是加尼叶歌剧院一侧。他长时间地陷入冥想，沉浸在自己的世界中。他曾看到歌剧院的金色天使越来越大，大到令他晕眩过去，这其实是歌剧院屋顶的雕塑在阳光照射下产生的幻觉。这位身穿剪裁得体的天鹅绒西装、风流倜傥的爱尔兰才子曾说过："我可以抗拒一切，除了诱惑。"在以有伤风化罪在狱中度过两年之后，1897年，一无所有的王尔德自我流放到巴黎，隐居在拉丁区一家廉价旅馆里，三年后孤零零地死在旅馆的床榻上。

在王尔德受到羞辱审判的一个世纪后，伦敦终于向他表达了迟来的敬意，在邻近特拉法尔加广场的剧院区竖起了一座名为"与王尔德对话"的纪念雕像，底座刻着王尔德的名句："我们全都一无所有，但有些人仰望天上的星星。"丘吉尔曾被问谁是他在死后想见面并交谈的人，丘吉尔毫不犹豫地回答："奥斯卡·王尔德。"英国导演布莱恩·吉尔伯特拍摄的《心太羁》（1997），忠实描述了王尔德生命中的最后六年，如何从巅峰瞬间跌入谷底，以至潦倒以终的人生历程。

香街大道99号，著名的"娱乐圈食堂"——富凯咖啡餐厅，见证了巴黎的电影中心从卡布西纳大道转移到香街的历史。富凯餐厅隔着乔治五世大街与路易·威登香街大道旗舰店为邻，斜对面就是UGC诺曼底影院，距离UGC乔治五世影院也很近，地理位置得天独厚。

1898年，路易·富凯买下香街大道一家小酒馆，看准这个高级住宅区的顾客潜力，把它变成一家豪华餐厅。他雇用两个顶级厨师，以菜肴扬名。这也是巴黎第一家提供全套服务的餐馆,专门接待上流社会的顾客,尤其是在赛马大赛期间,这里更是高朋满座。

1920年以后,新兴的电影公司纷纷进驻香街成立办事处,香街渐渐成了电影工作者的村庄,制片人、发行人、导演、演员、技术人员在这里约会、洽谈、散步,停下来喝一杯。因其位置便利,格调高雅,富凯咖啡餐厅很快成为电影界的据点。

几十年来,这里策划过上千部影片,开过几百部影片的首映庆祝会,许多大项目、合同都是在这里签署的。1963年,戛纳电影节负责人法弗尔·勒布埃邀请好莱坞大佬达里尔·扎努克在这里共进午餐,后者同意其拥有国际版权的意大利影片《豹》参赛,结果影片获得金棕榈大奖。时至今日,仍有很多演员按传统选择在富凯餐厅签约,以图吉利。如果某天你在这里喝咖啡或用餐时,发现身旁坐着朱丽叶·比诺什或让·雷诺,不必太惊讶。

从创立恺撒奖至今,每年的颁奖典礼过后,组委会都会在富凯餐厅举办盛大的晚宴,各路明星大腕云集。让·维果奖评委会也在这里颁奖,得奖名单上有过作家电影代表阿伦·雷乃、夏布罗尔、戈达尔等人,其实他们都属于新浪潮一代,前者被称为左岸派,后者为电影手册派。

有"电影界龚古尔奖"之称的路易·德吕克奖就创建于富凯餐厅,该奖是1937年为纪念记者、影评人和电影俱乐部创始人路易·德吕克而设,阿伦·雷乃、路易·马勒都曾获过两次以上的该奖项。2012年的德吕克奖,颁给了伯努瓦·雅克执导的影片《再见,我的皇后》。影片在凡尔赛宫实景拍摄,以蕾雅·赛杜扮演的王后身边专为其朗读书籍的侍女的视角,展现了1789年7月风雨飘摇的法国王室的最后三天。德国当红女星黛安·克鲁格饰演传奇王后玛丽·安托瓦内特。与索菲亚·科波拉糖果色的《绝代艳后》不同，伯努瓦以他的简约克制，刻画出1789年的腥风血雨，还带着那么一点女人同性之爱的味道。

无数名人喜欢光顾富凯。雷姆住在附近，每天中午必来，因而成为这家餐厅传奇的一部分。雷姆以扮演马赛小人物著称，在马塞尔·帕尼奥尔的马赛三部曲《马里乌斯》（1931）、《芬妮》（1932）及《塞萨尔》（1936）中扮演羸弱的父权象征形象，以南方口音演活了幽默、怀旧式的父亲角色。他喜欢坐在富凯朝向乔治五世大街的一侧晒太阳。雷姆去世后，在富凯九十岁生日时，一楼大厅被命名为雷姆厅。

富凯咖啡餐厅最著名的顾客都拥有自己的座椅。大作家西默农1922年到巴黎时，迫不及待地来富凯领略它的风情。他写道："春天，我看到了它的风采，我终于赶上和帕缪尔、雷姆、米歇尔一起，成为它的铁杆。"后来西默农在他的四五部小说中都让部分情节发生在这里。诗人瓦莱里也是这里的常客。

约在1930年时，早在1920年就定居巴黎的爱尔兰作家詹姆斯·乔伊斯，搬迁到香街的加利里街42号，就在富凯餐厅附近。于是富凯几乎成了他的食堂。根据出版商路易·吉莱的描述，乔伊斯总是坐在同一张餐桌，同一个座位，甚至点同样的菜式！

乔伊斯的皇皇巨著《尤利西斯》被誉为意识流小说的开山之作，艰深隐晦，美国作家福克纳曾打趣说："我们阅读《尤利西斯》时，以目不识丁的教会牧师看《旧约圣经》那种虔诚笃信的态度就可以了。"乔伊斯也自我调侃：我就是要在《尤利西斯》里放这么多谜语，好让那些文学教授忙上几百年，这样我才可以永垂不朽！其实书中主人翁已点出谜底："历史是一场噩梦，我正设法从噩梦中醒来。"小说名字来源于希腊神话中的英雄奥德修斯，其拉丁名即为尤利西斯，书中章节和内容也和荷马史诗"奥德赛"有着平行对应关系。1967年，美国导演约瑟夫·施特里克将这部小说改编为同名电影，挑战精神可嘉。十年后他又将乔伊斯的另一部小说《青年艺术家的肖像》也搬上了银幕。

富凯餐厅曾两次面临被出卖的危机，都因电影人的努力而幸存下来。1988年12月，富凯餐厅被列为历史纪念单位，以它对文学和电影的贡献而被载入史册。大厅至今仍悬挂着一幅绘有数百名演员、导演肖像的拼贴大油画，无言地诉说着这家咖啡餐厅的辉煌历史。富凯本身就可以写一部法国电影史。

在香街大道东端的杜迪街1号，香街花园的浓郁绿色之中，有一家历史悠久的米其林三星餐厅勒杜瓦颜。开业于1792年，是巴黎最古老的餐厅之一，据说拿破仑就是在这里遇上约瑟芬的，印象派画家如莫奈、塞尚等都曾是其座上客。

19世纪末，巴黎的顶尖艺术沙龙只有两家可以并驾齐驱：一个在战神广场，另一个就在香街，分别由法兰西艺术家协会和国家美术协会主导。香街的沙龙展预展酒会，就曾在勒杜瓦颜餐厅举行。直到1898年，这两个艺术沙龙才合并。其实对观众来说，这两家的画没什么区别，"一个是白色的睡帽，另一个睡帽是白色的"。

雅克斯·波斯纳德执导的影片《大饭店》（1967）曾在勒杜瓦颜餐厅取景，该片由喜剧明星路易·德·菲奈斯主演。餐厅就在小皇宫的后面，与协和广场近在咫尺。

从协和广场通往玛德莲教堂的罗亚尔街3号,是著名的马克西姆餐厅。1973年3月15日,导演杰拉尔·乌里在这里为菲奈斯颁发了荣誉军团骑士勋章。这对拍档自大受欢迎的战争喜剧片《虎口脱险》(1966)之后,在这一年再次合作的《雅各布教士历险记》成为菲奈斯的经典代表作。据说在拍摄时乌里经常因为笑得太厉害,致使摄影机剧烈抖动而不得不重拍。乌里于2006年7月去世。当时法国总统希拉克发表了悼词,称乌里的电影是"我们的文化和我们的想象世界中不可分割的一部分"。

菲奈斯就是《虎口脱险》里那个自私尖酸的指挥家。他演过一百多部电影,成名作是《穿越巴黎》(1956),在20世纪60年代至80年代拍摄的六部警察系列电影,如《警察在纽约》(1965),是法国喜剧电影史上最成功的系列喜剧。菲奈斯年轻时是个爵士乐钢琴师,第二任妻子是名作家莫泊桑的侄女,他们于1943年结婚。在自导自演了自己的第一部电影、莫里哀名剧《吝啬鬼》三年后,即1983年1月,菲奈斯因心脏病发作去世。

马克西姆餐厅也是一家历史文物保护单位。1893年开业不久,餐厅就成为巴黎上流社会年轻人经常聚会的俱乐部。1900年世博会期间,由建筑师路易·马尔内装饰一新的餐厅成了时髦的社交场所,各国政要、产业巨头及作家、艺术家纷至沓来。1981年,濒临破产的马克西姆餐厅被著名设计师皮尔·卡丹所购,他把餐厅发展为全球连锁西餐厅。与马克西姆餐厅相关的电影有《马克西姆的猎头》(1932)、雅克·贝克的《大盗罗宾》(1957)等。

离协和广场不远,与罗亚尔街相交的里弗利街226号,就在卢浮宫的廊街下，一堆俗气的纪念品商店中，有一家典雅的安杰莉娜咖啡馆，当年可是普鲁斯特喝下午茶的据点之一。除了当地的潮人，现在的顾客也多是想要沾沾文学气的观光客。

而里弗利街228号，即是巴黎六家顶级酒店之一的莫里斯酒店，从19世纪就被冠以"国王酒店"之名。20世纪30年代，超现实主义画家达利每年都要在这里住上一个月。他住的是皇家套房，却肆意在客房的墙上涂上油画颜料，他驯养的猎豹还把地毯抓挠得伤痕累累，甚至有时会要求酒店服务生去对面的杜乐丽花园的小树丛中为他捉昆虫，或向他车轮下抛撒硬币，使他仿佛"走在铺满黄金的道路上"。这样的怪咖，行为的乖张放浪被放置于天才的合理半径之内，对于这位最奇特的客人，酒店一一满足他的要求。现在的酒店大堂就叫达利餐厅，从天顶的巨幅图画到桌椅台灯到地毯，创意全都出自达利的画作、雕塑和手稿，魅力十足，是巴黎最时尚的约会地点之一。

普鲁斯特当年还是离里弗利街不远的丽兹饭店的常客，1898年开业的丽兹，可是全巴黎最豪华的酒店。当他后来病入膏肓时，也只有丽兹的冰淇淋和冰啤酒能安慰一下他的胃和他的心。如今丽兹有一家海明威酒吧，据说是第二次世界大战时海明威亲自挥舞着机关枪解放了这间皮革装潢的酒吧，里面还有不少海明威拍摄的照片。这样的顶级酒店往往少不了名人故事，比如可可·香奈儿就是1971年年初在丽兹饭店的包房中去世的，她突发心肌梗死，只来得及留下一句话："死就是这样的。"这位耀眼的时代女性，由对女性服装的革命性创新，带来一场社会风俗的革命。她把崇尚简单推向极致，从而为各类极端主义打开了大门。

丽兹饭店所在的旺多姆广场，云集了不少知名珠宝和高级时装的精品店铺，有"巴黎珠宝箱"之称。广场上一根高达四十三米多的青铜石柱的顶端，拿破仑雕像俯瞰着芸芸众生。据说1796年拿破仑就是在广场的三号楼迎娶了约瑟芬。旺多姆广场也是通往歌剧院广场的和平街的起点。

以歌剧院广场来说，往北是蒙马特，往东走则可以发现巴黎不那么知名的水道——圣马丁运河。风光如画的运河上横亘着数座铁铸的人行桥，沿河有许多别致的布波风格的咖啡馆和服装店，是巴黎布波族的聚居区。当2001年《天使爱美丽》的主人公艾米莉在这里的石头上跳来跳去时，这一带低廉的租金和别致的环境正开始吸引年轻的艺术家和设计师的到来。

运河边的北方旅馆，是1938年马塞尔·卡尔内同名电影的场景所在。原作者尤金·达比曾住在这里，当时的旅馆便是由他的父母经营。影片是一个关于罗密欧与朱丽叶式的自杀协议的故事，展示了20世纪30年代巴黎郊区的氛围。影片风靡一时，旅馆也因此闻名。当年巴黎市政府想要拆掉这家小旅馆时，遭到巴黎文化界的激烈反对，北方旅馆才得以幸存。现在这里是一家满墙都是书的餐馆，供应法国风味的现代菜式。

和圣马丁运河一样，巴黎还有不少不知名的引人入胜的去处，比如巴士底的绿荫步道，是由19世纪废弃高架铁路桥改建而成的电梯公园，位于多梅尼街高架铁路桥的顶端，栽种着大量的花草树木，宁静宜人。美国独立导演理查德·林克莱特的《日落之前》（2004）中有一幕重要的浪漫场景便是在这里拍摄的。

在绿荫步道东北方的一条小街上，有一家纯咖啡馆，是一家樱桃色的乡村风格街角咖啡馆，被誉为"最巴黎的咖啡馆"，不仅在很多电视剧中频繁出镜，也曾出现在影片《日落之前》里。这部影片是导演继《日出之前》（1995）九年后的续篇，讲述的是美国青年杰西和法国女孩塞琳娜在巴黎重逢的故事，由导演林克莱特和主演伊桑·霍克、朱丽·德尔比共同担任编剧。2013年他们三个又合作完成了《午夜之前》，距上一部《日落之前》正好也是九年。导演的最新作品是一部花了十二年拍摄的少年成长史《少年时代》（2014）。气质知性的朱丽·德尔比1985年以参演戈达尔执导的《侦探》出道，是一名不可多得的全能女演员，并于2002年开始自编自导自演，她执导的《巴黎两日游》（2007）和《纽约两日情》（2012）也是表现文化冲突的爱情婚姻题材的影片。

离纯咖啡馆不远的夏洪尼路41号，有一家街角咖啡馆，曾是影片《情寻猫脚印》（1996）的外景地。当年这部由塞德里克·克拉皮斯自编自导的喜剧片在法国大卖，影片讲述了少女克洛尔在巴黎的一段新奇有趣的寻猫之旅。导演用写实手法将镜头对准巴黎的街区，随着克洛尔的寻访逐一展现城市风貌，大量非职业演员和即兴对白增添了真实感。

与多梅尼街相交的狄德罗大道20号，就是蓝色列车咖啡餐厅，如同一座小型美术馆，位于巴黎里昂火车站内。这是1900年巴黎为举办万国博览会进行大规模市政建设的一个成果。有意思的是，这座巴黎地标性建筑竟然不叫巴黎火车站，而叫里昂火车站，可见里昂在巴黎的位置。

1901年4月7日，法国总统埃米尔·卢贝亲自为里昂火车站餐厅揭幕，但庞大的室内装潢工程，直到1905年才全部竣工。由三十位画家绘制的四十一幅壁画，忠实地再现了20世纪初巴黎—里昂—地中海铁路沿线的风貌。1972年，餐厅被列为文化遗产。

1990年，大导演吕克·贝松在蓝色列车餐厅拍摄了《尼基塔》的一个场面。这部极度暴力的黑色片，被吕克·贝松赋予了一种时尚和迷幻色彩，为女杀手电影开辟了一种新类型。主演安娜·帕里约，也就是吕克·贝松的前妻，因此片获恺撒奖最佳女演员奖。

吕克·贝松立志做法国的斯皮尔伯格。1994年的《这个杀手不太冷》（《杀手里昂》）赢得票房与口碑的双丰收，1997年的《第五元素》更是欧洲有史以来第一部成本高达近亿美元的英语对白影片，但也在全球创下了两亿七千万美元的收益，名列当年世界电影票房的第三名。之后他成功监制了多部主流商业电影，如《的士速递》系列，并投资兴建大型多功能拍摄基地，为法国的电影产业而努力。显然，在法国这样一个有深厚艺术电影传统的国家，吕克·贝松是个异数，是影坛孤独的探索者。但他不是一个人在战斗，比如在中国拍摄《狼图腾》（2014）的让·雅克·阿诺，是少数以海外为主要制作基地和市场的法国导演，他以《熊》（1988）、《情人》（1991）等影片成为法国最卖座的作者导演之一。某种程度上，他们正是法国电影丰富性和多元性的最佳证明。

香奈儿、让·科克托、科莱特、达利等许多名人都曾是这家奢华餐厅的常客。1922年，餐厅被正式命名为"蓝色列车"，因为当时蓝色是头等卧铺的专用色。1924年6月，俄罗斯芭蕾舞团在香街大剧院演出与"蓝色列车"同名的芭蕾舞剧，便是由让·科克托担任编剧、毕加索设计布幕、香奈儿负责服装设计的。香奈儿为该剧设计的运动服饰，立即成为巴黎上流社会的时尚休闲形象，香奈儿也因此成为时装界的宠儿。

20世纪20年代，巴黎的富人阶层以到蔚蓝海岸度假为时尚，运动与小麦色皮肤成为一战之后的新风气。那年代的巴黎被海明威称为"流动的盛宴"，圈子和沙龙聚集着来自各个领域的艺术家，如同一场盛宴。这些"大名字"之间的交往，被集中展现在伍迪·艾伦浪漫奇幻的影片《午夜巴黎》（2011）里，如海明威、菲茨杰拉德、斯坦因、艾略特、毕加索、达利、马蒂斯、德加、高更、洛特雷克、曼·雷、路易斯·布努埃尔等。这部由当时的法国第一夫人卡拉·布吕尼参演的影片，在第六十四届戛纳电影节开幕当日，由巴黎市政府推出该片的旅游线路，即影片六处取景之地，分别是亚历山大三世桥、塞纳河岸的旧书摊、塞纳河沿河景观、橘园美术馆、圣艾蒂安—迪蒙教堂以及圣旺的跳蚤市场。该片成为伍迪·艾伦票房最高的影片，不能不说其中有巴黎因素的作用。

回到巴士底广场。1789年7月14日，巴士底监狱发生的暴动，拉开了法国大革命的序幕。但很少有人知道，当时的巴士底监狱里面只关着七个犯人。革命的盲动性与情势所至，发人深省。如今监狱的痕迹荡然无存，原址竖起的是高五十二米的圆柱青铜纪念碑，顶端是带翅膀的镀金自由女神像，铭文则记载了法国大革命的经历，但这根圆柱下埋葬的却是1830年另一场起义的死难者。1789年、1830年、1848年和1871年，是18世纪和19世纪法国的重要标志节点，各类革命运动和起义风起云涌。不可思议的是，首都巴黎作为运动的发起中心，除了摧毁一些建筑外，并没有留下多少痕迹。如今的巴士底广场是一个繁忙的交叉路口，只是巴黎屡见不鲜的政治示威活动仍然以此地为目的地之一。

广场附近的灯塔咖啡馆，是巴黎最早也是最好的哲学咖啡馆，作为法国哲学咖啡馆协会的总部，定期出版"哲学咖啡馆月刊"，报道各地哲学咖啡馆的活动情况。经常组织哲学讨论的咖啡馆在巴黎有十多家，在全法国有数百家，其中最有名的就是这家灯塔咖啡馆。灯塔咖啡馆的创始人是法国哲学家、索邦大学教授马尔克·索泰。自马尔克1998年去世后，其主事者是巴黎政治学院的哲学博士，参与者来自各个社会阶层，既有教师、律师和大学生，也有普通职员和工人，还有刚从菜市场过来的主妇，甚至有居无定所的流浪汉，一块儿谈论严肃的哲学论题。对于观光客来说，即使完全听不懂，这一文化现象也足以令人痴迷。

自19世纪以来，法国中学毕业会考第一门考试科目都是哲学，升入高中以后无论选择文学、经济类或者科学类课程，哲学都是必修课。有了这样的哲学基础训练，也难怪法国人个个能侃，人人能说会道了。瓦莱里说：人是一种为了交谈而生的动物。在法国，这是共识。而法国人对智性的喜爱，使得思辨不仅成为法国文学和艺术的一种特性，更是渗入日常生活的行为和体验。有些法国电影基本就由对话构成，密集的台词轰炸，好似把哲学辩论会搬上了银幕。所以说，哲学咖啡馆在法国的大行其道是有广泛群众基础的。

如果英语观光客对哲学讨论真有兴趣，可以去左岸的花神咖啡馆，那里每个月都有一场受欢迎的英语哲学辩论，无须门票，买一杯饮料即可。那么，到时你很可能只能蹦一个单词：Café！

左岸：这些咖啡馆的那些人

　　花神咖啡馆称得上是巴黎最著名的文艺咖啡馆之一。20世纪初，花神咖啡馆先是成为诗人、评论家阿波利奈尔的文学团体的大本营，出版《巴黎之夜》杂志，后以布雷东为首的超现实主义团体也常常在此聚会。1917年，阿波利奈尔完成了剧本《蒂雷西亚的乳房》，其中创造了"超现实主义"这个词。同时5月18日该剧上演，被视为超现实主义戏剧的开山之作。不幸的是，阿波利奈尔因患西班牙流感，于1918年11月9日去世，年仅三十八岁。

　　20世纪初毕加索来到巴黎后不久便与阿波利奈尔相识。1911年8月因为牵涉卢浮宫名画失窃案，阿波利奈尔蒙冤被捕，而当时接受询问的毕加索宣称不认识他，使得两人的友谊降至冰点。在阿波利奈尔去世三年后，毕加索完成了情感真挚的画作《读信》，被认为是画家悼念友人之作。20世纪30年代，花神咖啡馆也是毕加索和夏加尔经常交流心得的地方，当时毕加索的画室又迁回了左岸。

　　第二次世界大战期间和之后，这家建于1865年的花神咖啡馆成为法国知识分子、学者和作家的重镇。周恩来早年在法国从事革命活动期间，也常去这家咖啡馆。而花神咖啡馆最让人津津乐道的，就是它一度是萨特和波伏娃的办公场所。

　　在1943年至1944年的冬天，咖啡馆的二楼看起来像是间教室，萨特趴在一张小桌上写他的《自由之路》，波伏娃在另一张小桌写《人总是要死的》，其他人有的在写书，有的在写剧本。即使什么吃喝都不点，侍者们照样会把墨水瓶摆在萨特和波伏娃常坐的桌子上，萨特还被店老板戏称为"一个裹着毛皮的小墨水瓶"。时值纳粹占领期间，温暖的咖啡馆除了带给他们舒适的家的感觉，还可以使他们与严酷的外界隔绝。

萨特的名著《存在与虚无》就是在这家咖啡馆写成的，1943年出版后，被视为法国存在主义哲学的奠基之作。这本书在1945年战争结束后吸引了大量的读者，使得存在主义成为20世纪50年代最具影响的哲学思潮，即认为存在先于本质，其核心是自由选择，"人即自由"。战后的法国，小说家的"王位"因此渐渐让给了哲学家。1943年时波伏娃刚出版了第一本小说《客人》，她因此放弃教职，成为专业作家。但直到1949年出版了《第二性》，波伏娃才一举成名。在被誉为女权运动"圣经"的《第二性》中，她最经典的名言就是"我们不是生为女人，而是成为女人"。她的小说也有搬上银幕的，如夏布罗尔的《双面间谍》（1984）。

当时萨特住在圣日耳曼德普雷广场波拿巴街42号的母亲家里，离花神咖啡馆很近。母亲守寡后，他在这里陪她住了二十年，直到1962年公寓被右派军人炸毁。20世纪60年代以后萨特走向极左，跟这种右派极端行为的逼迫不无关系。

1964年诺贝尔文学奖颁奖那一天，获奖者萨特一如既往地坐在花神咖啡馆里，在等待侍者上咖啡时，平静地抽着他的马格里特烟斗。这是诺贝尔文学奖历史上唯一被拒绝的一例。另一位存在主义大师加缪1957年因《鼠疫》获得诺贝尔文学奖后，曾专门请朋友到圆顶咖啡馆庆贺——他们俩对诺贝尔文学奖的态度相反，但对咖啡馆的态度却相同。加缪和萨特首次相遇就是在花神咖啡馆，两人立即成为知己好友。在属于他们的年代和国度，他们是耀眼的双子星座，但十年后终因意识形态分歧而决裂。出生于法属阿尔及利亚的加缪以《局外人》一书成名，神话中西西弗斯的荒谬感与疏离感，一直是他作品中的主题。1960年加缪因车祸丧生时，年仅四十七岁。

花神咖啡馆的另一常客罗兰·巴特，比萨特小十岁，在萨特去世的同一年也因车祸身亡。当存在主义开始走下坡路时，巴特的结构主义和符号学却声誉日隆。与萨特的花名远扬相比，巴特对男色的爱慕要隐蔽得多。

1994年，广告人出身的作家弗雷德里克·贝格伯德创立了花神文学奖，每年11月在咖啡馆由一批文学记者进行评选，专门奖励具有写作才能和前景的年轻作者。咖啡馆为得奖者在二楼保留专座一年，并永久陈列一只刻有得奖者名字的咖啡杯。花神咖啡馆因此还在隔壁开有一间专售与咖啡馆有关的纪念品专卖店。

由简·库恩执导的电影《99法郎》（2007）中，在主人公两次镜中幻觉出现的那个长发男子就是原著小说作者贝格伯德。原著没有固定名字，以所在国的出版定价而命名，在法国叫《99法郎》，在美国是《9.99美元》，到了中国就叫《19.99元》。该片主演让·杜雅尔丹几年后因主演《艺术家》（2011）而成为奥斯卡和金棕榈双料影帝。

2006年的影片《花神咖啡馆的情人们》（又名《波伏娃的爱情》），是关于波伏娃和萨特的传记片，扮演波伏娃的女演员安娜·莫格拉莉丝神似丽芙·泰勒，在校时就成为香奈儿全球形象大使，以名模形象为人熟知。此后她又主演了简·库恩执导的《香奈儿秘密情史》（2009），讲述香奈儿与20世纪最伟大的作曲家斯特拉文斯基的一段恋情。

　　加拿大魁北克导演让·马克·瓦雷的新作《花神咖啡馆》（2011），两个看上去毫无关联的故事，分别发生在现在的蒙特利尔和1969年的巴黎，影片以大量的象征和暗示手法，将现实中的三角情感关系于前世今生的宿命中做了一番特别的碰撞与解读。不用说，片名仅仅来自于导演的文艺情结，也说明花神咖啡馆已成为某种象征。

　　花神咖啡馆坐落于左岸圣日耳曼大道与圣贝诺街的交界处，街对面就是历史悠久的力普啤酒餐馆。这家餐馆原店主里奥纳·利普是来自法德边境阿尔萨斯省的难民，当时法国在普法战争中战败，阿尔萨斯省被划归进德国的版图。阿尔萨斯省的啤酒是全法国最好的啤酒，因此这儿的啤酒是优雅地盛在高脚杯中的。餐馆的客人从商人、政客、艺人到文化人无所不包，比如几任法国总统，比如文人美食客普鲁斯特、纪德，《小王子》的作者圣·埃克苏佩里也常来参加力普的文艺沙龙。这家也是挑剔的女作家杜拉斯在巴黎第六区认可的两家餐馆之一。

　　由花神咖啡馆往东走两步，便是双偶咖啡馆，正好在圣日耳曼德普雷教堂的对面。这座教堂因巴黎首任大主教圣日耳曼而得名，是巴黎最古老的罗曼式教堂，建于11世纪。它曾经是巴黎天主教徒朝拜的中心，后为巴黎圣母院所取代。

　　双偶咖啡馆同样曾经是名人荟萃之地，拥有巴黎文学和知识精英聚集地的声誉，事实上花神咖啡馆在很久以后才取代了它的"人文之王"的地位。19世纪末，这里的常客是魏尔伦、兰波、马拉美等象征派诗人。20世纪初，布雷东、阿拉贡这样的超现实主义派成为常客。20世纪30年代，无政府主义诗人普莱维在这里发挥着重要影响，他与让·雷诺阿合作的《朗热先生的犯罪》，就是在这里的左岸电影小团体内构思出来的。

可以想见，其实在这里出入的名人和花神咖啡馆没有什么分别，抬个脚就到，进哪家全看当时的心情心意。波伏娃曾在日记中写道："我坐在双偶咖啡馆内，眼睛瞪着咖啡桌上的白纸……我感觉得到我的手指蠢蠢欲动，我需要写作……其实我想写我自己，第一个升起的念头是：作为女性自身的意义是什么？"这就是波伏娃的名著《第二性》的起源。现在咖啡馆的露天座旁，立着一块"萨特与波伏娃广场"的牌子，这里其实是好几条街的交叉口，车流与人声，就像各种激昂的辩论，众声喧哗。当年萨特在波拿巴街42号的公寓窗口就可以眺望到双偶咖啡馆。

1885年开业的双偶咖啡馆，前身是一家服饰店，"双偶"这个名字，据说取自开业当年大获成功的新戏《来自中国的双偶》，另一种说法是来自一种中国清朝产品的双偶商标。不管如何，直至今日，在咖啡馆大厅中央方柱上，仍端坐着两尊中国清朝官吏的人像木雕，很超现实地瞪着喝咖啡的人。

作为电影场景，双偶咖啡馆曾出现在影片《狮子星座》（1959）和《母亲与娼妓》（1973）中。《狮子星座》是埃里克·侯麦的第一部长片，是他最富有戏剧性也是对白最少的电影。影片讲述了一个美国小提琴手在巴黎成为流浪汉的故事。戈达尔在影片中扮演了一个来参加主人公皮埃尔的聚会的朋友，总是等不及听完一首完整的曲子，他不停地挪动唱针的位置,最后终于关掉了唱机。有趣的是,这样一个形象和大多数新浪潮导演对戈达尔的描述十分吻合:总是迫不及待地从一个地方蹦到另一个地方。片中主人公迫于无奈从星形广场坐地铁去泰尔找工作,他上地铁的地方,曾在侯麦的另一部短片《星形广场》(1965)中出现过。

侯麦是新浪潮导演中的另类,是最细致入微、水平也最稳定的一个,一直坚持用自己的方式拍片,探讨法国中产阶级的情感世界和内在困境,影片对白多,风格舒缓细腻,却意味深长。他认为"我们应该敢于反抗潮流",以不变反抗潮流的侯麦,用三组系列作品:《六个道德故事》(1962—1972)、《喜剧与谚语》(1981—1987)和《春夏秋冬的故事》(1989—1998)形成侯麦电影特有的质感。他原是一位文学教授和影评人,于20世纪50年代末接替巴赞任《电影手册》主编长达七年。2010年1月,侯麦以八十九岁高龄去世。

《母亲与娼妓》是一部经典的法式艺术电影,围绕着一男两女的三角恋爱展开,片长近四小时。导演让·尤斯塔奇拍片不多,以该片获戛纳电影节评审团大奖和费比西奖。女主演伯纳蒂特·拉方特早年曾主演多部夏布罗尔及特吕弗的影片,包括《漂亮的赛尔日》(1958)。男主演让·皮埃尔·利奥德从《四百击》(1959)开始,主演了多部特吕弗自传体电影,成为特吕弗在电影中的替身。利奥德同时参演过八部戈达尔的作品,其中《男性女性》(1966)让他在当年的柏林电影节上获得影帝称号。影片另一主演为曾任《电影手册》编辑的法国导演安德列·泰西内。

与花神文学奖一样,双偶咖啡馆也有双偶文学奖,也是用于发掘和扶持文学新人,不过时间要早得多,早在1933年就创立了。那时,一批超现实主义作家、画家盘踞在这里,燃烧着艺术思想的火焰。

1936年,原籍南斯拉夫的超现实主义摄影师朵拉·马尔,在双偶咖啡馆邂逅五十五岁的毕加索。在他们相处的七年中,毕加索以朵拉为模特儿画了一系列肖像油画。后来取代朵拉的是年轻貌美的二十二岁法律系女生弗朗西丝·吉洛,当时毕加索已六十二岁了。可以说,毕加索身边从不缺少女人,她们崇拜他、痴迷他,并屈从于他,但却不得善终,不是精神崩溃,就是自杀身亡,唯独吉洛打破了这一魔咒。在和毕加索共同生活十年并生育两个孩子后,吉洛于1953年主动离开了"这个强悍的怪物"。后来吉洛结了两次婚,分别与法国画家卢克·西蒙和美国科学家乔纳斯·索科,后者是小儿麻痹症疫苗研究的先驱。

1964年,吉洛出版《我与毕加索的生活》一书,深入剖析了毕加索的艺术才华和为人性格,为此深深触怒了毕加索,从此他断绝与吉洛及两个孩子之间的一切联系。但他1950年为三岁的儿子和一岁的女儿创作的《两个小孩》,一直悬挂在其工作室的显要位置。

毕加索与吉洛的这段忘年之恋被拍成电影《忘情毕加索》(1996),导演詹姆斯·伊沃里是在英国拍片的美国导演,安东尼·霍普金斯扮演的毕加索形神兼备,吉洛则由英国女演员娜塔莎·麦克艾霍恩扮演,好莱坞女星朱利安·摩尔饰演朵拉。

影片拍摄时,导演把毕加索和吉洛初次相遇的地点,选在圣贝诺街4号的小圣贝诺咖啡餐馆。这里依旧保持着巴黎典型小食堂的装潢风格,反映出巴黎20世纪40年代的艺术浪漫情调。

在餐馆内临街的墙上,有一幅黑白照片,照片中微笑的女士,就是法国新小说派作家玛格丽特·杜拉斯，当年她就住在这条街上。

出生于越南的杜拉斯，始终无法忘怀那神秘的东方情调。1984年她以自传式小说《情人》获当年的龚古尔文学奖。1992年由让·雅克·阿诺执导的《情人》上映，杜拉斯参与了剧本的改编，不知梁家辉的形象是否符合她的初恋情人"唐"呢？当年十五岁的主演珍·玛奇是来自英国伦敦的模特，之后拍片并不多，2011年曾和邓超一起主演了《巴黎宝贝》。另一主演让娜·莫罗是文艺片大师们的缪斯女神，如今已是八十五岁高龄，依然坚持拍片。她曾在根据杜拉斯和她的年轻伴侣扬·安德烈亚的故事改编的电影《这份爱》（2001）中扮演杜拉斯。

如果说萨特是圣日耳曼德普雷的"教皇"，那么杜拉斯就是当之无愧的"女神"。她不仅是著名小说家，在戏剧和电影方面同样成就卓著，在1983年还获得了法兰西学院的戏剧大奖。她的小说多被改编成电影，比如《如歌的行板》（1960），其女主演让娜·莫罗获封戛纳影后，而《长别离》（1961）一片获戛纳电影节金棕榈奖。

自1965年起，杜拉斯自己执导电影。跟她不拘一格的写作风格一样，她的电影也是标新立异，如《毁灭吧，她说》（1969）、《印度之歌》（1975）这样考验观众耐心的音画实验作品。伯努瓦·雅克曾担任杜拉斯的助理导演，在他的纪录片《杜拉斯谈杜拉斯》（1993）和《写作》（1993）中，这位传奇女作家以从容不迫的语调讲述自己对生命、对写作、对电影的看法。三年后，杜拉斯去世。

从圣日耳曼德普雷教堂往东走，老喜剧院街13号，就是巴黎第一家咖啡馆——普洛克普咖啡餐厅。老板普洛克普是法籍西西里岛人，早在1675

年便在附近的图尔农街口开了一家小咖啡馆，于1686年搬迁到现址，把原公众澡堂改装成高雅气派的咖啡餐厅：大理石餐桌，屋顶挂着水晶吊灯，墙壁上装饰着烫金镜子，咖啡盛在银壶里，由此把咖啡和格调联结为一体——这就是现代时髦咖啡馆的雏形。除了出售餐点、咖啡、鸡尾酒、巧克力热饮外，普洛克普也是巴黎第一家贩售冰淇淋的餐馆。

17世纪40年代，咖啡豆作为一种异国情调的昂贵的外国饮品，最早是被法国海员们从东方带回家来款待朋友的，因此法国的第一家咖啡馆大约在1654年开设于法国最大的港口城市马赛。1669年，东方风情传到了巴黎。当时土耳其大使在巴黎举办的宴会很受青睐，被称为"土耳其饮料"的咖啡深受欢迎，甚至被作为一种万能药。

1671年春，在圣日耳曼德普雷教堂附近一年一度的圣日耳曼集市上，一个自称为帕斯卡尔的亚美尼亚人设立了名为"迈松咖啡馆"的新摊子，地点就在现在的花神和双偶咖啡馆附近。之后帕斯卡尔和几个同乡在圣日曼耳大道附近开了几家咖啡屋，但因为不够高雅，没有取得成功。

1675年，原在帕斯卡尔的咖啡屋里干活的普洛克普，用积蓄在圣日耳曼集市附近的图尔农街开了一家自己的咖啡馆。与风行欧洲的其他咖啡馆截然不同，普洛克普的咖啡馆不许抽烟，没有啤酒，侍者们像在圣日耳曼集市里一样，戴着带有皮帽檐的帽子，穿着飘逸的长袍。这也许是在纪念亚美尼亚人这些巴黎咖啡馆的第一批先驱，他们的装扮也因此成为咖啡馆侍者的符号，比如在弗洛朗·当古1696年的喜剧《圣日耳曼集市》中，咖啡馆侍者的角色便装扮成亚美尼亚人。在当时的流行俚语里，"去亚美尼亚人那里"就意味着去咖啡馆。而且，和其他欧洲国家不一样的是，从一开始法国的贵族妇女就出现在咖啡馆里，如卢梭在

1694年的喜剧《咖啡馆》里写到一天中固定的"妇女时段",就是专指妇女们光顾咖啡馆的这段时间。这从一个侧面解释了巴黎的咖啡馆是如何有格有调的。

在1686年普洛克普搬迁到老喜剧院街新址,小咖啡馆变成豪华漂亮的咖啡餐厅后没几年,著名的法兰西喜剧院于1689年在同一条街开张。每当演出前后,普洛克普的咖啡餐厅总会涌入不少演职人员和观众,咖啡馆声誉日隆。

1696年,咖啡正式登上路易十四的餐桌。在接下来的18世纪,咖啡成了风靡全国的时髦饮品。在巴黎,普洛克普追随者的数量剧增:1728年有三百八十家咖啡馆,到了1807年则变为了四千家。咖啡馆成为巴黎的一道重要风景,更成为巴黎格调的象征。

18世纪的法国被称为"哲人世纪",是法国的启蒙年代。法国文化生活的重心也由中世纪旧王朝时代的宫廷,转移到各种沙龙和咖啡馆。作为巴黎文艺咖啡馆的龙头,普洛克普咖啡餐厅成了思想家的聚会之所。主编世界首部《百科全书》的狄德罗、出版《哲学辞典》的伏尔泰、撰写《社会契约论》的卢梭,以及大革命三雄罗伯斯庇尔、丹东和马拉,都是这里的常客。丹东当时住在圣日耳曼大道另一边的亨利—蒙多尔广场,现在那里立着丹东塑像的地方就是丹东已消失的故居的客厅位置,旁边就是UGC丹东影院。广场还有条丹东街,一直通到塞纳河边。

雨果说:"人类有一个暴君,那就是蒙昧。"小小咖啡馆掀起的一场启蒙运动,奠定了近代各国革命和全球现代化的思想基础。咖啡馆也由此成为文化历史的一部分。

到了19世纪,普洛克普咖啡餐厅又成为作家文人的聚集地,其中有大名鼎鼎的雨果、巴尔扎克、左拉、福楼拜、乔治·桑以及象征派诗人波德莱尔和魏尔伦等人，后来还以这家咖啡餐厅的名字创立了文学刊物《普洛克普》。

20世纪的普洛克普咖啡馆，依然是文化精英们爱光顾的地方，比如加缪、萨特、波伏娃等。在二楼一个靠窗的角落里，有一张"海明威之椅"，餐厅还有一道名叫"海明威胡椒牛排"的招牌菜，据说美国人到巴黎旅游，一定会到此一游。

真正让普洛克普咖啡馆发扬光大的当属伏尔泰，如今这家咖啡餐厅依然保留着这位大文豪常坐的大理石桌子。即使在晚年，伏尔泰也大量饮用咖啡，据说一天甚至多达五十杯之多。有人曾劝告他说："别再喝这种饮料了，这是一种慢性毒药。你是在慢性自杀！"这位年迈的哲学家不无幽默地回答道："你说得很对，我想它一定是慢性的，要不然，为什么我已经喝了六十五年还没有死呢？"最后伏尔泰活了八十四岁。

伏尔泰逝世后，其在塞纳河边伏尔泰堤岸的寓所，一楼以他的名字开了家伏尔泰咖啡餐馆，不仅吸引了大批怀旧的观光客，也几乎成为邻近的奥赛美术馆的员工食堂。改建自废弃的奥赛火车站的奥赛美术馆，主要收藏印象派作品，在那里几乎能看到所有印象派大师的真迹，是巴黎艺术游的重要目的地之一。

19世纪中叶，曾住在隔壁旅馆的波德莱尔是这家小咖啡馆的常客，他在这里完成了诗集《恶之花》的一部分。波德莱尔出生于拉丁区，一直过着波希米亚人式的浪荡生活，住廉价小旅馆，却极爱打扮，花天酒地，搞得负债累累。其实他有个有权有势的将军继父，曾任法国驻西班牙大使，但他一生视继父为敌，他笔下的巴黎，也是个万恶之都。1857年《恶之花》出版后，他被第二帝国法庭以有伤风化为由罚款三百法郎，并被命令删除六首"淫诗"，波德莱尔因此成为新闻人物。

波德莱尔认为现代艺术的职责是"表达我们崭新的经验、新感情的内在真实感"，艺术必须与剧烈转变的生活同步，由此他创造了一个时髦名词：城市浪荡者。"观察者如装扮成平民的王子，处处逍遥自在。"这种摩登的"闲人"观点，正好合拍从室内走向室外的印象派年轻画家们的现代主题。可以说，一种新事物的产生，往往是多种合力的结果。

1866年3月，波德莱尔在去教堂途中不慎滑倒，导致脑震荡和严重失忆。次年8月31日，终因病重去世，年仅四十六岁。在他去世五十年后，这位文坛的斗士作为巴黎悲观主义的完美标本被重新发现，他的《恶之花》一份修改版手迹被拍卖出四万两千多法郎。波德莱尔的诗"从恶中抽出美"，拓展了现代诗的新领域，由此被尊为第一位现代派诗人、象征派的先驱。

从伏尔泰咖啡餐馆沿着塞纳河往东走，大奥古斯汀埠头51号是价格昂贵的拉贝罗斯餐厅。它原是葡萄酒批发店，拉贝罗斯于1870年买下这间店铺，改装为一家高级美食餐馆，吸引了像雨果、左拉、罗曼·罗兰、普鲁斯特等一批文化界美食客。

1936年，毕加索将画室搬到拉贝罗斯餐厅隔壁的大奥古斯汀街后，为应付络绎不绝的访客和画商，这家餐厅几乎成了他的会客室。在1937年的巴黎世界博览会上，毕加索代表祖国西班牙参展的巨幅油画《格尔尼卡》，就是在大奥古斯汀街的新画室里完成的。

战后的毕加索已闻名遐迩，据说当时进驻欧洲的盟军最想看到的3P，即是毕加索（Piccaso）、巴黎（Paris）和意大利的庞贝古城（Pompeii）。

作为全世界最知名的艺术家，虎背熊腰的毕加索有点拿破仑的气质、有些斗牛的气势以及狮子的气魄。他的非凡魔力自然延伸到银幕上，世界各国有二十多部关于他的影片，大部分是纪录片，其中最珍贵、最著名的是乔治·克鲁佐拍摄的《毕加索的秘密》（1956），当时克鲁佐进入毕加索的尼斯画室，对其作画过程进行实地拍摄。毕加索不喜欢上镜头，但当时七十五岁的他身穿短裤，在透明板上创作了十五幅作品，事后全部销毁，因此本片是仅存的记录，被法国政府视为国家级珍宝。瑞典影片《毕加索的奇异历程》（1978）则是一部关于毕加索的奇幻喜剧，尽管是自由虚构的剧情，气质倒比较符合毕加索的艺术风格。

拉贝罗斯餐厅西面的塞纳街43号，是有名的调色板咖啡馆。这家挂满了镜子的艺术咖啡馆是美国作家亨利·米勒的最爱之一，他于1931年带着妻子琼恩初到巴黎时，就投宿在塞纳街60号的路易士饭店（现改名为迎宾饭店）。当时他还是一个穷光蛋，同年结识了法国女作家阿娜伊丝·宁。1934年，阿娜伊丝·宁资助米勒出版了《北回归线》，但出版后被查禁了二十七年。

1986年，在丈夫去世后，阿娜伊丝·宁才发表了根据她与亨利夫妇在1931—1932年间的三角关系所写成的传记小说《亨利、琼和我》。1990年，小说被《布拉格之恋》（1988）的导演菲利普·考夫曼改编成电影

《情迷六月花》。该片是电影分级制出台后，影史上第一部NC-17电影，男主演弗莱德·沃德之前曾跟导演合作过《太空英雄》（1983），女主演乌玛·瑟曼饰演美艳且孤傲不羁的巴黎女子琼，另一主演是来自葡萄牙的玛丽亚·德·梅黛洛。几年后梅黛洛和乌玛·瑟曼一起出演了昆汀的《低俗小说》（1994）。她最近令人印象深刻的作品是玛嘉·莎塔琵又一部自编自导的电影《梅子鸡之味》（2011）。

诗人、剧作家普莱维当年住在路易士饭店时，也经常来调色板咖啡馆。他的诗歌集《话语集》于1945年出版后，立即成为法国畅销诗集，其中一些诗歌被谱成乐曲，在巴黎广泛流传。他就是与卡尔内有十年合作的金牌编剧，早年曾加入超现实主义团体。1925年的第一次超现实主义艺术展就在调色板咖啡馆隔壁的画廊举行，参展画家包括米罗、达利、曼·雷、恩斯特等。

1902年年底，年轻的毕加索与人合租了塞纳街57号的一间画室，并经常光顾这家平民化的调色板咖啡馆。1901—1904年间，是毕加索的蓝色时期，他以悲伤的蓝色作为油画主色调，是为了纪念1901年因失恋而举枪自尽的挚友、诗人加罗·卡萨盖马斯。

美国电影《辉煌时代》（1988）是一部描写1926年巴黎艺廊、画商与艺术家之间纠缠不清关系的影片，片中的咖啡馆布景，就参考了调色板的装潢设计。华裔演员尊龙在片中饰演一名画商，因妻子不忠和买到被人调包的巴黎画派代表性画家莫迪利亚尼的假画，最后跳入漆黑的塞纳河自杀了。尊龙从影以来最成功的角色是1987年在贝托鲁奇的《末代皇帝》中扮演溥仪，可惜之后鲜有好片问世。他是否后悔错过《霸王别姬》中张国荣的角色呢？

调色板咖啡馆几乎每年都被评选为巴黎最佳露天咖啡座之一，如今是艺术品经纪人的聚会之所。附近的维斯康提街17号的公寓里住过巴尔扎克，雅各布街14号住过德国伟大的作曲家瓦格纳，画廊街13号的L'Hotel小酒店里住过王尔德，画廊街的尽头就是法国美术学院。

塞纳街往南，过了圣日耳曼大道，与圣叙尔皮斯街交会。圣叙尔皮斯教堂是巴黎第二大教堂，始建于1646年，耗时一百五十多年才完工。原来这里寥寥的游客，大都是冲着教堂内德拉克洛瓦的壁画来的。德拉克洛瓦美术馆就在圣日耳曼德普雷教堂的北边，原是这位法国浪漫主义之父的工作室，他在那座木兰树掩映的庭院里一直住到1863年辞世。不过德拉克洛瓦最出名的作品都在卢浮宫、奥赛博物馆和这座圣叙尔皮斯教堂里，其名作《自由引导人民》曾印在百元法郎纸币上，也是卢浮宫的镇馆收藏之一。

自从丹·布朗的《达·芬奇密码》引发热潮，圣叙尔皮斯教堂的游客量剧增，因为书中有一幕凶杀场景发生在这里，就在教堂中殿中间靠右的玫瑰线附近。这样的畅销书被搬上银幕是迟早的事，于是开始有几部试图解码的纪录片出现，如小说作者丹·布朗主演的《解码达·芬奇》（2004）。与此相关的剧情片也纷纷出炉，其中最受期待的是2006年好莱坞名导朗·霍华德集合汤姆·汉克斯、奥黛丽·塔图、让·雷诺、伊恩·麦克莱恩等大牌明星组成豪华阵容拍摄的同名影片。霍华德忠实于原著，力图按小说所述实地取景拍摄。法国部分是继《卢浮魅影》后第二部进入卢浮宫取景的影片，卢浮宫的镇馆之宝《蒙娜丽莎》是一个极其重要的道具，但因电影拍摄的灯光会对这幅名画造成损害，剧组只得使用了一个比例精确的复制品，不过片中保存这幅油画的房间是真的。因涉及敏感的宗教题材，影片自开拍起便风波不断，最后的完成片也没有多少惊喜可言。

在圣叙尔皮斯教堂正门右边，是一批20世纪20年代远渡重洋而来的美国年轻作家聚集的咖啡馆，它就是玛莉咖啡馆。

1921年12月，海明威带着新婚妻子初到巴黎时，曾住在圣叙尔皮斯广场一端。福克纳住在附近的斯旺东尼街，菲茨杰拉德住在马萨林街，贝洛则是为了避开花神和双偶咖啡馆的喧哗热闹，而选择了这家不太知名的小咖啡馆。来自爱尔兰的作家贝克特初到巴黎时也在附近落脚，常到玛莉咖啡馆吃早餐。

圣叙尔皮斯教堂南面的卢森堡公园，是最受巴黎人喜爱的公园，尤其是孩子们。八角形的池塘，精心修剪的草坪，灰绿色的金属椅，令人流连忘返。公园里有果园，有养蜂场，还有运动游乐场地。公园门前的圆环中央有个大喷泉，安德烈·纪德1869年就出生在圆环边的2号楼，这个富家子可说是20世纪最重要的作家了。

卢森堡公园的北端是奥德翁大剧院，与法国参议院所在的卢森堡宫只有咫尺之遥。1784年4月27日，剧作家博马舍的喜剧《费加罗的婚礼》在奥德翁大剧院首演成功，并在普洛克普咖啡餐厅举行了庆功宴，博马舍由此成为现代喜剧的先驱。博马舍自称为伏尔泰学生，曾斥巨资印行《伏尔泰全集》。此后莫扎特把《费加罗的婚礼》改编为同名歌剧，流传至今。

离卢森堡公园不远的学府街49号，是力普啤酒屋的分店巴尔扎啤酒屋。由巴尔扎于1890年开设，专卖阿尔萨斯省的菜肴和莱茵河畔酿制的啤酒。1931年由力普啤酒屋接手后，重新设计装修，正门外墙上悬挂着与力普啤酒屋一样的红色霓虹灯招牌，但价格却比力普便宜，大概是身处学院区的缘故。

巴尔扎啤酒屋的右边隔条街就是著名的索邦大学，1968年巴黎的"五月风暴"就是从这里刮起来的。当时学生们举着"艺术已死，戈达尔也没辙""教授们，你跟你们的文化一样已老化""要做爱，不要工作"等标语走上街头示威抗议，与警察展开对抗行动。一周后的巴黎工人总罢工，引发全国性的大风暴，导致戴高乐总统提前下台。这场突破禁忌、争取自由的学生狂飙运动"六八学运"，时间虽然短暂，却影响了当代法国人的生活方式，至今对欧洲的思想和制度变革有着深刻的影响。

巴尔扎啤酒屋的左边是拉丁区著名的香坡电影院，这家装饰派风格的艺术影院经常回顾放映如希区柯克、伍迪·艾伦和法国导演的经典老片。

香坡电影院一侧是历史悠久的电影街——香坡街。尽管一般电影院都有小型的附设咖啡馆，但最具电影气氛的咖啡馆却是香坡街6号的反射咖啡餐厅，它的对面是反射美帝奇艺术影院，隔几步远还有一家叫拉丁区的艺术影院，所以这家咖啡餐厅是电影人和影迷聚集的中心，往往在电影散场时高朋满座。

从这里一直往南走，有一家反射电影院书店，是巴黎仅有的还在出售电影旧书刊的地方。店里最醒目的是一台老式的电影放映机。

说起书店，拉丁区鼎鼎大名的莎士比亚书店其实就在巴黎圣母院对面，只是不容易找。这家被亨利·米勒形容为"图书的仙境"的英文书店，小小的店堂有点杂乱但魅力十足。1951年，乔治·惠特曼开了现在这家店，吸引了一群"垮掉派"诗人，从此许多作家在这里来来往往。书店定期举办写作讨论会和文学庆典活动。2004年，莎士比亚书店出现在伊桑·霍克主演的电影《日落之前》中。

最初的莎士比亚书店并不在这里，而在奥德翁街12号，是美国女孩西尔维亚·比奇于1919年专为旅法的英美学人而开的书行，除了卖书和租书外，还出版书，比如乔伊斯的杰作《尤利西斯》就是由莎士比亚书店于1922年最先出版的，那真是乔伊斯四十岁最好的生日礼物。纪德是书店的第一批会员，让·科克托和瓦莱里也常来这里。海明威也常来借书，他在第一次世界大战期间的意大利前线做志愿救护车司机时曾身负重伤，康复后就来了巴黎。在他的笔下，这里是"迷惘的一代"的聚会地点。在海明威的巴黎生活回忆录《流动的盛宴》中，有一章专门回忆了莎士比亚书店，而西尔维亚·比奇则在回忆录《莎士比亚书店》中，有一章专门讲述了"最佳顾客海明威"。

第一次世界大战后，美国人大量涌入巴黎，到20世纪20年代末，他们在巴黎已达五万多人，其中有许多文学精英，除了海明威，还有米勒、福克纳、庞德、菲茨杰拉德等，还有如格什温这样的音乐家。西尔维亚的莎士比亚书店成为他们的活动基地，兼有图书馆、邮局、银行等多种功能。1941年巴黎沦陷后，书店被迫关闭。

1922年1月，刚到巴黎不久的海明威和妻子住进了拉丁区孔特斯卡普广场边的勒穆瓦纳红衣主教街74号，现在楼门左上方有一块纪念石牌。海明威还在广场的德卡斯尔街39号公寓的顶层租了间阁楼用来写作。旧巴黎的文人大多是在这种叫"女仆宿舍"的顶层阁楼间完成大作的。在海明威之前，39号也是魏尔伦的最后住所，1895年他住进来时已是贫病交加，一年后就去世了，所以这里有两块分别属于他们的纪念石牌。与孔特斯卡普广场相连的穆夫塔尔街是巴黎最古老的街道，现在街上还有一家名为"木剑"的艺术小影院。这一带过去是巴黎的贫民区，现在全辟为商业旅游街区，名人故居也变成招徕游客的法宝之一。

从德卡斯尔街走到圣米歇尔大道再过个小街，就到了奥德翁广场。那时海明威没钱买书，只能借书。有一天，西尔维亚交给他一笔稿费，饥肠辘辘的海明威马上跑到力普啤酒屋，点了一大杯啤酒和一份土豆沙拉，美美地吃了一顿。这普通的一餐永远留在了他的味觉记忆里。

海明威是个典型的夜猫子。通常他会在蒙帕纳斯区附近的咖啡馆泡到打烊后，又去泡二十四小时营业的精英咖啡馆。据说米勒、福克纳、菲茨杰拉德等这群美国作家都有此习惯。菲茨杰拉德是最早发现海明威文学才能的人，像兄长一样鼓励海明威勤奋写作。那时他不到三十岁，已出版了杰作《了不起的盖茨比》，可惜他终毁于酗酒，过早离世。在《了不起的盖茨比》五个电影版本中，由杰克·克莱顿执导的1974版，和巴兹·鲁曼执导的2013版，都获得了奥斯卡奖的肯定。后者的诞生与中国有关，十年前巴兹·鲁曼在从北京坐火车去莫斯科的路上，听了三四个小时的有声读物，正好是这部小说。

这家位于蒙帕纳斯大道99号的精英咖啡馆于1923年开张，由于通宵营业，又是女同恋大本营，故而成为第二次世界大战前蒙帕纳斯最潮的咖啡馆。

蒙帕纳斯原是巴黎郊区的一座小山丘，是巴黎通往枫丹白露的必经之路。1761年，巴黎市政府决定整建巴黎，于是将蒙帕纳斯山丘铲平，拓宽原有的道路，建成了现在的蒙帕纳斯大道。

1910年，从蒙马特到蒙帕纳斯的地铁开始通车，便捷的交通使得左岸的蒙帕纳斯区渐渐取代了右岸的蒙马特艺术重镇的地位。两次世界大战期间，来自世界各地的年轻艺术家们纷纷来到巴黎，在这个艺术大熔炉里一边汲取养分，一边过着自由奔放的波希米亚式生活。新开发的蒙帕纳斯区，因为租金便宜，离拉丁区的艺术学院又近，还有众多的咖啡馆，于是这里很快发展成为一个艺术的小联合国，也成为以这些外乡人粗犷的笔触和浓郁的异域色彩为特征的"巴黎画派"的发源地。

西班牙导演路易斯·布努埃尔1924年初到巴黎时，常常在精英咖啡馆与同样来自西班牙的超现实主义画家达利见面。1929年，他们合作拍摄了首部超现实主义短片《一条安达鲁的狗》。这部奇幻晦涩如梦境般的黑白默片里既没有狗，也没有安达鲁，片名其实来自布努埃尔一本诗集的名字。影片公映时，布努埃尔准备了一麻袋石头防身，结果观众对电影大加赞赏，布努埃尔表示很失望，并开始了他纠结而讽刺的艺术生涯：他所批判的中产阶级是他最稳定的观众群。

由于短片大获成功，次年布努埃尔又和达利合作，拍摄了黑白有声影片《黄金时代》（1930）。这是他的故事长篇处女作，在巴黎首映时因反宗教引发观众抗议，而后多年遭到禁映。作为一代电影大师，布努埃尔是个彻底的无神论者，他的宗教三部曲之一的《维莉迪安娜》（1961）中，十三位乞丐吃饭一场戏仿达·芬奇的名画《最后的晚餐》，对天主教进行辛辣的嘲讽，遭到梵蒂冈抗议，影片在西班牙被禁，但仍获得了当年的戛纳金棕榈奖。直到七十七岁，布努埃尔的声明仍是："感谢上帝，我仍是个无神论者。"

精英咖啡馆的对面，是圆穹顶咖啡餐厅，对面稍远处是圆拱咖啡餐厅，圆拱的对面、精英的左邻是圆顶咖啡馆，这四家咖啡馆在蒙帕纳斯大道统领一方，本身便已涵盖了巴黎四十年的艺术生活。

圆穹顶咖啡餐厅于1927年12月20日开业，是四家咖啡馆中开张最晚的，但它是欧洲最大的咖啡馆，上、下两层，占地面积八百平方米。大厅内的三十二根立柱，开业时曾委托三十二位画家用不同油画作装饰，这些油画作者是20世纪20年代聚集在左岸的艺术群体，大多是野兽派泰斗马蒂斯的学生，马蒂斯当时住在蒙帕纳斯大道132号。如今只有夏加尔和布兰库西的画得以保存下来。

这家新古典装潢风格的咖啡餐厅开张以后，很快成为文化艺术界新的活动中心。它的路边咖啡座曾被喻为"路边学院"，只要坐在座位上便可以观察到从波希米亚到布尔乔亚的法国式生活。当年这里的常客包括毕加索、萨特、波伏娃、贝克特、海明威、福克纳、马蒂斯、夏加尔、贾科梅蒂以及电影导演波兰斯基等。

罗曼·波兰斯基是波兰裔的法国大导演，在巴黎出生后不久就因排犹浪潮全家迁回波兰。第二次世界大战中他的母亲死于奥斯维辛集中营。1969年他怀孕的妻子在好莱坞比弗利山庄被血腥杀害。儿时的丧母与成年后的丧妻之痛使得波兰斯基的电影风格更加阴冷黑暗，恐惧感和神秘气息一直笼罩在他的电影中，对黑暗人性的深刻洞察，使得他的影片大多涉及暴力、死亡和孤独，成为电影史上的"罪恶大师"。

1977年，波兰斯基被控强暴一位十三岁少女，其后被迫逃离美国，定居巴黎，连2003年因《钢琴师》荣获奥斯卡最佳导演奖时也缺席颁奖典礼。性侵一案曾被女导演玛莲娜·泽诺维奇拍成两部纪录片《罗曼·波兰斯基：被通缉的和被渴望的》(2008)、《罪者出列》(2012)，但波兰斯基本人拒绝接受访问。不过，他在瑞士被软禁期间，接受了监制友人的详细访问，将之拍成纪录片《罗曼·波兰斯基：一部电影回忆录》(《波兰斯基的告白》，2011)，有生以来第一次，为自己的悲剧、传闻与官司给一个说法。

斯皮尔伯格曾邀请波兰斯基拍摄《辛德勒的名单》，波兰斯基因不敢触碰心灵的伤痕而拒绝。近十年之后，年近古稀的波兰斯基终于拍摄了同样涉及屠杀犹太人题材的影片《钢琴师》，他把该片看成是自己的墓志铭。影片主演、二十九岁的阿德里安·布劳迪成为奥斯卡历史上最年轻的影帝。

毕加索比马蒂斯小十二岁，两人性格迥异，关系既亲近又敌对。马蒂斯叫毕加索"头儿"，毕加索则称马蒂斯为"魔术师"，因为马蒂斯对于色彩的驾驭已臻化境。马蒂斯晚年定居尼斯，毕加索定期到访。有一次，毕加索带了一个真正的魔术师想给"魔术师"一个惊喜，马蒂斯立马用色纸和剪刀创作了一幅抽象肖像画，让毕加索震惊之余又有些妒忌。

毕加索和马蒂斯的相识缘于久居巴黎的美国女作家格特鲁德·斯泰因，她的寓所和工作室位于卢森堡公园和拉斯帕伊大道之间的花园街27号，当时那里已成为很多名人在蒙帕纳斯的相遇地点。

斯泰因的文学创作成就卓然，海明威深受其影响，在巴黎时常去她的寓所喝自然蒸馏的白兰地。也是在那里，斯泰因第一次对海明威提到了"垮掉的一代"。斯泰因的声望还缘于她敏锐的艺术审美眼光，她收藏了早期塞尚和马蒂斯的大量画作，包括当时还住在蒙马特的初出茅庐的毕加索，她认为"毕加索和马蒂斯都有着一种属于天才的雄性气质"。这位现代文艺教母被情人多多的毕加索尊为唯一的女性朋友。

圆拱咖啡餐厅是这一带咖啡馆的老大，从1897年开始营业后便是画家们聚会的大本营，尤其是巴黎学派的成员们都经常光顾。巴黎学派诞生于"蜂巢"，是一座八角形的建筑，上面加有一个中式屋顶，坐落于蒙帕纳斯西边但泽街的但泽小径2号的花园里。当年雕塑家布歇买下这片地后将其分隔改建成八十多间公寓兼画室，1902年竣工后以极低廉的租金分租给初到巴黎的穷艺术家们。此后在这里诞生出各种现代美术流派，成为巴黎20世纪初最具特征的艺术场所。

1910年，来自俄罗斯的二十三岁的马克·夏加尔就栖身在"蜂巢"。诗人阿波利奈尔去那里看望他，1913年出版了评论集《立体派画家》一书。1914年他推荐夏加尔在德国首次举办立体派风格的油画展，夏加尔由此名声大震。同年一战爆发，夏加尔回俄罗斯结婚，直到1923年才举家搬回巴黎定居。一次，在圆拱咖啡馆，阿波利奈尔在菜单背面写了一首诗送给夏加尔，标题是"Rotsoge"，这其实是喜欢玩语言游戏的阿波利奈尔自己造的新词，大概是红色之意。

20世纪30年代，萨特和波伏娃经常出入圆拱咖啡餐厅。波伏娃是地道的蒙帕纳斯人，她就出生在圆拱对面的圆顶咖啡餐厅的楼上。萨特当时还是个穷教师，就住在附近的旅馆里。1938年，因为圆拱咖啡馆渐渐成为在巴黎的德国人的聚集地，对面的瓦万地铁站又因事关闭，萨特和波伏娃就转移到圣日耳曼大道的花神咖啡馆去了，那里幸运地没有受到德军的注意和干扰。

到了20世纪60年代，自从与母亲合住的那套房被炸毁以后，萨特的生活重心又从圣日耳曼德普雷转移到蒙帕纳斯了。他的生活方式一直是住在旅馆，工作在咖啡馆，吃饭在餐馆。年龄大了以后，他开始租房子，先在拉斯帕伊大道222号住了十几年的单间公寓，最后搬到爱德加·基尔大道29号的两居，两处房子将蒙帕纳斯公墓一左一右夹在中间，相距都仅数百米，好像要省去迈向最后埋身地的多余脚步。他的房间总是像个僧侣小屋，"一无所有，这对我来说很重要。这是自我救赎的一种办法。"1980年4月13日，萨特在陷入昏迷前，对波伏娃说了最后一句："我很爱你，亲爱的小海狸。"两天后他停止呼吸，没有留下任何遗嘱。

蒙帕纳斯公墓的南边，有一条叫塞尔的小街，24号是密司托拉风旅馆，门口是全巴黎唯一为萨特挂纪念牌的地方，不过是旅馆为招徕客人自己挂上的，萨特如拒绝诺贝尔文学奖一样拒绝一切官方荣誉。当年萨特和波伏娃在这里住的时间较长,却是各居一室,但他们并非同床异梦之人,而是用两性关系的全部智慧编织起一套复杂方程式的男女,他们是情人,更是至交,后来已是事业伙伴,他们的关系已成为一种形象,对不了解真相的人来说几近神话,那就是人们在所有爱情关系中最渴望的神话:自由情侣。

萨特蔑视财产,乐善好施,厌恶"拥有"这个词,但并非清教徒。身高不到一米六还斜眼弱视的他,嗜好就是女人,就像鸦片一样,他自己将之上升到哲学高度:"爱情之欢的根本,是让人感到存在的理由。"当然波伏娃也不会空守闺房,她和萨特一样,最爱的人也是一个美国人,这多少有点奇怪。作为无产阶级立场的左派,他俩在爱情观上却全盘继承了法国传统贵族和资产阶级对两性关系那种聪明的放任和犬儒主义的宽容。最后,这一对传奇伴侣隔了六年合葬在蒙帕纳斯公墓里。那里也是诸多左岸传奇人物的安息之所,包括波德莱尔、莫泊桑、贝克特、曼·雷等。

列宁流亡巴黎时也曾是圆拱咖啡餐厅的主顾,因为他在离此不远的玛丽·罗丝街找了间公寓工作。俄国十月革命前,共产党奠基者之一的托洛茨基被沙皇流放到西伯利亚,之后他辗转逃亡到巴黎,经常在圆拱咖啡餐厅和列宁见面。1917年革命成功,列宁掌权,托洛茨基任外交委员。1924年列宁逝世后,托洛茨基被斯大林流放到墨西哥,1940年被斯大林暗杀。

托洛茨基的传奇经历被改编成电影《暗杀托洛茨基》(1972),其主演理查德·伯顿是英国影史上的巨星之一,他与伊丽莎白·泰勒的爱情传奇曾轰动影坛,有多部纪录片为证。法国著名男星阿兰·德龙在此片中扮演杀手。"我喜欢演主角挂大牌。如果是政治家，就成为戴高乐。"这种张狂配上阿兰·德龙那张英俊的脸，似乎也没那么讨厌。如今这位桀骜的"佐罗"，愤世嫉俗地宣称电影已经完了，"现在，他们杀死了红色。"

1986年，圆拱咖啡餐厅重新装修，扩建为海鲜餐厅，外面仍保留着加盖的露天咖啡座。

圆拱咖啡餐厅对面的圆顶咖啡餐厅位于蒙帕纳斯大道与拉斯帕伊大道的相交处，靠拉斯帕伊大道一侧，正对着一尊由罗丹雕塑的三米高的巴尔扎克雕像。这位嗜浓咖啡如命的大作家曾说过："我将死于三万杯咖啡。"现在，他的雕像还天天闻着咖啡香。

1911年开张后，因为老板利比翁在消费及账单方面的通情达理和远见，圆顶咖啡餐厅很快吸引了很多穷艺术家。就连有家人资助的莫迪利亚尼，1909年从蒙马特搬到蒙帕纳斯后，因为酗酒和吸毒的习惯搞得一贫如洗，也常常来圆顶咖啡餐厅向老板赊账，有时还会为了一杯酒给咖啡馆的客人画肖像。混乱不堪的生活击垮了他，1920年年初莫迪利亚尼死在医院时，年仅三十六岁。

1913年，马塞尔·杜尚将一个现成的旧自行车轮贴上标签"现成的自行车轮"，宣称"什么都是艺术"。1915年，发起于第一次世界大战期间的反理性、反艺术的颠覆性新美学达达主义运动开始蔓延。杜尚从巴黎来到纽约，将一颗充填着巴黎空气的玻璃球送给美国摄影师、达达艺术家曼·雷当礼物，让他嗅嗅巴黎的达达气氛。这位艺术先锋此后成为纽约达达主义团体的核心人物，1917年以男用小便池"泉"送展，成为现代艺术史上里程碑式的事件。1921年，曼·雷随杜尚到了巴黎，从此定居于此。

曼·雷一到巴黎，就认识了住在"蜂巢"、常来圆顶咖啡餐厅的奇女子琦琦，两人搬到附近的首战街31号同居。那里有许多艺术家工作室，包括莫迪利亚尼、毕加索、康定斯基、贾科梅蒂等。妖冶的琦琦刚开始出现在咖啡馆时被误以为是妓女，但喜欢交际又懂绘画的琦琦很快成为画家尤其是巴黎画派画家们喜欢的模特儿，尤其是基斯灵和藤田嗣治。1953年她去世时，葬礼上堆满了蒙帕纳斯的咖啡馆、餐厅送的缠着紫色丝带的纪念花环，而送葬的画家朋友只有包括藤田嗣治在内的两个人。

1929年，三十九岁的曼·雷在巴黎认识了二十二岁的美国女模特李·米勒，后者要求做他的学生。曼·雷说自己从不收学生，但两人还是开始了一段爱恨纠缠的师生和情侣关系。曼·雷为她拍的著名的肖像画"超现实主义革命"中，赤裸上身的米勒眼神迷离，头上罩着一个金属网格面具。这幅作品体现了艺术家对女性身体的一种既崇拜又亵渎的矛盾冲动。三年后，米勒回到纽约，成为一名职业摄影师，被《名利场》评为七位最杰出的活着的摄影师之一。第二次世界大战期间，米勒成为一名真正的战地女摄影记者，经历极为传奇。1937年毕加索还为米勒画过一幅肖像。

和圣日耳曼大道的咖啡馆一样，蒙帕纳斯大道的咖啡馆也经常成为巴黎的电影场景之一，比如圆顶咖啡餐厅和右邻的精英咖啡餐厅，就曾出现在戈达尔的处女作《筋疲力尽》中。

蒙帕纳斯大道的起点，蒙帕纳斯和王室港口大道与天文台大街、圣米歇尔大道交会的大十字路口,是著名的丁香园咖啡馆,离卢森堡公园很近。宁静而幽雅的店堂内,黄铜牌标明了海明威、毕加索、阿波利奈尔、曼·雷、萨特、贝克特等一众名人各自的座位。莫迪利亚尼曾住在斜对面的蒙帕纳斯大道216号。

丁香园咖啡馆的前身是一家为进出巴黎的旅客提供服务的小客栈,最初创业时只是简单的可跳舞的小咖啡馆,后来很快成为一家文艺咖啡馆,在19世纪后期即已成为巴黎文艺咖啡馆的翘楚。象征派诗人如波德莱尔、魏尔伦、马拉美,与其他蒙帕纳斯派的诗人们常在此举行文艺沙龙。

被巴黎浓厚的艺术气氛吸引,美国诗人庞德也于1921年移居巴黎。这位现代派文学运动的先驱位于丁香园咖啡馆后面圣母田园街的工作室,与斯坦因的文艺沙龙以及莎士比亚书店一样,是20世纪20年代侨居巴黎的英美作家、艺术家的三个会聚中心之一。这位热心的意象派诗人,曾帮助过叶芝、乔伊斯、艾略特,也帮助海明威出版了第一本书,他们就是在丁香园咖啡馆结识的。诺贝尔文学奖得主艾略特的著名长诗《荒原》的副题是:"献给埃兹拉·庞德,最卓越的匠人",该诗得益于庞德的亲自修改。庞德最著名的作品、意象派名作《在地铁站内》仅两行共计十四个字,是根据他在巴黎协和广场地铁站的印象写成的。从最初的三十行,经一年苦思,加工成这简短的两行,真可谓字字经典。他从中国古典诗歌、日本俳句中生发出"诗歌意象"的理论,曾于1915年出版的《中国》中收集并翻译了十几首中国古诗。

从1924年离开巴黎到第二次世界大战前夕,庞德的注意力由文学创作逐步转向资本主义的政治经济问题。1945年庞德因叛国案被投入精神病院。十三年的精神病院生活,庞德写了二十五部长诗,翻译了《大学》《中庸》《论语》等，得了博林根诗歌奖。庞德最后出院时的病历注释是：状况无改善。

1925年年初，海明威一家搬到了圣母田园街113号居住。他在丁香园咖啡馆完成了第一部重要小说《太阳照常升起》的初稿，据说只花了六星期就写出来了。这部半自传体的小说以20世纪20年代的巴黎为背景，表现战后年轻一代英美侨民的幻灭感，成为"迷惘的一代"的代表作。正是在1925年至1926这段时间，海明威爱上了美国女记者宝琳，这段情缘促使他于1926年离开了他所热爱的巴黎。

1961年7月2日，六十二岁的海明威在家中饮弹自尽。书桌上放着关于巴黎的回忆录《流动的盛宴》书稿，其中提到这家咖啡馆："在寒冬里，室内温暖且舒适，而在春天和秋天静谧的树荫下，咖啡香更令人轻松舒畅。"这是他对丁香园咖啡馆的记忆，也是对巴黎生活的美好回忆，"如果你有幸在年轻时居住过巴黎，那巴黎将会跟着你一辈子。"

作为一位有巨大影响力的作家，海明威的多部小说被不止一次地搬上银幕。好莱坞导演亨利·金拍过三部根据海明威原著改编的电影：《乞力马扎罗的雪》（1952）由格利高里·派克、苏珊·海沃德和艾娃·加德纳主演，实为海明威一生情海沧桑的写照；《太阳照常升起》（1957）主演为泰隆·鲍华、艾娃·加德纳和埃罗尔·弗林，这两部影片的主演艾娃·加德纳后来曾主演过一部中国题材的影片《北京55天》（1963）；《老人与海》（1958）的主演是奥斯卡影帝斯宾塞·屈塞。1990年的电视电影《老人与海》由安东尼·奎恩担任主演，他把这个角色作为自己七十五岁的生日礼物。《永别了，武器》分别有1932、1957和1996版，最后一版的片名为《爱情与战争》，由克里斯·奥唐纳和桑德拉·布洛克主演。在由《丧钟为谁而鸣》改编的影片《战地钟声》（1943）中，两位主演加里·库柏和英格丽·褒曼都是海明威钦定的演员。

至于海明威本人的传奇经历，也屡次被搬上银幕。传记片《海明威和芬特斯》（2010）由出生于古巴的美国著名男星安迪·加西亚自编自导自演，讲述第二次世界大战结束后海明威移居古巴，认识了渔民芬特斯，和他一起钓鱼，并与当地一个漂亮的意大利女孩相恋的故事。芬特斯正是海明威获诺贝尔奖的小说《老人与海》中老人的原型。海明威的侄女、女作家希拉里·海明威参与了剧本创作。安东尼·霍普金斯扮演海明威，安妮特·贝宁饰演海明威第四任妻子玛丽·维尔许，加西亚自己扮演芬特斯。而菲利普·考夫曼执导的电视电影《海明威与盖尔霍恩》（2012）则聚焦海明威与第三任妻子、著名战地记者玛莎·盖尔霍恩的情感纠葛。他们1936年相遇于一间小酒馆中，于1940年结婚，在欧洲蜜月旅行期间，海明威写出了名著《丧钟为谁而鸣》。由于两人聚少离多，于1945年离婚。克里夫·欧文扮演海明威，妮可·基德曼饰演盖尔霍恩。该片获艾美奖十一项提名，男女主角也分获金球奖和艾美奖提名。

毕加索说过："如果有人在一张地图上标出我曾行经的所有旅程，并且用一条线连接起来，也许会连成一只牛头人身的怪物。"这个天才西班牙少年在巴黎长大并成就几世盛名。美国硬汉海明威则把最青春、最浪漫的岁月留在了巴黎。作为异乡人，他们和地道的巴黎人萨特和波伏娃一样，都是巴黎各种文艺咖啡馆的常客，咖啡馆就是他们的另一个家和工作室。作为历史的一部分，这些咖啡馆见证了许多伟大艺术家和作家们的传奇时刻和日常生活。我们知道，咖啡馆就是巴黎的一种生活方式。

第三篇　南方蓝色海岸与北方诺曼底，两个电影大区

即便是在严冬
我也在身上
感受到不可战胜的夏季

——加缪

徜徉在蓝色海岸

一泓海水，一片沙滩，一排棕榈，一溜长街……

"蓝色海岸，这个你在夜晚终结时将到达的梦想之地。"巴黎—里昂—地中海线列车招贴画上如是说。每年度假大军都会从巴黎涌到美丽的南部普罗旺斯，最受欢迎的是蓝色海岸一带。在地中海阳光下，西起土伦，东到法意边境，蓝色海岸沿线著名的城镇包括圣特罗佩、戛纳、尼斯以及被法国包围的摩纳哥大公国的蒙特卡洛等。这些小城也都是影片的背景，其中较著名的有蒙特卡洛（图尔冈斯基《马诺莱斯库》）、戛纳（克劳德·勒鲁什《新年快乐》）、格拉夫（让·雷诺阿《玛尔基塔》），当然，还有尼斯（马塞尔·卡尔内《天堂的孩子们》），法国曾经的电影首都之一。

尼斯：无与伦比的光线

作为诞生尼斯画派的海滨城市，尼斯一度是法国当代艺术最重要的发源地。第二次世界大战后，很多享有盛誉的艺术家安居于此，尤其是1938年即定居此地的野兽派大师亨利·马蒂斯，1954年以八十五岁高龄去世。另一绘画大师马克·夏加尔的梦幻主题和气氛，有如电影蒙太奇。

作为梦幻制造者，银幕带给普通观众的总是远离日常生活的向往之物，比如奢侈的生活、假日和旅游胜地。尼斯具备了这一切：白雪皑皑的阿尔卑斯山脉、温暖如春的海岸线以及一个大都会。

第一次世界大战前，百代公司首先派剧组南下地中海，在蓝色海岸拍片。随后而至的是高蒙公司、雷克斯公司，吸引它们的是这里慷慨的阳光。因为在巴黎，冬季根本无法拍摄，白天很短，光线不足，还经常下雨，很耽误周期，所以蓝色海岸是最好的选择。也正因为如此，在几乎整个默片时代，冬天反而是影片产量最高的季节。

选择尼斯，不仅因为它少雨，还因为它独有的光线，这种光线使得影片感光充分，对比强烈，可以任意塑造光影效果。有人说，尼斯的影片产量逐年递增，皆因它那无与伦比的光线。

尼斯可以说是为电影而存在的，工作时间长，影像清晰，宜展开剧情，这三大要素足够吸引电影人南下了。在早期，尼斯还只是巴黎的附属，后来就逐渐脱离巴黎，获得了独立性。

在尼斯拍摄的著名影片有：莱昂斯·彼雷的《裸体女人》（1926）、坎多·布里尼奥的《快拥抱我》、朱利恩·杜维威尔的《信条》、安德烈·于贡的《到港者》和亨利·勃帕尔的《耶稣的生活》等。特吕弗的《密西西比美人鱼》（1969）也在尼斯取景。此外，还有尼科尔·加西亚的《爱子》（1994），以及塞尔日·柯尔贝的音乐片《演奏者》（1970）等。

有些导演因为过分热爱尼斯的景色，甚至不顾剧情随意增加风景镜头，以致把故事片变成了纪录片，最过分的就是亨利·弗斯古尔的《列强》（1924）。

影片中出现最多的尼斯场景，有英国人漫步大道、赌场和城中的山丘。英国人漫步大道是19世纪英国人沿海岸修筑的一条步行大道，是尼斯的标志形象，尼斯嘉年华狂欢节、鲜花游行大战等一些节庆活动都在这条魅力非凡的大道上举行。

尼斯的邻城维尔弗朗施和昂地伯，也是导演心仪之处，例如雅克·费戴尔的《卡内》（1926）、桑贝尔的《黄脸上尉》、图尔冈斯基的《金缝》、让·爱浦斯坦的《心魔》、卡尔米妮·加洛尼的《掌权的女人》等影片皆曾在两地取景。

除了光线，还有狂欢节

电影来到尼斯还有一个原因，就是尼斯著名的狂欢节。1912年，彩色电影出现后，尼斯狂欢节的绚烂色彩自然赢得电影导演们的青睐。

1927年，梅尔干东拍摄了以狂欢节为背景的影片《俏女人》。就在同一年，一位德国导演索性拍摄了一部以"尼斯狂欢节"为名的影片。

之前迪尼在1925年狂欢节期间拍摄了影片《他们的命运》。

1929年的尼斯狂欢节上，电影人尝试对多米尼加花车进行实时录音，由此开创了有声电影现场拍摄之先河。百代公司为此专门制造了一台车，跟拍游行队伍，当时建造这台车的费用超过一百万法郎。

由于有了现场拍摄技术，1929年发生在圣·埃田的火灾也被实时拍摄下来，一部分用于新闻报道。这场火灾的胶片被阿贝尔·冈斯买走，用在他的影片《世界末日》（1929）中。

早在1900年巴黎博览会上，巴黎就发现了尼斯狂欢节。在大放映厅里，尼斯狂欢节的影像赫然出现在银幕上，广告语竟然是"意大利范儿的狂欢节"。电影界被吸引了，卢米埃尔率先派摄影师前往南部，尤其是马赛一带。在1903年的卢米埃尔影片中，有一部一分钟的短片《从火车上看蓝色海岸》。

从娱乐到工业

气候好，风景美，节日气氛，这些都是电影需要的元素，所以，在尼斯，经常有导演拍完一部电影后，租用仓库放置器材，以备来年再用。久而久之，这些原先用于存放电影器材的仓库变成了一个又一个影棚。当地技术人员制作布景道具，当地居民组织起来做龙套演员，甚至有人以此为生。有些参与人员由于工作表现出色，最终成为专业的电影工作者。

最早来尼斯拍电影的一批完整剧组是在1914年以前。1914年以后，电影拍摄走入正轨，组织体系更加完备，各种人才材料会聚，形成了产业链。剧组只需从巴黎轻装出发，到尼斯可以找到一切所需，比如技工、美工、摄影师和演员。可以说，尼斯有相当部分的人口从事与电影有关的工作，其中最突出的一类人是群众演员。

罗伯特·费洛雷在1966年出版的《神奇的灯笼》一书中，回忆了1921年高蒙公司如何录用群众演员，"我早上去找费雅德导演，在窗口叫他。一分钟后，他出现在窗口，对我说：'今早是小酒馆的戏，我需要三十个人，二十个男人、十个姑娘，再找两个黑人和一个中国人，把他们打扮成运煤工。'我立即骑车去玛塞纳广场上的吉奥弗雷多酒馆，通常群众演员都在那里等候。那里没有中国人，我找了一个日本人代替。黑人也没找到，我索性去了老港，在那里找了四个黑人，因为他们说什么都要在一起。这群人坐电车去片场，我骑车抄小道回去。"

至于影片中需要的上流社会的群众角色，尼斯的上流人士也会自愿出演，比如 J. 加尔里诺的《白船》，船上的群众演员就是俄国在尼斯的名媛，全是货真价实的伯爵夫人，还有将军，他们只需做他们自己，不需要表演。

可以说，在1920—1925年，在尼斯拍电影是一种娱乐，但这种惬意的加盟没有持续多久，因为群众演员的需求和队伍不断扩大，"大型节目"只雇用尼斯的演员和国际明星，所以群众演员也向专业性发展，他们多充当配角。最终尼斯的电影人组织起来，成立"尼斯电影人联盟"，以便更好地保护自己的权益，这正是演员工会的雏形。随后，类似的组织相继成立，目的都是为电影提供服务，保证本地演员的利益。从此，导演无须再在街上雇人，只需联系相关的组织。尼斯由此完善了整个电影产业环节。

在此基础上，尼斯不甘于只作巴黎的外景地了。1925年，尼斯创立了卢代斯电影公司，并以《命运》一片开始了自己的征程。随后，又有几家尼斯电影公司成立，先后推出了影片《抢来的丈夫》《瓦卢瓦之花》，此片是小说家欧也妮·巴尔比耶六部作品中的一部，他的后五部小说也全都改编成了电影。

尼斯电影公司的这一创举震惊了法国，一举成名，也奠定了电影工业化的基础。在1930年的一份报告中，尼斯的排名已上升为第二名，除巴黎外，里昂、马赛都无法与尼斯相抗衡了。

默片时代的繁荣

虽然电影诞生于里昂卢米埃尔的工厂，但蓝色海岸却是卢米埃尔在巴黎大咖啡馆首映节目中的重要场景，比如纪录片《火车进站》《海上风暴》《婴儿的午餐》《水浇园丁》《玩纸牌》，虽然是黑白影像，但海崖的景色就足以令人心醉。

故事片也没有落后，1907年《蓝色海岸的故事》，1908年《棋逢对手》《黑人公主》，1910年《女警察》，1913年《尼斯街头的秘密》，1920年《马西亚斯·桑多夫》等。1912年，德国电影公司在尼斯拍摄了影片《听天由命》。驻荷兰的澳大利亚电影公司在1910—1913年间也在尼斯拍了几部影片，1911年曾在伦敦放映，如《十字军》《逆贼的女儿》《法式决斗》等。

在默片时代，尼斯共会聚了法国六大制片公司，以百代、高蒙公司为首，还有许多外国电影公司也在尼斯拍外景。一般来说，尼斯的冬季是拍片高峰期，大大超过夏季，比如，1923年，夏季出品五部，冬季为二十部；1926年，夏季八部，冬季二十四部；1928年，夏季三部，冬季二十九部。因为冬季，蓝色海岸成为法国电影制片的半壁江山。

第一批来尼斯的电影导演都是为了拍外景，随着电影业的发展，尼斯又纷纷建造了影棚，以备各种需求。尼斯从未属于过几家公司，它迎接来自英国、德国以及所有法国其他城市的剧组。

缺乏日照脸色惨白的英国人是最早来尼斯的，而且来得很多，都贪恋这里的灿烂阳光。从1921年起，英国斯托尔电影公司每年都要来尼斯，也是最先租用圣奥古斯都影棚的英国人，先后拍摄了《阳台上的米兰达》《纳瓦尔的亨利国王》等影片。英国人还利用尼斯做外景，拍摄了一些异国情调的影片，如《印度爱情之歌》（1923）、《阿拉伯一夜》（1923）、《失望岛》（1926）、《芦苇百合》（1927）、《毕加迪的玫瑰》（1927）。其他英国公司的主要作品有《天堂》（1928）、《破碎的旋律》（1928）、《刀光》（1928）。

德国紧随其后，有《尼斯狂欢节》（1927）、《一个女人的24小时》（1927）、《尼斯滨海路》（1928）。比利时拍了《天力》（1928），美国有《魔术师》（1926）、《维纳斯的神庙》（1928）。

法国作为本土正规军，也是尼斯电影业发展的生力军，主要作品有《宫殿里的小保姆》《俏女人》《列强》《内疚》《卡内》《弗拉明卡》《英雄的心》《没有母亲的家》《盲船》《没有眼睛的火车》《生存》《安娜·卡列尼娜》，等等。

尼斯电影业的兴起，使得尼斯声名远扬。看过尼斯电影的人，慕名而来，按图索骥游览，使得尼斯旅游业方兴未艾。1927年，尼斯看准商机，专门拍摄了一部大型蓝色海岸专题纪录片，为旅游业助兴。

默片明星也纷纷来到尼斯定居，把它当作最佳度假地。明星们的到来又掀起新一轮尼斯旅游热潮。默片明星中最著名的是麦克斯·林戴，他是尼斯的常客，也是尼斯的名人，就连他的车祸，也成为尼斯各家报纸的热门新闻。

雄鸡与雏菊

在尼斯电影史上留下浓墨重彩的是百代和高蒙两大公司。百代以阿尔弗雷德·马珊为核心，高蒙以路易·费雅德为主帅展开创作，当这两位主将先后去世，百代和高蒙在尼斯的公司也相继关门，为两大公司的默片时代画上了句号。

由于夏尔·百代常驻尼斯，所以百代公司的创作大多是在尼斯完成的，而不是巴黎。这期间的作品，有《浮士德》(1910)、《爱情撒旦》(1920)。尼斯西梅山上的圣·摩尔城堡，被百代从英国作家塞衫尔爵士手中买下，成为百代公司在尼斯的象征。

阿尔弗雷德·马珊是个传奇人物，他原是"画报"的摄影记者，后加入百代，1910年被派往非洲。在那儿，他拍摄猎兽过程，完成最早的动物纪录片，多次险些丧命。这些影片在巴黎得到好评，马珊回到法国后，加入了百代在尼斯的电影公司，创作以动物为主角的故事片，主要有《类人兽》(1923)、《人性》(1924)。他还拍摄过反映战争的影片《可恶的战争》。马珊的遗作是《从丛林到银幕》(1928)，在拍摄过程中，他被一只豹子咬伤了胸口，于1929年6月去世，身后留下了一百五十部影片。

　　莱昂斯·彼雷为高蒙尼斯公司剪彩，但高蒙真正的首席执行官一直都是路易·费雅德，直至他去世。费雅德在尼斯只拍摄了十余部影片，《犹台克斯》(1916)、《犹台克斯的新使命》(1917)、《无脸人》(1919)、《巴拉巴斯》和《两个男孩》(1920)、《孤女》(1921)、《小偷的儿子》(1922)、《巴黎的顽童》和《巴黎的孤儿》(1923)、《一个被严密看管的姑娘》(1924)、《烙印》(1925)。1925年，费雅德在尼斯去世。之后马塞尔·莱尔比耶正式接棒，他的处女作《法兰西玫瑰》(1919)已是一部杰作。

冈斯与维果

　　1917年阿贝尔·冈斯第一次来到尼斯，当时他名声在外，已经拍了十六部影片。他受艺术电影公司邀请，拍摄《耶稣》一片，剧本是他自己写的，但因资金问题夭折了。这时他接到查理·百代的邀请，拍摄《我控诉》(1919)。虽然该片是在法国东部拍摄的，其中却用了许多冈斯在蓝色海岸为上部影片拍摄的场景。

　　随后，冈斯又在尼斯拍摄了《车轮》(1922)，其中火车站的画面给人留下深刻印象，也是冈斯对卢米埃尔《火车进站》一片的致敬。在拍这部影片时，冈斯试图在火车外拍摄铁轨和车轮，以表现火车每小时六七十公里的时速，他为此受了伤，还损坏了摄影机。他把摄影机埋在铁轨下，一边偷拍铁路工人修铁轨，一边拍火车跃过头顶的画面。冈斯就这样创造了新的拍摄方法。他还拍摄了《第十交响曲》(1918)、《拿破仑》(1927)，后者以画面扩展成三块银幕，并在最后分别显现蓝、白、红三种颜色，成为影史奇观。

让·维果对尼斯而言，算得上是一位举足轻重的导演。他为尼斯拍摄的纪录片《尼斯印象》（1930），至今无人超越。但这部影片的成功实属偶然，偶然到出自疾病和爱情。

当时维果因肺结核病来尼斯休养，认识了丽莉。两人同病相怜，日见情深，就决定在尼斯结婚，不返回巴黎了。维果用丽莉父亲给的十万法郎准备拍摄自己的处女作。他开始深入研究尼斯，研究尼斯人的生活方式。他喜欢尼斯狂欢节，喜欢装扮起来的棕榈树、大型花车和各种石膏塑像，他被允许拍摄狂欢节和花车制作过程。这是一部纯正的"纪录片式影片"，几乎包括了尼斯的过去和现在。维果在拍摄中加入了自己的情感，比如在拍摄一处意大利巴洛克风格的墓地时，加入了嘲讽的意味，对大人物不屑一顾。他一格一格地详尽拍摄丧礼的过程，不放过任何细节。同时，维果又在拍摄中创造性地加入了一些搬演的场面，比如一个男人在赤裸的脚上涂抹鞋油，一个在躺椅上穿着衣服晒太阳的贵妇人突然变成裸体。影片既有诗意现实主义的成分，又有超现实主义的影子。

维果的风格深邃又轻松，毫不拘谨，拍摄的影片长达四千米，最终剪出了八百米。由于影片超出了纯纪录范畴，所以他将其命名为《尼斯印象》。在影片中，尼斯不再只是一个美妙的天堂，它还是一个堕落的象征。尼斯第一次遭到谴责。

1932年，维果创立了尼斯第一家电影俱乐部，取名"电影的朋友"。1995年，为纪念让·维果诞辰九十周年、《尼斯印象》诞生六十五周年以及世界电影诞生一百周年，七位世界级著名导演重聚尼斯，拍摄《尼斯印象续集》，其中有伊朗导演阿巴斯·基亚罗斯塔米、法国导演雷蒙·德巴东、克莱尔·德尼、科斯塔·加夫拉斯等。维果这个兰波式的惊世天才，为尼斯奏响的一曲城市交响乐，至今还在生动地上演。

自由法国的首都

1940年6月，德军占领巴黎。法国被迫一分为三，分裂为北方、西方的"沦陷区"和没有经济及军事价值的南方"自由区"。除了雷内·克莱尔、让·雷诺阿、朱利恩·杜维威尔等避走美国之外，其他法国导演几乎都前往尼斯避难。尼斯事实上已成为自由法国的首都。

阿贝尔·冈斯又一次回到尼斯，筹备影片《盲目的维纳斯》（1941）。因为法国战败，人们沉浸在哀伤中，而冈斯却兴致勃勃地用他的影片和明星，展示一个电影王国。

马塞尔·卡尔内在尼斯拍摄了《夜间来客》（1942）。这部影片和亨利·乔治·克鲁佐的《乌鸦》（1943）、雅克·贝克的《红手古比》（1943）以及克里斯蒂安·雅克的《谁杀了圣诞老人》（1941）一样，以封闭空间为背景指涉沦陷中的法国，上映后都受到观众的欢迎。此后卡尔内花了两年时间完成其名作《天堂的孩子们》（1945），影片角色众多，拍摄过程十分艰辛，演员也遭纳粹逮捕，不过战后的公映受到观众的热烈欢迎，被视为沦陷时期最能代表法国精神的电影。

让·科克托在尼斯写了《永恒的回归》剧本，根据瓦格纳歌剧《特里斯坦与依索尔德》改编而成，由让·德拉努瓦拍摄，上映后也受到了欢迎。此外，让·格莱米永拍摄了《夏日时光》，马塞尔·莱尔比耶拍摄了《流浪者的生活》。

法国沦陷时期，由于没有其他娱乐竞争，观影人次大幅提高，法国电影反而出现繁荣景象。尽管德军通过维希政府企图全面控制法国电影，但法国观众表现出异常的爱国心，齐心抵制德国和意大利电影，热情支持法语电影。如克里斯蒂安·雅克所说："尽管有压迫、束缚、危险、眼泪和耻辱，然而法国电影拒绝死亡，坚定地、高高地举起了自己的火炬。"不过，由于创作者都避免触碰现实以应付维希政府和纳粹的双重检查，所以他们多半会寄情于古装历史或寓言神话，使得大部分影片都是喜剧片、惊悚片、歌舞片和古装片等有娱乐倾向的片子，但其中还是产生了不少大导演以及大批杰作。

在1940—1945年期间，尼斯还出了不少好电影，如伊夫·阿莱格雷的《两个腼腆的人》、雅克·贝克的《红手古比》、让·德拉努瓦的《澳门》、雷内·克莱芒的《铁路人的战斗》，等等。

这时候的尼斯，拥有百余名法国演员以及十几位著名导演，比如萨沙·吉特里、路易斯·布努埃尔、马克斯·奥菲尔斯，年轻一代有亚历山大·阿斯特吕克、弗朗索瓦·特吕弗、雅克·德米等，还有一些外国导演，如阿尔弗雷德·希区柯克、斯坦利·多南、约翰·弗兰肯海默、乔治·库克尔等。

萨沙·吉特里的最后一部作品《二人世界》（1958），人称电影遗嘱，也是在尼斯拍摄的。影片汇集了一大批明星，沿着英国人大道漫步，其中有杰拉·菲利浦、让·马莱、让·理夏尔、路易·德·菲奈斯、费尔南代尔。

不仅仅有风景

默片时代的结束宣告了尼斯繁荣的结束。百代公司几乎完全撤出，高蒙公司也把重点放在了巴黎。1930年以来的经济危机是主要原因，有声片拍摄有高瓦度灯，所以也不必从巴黎到尼斯去等日光。此时，尼斯的影棚也正在改造，英国人不来了，法国人也来少了，尼斯进入了一个低潮期。

在1930—1940年的十年间，在尼斯仅拍摄了三十四部影片，其中较著名的有马塞尔·莱尔比耶的《穿黑衣女人的香水》（1931）、帕普斯特的《堂吉诃德》（1931）、克里斯蒂安·雅克的《威尼斯一夜》（1937）。

尼斯意识到阳光不能保证一切，他们开始修建更完备、更先进的影棚，以便让剧组长期住下来。当时巴黎有三十个影棚，而尼斯只有九个，不足以满足拍摄的需要。

1946年，雷内·克莱芒为拍《可恶的人》（《海牙》）一片而制作的潜艇震惊了电影界和海军方面，一切都是那么逼真，以至于当年参加戛纳电影节的人争相上艇参观。

尼斯的布景师善于制作船的布景，所以尼斯出产了不少以巨轮为主体道具的影片，如《塔芝哥号》（1958）、《基督山伯爵》（1961），导演是克劳德·奥当·拉哈。

尼斯也出现了巨额投资影片，著名的有1961年的《拉法耶特》、1964年的《L女士》、1967年的《演员》、1968年的《夏尔的女疯子》。

据说《L女士》仅布景就花费了一亿三千万法郎,并且只用了五个月。

《日以继夜》(《美国之夜》)是一部影片,也是一种白天拍夜晚的方法。1973年,特吕弗拍摄了一部同名电影,以"戏中戏"的结构展现了一部电影的拍摄过程,获得1974年奥斯卡最佳外语片奖。但正是这部影片导致特吕弗和戈达尔的公开决裂。尽管他在片中以《让-吕克·戈达尔》这本小书的特写镜头向戈达尔致敬,还使用戈达尔影片《蔑视》中的经典台词,但戈达尔对特吕弗的创作倾向于好莱坞式的转变表示不满,刻薄地称之为"上午的商人,下午的诗人"。此外他可能也是挑剔特吕弗的"不诚实"——在片中只有特吕弗饰演的导演没有卷入桃色事件,而在电影之外,特吕弗却与女主角产生了实际的恋情。

影片是在尼斯的维克多利尼影棚拍摄完成的,这里有人工降雨、降雪,以及演员、导演和技术人员忙碌的身影。在影棚,一般有两架摄影机,一部负责拍真实部分,一部负责拍虚构部分,导演在这里不必担心穿帮。维克多利尼是尼斯最大的制片基地,几十年来一直奉行一个基本信条:为艺术服务。以当时的眼光看,电影如同戏剧,会越来越艺术,而非工业化。在1945—1979年间,维克多利尼基地共拍摄了三百多部影片,其中较著名的有:马塞尔·帕缪尔的《磨坊主的妻子》(1948)、克里斯蒂安·雅克的《郁金香芳芳》(1952)、希区柯克的《捉贼记》(1955)、马克斯·奥菲尔斯的《洛拉·蒙戴斯》(1955)、路易斯·布努埃尔的《这叫作黎明》(1956)、罗杰·瓦蒂姆的《上帝创造女人》(1956)、让·雷诺阿的《草地上的午餐》(1959)、克劳德·夏布罗尔的《马屁精》(1960)、斯坦利·多南的《丽人行》

（1966）、马塞尔·卡尔内的《幼狼》（1968）、特吕弗的《黑衣新娘》（1967）和《日以继夜》（1973）、克劳德·勒鲁什的《好年景》（1973）、贝特朗·塔维尼埃的《法官与凶犯》（1975）等。

尼斯总是与天堂连在一起。马塞尔·卡尔内的《天堂的孩子们》（1945）是一面旗帜，这部影片将闹剧、悲剧、哑剧熔于一炉，创造出一种优质高雅的风格。何塞·吉奥瓦尼的《天堂隧道》（1978）表现一个天堂般城市中的阴暗，就连真正的天使湾也被拍得十分灰暗。雅克·德米的《天使湾》（1962）则表现的是尼斯赌场的生活、老千的命运。天使湾位于尼斯西南海滩，名字可能是渔民们起的，一条"神仙鱼"曾经进入他们的渔网，它的鱼鳍令人联想到鸟的翅膀。

在尼斯海滩，被海浪抚慰的海面有着丰富的蓝色，一层层，推向远方。

戛纳的蓝色秘密

位于尼斯西南约二十六公里的海滨小城戛纳，如同蓝色海岸线上一个跳动的音符，拨动着世界各地电影人的心弦。这个不到七万人的小城，融合了传统与时尚，以自己的节奏悠然前行。

如福柯所言，"街巷，是地中海诱人的最自发形式。"戛纳的老城一直保持着中世纪的格调：13世纪的建筑，14世纪的雕塑，15世纪的城堡，16世纪的街道。在这里穿街走巷，会有犹如隔世之感。但戛纳也有最现代化的泊船码头，每年夏季，会有来自世界各地的日光浴爱好者，在戛纳的棕榈滩享受阳光沙滩，并加入棕榈节的音乐狂欢。

作为戛纳的名片，世界三大电影节之首的戛纳电影节，每年春天吸引约三万五千电影人、四千名记者和二十万游客汇聚戛纳，于是这个滨海小城成了法国电影的某种象征。

如克劳德·勒鲁什所说，戛纳首先是一个阶梯，一个所有电影人都想在某一天登上的阶梯。电影宫高高的台阶，高得让人目眩。所有来到戛纳的人，都渴望得到一张"金色的门票"，以进入电影圣殿，享受那份荣光。

在耀眼的风光背后，探寻戛纳的蓝色秘密：戛纳其实是一座被文化概念架起来的城市，戛纳电影节的能量，让一座平淡无奇的城市变得举世无双。

电影节的诞生

1938年，由于在被纳粹控制的威尼斯国际电影节上一再受挫，法国代表团的"法兰西艺术行动委员会"主任菲利普·艾兰杰，萌生了要在法国创办一个"自由的"国际电影节的想法。他找到好朋友，当时的艺术和教育部部长尚·杰伊，二人一拍即合。在寻找举办地城市时，戛纳拔得了头筹，它允诺将很快建成一座真正的电影节大楼。

戛纳原是个不出名的小村庄。19世纪30年代，一位英国富翁想去尼斯，却因尼斯爆发天花而折返，途中在戛纳停留，却被普罗旺斯鱼汤留了下来，于是便在小山坡上修建了漂亮的别墅。由于"英法协约"，大批富有的英国人来到戛纳，建起了别墅和城堡，之后兴建了停靠游艇的码头和火车站，戛纳从小村庄变成了一个小城市。继英国人之后，俄罗斯贵族又蜂拥而至。为了迎接这些有钱的游客，大酒店纷纷建造起来。虽然第一次世界大战让戛纳停了下来，但战后，欢笑和闲逸又回到了戛纳。

筹备中的第一届电影节，伟大的路易·卢米埃尔同意担任名誉主席，菲利普·艾兰杰是电影节总干事，尚·杰伊将成为电影节主席。1939年8月31日，开幕晚会上放映了改编自雨果小说的美国影片《钟楼怪人》。但第二天，希特勒入侵波兰，战争爆发了。初生的电影节由此夭折。

尚·杰伊辞去了部长一职，作为一名法国军官上了前线。1940年在摩洛哥被捕，就在1944年自由法国解放的前几天，在转送监狱途中遭到绑架惨遭杀害，年仅四十岁。他和1939年的电影节尝试一样被遗忘了。而菲利普·艾兰杰成了流亡者，战争结束后才重返艺术处，继续操办戛纳电影节。

1946年9月20日，戛纳的第一届国际电影节开幕。直到2002年，才正式称其为戛纳国际电影节。

电影节的灵魂人物，前有罗贝尔·法弗尔·勒布埃，后有吉尔·雅各布。法弗尔·勒布埃原为巴黎歌剧院总干事，1951年被任命为电影节总干事，1972年成为电影节主席，直到1983年卸任。法弗尔·勒布埃一手打造了这个把艺术、商业和庆典结合在一起的重要电影节，虽然有时显得过于独裁，但没有他的热情和心血，戛纳不可能有今天的分量。1987年4月，八十二岁的老人去世了，电影节创始人菲利普·艾兰杰也于同一年继他而去。

吉尔·雅各布于1978年就任电影节总干事。他继承法弗尔·勒布埃的政策，关注评审团成员的多元化和多国化，还创立了"某种观点"单元和金摄影机奖，用来奖励年轻导演的最佳处女作。其实他对电影节最关键的改革举措是改变了选片方式。之前是像奥斯卡一样，由各国相关部门挑选一年来的佳作送到戛纳参赛，从雅各布开始变成了自主选片，任何人都可以个人名义报名参赛，而不会受到自己国家的限制。2000年，雅各布兼任电影节主席，管理一个一千五百人的队伍，和一项两千万欧元的预算，成为电影节这艘大船的唯一掌舵人。

金棕榈的来历

奥斯卡有金像，威尼斯有金狮，而戛纳的金棕榈，很多人以为是让·科克托的主意，这其实是1955年的电影节上，一个来自巴黎的女珠宝商苏珊娜·拉宗向组织者的建议：颁奖仪式应该搞一个真正的首饰——金棕榈。因为棕榈是戛纳和对面的莱兰群岛的传奇，据说棕榈树救过戛纳的一位圣者，所有的戛纳人都知道这个传说。苏珊娜还在她的朋友、雕塑家和画家塞巴斯蒂安那里定做了图案。

苏珊娜的建议得到了重视，电影节组委会为此举行了一场招标活动，最后还是选中了苏珊娜和塞巴斯蒂安的方案。所以金棕榈其实并不是胜利的象征，而是象征着戛纳这个城市的传奇。

苏丹王妃与珠宝大劫案

时至今日，戛纳虽以每年一度的国际电影节著称，但也因一系列珠宝大劫案而声名远扬。2013年7月，一名蒙面男子持自动手枪，抢劫了七十二件卡尔顿酒店正在展出的顶级珠宝品牌列维夫的珠宝与名表，价值一亿多欧元（约合八亿四千五百万元人民币），这是迄今为止法国历史上涉案价值最高的珠宝劫案。

戛纳靠近法意边界，又和北非马格里布国家隔地中海对望，历史上移民数量繁多，社会构成复杂，素来"命案不多、盗案不少"。法国警察学校的惯例，是将优秀学员派往戛纳、尼斯、马赛等环地中海城市任职，蓝色海岸的治安氛围，由此可见一斑。

希区柯克的《捉贼记》（1955）就是以蓝色海岸为背景，讲述珠宝盗贼故事的浪漫惊险片，在位于戛纳海滨大道的卡尔顿酒店拍摄。希区柯克在片中客串巴士上坐在约翰·罗比身边的乘客。

1949年电影节开幕前几天，苏丹王妃伊维特·拉布露丝和她的老公阿迦汗，开着劳斯莱斯从戛纳前往尼斯，半路遭到伏击，价值两亿旧法郎的珠宝首饰被抢。

拉布露丝是前法国小姐，为阿迦汗的第四任太太。他们在戛纳高地上有一座豪华的别墅"迦伊爱"，王妃常常在别墅里举行鸡尾酒会，款待所有的明星和电影节组织者。她每年都邀请电影节评审团成员吃大餐，然后在别墅某个大厅中讨论奖项。王妃和戛纳电影节的情分一直持续到1968年的"五月风暴"来临为止。

阿迦汗是穆斯林的精神领袖，他的三子阿里汗的妻子丽塔·海华丝是位著名的性感影星。海华丝的前夫是《公民凯恩》（1941）的导演奥逊·威尔斯，他们俩唯一合作的电影《上海小姐》（1947），既是他们的爱情见证又是他们的爱情终结，海华丝在片中扮演了她电影生涯中唯一的反派角色。而由奥逊·威尔斯主演的《第三个人》正好拿下了1949

年的金棕榈大奖。该片是英国导演卡洛尔·里德的一部经典黑色电影，预言了战后格局及阴郁现实，奥逊·威尔斯所饰演的哈里·莱姆，称得上是影史最神秘的银幕形象之一。

说不完的明星故事

明星，尤其是女明星，与电影节向来属于"不得不说的故事"。除了风光无限的红毯秀，明星与电影节的缘分，有因此直上云霄的，如格蕾丝·凯莉，也有因此堕入地狱的，如西蒙妮·西尔法。

格蕾丝·凯莉是不情愿地回到戛纳参加1955年电影节的，前一年她刚在这里拍摄了希区柯克的《捉贼记》。从洛杉矶一到戛纳，《巴黎竞赛画报》的记者夫妇就接上她，说为完成独家采访，已跟摩纳哥王子雷尼尔约好，下午带她参观王宫里的花园。格蕾丝开始生气地拒绝了，经一番说服后终于同意。没想到在那个王宫花园里，格蕾丝和迟到的雷尼尔一见钟情了。

一年后的4月19日，格蕾丝·凯莉成了摩纳哥王妃。当时许多电影节来宾都去参加格蕾丝和雷尼尔的婚礼，让·科克托甚至写了热情洋溢的颂歌准备当众念给这对新婚夫妇听，但雷尼尔王子觉得诗写得太肉麻太长了。科克托在车里伤心地对马塞尔·帕尼奥尔说，这是别人第一次拒绝他的礼物！

1982年9月13日，格蕾丝·凯莉带着十六岁的女儿驾车出行，途中心脏病突发，坠崖身亡。车祸的事发地点，正是她在《捉贼记》中飞车的那段公路。2014年戛纳电影节开幕片《摩纳哥王妃》，正是格蕾丝·凯莉的传记片，由妮可·基德曼主演，《玫瑰人生》的导演奥利维埃·达昂执导。

1954年，二十一岁的英国女星西蒙妮·西尔法成为一桩悲惨事件的主角。她跟好莱坞"坏孩子"罗伯特·米彻姆前往戛纳对面的圣玛格丽特岛，在铁面人囚室下面吃完午餐回戛纳时，一直在桌边转悠而无所获的摄影记者突然朝她大喊：解开胸罩！西蒙妮照办了。摄影师让米彻姆搂住她的肩膀，他也照办了。于是他俩的照片第二天上了所有报纸的头版，有清教徒倾向的英国代表团愤怒地把西蒙妮赶出了戛纳。可怜的西蒙妮不敢回英国，后来得了抑郁症自杀身亡。

当然，除了个别极端的例子，电影节的明星更多的是各种花边新闻。比如1954年，性感炸弹吉娜·劳洛勃丽吉达所住的卡尔顿酒店被记者和观众团团围住，她不得已改换上酒店服务员的工装，从酒店厨房后门出入。

1957年，大美人伊丽莎白·泰勒二十五岁，和她第三任丈夫迈克尔·托德在巴黎里昂车站的出现，引起了小小的骚动。这列蓝色列车晚了半个小时才开动，因为需要整整两节车厢才能安置这对夫妇的行李和随从。迈克尔是《环游世界八十天》的制片人。这是一部创新的七十毫米同期录音宽银幕电影，典型的好莱坞大制作，在戛纳的放映受到了欢迎。可惜次年迈克尔就因乘坐的私人飞机失事而离世。

那时，公众和影星之间没有东西阻拦，所以1963年电影大楼的台阶上混乱得可怕，几个漂亮女星的裙子被狂热的观众撕破了一半，露出了奢华的内衣。而且这一年发生了电影节历史上第一场针对明星的罢工。

在费里尼的《八部半》和维斯康蒂的《豹》两部参赛片中扮演角色的克劳迪娅·卡汀娜成了摄影记者们的追随目标,她累极了,要求休息一小时,后来她突然想起要去参加影片的放映,没有时间接受采访了。等了很久却一无所获的记者们非常生气,于是当《豹》的导演和主演经过欢呼的人群,走上电影大楼的台阶时,台阶两旁的大批记者同时把相机放在了地上!所有人都惊呆了。尽管长达三个半小时的放映取得了巨大的成功,掌声和欢呼声经久不息,影片后来也众望所归地拿下了金棕榈大奖,但当演员们走下台阶时,摄影记者们依旧无动于衷,没有人拍照。

制片人扎努克气疯了,他是被总干事努力说服才同意影片参加电影节的,于是凌晨四点他在电话里朝法弗尔·勒布埃大声吼叫。不过,当第二天上午法弗尔·勒布埃来到电影大楼时,看见对面沙滩上一群摄影记者正在给克劳迪娅拍照,他们已经讲和了。克劳迪娅穿着白色的西装,用皮带牵着一头美洲豹,维斯康蒂和兰卡斯特微笑着站在她身边。但阿兰·德龙不在,因为他在情人罗密·施奈德那儿。

1964年,弗朗索瓦丝·多莱亚克和妹妹凯瑟琳·德纳芙一起来了,她们分别主演的雅克·德米的《瑟堡的雨伞》和特吕弗的《柔肤》都入围了电影节。《柔肤》的剧本就是在马丁内斯酒店写就的,特吕弗还在那儿写了《美国之夜》。雅克·德米肯定自己这部歌舞片什么奖也拿不到,于是颁奖这天和妻子阿涅斯·瓦尔达一起前往昂蒂布角去看望阿涅斯的母亲,结果他们被通知说晚上必须回去,因为得了金棕榈!瓦尔达高兴得大叫,但她只有一件非常简朴的黑色晚礼服,母亲便借给她一串外婆留下来的漂亮钻石,那是家中唯一的贵重首饰。为了避免被盗,瓦尔达把首饰牢牢地缝在了裙子上。

德米没有燕尾服,得去租一件。当他在掌声中上台领奖时,接过的是"国际电影节大奖",金棕榈奖不知什么原因被取消了,直到1975年才恢复,但报刊继续把它叫作金棕榈奖。

得奖之后,德米粉刷了罗什福尔城的房子,开始拍摄一部更庞大的歌舞片《柳媚花娇》,由多莱亚克和德纳芙这对银幕姐妹主演。1967年6月,影片上映不久,人们在尼斯附近的高速公路上,发现多莱亚克死在了方向盘前,年仅二十五岁。

1967年,碧姬·巴铎的到来引发场面失控,导致组织者开始设立围栏。当时碧姬是为了宣传其身为制片人的丈夫的影片才来到戛纳的,结果一出现就被疯狂的人群推搡挤压得喘不过气来,她的脚几乎被架离了地面。但她还竭力保持着微笑,差一点就晕倒在大厅里。

1983年,摄影记者们又罢工了,因为女神一样的伊莎贝尔·阿佳妮不让他们拍照。于是当年的情景再次重现了:当阿佳妮挽着导演让·贝克的胳膊登上电影大楼的台阶时,所有的摄影记者都把摄影器材放在了地上,离开时也同样,可怜的阿佳妮不得不惊恐地匆匆而过。

麦当娜旋风席卷了1991年的电影节。她是来宣传纪录片《与麦当娜上床》的,一大群保镖保护着她,不让崇拜者靠近。在电影大楼,警察拉了三道警戒线,仍难以阻挡激动的人群。这个穿得既像天使又像魔鬼的小个子女人,懂得如何让大家为她疯狂。

特吕弗、新浪潮和电影节

  1959,不平凡的一年。戴高乐重新执政,喜欢电影的新文化部部长安德烈·马尔罗是第一位正式来戛纳的文化部部长,在他之后,所有的文化部部长都会来参加开幕式或颁奖晚会。

  特吕弗带着他的处女作《四百击》参加了影展,这是让·科克托幕后活动的结果,他被任命为电影节的终身名誉主席。电影放映那天晚上,片尾字幕一结束,观众席上就响起了热烈的掌声,特吕弗和他影片中的影子让·皮埃尔·莱奥大受赞扬,结果他获得了最佳导演奖。但在评审团里,对特吕弗的"新浪潮"电影的看法分成了两派,互相对立。

  1966年,电影节组织了一场主题为"新浪潮"的报告会。会上新浪潮那帮小子和著名老导演们针锋相对,互相讽刺,混乱中有人气愤地离开了。克劳德·勒鲁什的《一个男人和一个女人》最后得到了金棕榈奖,他是电影节历史上获金棕榈奖最年轻的导演,当时只有二十八岁。勒鲁什激动地和影片中的男女主角一起跳起了华尔兹。为了拍这部影片他已经身无分文,这下可以偿还清债务,并开办自己的制片公司了。

  1968年5月10日,电影节盛大的开幕式由摩纳哥王妃格蕾丝·凯莉主持,她旁边站着的是挽着评审团主席安德烈·尚松胳膊的珠光宝气的苏丹王妃。晚会上放映了《乱世佳人》,以向刚刚去世的费雯·丽致敬。评委之一、与安东尼奥尼同居了十多年的安东尼奥尼御用女演员莫妮卡·维蒂,在沙滩上激动地对记者说,安东尼奥尼向她求婚了!

5月13日，巴黎的电话终于艰难地拨通了，"暴风雨来了！"

巴黎索邦大学已经被抗议的学生占领，红旗飘扬在楼顶。没有南下戛纳的电影人组织了一场无声的游行。战火蔓延过来，有学生要求立即停办电影节。

特吕弗在戛纳领导一个委员会支持被马尔罗解雇的电影资料馆馆长朗格卢瓦。5月18日，总罢工开始了。特吕弗带着他的伙伴们来到放映厅，要求电影节停止活动。戈达尔更是抨击评审团在苏丹王妃家聚会是丑闻，要求评审团搬回电影大楼。评委们马上都辞职了。苏丹王妃坐着劳斯莱斯来到海滨大道时，有人朝她扔西红柿，大声辱骂她，还吐口水，王妃吓坏了，回到别墅里很长时间都没再出来。她永远不会原谅"电影界那帮歇斯底里的人"对她的侮辱。

在该放映卡罗尔·索拉的影片时，特吕弗和戈达尔抓住红色的帷幕不让放映，连导演本人也奇怪地赶过来帮忙，他们大喊：自由！我们禁止我们的电影！电影节保安上台了，特吕弗挨了一耳光，戈达尔挨了一拳。在一片叫喊和辱骂声中，有人点着了打火机，还有火柴！现场突然静了下来，害怕着火的人群像阵风似的逃走了。

第二天，总干事法弗尔·勒布埃一边道歉，一边宣布，第二十一届戛纳电影节立即结束。

1984年10月，特吕弗因病去世，他搭上了最后一班地铁，不再回头。在英年早逝前的十年里，他带着闲愁和感伤回归了曾口诛笔伐的优质电影传统，为法国的电影票房贡献了半壁江山。

次年的电影节，最让人激动的就是由让娜·莫罗和吉尔·雅各布组织的纪念特吕弗的仪式。所有与特吕弗合作过的女演员走上台，然后是男演员们，他们围成一圈，中间的位置是留给他们的导演特吕弗的。大厅里的人都含着泪水。这个戛纳的捣乱分子，多么令人怀念！

外表朋克的新电影大楼是两年前竣工的，戈达尔在迷宫一样的大楼里被一个比利时人扔了个大奶油塔，那人被送到警察局，但很快又被释放。戈达尔在洗手间洗了洗，说了句：这是无声电影对有声电影的报复！

2010年，戈达尔的展映新片《电影社会主义》拒绝嵌入英文字幕，而且在影片结尾打出一行"no comment"（拒绝评论），引发场内一阵笑声。戈达尔就是戈达尔。

抗议、游行与风波

从1951年开始，电影节举办日期移到了春天的四月，以避开威尼斯电影节。媒体开始关注和报道戛纳电影节了，代表团也增加到二十九个，但一场外交风波让在电影节帮忙的法弗尔·勒布埃忙得不可开交，在住着美国人的卡尔顿酒店和苏联人下榻的马杰斯特酒店之间来回奔走。佛朗哥也对路易斯·布努埃尔竟敢以西班牙的名义到戛纳参赛十分愤怒。不过，电影节偏偏把最佳导演奖颁给了布努埃尔，以表彰他在影片《被遗忘的人》中表现出的杰出才能。在解决好外交上的不愉快后，政治干涉也慢慢地被排除了，此后的电影节请帖由组委会直接发送。法弗尔·勒布埃也在电影节结束时被正式任命为电影节总干事。

1956年的外交风波是由阿伦·雷乃关于集中营的纪录片《夜与雾》

引起的。由于西德大使的抗议,戛纳不得不撤下影片,阿伦·雷乃愤怒地离开了。但是由此爆发的新闻大战,让三十四岁的阿伦·雷乃一举成名。三年后,同样的遭遇又降临到他的《广岛之恋》(1959)上,这次抗议的是美国代表团,影片不得不撤出比赛。热情的加拿大人举着"我的爱人"的招牌,在海滨大道游行,重现影片中和平示威的场景。法国文化部指示此影片不参赛,但可以放映。

1961年的火药桶是两部有诋毁和蔑视宗教之嫌的影片:路易斯·布努埃尔的西班牙影片《维莉迪安娜》和波兰导演耶尔齐·卡瓦莱罗维奇的《修女乔安娜》。梵蒂冈直接迁怒于戛纳电影节,文化部部长马尔罗被总统戴高乐紧急召见,但让·吉奥诺领导的评审团,一致通过把金棕榈奖授予《维莉迪安娜》,《修女乔安娜》也获得了评审团特别奖。

1962年的电影节插曲是由四个小喜剧组成的长片《三艳嬉春》,大胆取笑了被梵蒂冈宗教秩序统治的意大利社会,德西卡、费里尼、维斯康蒂和莫尼切利等名人参加了拍摄。但电影节组织者觉得全片太长,决定砍掉莫尼切利那一部分。一些意大利著名导演和演员表示抗议,取消了前来戛纳的行程,马里奥·苏迪特还愤怒地辞去了评委一职。

风波引起了城市法庭的注意,影片被暂扣了,但律师们据理力争,夺回了影片。马尔罗在巴黎发火了,要求这种小事不能传到爱丽舍宫去。

但在次年评审团又出事了,因为法弗尔·勒布埃冒失地把主席的位置许给了法国银行总裁博加内,引起其他评委的集体不满,结果博加内落选了。这一事件很快传到了爱丽舍宫,可怜的马尔罗又受了一番戴高乐将军的嘲讽。

1964年的电影节规则有了重大改变，评审团主席不再选举而是由总干事和顾问指定。新一届的主席是德国大导演弗里茨·朗，他于1933年逃离德国前往好莱坞。多年来，评审团主席都由法兰西学院院士、著名作家或剧作家担任，从弗里茨·朗开始，文字让位于影像，此后都由大导演或著名演员来担任评审团主席。

1974年4月，乔治·蓬皮杜总统突然去世，但5月的戛纳电影节照常进行。开幕时出了一件大事：一部被禁的支持堕胎的纪录片《A的故事》在昂蒂布街一家影院刚开始放映，共和国保安队就闯进来，见人就打，吓得魂飞魄散的观众纷纷逃到大街上。气愤的人们自发组织游行，在大街上呼喊1968年的旧口号："保安队，纳粹！""支持韦伊法！解放妇女！"结果第二天，这部影片被平静地放映了。次年，关于自愿停止妊娠的《西蒙娜·韦伊法》终于在国民议会上通过。

这一年，帕索里尼的《一千零一夜》（1974）获得评审团特别大奖，这是他的中世纪古典文学三部曲的最后一部。他微笑着上台领奖。次年，刚拍完惊世骇俗的《索多玛一百二十天》（1975）不久，这位意大利四大天才导演之一，就被一个十七岁的男孩残忍杀害了。

2004年的电影节一开始就碰上了麻烦：演艺界签约演员示威活动，从老电影大楼原址的希尔顿酒店开始，一直来到新电影大楼。许多参赛的影片拷贝被扣押。卡尔顿酒店的员工们也进行了有史以来的第一次罢工。尽管如此，戛纳还是爆满，许多客人不得不租住在当地居民的阁楼或车库里。

评审团主席昆汀·塔伦蒂诺心无旁骛地和评委们审看片子。电影节流传着一句俏皮话："昆汀·塔伦蒂诺有张大嘴，也有双大耳朵。"他是个名声很好的合格的主席，但他在悄悄准备着一个惊雷：把金棕榈奖颁给迈克尔·摩尔的纪录片《华氏九·一一》！结果这部原先只能偷偷放映的纪录片，之后可以全球公映了。评审团大奖颁给了韩国导演朴赞郁的《老男孩》，而奥利维耶·阿萨亚斯的《清洁》中的张曼玉，与日本影片《无人知晓》中的柳乐优弥分获了最佳男、女演员奖。看来昆汀真是喜欢亚洲人呢。

争议、争斗和怒火

1956年的颁奖晚会上，当宣布金棕榈颁给路易·马勒关于海底世界的纪录片《寂静的世界》时，观众席中响起了口哨声、嘲笑声甚至是谩骂，很多人无法接受一部纪录片获得金棕榈奖，这显然是时代的偏见。当时路易·马勒并不在场，因为是纪录片，他和制片人也都不在意，一个回海上工作，一个回巴黎拍片，结果他们都是在电话中才得知影片获了大奖。

1960年，安东尼奥尼的《奇遇》放映时，大厅里响起喝倒彩的声音，喊叫、跺脚，一片混乱，失望的安东尼奥尼瘫倒在座椅中。阿贝尔·冈斯年轻的女助理，后来成为大导演的奈丽·卡普兰作为支持者，甚至跟一个口出恶言的胖子大打出手，不愧是"美洲豹"。评委也分成了支持和反对两派。费里尼的《甜蜜的生活》同样引起了巨大争议，但评审团主席乔治·西默农是影片坚定的支持者，他告诉总干事法弗尔·勒布埃，唯有这部影片能获得金棕榈奖，不然，他马上就回瑞士。法弗尔·勒布埃尽管不喜欢介入评审团的投票，但他还是试图说服评委们听从西默农的指挥。最后，当西默农亲自颁发金棕榈奖给费里尼时，现场响起一片嘘声和叫骂声，费里尼脸色苍白地上台领奖。不过，在戛纳，一切都是以庆典结束的，大家享受了电影节里最疯狂的一个夜晚。

1973年的评审团主席是深受爱戴的瑞典女星英格丽·褒曼，她被称为国际电影界的贵妇人，但她遇到了两部"最肮脏、最下流"的法国片：马尔科·费雷里的《饕餮大餐》和让·尤斯塔奇的《母亲与娼妓》，前者放映时遭到一致的抗议和喝倒彩，以致多年后进入电影节的丑闻名单，而后者又引发针锋相对的两派，但最后却获得了评审团特别大奖，虽然褒曼没有投它的票。

意大利后现实主义之父、七十一岁的罗伯托·罗西里尼是1977年的评审团主席，他面对的难题是如何选择两部同样出色的意大利参赛片：塔维亚尼兄弟的《我父我主》和好友伊托·斯柯拉的《特殊的一天》，前者原是两个年轻人为电视台拍摄的十六毫米胶片，后改成三十五毫米，这让许多人不快，认为此举有不纯洁之嫌，后者是一部关于"普遍的法西斯主义"的影片，大家都认为会得大奖，况且电影节主席法弗尔·勒布埃跟影片主创关系很好，他明确表示支持。

当法弗尔·勒布埃听说年轻的女演员评委玛特·克勒尔将掌控

罗西里尼，让他支持《我父我主》时，他气愤地找到玛尔特，说了些狠话。女孩被激怒了，联合另外两位女性评委给法弗尔·勒布埃制造障碍。罗西里尼压力越来越大，最后只好把卡尔顿酒店大会议厅的评委们转移到一个小单间里投票。等到法弗尔·勒布埃精疲力竭地找到他们时，获奖者名单已经出炉：获得金棕榈奖的是《我父我主》。法弗尔·勒布埃当即怒不可遏地辞退了所有评委，颁奖晚会上的罗西里尼不得不独自宣读评奖结果。第二天，疲惫而沮丧的罗西里尼就开车回意大利了。几天后，他穿衣服时感到不适，来不及送诊就去世了。

1979年，为了施隆多夫的《铁皮鼓》和科波拉的《现代启示录》，评委们又分成了两派。后者本来是展映片，因为反响太好，法弗尔·勒布埃临时决定将其改成参赛片。但评审团主席弗朗索瓦丝·萨冈反对这部"好莱坞大机器"，当秘密投票结果是五票对五票时，她要求行使主席的双票权，被法弗尔·勒布埃拒绝了。最后，作为妥协，两部影片同时获得金棕榈奖。但之后萨冈余怒未消地在报上发表文章，"揭露"电影节的弄虚作假和钩心斗角。女作家的脾气往往是难以预料的。

1991年引起轰动的影片是科恩兄弟的《巴顿·芬克》，人们甚至把兄弟俩的才能跟奥逊·威尔斯相比，但当由罗曼·波兰斯基领导的评审团把金棕榈奖、最佳导演奖和最佳男演员奖都颁给这部影片时，人们议论纷纷，主席维奥和雅各布也很不满意，要求更改评选规则，禁止把几个重要奖项颁给同一部影片或同一个人。波兰斯基非常生气：戛纳电影节不是给穷人分发鞋子的慈善机构！因为他几乎讨厌所有的参赛片，只有《巴顿·芬克》让他笑意盈盈。但次年，新规定还是出笼了：最佳导演奖与金棕榈奖不能是同一个得主。

1999年5月，由大卫·柯南伯格担任主席的评审团，将评审团大奖和最佳男、女演员奖都颁给了布鲁诺·杜蒙的《人，性本色》，引起全场观众的一致抗议。这位哲学硕士出身的导演，执导的本片不仅是冰冷疏离的影片风格压抑难懂，而且男女主角都是业余演员，况且同一部影片获三个奖是违反规则的。而比利时达内兄弟的《美丽罗塞塔》获得金棕榈奖，对挑剔的戛纳观众来说，也缺乏说服力。对此柯南伯格表示："有些人被一部电影吸引住，是因为那是一部他自己拍不出来的电影，我的例子就是《美丽罗塞塔》。"大厅里的人们群情激愤，有人嚷着金棕榈奖应该颁给阿尔莫多瓦，但阿尔莫多瓦之前已经以《关于我的母亲》拿到最佳导演奖。愤怒的人们将这个夜晚称为柯南伯格噩梦，对柯南伯格本人来说，又何尝不是个噩梦呢。

2001年的评审团主席是挪威著名女星丽芙·乌曼，她是英格玛·伯格曼的御用女演员，两人还有个女儿。这一次，迈克尔·哈内克的《钢琴教师》也同时获得评审团大奖和最佳男、女演员奖，不过迎接他们的是掌声而不是骂声，因为这确是一部杰作。

2003这一届又破了规矩：格斯·范·桑特的黑色电影《大象》同时获得最佳导演奖和金棕榈奖，但评审团主席帕特里斯·夏侯强调说这是雅各布同意的，反对声就慢慢平息了。规则是死的，人是活的，中国人爱这么说。

伊莎贝尔·于佩尔担任2009年的评审团主席，她把金棕榈大奖颁给了恩师迈克尔·哈内克的《白丝带》。但重口味的她最受争议的是将最佳导演奖颁给《基纳瑞》的菲律宾导演布里兰特·曼多萨。这一届拉斯·冯·提尔的《反基督者》放映后又引发极大争议，全片一如既往的黑暗和绝望，仅有的两个演员中，主演夏洛特·甘斯布凭借自己的出色发挥获得了最佳女演员奖。片尾字幕"向安德烈·塔尔科夫斯基致敬"招致了哄笑和嘘声，其实拉斯·冯·提尔多次表示，自己最钦佩的电影大师就是这位苏联名导。此后惊世骇俗的拉斯·冯·提尔和夏洛特·甘斯布再次合作了新片《女性瘾者：第一部》（2013）和《女性瘾者：第二部》（2014）。

2012年，意大利人南尼·莫雷蒂坐镇六十五岁的电影节，这位电影全才被称为帕索里尼的传人。这一年入围主竞赛单元的好莱坞电影多达七部，声势十足，结果却全部失意而归，欧洲军团取得压倒性的胜利。迈克尔·哈内克执导的《爱》，不负众望捧得金棕榈大奖，使得哈内克成为历史上第七位二夺金棕榈的导演。引发最大争议的墨西哥导演卡洛斯·雷加达斯的《柳暗花明》获得最佳导演奖，而同样引发强烈争议的莱奥·卡拉克斯的《神圣车行》则一无所获，但该片却在莱奥工作过的《电影手册》年度十佳中排名第一。看来南尼对这个法国后新浪潮小子不太感冒。

颁奖礼之悲喜剧

颁奖礼上状况多，不仅台下有掌声有喧哗，台上也是有哭有笑，悲喜交加。

伊夫·蒙当是法国演员中第一个担任评审团主席的人。1987年，马里导演苏莱曼·西塞的《光》获得评审团奖，他穿着蓝色的非洲长袍上台，说要把这个奖献给所有无权讲话的人。当宣布金棕榈奖颁给莫里斯·皮亚拉的《恶魔天空下》时，观众们马上愤怒地叫喊起来，不管正在进行的现场电视直播。在持续不断的口哨声中，受到巨大打击的皮亚拉上台，昂着头、举着拳，对着麦克风大喊：如果你们不喜欢我，我同样也不喜欢你们！站在后面的苏莱曼走到他身边："莫里斯，口哨声会过去，而你的电影会留下。"

颁奖仪式结束时，一个陌生人拿着麦克风冲上台，对着苏莱曼大喊：肮脏的黑鬼，你怎么能得这个奖？！回答他的是皮亚拉，他一拳打在这个种族主义分子的脸上。这家伙落荒而逃，皮亚拉应该心里好过一点了。

1989年的电影节，吉姆·贾木许的《神秘列车》获得最佳艺术贡献奖，年轻的吉姆开心的样子逗得大家哈哈大笑。主演《性，谎言和录像带》的詹姆斯·斯派德获得最佳男演员奖，但他不在场，年轻的导演斯蒂文·索德伯格上台代他领奖。

当索德伯格回到位置上，听到评审团主席文德斯宣布自己获得金棕榈奖时，完全惊呆了！他脸色苍白地又来到台上，从简·方达手中接过奖品。简·方达关切地问他："您没事吧？""没事，妈妈！"他美国式地回答了一句。他的这部小电影是一周完成剧本，五周完成拍摄，只花了一百万美元，他绝对没想到此片会红遍全球。

昆汀·塔伦蒂诺曾带着《落水狗》（1992）来到戛纳，1994年又带来了《低俗小说》。他告诉法国媒体，自己是梅尔维尔的狂热崇拜者，影片中约翰穿的黑色服装就是类似梅尔维尔影片中的人物穿的某种"盔甲"，而乌玛·瑟曼和约翰·特拉沃尔塔跳舞的那个场景，是受戈达尔《法外之徒》的启发。他果然得到评审团的青睐，获得金棕榈奖！但像几年前莫里斯·皮亚拉所遇到过的那样，场上的抗议和鼓噪声越来越响亮，塔伦蒂诺挥舞着金棕榈，向台下不满的人漂亮地做了个凯旋的动作，这比当年皮亚拉举起的拳头更张扬。

从这一年之后，昆汀和戛纳的关系日趋亲密，十年后昆汀当上了评审团主席。为了表达对法国电影的热爱，昆汀把自己的制作公司取名叫"A Band Apart"，其名就来自戈达尔的影片《法外之徒》。

1998年的评审团主席马丁·斯科塞斯是个严肃的人，人称"教士先生"，当他从雅各布和维奥手中接过荣誉军团勋章时，显得十分激动。而当他宣布将评审团大奖颁给罗伯托·贝尼尼的《美丽人生》时，贝尼尼显然要激动十倍。他发疯般地跑到台上，忘乎所以地趴在斯科塞斯脚下，抱着他的大腿，又吻他的鞋子，搞得斯科塞斯不知如何是好。观众都站起来拼命鼓掌，场面十分动人。贝尼尼终于松开了斯科塞斯，泪流满面地感谢了一切，典型的意大利人！结果，西奥·安哲罗普洛斯的

《永恒的一天》虽然获得了金棕榈奖,却几乎被遗忘了,他觉得这就像被人偷了一样。

趣闻不止一箩筐

1946年第一届电影节,从蓝色列车上走下来的四面八方的客人和代表团,劫后余生的欣喜让他们兴奋不已,所以他们轻易地原谅了放映现场的混乱——电影大楼还没有落成而临时由市政厅"赌场"大厅改成的电影放映厅,只有一个筋疲力尽的放映员,外加三个从没有见过电影胶片却被派去帮忙的园丁,经常搞错顺序或干脆忘了一盘胶片,状况百出,搞得苏联和美国代表团都很愤怒。然而他们还是留下了,因为除了电影,戛纳还是鲜花的海洋,到处是各种庆典和冷餐会,还有港口的焰火、街上的火把游行、摩洛哥军乐表演。酒店花园里有巴黎歌剧院舞蹈团的演出,海面上还停着美国的一架大型水上飞机,英国海军航母也对空鸣炮助兴。但当时巴黎只来了一个年轻记者,老板让他"随便看看"戛纳有些什么事。颁奖晚会上的奖品是当地画家的一幅画。

雷内·克莱芒的《铁路的战斗》入围了这届电影节。由于必须赶回尼斯拍片,他临走前向主席告假,主席暗示他,应该等电影节结束再走。克莱芒仍坚持,主席就说:"如果您获了一个奖呢?"克莱芒不相信,主席急了,又说:"如果您获了两个奖呢?"于是克莱芒决定周一赶回戛纳。可当他赶到时,电影大楼已空无一人。克莱芒成为影史上第一个没能领奖的获奖导演,而且还是最佳导演奖和评委会特别奖两项大奖。

在1947年电影节开幕式上,所有加班加点赶建电影节大楼的工人都穿着蓝色工装上台，接受与会者的掌声，尽管大楼的砂浆和油漆都没有干，搞得嘉宾美丽而昂贵的衣服上布满了污迹。而且直到最后一刻，组织者才发现，大楼没有放映间！人们只好在屋顶挂了一张篷布，把放映机和放映员遮起来。但在颁奖晚会即将开始前，狂风掀走了屋顶，晚会不得不转移到市政厅的"赌场"里去，但电影节依旧很成功。

1953年，电影节开始形成国际电影节的范儿，晚礼服和燕尾服自这一届成为严格遵守的服装准则，连电影史学家雅安德烈克·巴赞也多有怨言。这一届的国际电影大奖，颁给了亨利-乔治·克鲁佐的《恐惧的代价》，这时候还没金棕榈呢。该片放映时，毕加索拒绝按规定着正装出席，但既然这个人是毕加索，评审团主席让·科克托就破例允许他随意穿着，从一个"艺术家专门入口"溜进去。

1954年，苏联人带着一百二十公斤黑色鱼子酱和五百瓶伏特加来了，但由七十二人组成的意大利代表团不甘示弱地占领了主要大街，举办大型意大利鹅肝酱派对，其中有两位光彩照人的丰满女星：吉娜·劳洛勃丽吉达和索菲娅·罗兰。

评审团成员路易斯·布努埃尔没有燕尾服，而且他觉得卡尔顿酒店的床垫太软，于是紧急招来的木匠和从尼斯赶来的裁缝同时赶到并搞混了。最后，燕尾服还凑合，但床板还是不行，高大的布努埃尔只好决定睡地板！

1960年，有名望的电影节来宾都"乘风而来"了，飞机降落在尼斯机场后，站在舷梯上让人拍照。这是一个意大利之年，也是希腊的节日。继安东尼奥尼的《奇遇》之后，费里尼的《甜蜜的生活》也引起了争议，但它最后赢得了金棕榈奖！意大利人把酒倒在游泳池里畅游，一边畅饮，并且不顾礼仪地吞食掉数吨意大利面条。

后来轮到希腊人狂欢。希腊影片《别在星期天》女主角梅丽娜·梅尔古丽获得了最佳女演员奖，她和导演在掌声中走出大门，立即投身于狂欢之中。人们喝光了五百瓶酒。导演爬上桌子，干掉杯中酒后，将杯子摔碎。几乎同时，伴随着兴奋的大叫，六千个杯子被摔成碎片，然后餐具也被摔光了。直至凌晨，这场希腊式狂欢才算结束。

1965年，一位女性首次被任命为评审团主席，领导着由清一色男性组成的评审团，她就是著名影星奥利维娅·德哈维兰，琼·芳登的姐姐。

这一年最引起轰动的影片是《詹姆斯·邦德》，但主演肖恩·康纳利并不喜欢别人叫他邦德。他粗壮的手臂上有两个文身，是参加海军留下的纪念，上面是几个很简单的字：爸爸和妈妈，永远忠于爱尔兰。这种反差很动人。

1969年的评审团主席是维斯康蒂，评委们改换到萨姆·斯皮格尔漂亮的游艇上讨论奖项了。萨姆原籍奥地利，为逃离纳粹到了美国，后来发了财，担任过《桂河大桥》的制片人。评审团把金棕榈奖颁给了林赛·安德逊的《如果》，该片出色地反映了发生在英国一所学院里的骚乱。丹尼斯·霍珀和彼特·方达的《逍遥骑士》获最佳处女作奖，放映那天，他们和主演杰克·尼可森是穿着美国南北战争时期的制服、抽着大麻烟卷进入影厅的,结果这部公路电影大受欢迎,杰克开始走红。这一届还创立了导演双周单元。当然,对电影节来说,有一个更重要的胜利:颁奖晚会首次成功地进行了电视直播!

于是第二年电影节期间,夏纳客房爆满,有一万人踏上电影大楼的台阶,而1946年只有三百人。在卡尔顿酒店,人得花半个小时才能穿过人头攒动的大堂。颁奖晚会上,评审团主席阿斯图里亚斯没有出现。原来评委中唯一的演员柯克·道格拉斯誓死捍卫罗伯特·奥特曼的《陆军野战医院》,而阿斯图里亚斯很不喜欢。这是一部引发争议的黑色喜剧,奥特曼是在众多导演推掉之后以超低报酬接下此片的,除了认为导演是个精神病人的唐纳德·萨瑟兰,其他都是不知名的演员。奥特曼提前收工,预算也没用完,福克斯公司根本不看好,但无处宣泄反战情绪的观众和道格拉斯一样,极度喜欢片中以朝鲜战争影射越战的黑色幽默。最后,明星战胜了主席,该片获得了金棕榈大奖。

1976年的评审团主席田纳西·威廉姆斯对记者说,他讨厌电影中的暴力。所以斯科塞斯断定自己的《出租车司机》什么奖也得不到,就自己回好莱坞了,结果影片获得了金棕榈奖!显然又是评委们战胜了主席。这年的热门影片是大岛渚的《感官世界》,人人都想弄一张票,贝特朗·塔维尼埃幽默地称之为"昂蒂布街的淫荡者"。

这一年,英国导演艾伦·帕克携《龙蛇小霸王》参赛。当他走上红毯,闪光灯、欢呼声让他感觉自己如获大奖般风光。影片获得金棕榈奖提名当晚,艾伦就像一个摇滚明星般受欢迎。第二天,他想重温昨晚的美好感觉,又来到电影大楼的台阶。但没有人认识他了,更没有欢呼,艾伦立即意识到荣耀是那么的短暂,人们竟如此健忘。他在人群中大喊:"这么快就忘了!"

1977年,玛格丽特·杜拉斯的《卡车》在电影节放映时,多数人表示看不懂,甚至被喝倒彩。主演杰拉尔·德帕迪约沉着地回答记者说:"如果电影是第七艺术,那么玛格丽特·杜拉斯的影片是第九艺术。"

尖刻而喜欢讽刺人的夏布罗尔一直痛恨戛纳,他同意携影片《维奥莱特·诺齐埃尔》来1978年的电影节,完全是为了女主角伊莎贝尔·于佩尔,她出色地演绎了一个美丽却凶恶的年轻杀人犯。于佩尔把去年罗西里尼因为她落选而送的钻石蝴蝶紧贴在胸前,相信这会带给她好运。果然,她获得了最佳女演员奖。当她激动地走下舞台时,夏布罗尔拥抱了她,轻声说:"你是我认识的最伟大的死刑犯!"纯粹夏布罗尔式的玩笑。

1980年的评审团主席柯克·道格拉斯是来救场的,因为英格玛·伯格曼在开幕前三天突然提出辞职,理由是他太害羞!伍迪·艾伦后来也曾以同样的借口拒绝当评委。

为了放映安德烈·塔科夫斯基的《潜行者》,法弗尔·勒布埃和雅各布胸有成竹地与抗议的苏联代表团周旋,直到放映结束。结果放映厅内大家看得泪流满面,尽管这是一部史诗气质的科幻影片。2009年有一部纪录片《雷贝格与塔科夫斯基:〈潜行者〉的反面》,就是讲述苏联天才摄影师雷贝格和塔科夫斯基拍摄《潜行者》时候的幕后故事。

1982年是在旧电影大楼里举办的最后一届电影节，金棕榈奖颁给了土耳其库尔德大导演尤马兹·古尼的《自由之路》。早在1971年，尤马兹的《希望》就成为土耳其参加戛纳电影节的第一部影片。《自由之路》是尤马兹在狱中所写，并遥控指导拍摄的，当时他被判了十九年徒刑。当这部讲述五名囚犯越狱故事的影片入围电影节后，尤马兹也成功越狱到了瑞士，完成了影片的剪辑。这个逃犯在戛纳受到了热烈欢迎，一排警察守护着他，不像是看押，反而像是一种礼遇。后来尤马兹作为流亡者留在了法国，可惜两年后就因癌症去世了。

1983年，一位记者向正在就餐的日本代表团透露"独家新闻"：一部日本影片将捧得大奖。大家都认为是大岛渚的《战场上快乐的圣诞节》，正要开瓶痛饮时，才得知原来是今村昌平的《楢山节考》获得金棕榈奖。

1987年5月，当戴安娜王妃走上刚刚铺就的第四十届戛纳电影节的红地毯时，现场一片沸腾。从此，每届电影节那著名的台阶上都要铺上红地毯，而且在电影节期间，红地毯要更换四十回。

1988年是四十年来第一次没有意大利人参赛的电影节，评审团主席伊托·斯柯拉是意大利的唯一代表。开幕式放映的是吕克·贝松的《碧海蓝天》，这是根据深海潜水专家雅克·梅欧的故事改编的影片，参赛者和评论家都很不喜欢，吕克·贝松痛苦地离开了。但在戛纳，如同在任何地方一样，都有搞错的时候。影片公映后，受到整整一代人的欢迎，成为一部偶像片。

1990年，柏林墙倒塌了。维塔里·卡涅夫斯基到达戛纳时一脸茫然，不知不觉来到了港口，跟几个水手度过了豪饮的一晚。后来他对记者说："我生活在苏联海底两万海里的地方，刚刚浮出海面，来到了天堂。"他的第一部电影《别动·死亡或活着》获得了金摄影机奖，影片讲述的是他自己的故事——两个在西伯利亚劳改村里长大的孩子。他上台领奖时，说出了他的名言："如果奥林匹斯山上真的住着众神，应该也就是戛纳电影节这个样子了！"

第二年，评审团主席杰拉尔·德帕迪约为两年前去世的美国实验电影导演约翰·卡索维茨举办了电影专场，他是目前世界上仅有的六位同时获得奥斯卡表演、编剧、导演奖提名的人之一。卡索维茨的妻子、也是他影片的女主角吉娜·罗兰斯来到了戛纳，她曾两获奥斯卡最佳女演员提名。"关于戛纳，我想到的第一个词就是'危险'。那里的人慷慨、热情、充满激情……登上铺着红地毯的台阶是一种独一无二的体验。相比起来，奥斯卡显得很业余！"因为这段话，吉娜成了戛纳的女神。

1992年的电影节海报，是巨星玛琳·黛德丽在《上海快车》里的美艳形象。在电影节开幕前一天的5月6日，黛德丽香消玉殒。不过，在开幕式放映的《本能》中，人们又发现了一位性感女神莎朗·斯通，她的微笑驱散了由黛德丽去世引起的悲伤。

1993年，路易·马勒和他的评审团把金棕榈奖同时颁给了简·坎皮恩的《钢琴课》和陈凯歌的《霸王别姬》，这是女性第一次获得金棕榈奖，也是中国内地影片第一次获得该奖项。主演《钢琴课》的霍利·亨特还获得了最佳女演员奖。

丹麦导演拉斯·冯·提尔曾分别带着影片《犯罪分子》和《欧罗巴》（《欧洲特快车》）来到戛纳，大声宣称自己应该得金棕榈奖。1996年他没有来，借口是自己有幽闭恐惧症，但他的影片《破浪》获得了评审团大奖。获得金棕榈奖的是英国导演迈克·李的《秘密与谎言》，肯·罗奇弟子的成绩超过了老师。这是一部即兴电影，没有真正的剧本，但迈克·李说，影片里的人物，无论在拍摄之前、期间还是之后，都像幽灵一样纠缠着他。

1997年电影节五十周年，来宾比以往都要多，方圆三十公里的酒店全部爆满。希拉克总统也赶来参加了这一盛典。戈达尔在电影放映之前分发了他的著作《电影史》。

评审团主席伊莎贝尔·阿佳妮宣布，金棕榈奖同时颁给日本导演今村昌平的《鳗鱼》和伊朗导演阿巴斯·基亚罗斯塔米的《樱桃的滋味》。香港导演王家卫以《春光乍泄》获得最佳导演奖。这一届特设的"金棕榈之金棕榈"，即终身成就奖，颁给了埃及大导演尤瑟夫·夏因。东方导演大获全胜。

2000年，拉斯·冯·提尔的《黑暗中的舞者》是第一部赢得金棕榈的用手提数码摄像机拍摄的影片，该片主演、冰岛著名女歌手比约克获得最佳女演员奖。由吕克·贝松领衔的评审团，把三个重要奖项颁给了中国三个地区的电影人：台湾导演杨德昌以《一一》获最佳导演奖，内地导演姜文的《鬼子来了》获评审团大奖，香港演员梁朝伟以《花样年华》获最佳男演员奖。东道主法国又一无所获。

2003年电影节，戛纳市长贝纳尔·布罗尚邀请以帕特里斯·夏侯为首的全体评委和记者，在苏凯区一家南方饭店品尝该地区的特色菜：蒜泥蛋黄酱。大家吃了以后满嘴蒜味，法国评委传授了个小秘诀除口气：嚼咖啡豆。

当天下午，评委之一的波西尼亚导演丹尼斯·塔诺维奇，被法国文化部部长亲授文艺军团荣誉勋章，他的影片《无主之地》把观众带进了1993年的巴尔干半岛冲突。塔诺维奇在颁奖仪式上说："有些人做美国梦，而我却梦想成为一个法国人！"

2006年电影节开幕式上放映的朗·霍华德的《达·芬奇密码》又引起了宗教界的抗议。王家卫领导的评审团把最佳男、女演员奖颁给了两个演员集体：拉契德·波查拉的《光荣岁月》和佩德罗·阿尔莫多瓦的《回归》，后者同时得到了最佳编剧奖。肯·罗奇的《风吹稻浪》终于获得金棕榈奖，他欣喜若狂，影片因此在一百〇五家英国影院放映，破了纪录。

2007年，一部来自罗马尼亚的低成本电影《四月三周两天》获得金棕榈大奖，这是导演克里丝蒂安·蒙吉的第二部影片，讲述一个有关非法堕胎的前东欧故事。得奖后，蒙吉被总统授予国家最高荣誉勋章"罗马尼亚之星"。美国导演朱利安·施纳贝尔以法国影片《潜水钟与蝴蝶》获得最佳导演奖，这是一部根据前《ELLE》杂志主编、记者让·多米尼克·鲍比的生平改编拍摄的影片。该片主演马修·阿马立克后来凭借自导自演的影片《巡演》，也获得了2010年电影节的最佳导演奖。

2008年，劳伦·坎迪特纪实风格的《高中课堂》，以黑马之姿把法国人阔别了二十一年的金棕榈摘回了家。影片以小学校洞悉大社会，探讨了种族主义和移民问题，评委会主席西恩·潘将之称为是一部"伟大的作品"。土耳其导演努里·比格·锡兰以充满寓意的《三只猴子》拿下最佳导演奖。

由蒂姆·波顿领衔的2010年评审团，把金棕榈奖颁给泰国导演阿彼察邦·韦拉斯哈古的《能召回前世的布米叔叔》，可谓顺理成章，这部影片也是鬼里鬼气，带有浓重的神秘主义色彩。当颁奖礼上阿彼察邦以泰国人最崇高的礼节，像敬佛般向金棕榈躬下身去时，全场掌声雷动。阿彼察邦的《热带疾病》2004年曾获得评审团奖，他也是2008年电影节的评委之一，是泰国影史上首个获此殊荣的导演。

评委之一、著名伊朗导演贾法·帕纳西此前因政治原因被政府逮捕，无法出席电影节。马哈曼特·萨雷·哈隆的《尖叫的男人》是电影节上唯一一部非洲电影，也是乍得历史上第一部入围主竞赛单元的影片，并最终斩获电影节评审团奖。朱丽叶·比诺什凭借阿巴斯·基亚罗斯塔米的《合法副本》获得最佳女演员奖，由此赢得欧洲三大电影节的影后大满贯。巧合的是，比诺什就是这一届电影节海报的主角。

由罗伯特·德尼罗担任评审团主席的2011年电影节，被认为是戛纳十年来最好的一届。富有争议的泰伦斯·马力克的《生命之树》，一部从父子亲情、家庭伦理直接上升为生命起源、存在与虚无哲理分析的影片获得金棕榈大奖。评审团大奖虽然又下了双黄蛋，达内兄弟的《单车男孩》和努里·比格·锡兰的《安纳托利亚往事》同时获奖，但完全没有争议，他们都是戛纳培养的嫡系。评审团特别奖颁给了麦温·勒·贝斯柯的《青少年警队》，她曾是吕克·贝松的御用女演员和情人，并为他生过一个孩子。蜘蛛侠女郎克尔斯滕·邓斯特以《忧郁症》摘得影后桂冠。本身就患过忧郁症的她，演出了惧怕人间幸福的忧郁和临近死亡的幸福感。该片导演拉斯·冯·提尔则因为在新闻发布会上公然发表同情希特勒和纳粹的言论，被组委会宣布为不受欢迎的人，"驱逐"出电影节。

努里·比格·锡兰以极度细腻的《冬眠》成为2014年金棕榈大奖得主。这一届由新西兰女导演简·坎皮恩担任主席、包括中国导演贾樟柯在内的评审团中，女性占据了多半，奖项呈现出前所未有的多元和均衡。朱利安·摩尔因主演大卫·柯南伯格的《星图》获得最佳女演员奖，成为继朱丽叶·比诺什后第二位获得三大电影节影后大满贯的女演员。最戏剧性的是最年轻的泽维尔·多兰和最年长的戈达尔共获评审团奖。二十五岁的加拿大天才导演多兰五年前就以自编自导自演的处女作

《我杀了我妈妈》艳惊四座,这一年的《妈咪》是更深刻的母子话题,这次他在影片画幅上充满创意的设计,也会被戛纳铭记;而八十四岁高龄的戈达尔虽未出席,但这位先锋巨人依旧是焦点,其《再见语言》是唯一一部3D影片,依旧以最恣意的态度,粗暴而彻底地摧毁创作语言体系,如片中所说:"我在那儿只为了说'不',以及死亡。"

早期的戛纳电影节因大海、美女和阳光(Sea Sex Sun)而被称为3S电影节,但多年以后人们发现,戛纳的审美观却是严肃、真实、发人深省的。从政治独立、艺术独立到经济独立,戛纳一直奉行导演至上,尊崇个性艺术,营造了一个性格导演的天堂,由此成为作者电影的大本营。这是一群精英的集合,公然用小团体主义对抗大众意见,所以戛纳永远是一个充满激情、冲突和争吵的地方,当然也有妥协,包括金棕榈大奖在内的双黄蛋奖项就是一个证明。评委的个性和品位也让评选变成一场偶然性很强的博弈拉锯战,但对艺术品质的共同追求与坚持,成全了独特的戛纳品位,也就是法国电影的品位。

电影节之外,如果说起戛纳出生的著名影人,少不了杰拉·菲利浦。他出现在战后的多部影片中,如《白痴》(1946)、《肉欲之魔》(1946)、《帕尔马修道院》(1948)等,成为红极一时的新星。50年代是菲利浦的黄金时期,他主演了雷内·克莱尔的多部影片,如《魔鬼的美》(1950)、《夜美人》(1952),还有马塞尔·卡尔内的《朱丽特或梦的关键》(1950),以及克里斯蒂安·雅克的《郁金香芳芳》(《勇士的奇遇》,1952)等,塑造了银幕上独一份的"菲利浦芳芳"。他主演的《红与黑》(1954)被誉为法国战后最成功的作品之一。1959年,菲利浦在墨西哥拍摄布努埃尔的影片《帕欧的火山》时病发,并同年11月底离世,年仅三十七岁。

此外,作为影片的拍摄地之一,在戛纳拍摄的著名影片有:《不赞成不反对》(塞德里克·克拉皮斯,2003)、《极度疲劳》(米歇尔·布朗,1994)、《恐惧之城》(阿兰·贝尔贝里安,1994)、《新年快乐》(克劳德·勒鲁什,1973)、《捉贼记》(希区柯克,1955)等。

《新年快乐》是在海滨大道63号的费利克斯饭店拍摄的,那是一家豪华的酒吧式餐厅,还有私人阳台,法国现代音乐之父夏尔·特雷内曾在那里保留着自己的位置。《恐惧之城》是一部典型的搞笑喜剧,主演阿兰·夏巴如今是法国新喜剧的代表人物,同时他也是该片的主要编剧。《极度疲劳》是由喜剧明星米歇尔·布朗自编自导自演的一部黑色喜剧,描述了法国娱乐业的百味生态,有不少法国明星包括导演罗曼·波兰斯基在影片里串场。《不赞成不反对》则是新锐导演塞德里克的一部关于四个男人和一个女人的黑色电影,他的最新影片是由其御用男演员罗曼·杜里斯和奥黛丽·塔图主演的《中国七巧板》(《益智游戏》,2013),这是他继《西班牙旅馆》(2002)、《俄罗斯玩偶》(2005)之后的"法国青年三部曲"终曲。

戛纳是个传奇,并将继续传奇的旅程。因为电影,因为电影节。

香水格拉斯和圣特罗佩的海滩

距戛纳十八公里的香水之都格拉斯,有太多慕香水之名而来的造访者。事实上这座城市的历史，几乎是依附于香水制造业的历史。

中世纪时，格拉斯以制作法国贵族用的皮手套出名，但当时工艺落后，皮革总有难以消除的腥味。16世纪在来自意大利的亨利四世王后美第奇的推动下，催生了格拉斯的香水制造业。到17世纪，波旁王朝的重税使格拉斯的皮革业积重难返，加上来自尼斯等地理优势相近城市的强大竞争力，格拉斯逐渐从皮革业中隐退，发展重心转移到了香水业，完成从"臭"到"香"的华丽转身。

德国导演汤姆·提克威改编自同名畅销小说的电影《香水》（2006），对格拉斯在香水业中的地位着墨甚多。影片中由达斯汀·霍夫曼扮演的香水制造商巴尔迪尼赞誉格拉斯为"香氛的家园，香水的天赐之地。"他将格拉斯尊为气味的罗马古城、香水的乐土，就像朝圣者的耶路撒冷一样，是制香者的希望之乡。

如葡萄酒业的品酒师一样，香水制造业的闻香师也几乎是靠天赋为生的职业，他们被昵称为"鼻子"。他们至少要训练五年，才能去调制新的香水配方。据说全世界只有二百多位"鼻子"，其中在格拉斯就有将近五十位。《香水》里诞生于巴黎臭气熏天的鱼市的嗅觉天才格雷诺耶，大约是这类人里传奇之至的一位。

影片中少女连环失踪案发生于格拉斯城，全城戒严的提议却被强烈否决了，其动因完全在于茉莉花的采摘时机。茉莉是格拉斯最有代表性的花种之一，必须在破晓时分即茉莉花香最浓之时手工采摘，否则将会导致格拉斯一场不小的经济危机。

玛丽莲·梦露号称穿着入睡的"香奈儿5号",其中主调用香氛就是格拉斯八九月份的茉莉和五月份的玫瑰。这两种花来自离格拉斯城十公里远的穆勒家族的花田,已经经营了五代。因为数量有限,穆勒家族花田生长的茉莉和玫瑰只专供给香奈儿,尤其用于制作"香奈儿5号"这一种全世界卖得最多的香水。

至于为什么叫"5号",是因为可可·香奈儿的幸运数字是5。她从小就很迷信,对标志、预兆和数字很着迷。她的挚爱亚瑟·卡柏是个神秘主义者,向她介绍了与数字"5"有关的神秘术,比如中国的"五行"。她在世时,总是在2月5号和8月5号发布新品。1971年香奈儿过世,她的坟墓上有五个狮子头雕塑。今天,5号香水(N° 5)依然是香奈儿的明星产品,广受宠爱。

在奥黛丽·塔图主演的讲述香奈儿早年奋斗史的影片《时尚先锋香奈儿》(2009)中,就描绘了香奈儿邂逅亚瑟·卡柏并相爱的经历,这是她一生唯一真正爱上的男人。这位年轻的英国人是马球运动员兼年轻的实业家,正是在他的资助下,香奈儿在巴黎开店,开始了她的事业。但催生香奈儿经典5号香水的不是这段恋情,而是1919年亚瑟·卡柏在巴黎意外身亡后,香奈儿与俄国前卫作曲家斯特拉文斯基的一段秘恋。这段恋情由导演简·库恩拍成了电影《香奈儿的秘密》(2009),片中台词"我不要闻起来像朵花,我要(香水)闻起来像个女人",很好地诠释了5号香水的由来。

说起香水,就要说到美人。位于蓝色海岸西端的圣特罗佩,最早只是一个小渔村,20世纪50年代因碧姬·芭铎在这里拍摄了《上帝创造女人》而一夜成名。1951年萨特在这里完成了剧本《魔鬼与上帝》的写作。女作家柯莱特带朋友来此度假，其中就有萨冈，后来她在这一带流连忘返，被赌博耗尽了积蓄与活力。这里也是著名女星艾曼纽·贝阿的出生地。经过一众文化人的镀金，如今的圣特罗佩已变成法国著名的度假天堂，别称"太阳城"。

在圣特罗佩以南几公里的庞沛隆海滩，有一家叫"55俱乐部"的餐厅，1955年由一对以探险成名的法国人创办。最初只是德克蒙夫妇为朋友和熟人烤沙丁鱼的简陋小屋子，大家穿着也很随意。1956年罗杰·瓦迪姆带着《上帝创造女人》摄制组来到这里时，希望德克蒙夫人能每天供应午饭，她同意了。于是一传十十传百，如今这家只供应午餐的餐厅在沿海一带算得上祖父级别了，依然魅力不减，以它的简单和新鲜，让时髦人士趋之若鹜。

喜剧大师路易·德·菲奈斯曾在《圣特罗佩的警察》（1964）中饰演警官，这部以圣特罗佩为背景的影片，是"警察故事"系列电影的第一部也是最成功的一部。这位圣特罗佩警察的任务之一，是驱赶沙滩上的裸体浴女。其实，在风气尚未开化的20世纪50年代，裸体浴女就遍布塔希提海滩了。

1952年，十八岁的碧姬·芭铎身着无肩带圆点图案泳装，主演了《穿比基尼的姑娘》，影片直接促成比基尼这种新式泳装的风靡。1956年，年轻的碧姬·芭铎拍摄了她第一任丈夫罗杰·瓦迪姆的第一部电影《上帝创造女人》。这部影片开启了B.B时代，被称为欧洲的玛丽莲·梦露的碧姬·芭铎，成为20世纪60年代红透半边天的超级巨星，为战后的法国带来了可观的外汇收入。

1967年，碧姬·芭铎与怪才塞吉·甘斯布开始交往，她要求甘斯布给她写最美丽的爱情歌曲。三个月的地下恋情，甘斯布为她写了十多首歌，其中一首《我爱你，我也不爱你》十分大胆色情，碧姬最后在压力下放弃，并离开甘斯布回到了丈夫身边。有一天，甘斯布在圣特罗佩一家餐厅看见她迎面走来，他的脸顿时变得煞白。显然，他还爱着她。

1975年，甘斯布拍摄了同名电影处女作《我爱你，我也不爱你》，由当时的妻子、英国女星简·柏金主演。1991年甘斯布去世时，丧礼如国葬，碧姬·芭铎致悼词，包括总统密特朗在内的送葬人之多，使得巴黎几乎陷入瘫痪。

2010年，这位法国猫王的传记片《塞吉·甘斯布：英雄人生》上映。但片中简·柏金的扮演者、英国女演员露西·戈登已于一年前在巴黎自杀身亡，年仅二十八岁。露西2001年以美国片《香水》出道，同年参演了《缘分天注定》，之后相继拍了十部影片，包括《四片羽毛》（2002）、《俄罗斯玩偶》（2005）、《蜘蛛侠3》（2007）等。每个人都有自己的秘密，每个人的命运都无从揣测，刹那之后，光影浮现，留下隐约而永远的回忆。

我梦想我的影片在我眼前逐渐完成
如同一幅永远新鲜的油画

——罗伯特·布莱松

坚硬的诺曼底，柔软的风景

与南部的蓝色海岸不同，西北部北临英吉利海峡的诺曼底赢得电影人的青睐，在这里拍摄了上百部电影，不仅是因为它临近巴黎，距香榭丽舍大道仅百余里，更因为它独特的地理环境和气氛，以及众多的历史文化古迹。海滩、村落、草地和牧场，以及木筋墙的房屋、变幻的天气，这些都是诺曼底的典型特征。虽然距巴黎很近，但诺曼底的思维方式没有变化，也因为其独特性吸引了包括让·雷诺阿、马塞尔·卡尔内、特吕弗等人在内的大批导演。

印象派大本营与文学的记忆

在电影之前，绘画与文学已经热情地描绘了这一片土地。诺曼底是印象派的大本营,或许称得上是发源地,印象派正是以《日出·印象》的作者莫奈为核心的表现勒·阿弗尔港的群体。至今,印象派的魅力不减,每两年举办一次的诺曼底印象派艺术节,就是最好的证明。印象派的时代跨越19世纪和20世纪,这个时期恰好是图像文明开启的时代,视觉将接替口述和书写开创新历史。

居斯塔夫·福楼拜的《包法利夫人》诞生于1857年,居伊·德·莫泊桑的长篇小说《一生》写于1881年,出版于1883年。1885年是印象派的鼎盛时期。应该说,19世纪下半叶,法国最好的文学和绘画都出现在诺曼底。让·弗朗索瓦·米勒生于英吉利海峡边上的格雷维尔,并在那儿度过了青年时期。他于1858—1859年根据1835年皮埃尔·里维埃事件创作的《晚祷》引起社会反响。与此同时,《包法利夫人》也引起哗然。绘画与文学的并存芜杂在1850年左右十分明显,成为电影的两大源泉。电影导演在拍摄诺曼底时,总无法脱离福楼拜、莫泊桑、布丹、莫奈给他们留下的记忆。让·雷诺阿和夏布罗尔都是在诺曼底改编文学剧本的。

绘画和文学给予电影的恩赐,就像同时给了它骨骼和血肉,以完成第七艺术的塑造。电影人在20世纪初从莫奈的绘画和普鲁斯特的小说中看到了诺曼底的这种双重性。有些电影导演专门来诺曼底,重走他们记忆中的"莫泊桑之路",去翁弗勒尔捕捉布丹看到的景象——堤岸、人群和灯塔,因为诺曼底的灵魂首先是通过色彩和画像与声音的流动表现出来的。诺曼底的温柔和层次与法国南部阳光的直接,形成强烈对比。变幻莫测的天气和光线,带来更多的可能性和丰富性。

电影早期,胶片喜欢强烈的光线。随着胶片感光技术的进化,电影更喜欢柔和,即不需要鲜明的黑白,更要适应中间灰的影调。1910年,电影还不能表现莫奈的《日出·印象》，二十年后，电影可以表现印象派的气氛和调性了，通过剪接和对话以及摄影机运动加以雕琢，从而更深刻地反映电影的感觉和审美。可以说，以诺曼底为代表的西部为电影提供了更多的可能性，虽然诺曼底的雨和风对影像和声音造成了很大障碍，但电影喜欢这种挑战。

1845年，五岁的莫奈跟着全家从巴黎移居诺曼底的勒·阿弗尔。十五岁时，少年莫奈就因讽刺漫画闻名全港。1857年，在诺曼底的海滩上，莫奈遇到他的启蒙老师欧仁·布丹，从此开始创作风景画。1824年生于翁弗勒尔的布丹是公认的印象派先驱，是他发现的英吉利海峡、翁弗勒尔和象鼻山。多年后莫奈成为印象派的首领，依旧忠诚于诺曼底，画勒·阿弗尔、鲁昂大教堂和塞纳河，以及开往西部的圣拉扎尔火车站。直至他无法走动后，他还在上诺曼底的吉维尼——位于巴黎西北七十六公里的塞纳河畔小镇，画自己住了四十多年的大花园。莫奈喜欢水，也喜欢花，他精心打造的有着睡莲池和日本桥的吉维尼花园，就是属于他自己的"花花世界"。1926年以八十六岁高龄辞世的莫奈，是印象派画家中最长寿的人。那些睡莲，在他的画布上，永恒盛开。

距吉维尼的莫奈故居约四十公里处，有一安德磨坊，此地离巴黎有九十公里，因被特吕弗发现作为《四百击》（1959）的外景地而出名。当时特吕弗认识了作家莫里斯·庞斯，他们都是《艺术》周刊的专栏作者，特吕弗写电影，莫里斯写文学。特吕弗在拍摄完短片《一次访问》（1954）后，选择了莫里斯的小说《宠儿》，改编拍摄了第二部短片

《顽皮鬼》(1957)，莫里斯是该片编剧。

选《四百击》外景时，莫里斯给特吕弗推荐了安德磨坊，不想特吕弗被迷住了，在古老的磨坊面前，他痴迷地拍摄。在拍第三部故事片时，特吕弗又一次来到安德磨坊，于1961年在这里拍摄了《朱尔与吉姆》。

这部影片的故事来自一位七十三岁的老作家亨利·皮耶尔·罗歇。特吕弗是在一个旧书摊上发现亨利的这本处女作的，随即起了把它搬上银幕的心思。在1958年的戛纳电影节期间，特吕弗在酒店走廊里偶遇让娜·莫罗，这位富有个性的女演员当时迷住了很多人。他对让娜说："我有个电影构思……一个女人和两个男人之间的故事。你非常适合。"他就这样找到了《朱尔与吉姆》的女主角。不过，让娜·莫罗先出现在次年的《四百击》中，客串了一下。《朱尔与吉姆》表现两男一女在第一次世界大战前后既暧昧又真诚热切的复杂关系，影片的开始就是磨坊的景致，特吕弗为此做了画外音解说。

特吕弗喜欢诺曼底，此后还在这里拍摄了《柔肤》(1964)、《两个英国女孩与欧陆》(1971)、《绿房子》(1977)。

因为特吕弗的发现，安德磨坊此后成为许多影片的外景地。就连莫里斯·庞斯本人，也因为喜欢安德磨坊，拍摄了唯一一部短片《睡美人》，索性让女主角住在了磨坊。

安德磨坊在某种意义上是诺曼底新电影的一种启示。如果说新浪潮的决裂在20世纪60年代是一个转折点，但它并没有改变拍摄习惯：新导演和老导演都选择在同一个地方拍电影，比如戈达尔与杜瓦隆、特吕弗与阿兰·卡瓦利耶。作者电影在近三四十年间对诺曼底给予了充分的展现，还有梅尔维尔、亚历山大·阿斯特吕克、雅克·德米、莫里斯·皮亚拉、贝特朗·布里耶、雷内·阿里奥、玛格丽特·杜拉斯、埃里克·侯麦、克劳德·米勒、路易·马勒、米歇尔·德维尔、克劳德·夏布罗尔、马努埃尔·布瓦里耶等，他们始终在拍影迷电影、电影节电影和电影史电影，尽管有些影片因为成本太低没有引起人们的关注，但它们在文化遗产中的地位远远高于那些票房成功的影片。

距安德约四十公里的鲁昂，是中世纪欧洲最大、最繁荣的城市之一，有"博物馆城"的美誉，还被雨果称为"百钟之城"。莫奈三十余幅的系列画作《鲁昂大教堂》，从多个不同角度捕捉到著名的鲁昂大教堂的色调与光影变化，最多时他同时画了十四幅。鲁昂的名字更因圣女贞德而不朽，贞德也是电影的不朽题材，如卡尔·西奥多·德莱叶的《圣女贞德受难记》（1928）、罗伯特·布莱松的《圣女贞德的审判》（1962）、罗伯特·罗西里尼的《火烧贞德》（1954）、吕克·贝松的《圣女贞德》（1999），雅克·里维特也拍了两部《圣女贞德》（战争篇与监狱篇，1994）。

1928年生于鲁昂的雅克·里维特，二十一岁时离开家乡去巴黎追梦，成为《电影手册》五虎将之一，后因拍摄《巴黎属于我们》（1960）成为新浪潮代表之一，其毕生以远离商业性的"艺术纯粹"而著称，跟戈达尔一起被认为是最具实验性的导演，作品融合纪录片、故事片和即兴创作的元素，代表作有《疯狂的爱》（1967）、《塞琳和朱丽去航船》（1974）、《不羁的美女》（1991）等。他的影片总是笼罩在莫可名状的光影中，充满了雾霭般暧昧的谜团和符号，叙事反常规，偏冗长，却有一种近似催眠的力量，让观众仿佛在看一部自己脑海中的电影。

　　1906年，卢米埃尔代理商在鲁昂一个小咖啡馆放映了第一批电影，连续放映了七个月，鲁昂居民看到了电影这个"世纪发明"。与此同时，当地也拍摄了一组影片，《体操协会表演》《黑人村庄的孩子》和《共和国广场》等。在电影发明之初，诺曼底人可以看到布列塔尼和里昂的电影，但在诺曼底拍摄的影片，人们在阿尔卑斯和蓝色海岸却不一定能看到。

　　鲁昂电影从一开始就切入人们的日常生活，如《走出鲁昂教堂》（1900）、《走出里维埃工厂》（1900）、《宽船》（1903）、《六月节景观》（1904）、《小马塞尔的葬礼》（1904）等。

　　鲁昂第一部真正意义上的故事片是加斯东·拉维尔的《泥房子》（1918）。影片中有大量鲁昂街区的镜头，并掀起了一轮考古热，人们纷纷按图索骥，寻找这间泥房子。此后，诺曼底被视为拍摄的好地方，比如《格里奥雷伯爵》（1921）、《无情的女人》（1924）。从此，电影就没有离开过诺曼底和诺曼底人。

　　鲁昂多次成为电影拍摄地，不是因为它是上诺曼底大区的首府，是座历史名城，而是因为它不同于其他城市的街区，展示了一个另类世界。《美国人》和《爱死了》是它的代表，这两部反映日常生活的影片都拍摄于1970年。2002年，奥利维耶·杜卡斯泰尔和雅克·玛尔提诺拍摄了喜剧片《我在鲁昂的真实生活》。他俩合作的《找一支丘比特的箭》（1998）曾获恺撒奖最佳处女作奖。

　　鲁昂港口沿塞纳河的河岸线长达二十公里。鲁昂被塞纳河一分为二，穿城而过，不一样的老桥、新桥，一半现代一半古典。有诗人曾说：这个美丽的城市有两段历史，一段是关于石头的，一段是关于水的。让·爱浦斯坦在让·维果之前注意到了巴黎—鲁昂这段塞纳河，他把阿尔丰斯·都德的短篇小说《美丽的尼维尔内斯河》改编成电影。他在日记中写道："在我看来，我知道的最伟大的演员、最鲜明的个性，就是巴黎—鲁昂这段塞纳河。"影片以诗人的眼光取景，将塞纳河两岸的风光温柔优雅地记录下来，水天一色，让·雷诺阿和让·维果都不会忘记。

20世纪30年代以后，诺曼底出了几部经典之作：让·雷诺阿的《包法利夫人》（1933）、《衣冠禽兽》（1938），让·维果的《驳船亚特兰大号》（1934），马塞尔·卡尔内的《雾码头》（1938），戈达尔的《周末》（1967）、《芳名卡门》（1983）、《导演的坚持》（1987）。

根据左拉小说改编的《衣冠禽兽》是1938年最著名的一部影片，导演让·雷诺阿在片中扮演了卡比什，这是他在出演自己的杰作《游戏规则》（1939）中的奥克塔夫这一角色之前的一次"试镜"。《衣冠禽兽》成为自然主义的经典，也是一部逼真写实主义作品，有些镜头是实地实景实时拍摄的，反映真实的火车司机的生活。

戈达尔在诺曼底拍片时，很少用补充光，即使在室内，如火车中，他都借用窗外射进来的日光，光线成为场面调度的一个重要元素。他的《周末》和《芳名卡门》中的一些镜头可以与印象派画面比肩。

《雾码头》是卡尔内的成名作，灰暗压抑的情绪和氛围，映衬了二战前法国社会的消沉与颓唐，成为诗意现实主义影片的代表作。1949拍摄的《海港的玛丽》被认为是真实的诺曼底剧情戏,卡尔内用镜头刻画的人物心理状态,令人们所熟悉的诺曼底变得阴郁和失衡。

让·维果的"亚特兰大号",是一艘行驶在圣马丁运河上的驳船,影片让人感受到戈雅和柯罗的自然主义诗意。这是让·维果唯一的一部故事片,也是他的长篇处女作,该片首映时他却离开了人世,年仅二十九岁。六十多年后,年轻的马丽·维尔米亚沿着影片中的运河路线,同样拍摄了一条驳船上的故事《淡水》(1996)。

从莫奈《日出·印象》中的勒·阿弗尔港开始,水是印象派大师创作的源泉。水也跟电影息息相关。路易·卢米埃尔是在两条大河交汇处的里昂拍摄了自己的第一批影片,早在1896年,他就到诺曼底拍摄纪录片了。梅里爱从1896年起,也在他位于诺曼底海滨小城维莱尔的房子附近拍摄了第一批影片,比如《惊涛拍岸》《在海滩上玩耍的孩子》《阿弗尔港卸船》《漫步阿弗尔》等。影片中的镜头,尤其是从船上拍的港口全景,是电影史上最早的移动镜头之一。维莱尔距勒·阿弗尔仅一小时车程,梅里爱的《马赛港》其实就是在阿弗尔港拍摄的。

勒·阿弗尔港是法国第二大港,为塞纳河的入口,在电影上就像"走向美好未来的起点",如《雾码头》《情感教育》《大脑》《三日可活》《肮脏的事》等,阿弗尔港甚至在影片中被充当马赛、纽约和亚历山大。1931年,萨特曾在勒·阿弗尔的高中教哲学,同时写作小说和哲学论文。

勒·阿弗尔对岸的千年古城翁弗勒尔,是诺曼底大区昂日地区的首府。它就坐落在壮观的诺曼底大桥所跨越的塞纳河三角洲上，向来有"印象派画室"之美称，也被称为"诺曼底的巴比松"。古色古香的狭窄街道，生机勃勃的码头，倒影在水中的红砖建筑，都是印象派画家们钟情的港口风情。

翁弗勒尔的欧仁·布丹美术馆里收藏了大量的印象派作品。布丹被柯罗尊为"描绘天空的王者"。他和学生莫奈以及戎金组成了快乐的三人小集团，下雨天经常会在港口的"白马旅店"咖啡馆里玩多米诺骨牌。莫奈为方便画画，1866年在这家旅店租下了一间房。站在窗口，港口和小港湾一览无余。

在这个古老而美丽的诺曼底渔港拍摄的影片有十几部，其中著名的有《我们不会白头偕老》（莫里斯·皮亚拉，1972）、《弗朗索瓦·卡扬医生》（贝尔特鲁奇，1975）、《绿房子》（特吕弗，1977）。

"好些大船分开泊在两岸的各处。三条大的轮船衔尾似的向着勒·阿弗尔驶去；一只三桅船、两只大的双桅船和一只小的双桅船连成一串，由一只吐着黑烟的小拖轮拖着由下游开向鲁昂。"莫泊桑在小说《一个诺曼底人》中这样描写诺曼底的景色。

鲁昂和勒·阿弗尔港是诺曼底上镜最多的城市，这是因为它们地处巴黎与大西洋两大风景的中间地带，有点像安纳西和戛纳，这样的环境非常适合类型片和心理片的发展。电影人喜欢在城乡接合部探究人生的意义与状态，所以鲁昂与勒·阿弗尔就像一块调色板，让电影创作者尽情发挥他们的想象与思考。

生于鲁昂医学世家的福楼拜喜欢自然,更喜欢女人,他通过对通奸案情感世界和日常生活的平淡观察,推出了《包法利夫人》和女性的包法利主义。但福楼拜写作的过程异常痛苦,他形容写这本书,"像一个人在指关节上都压了铅球弹钢琴。"他说过一句令人感动的话:"我不过是一条文学蜥蜴,在美的伟大的阳光下取暖度日,仅此而已。"受癫痫病折磨的他,终身未婚。1880年5月8日当他撒手人寰时,鲁昂还没有几个人知道这位世界级的大作家。

莫泊桑在鲁昂上中学时就认识了福楼拜,他是莫泊桑舅舅的同窗好友,后来莫泊桑就拜福楼拜为师。莫泊桑的作品深受当地人的喜爱,但其受叔才华的影响,作品中渗透了浓厚的悲观主义思想。他是高产作家,《羊脂球》使他声名远播,并被世界各国多次改编。他的其他作品也多次被搬上银幕,在诺曼底拍摄的影片就有四部:《于松太太的玫瑰花》(让·布瓦耶,1950)、《快乐》(让·奥菲尔斯,1952)、《她的一生》(亚历山大·阿斯特吕克,1958)、《奥尔拉》(让·丹尼尔·波莱,1966)。

值得一提的是,导演奥尔菲斯与莫泊桑同样偏爱巴洛克风格,他们钟爱夜店,并忠实地反映在小说和银幕上。法国式妓院被经典地拍摄和保存下来。

莫泊桑是迪耶普人,出生于一个没落贵族家庭。迪耶普是上诺曼底的港口小城,距鲁昂一小时车程,17世纪时是法国最大的港口。鲁昂有美食节,迪耶普有鲱鱼节,可以品尝到刚刚捕捞的新鲜烤鲱鱼。马蒂斯说过,"迪耶普的阳光就如同漂亮的首饰。"这里曾是印象派画家们的社交中心，购物，追女人，在海滩散步。1880年年初，雷诺阿曾数度前往迪耶普的瓦尔蒙，在朋友贝拉尔的别墅小住，为他画了一系列家庭肖像。贝拉尔后来成为雷诺阿画作的重要收藏者。1895年夏天，二十四岁的普鲁斯特到迪耶普度假，在这里度过了三个星期。

1988年，克劳德·夏布罗尔来到迪耶普，在这里拍摄《女人韵事》。这个有关堕胎的故事原本发生在瑟堡，主演为其老搭档伊莎贝尔·于佩尔，于佩尔的女儿，当时年仅五岁的洛丽塔·夏玛也在片中客串了一个角色。2010年，母女俩合作主演了一部表现母女关系的影片《科帕卡巴纳》。

诺曼底三宝、登陆战及其他

电影作为20世纪的艺术，开始承担19世纪小说的功能，成为人们生活和心理状态的一面镜子，风俗、乡村、城市以及人与人之间的沟通都是电影的素材。电影越来越深入地表现法国，法国也因电影得到了更加深入的挖掘。

在巴黎人眼中，田园风光的诺曼底就是乡村、奶牛、苹果树，至多还有大海，但电影让诺曼底在人们心中变了样，成为一个周末度假地。

1908年，亨利·布达尔拍摄了喜剧片《偶然的上帝》，由一对诺曼底海滩上的大明星主演。影片大获成功，德吕克称亨利为第一次世界大战前法国最好的导演之一。诺曼底影片更多的代表着一种生活理念和方式，悠闲而简单的生活，一切都是天然的。以舒服为主、不追求豪华的生活品位是诺曼底几代人积累而成的。影片甚至告诉人们，应该怎样度假，什么叫作爱情，此类代表作有《再见玫瑰》（1978）、《旁边的女人》（1979）、《他们不喜欢约会》（1991）等。

多维尔的周末、象鼻山的煎饼、瑟堡的雨伞，这是诺曼底的三宝。

二十二岁那年，玛格丽特·杜拉斯开着黄色敞篷车到了多维尔，一下就被这个勒·阿弗尔附近的海滨小城打动了，感觉"无与伦比"。这可以解释为什么上诺曼底自1930年以来拍摄的一百五十多部电影，其中有四十多部是在多维尔拍摄的，占到了四分之一。

19世纪就以高级疗养地闻名的多维尔，有着诺曼底最优美的海岸，离巴黎仅两小时车程，是巴黎人非常青睐的周末度假地，一年到头各种节日活动不断，光电影节就有两个：3月的亚洲电影节和9月的美国电影节。亚洲电影节创办于1999年，是欧洲最大的亚洲电影节之一，中国电影人在此屡有斩获，比如前两届的最佳女演员，分别是李小璐（《天浴》）和陶虹（《黑眼睛》），第三届是李杨（《盲井》）获最佳导演奖，主演王宝强获最佳男演员奖。而在美国电影节期间，明星们会在著名的海滨木板铺道上走秀。木板道两边有很多更衣室，每个更衣室都以一个美国演员的名字命名。

克劳德·勒鲁什的《一个男人和一个女人》（1966）虽然不是第一部诺曼底影片，但它却成为多维尔的名片，走遍了全世界，使得影片中风情万种的多维尔成为浪漫主义的象征，乃至成为所有爱情故事的神秘之地。勒鲁什说："我爱这片地域。小时候，父母带我来这里度假，在这里有我的初恋，有最早的友谊。"他一个人为诺曼底贡献了十多部影片。1990年，诺曼底官方邀请他拍摄了一部宣传片《一见钟情诺曼底》。

在电影中，多维尔是富裕社会和爱情圣地，对此诠释得最好的是罗杰·瓦迪姆的《危险关系》（1959）。这部由让娜·莫罗和杰拉·菲利浦主演的影片，表现了不道德的行为如何侵蚀社会的肌体。1976年导演再度重拍，改名为《诱惑游戏》。1973年，阿伦·雷乃拍摄了《斯塔维斯基》，影片取材于20世纪30年代法国一个真实的故事，主人公是一个在上流社会靠行骗耍手段而飞黄腾达的骗子，最终因丑闻败露而在追捕中自杀。马塞尔·卡尔内在此拍摄了《骗子》（1961），克劳德·夏布罗尔拍摄了《克里希的幸福时光》（1989）。

1955年，让·皮埃尔·梅尔维尔根据奥古斯特·布雷东的小说拍摄了影片《赌徒鲍伯》，将美国警匪片与法国新浪潮的手段相结合，真实再现了巴黎蒙马特小咖啡馆的气氛和诺曼底多维尔娱乐场中的豪华场面。梅尔维尔以此声名鹊起，开始了一系列警匪片生涯。1969年执导的《影子部队》风靡世界，1970年的《红圈》是梅尔维尔电影美学的集大成者，他在片中对男性情谊的描写影响了多位香港导演，比如吴宇森和杜琪峰。2002年，爱尔兰导演尼尔·乔丹翻拍了《赌徒鲍伯》，影片背景移到了尼斯。

多维尔的对岸、一桥之隔的小镇特鲁维尔，相比之下显得淳朴和宁静多了，它多次出现在玛格丽特·杜拉斯的笔下。1980年，杜拉斯已经六十七岁，在特鲁维尔海边的黑岩旅馆，一个敏感、瘦高的二十七岁青年扬，终于叩开了杜拉斯的房门，成为她的最后一个情人。作为半个电影人的杜拉斯，一生就是一部电影。

特鲁维尔也是影片《声梦奇遇》（2013）中主人公保罗与拉二胡

的中国女友相识的地方。该片是由西维亚·乔迈自编自导的首部真人长片，用喜剧手法呈现一个悲伤故事的回忆主题。片中有多处东方元素尤其是佛教元素的运用，正是东方神秘的花草茶，使得因童年创伤而失忆失语的保罗，开启了一个缤纷奇幻的回忆之旅。

1870—1871年，在特鲁维尔的沙滩上，莫奈为他新婚的妻子卡米耶画了几张画，有坐在沙滩的椅子上的，也有在水边的侧面立像。特鲁维尔的海滩被普鲁斯特称为"海滩中的女王"。

1891—1895年，年轻的普鲁斯特每年都要到特鲁维尔度假，治疗哮喘，有时就和母亲住在黑岩旅馆。他在给朋友的信里写道："在特鲁维尔与翁弗勒尔之间，是人们能在最美的乡村中见到的最可爱的景色。"大仲马、福楼拜也都曾在此居住。

为了治病，1907—1914年，普鲁斯特每逢夏天要到离特鲁维尔不远的卡堡度假，住在"大旅馆"里写自传小说《追忆似水年华》。始建于1862年的"大旅馆"，门前一块牌匾上摘录了《追忆似水年华》的章节，卡堡即小说中的巴尔贝克。离旅馆不远，有近四公里长的沿海长堤，被称为"马塞尔·普鲁斯特散步道"。

卡堡在18世纪末还是个荒僻的小渔村，如今已成为一座古希腊剧场风格、呈扇形辐射的袖珍花园城市。这里是雅克·杜瓦隆的出生地，他的创作深受普鲁斯特的影响，先后拍了五部诺曼底电影：《野丫头》（1978）、《小女孩》（1980）、《海盗》（1983）、《在爱中》（1986）以及《海上人》（1993）。

如果说埃菲尔铁塔是巴黎的象征，那么距离巴黎二百二十公里的象鼻山就是诺曼底的象征。位于上诺曼底的埃特雷塔海岸，即埃特雷塔悬崖，离勒·阿弗尔不到三十公里。

波德莱尔这样描绘这片海岸：一棵树的巨大分枝从悬崖高处伸展下来，欲向海底扎根。莫泊桑则说，埃特雷塔悬崖像"一只大象把鼻子伸进了大海"，他非常喜欢这里，用稿费在离海岸不远的地方建造了一座房子，很少有人知道莫泊桑曾在这里度过了一大段时光。他在这里和莫奈见过几面，并为莫奈写过一篇文章。

象鼻山其实是个象鼻山群，法国人形象地把它们说成是一家子：公象、母象和小象，独特的风光形象使得象鼻山占据了很多画册的封面。与翁弗勒尔一样，这里也是印象派画家的圣地之一。

1868—1869年的冬天，二十八岁的莫奈第一次画了埃特雷塔海岸的风景。从小在勒·阿弗尔长大的莫奈对这一带非常熟悉，可以说，埃特雷塔之于莫奈的前半生，就像吉维尼之于他的下半生。他多次重访此地，在1883—1885年间每年都要到这里来。1885年9月，莫奈在这里一直住到12月。起先全家一起住在莫奈的朋友家中，后来莫奈独自住在小旅馆，按自己的习惯生活。他走遍了峭壁间的小路，从一切可能的视角观察这片海岸：山顶、海滩或紧靠水边。有一次，由于思想过于集中，一股潮水把莫奈冲到了悬崖壁上，回落时又把他的画架、画布和调色板一起卷走了。

1924年，马塞尔·莱尔比耶导演在象鼻山拍摄了《无情的女人》中的一些镜头。影片后来被视为装饰艺术风格的电影宣言，该片的美术和服装设计克劳德·奥当-拉哈曾是莱尔比耶的助手，后来也成为一名著名导演。莱尔比耶的另一助手费尔南·莱热同年也拍出了达达主义的经典之作《机械芭蕾》。

莱尔比耶于1927年重上诺曼底，为《心魔》一片取景。自1921拍摄《黄金国》后，莱尔比耶已成为印象派电影的代表人物之一。

印象派电影起源于1919年第一次世界大战以后路易·德吕克发起组织的电影俱乐部运动，以拯救濒于消亡边缘的法国电影。这个电影流派的成员还包括阿贝尔·冈斯、让·爱浦斯坦、谢尔曼·杜拉克等人。爱浦斯坦是第一个世界电影的理论家，用写作和教学推动视觉和技术的革新，并将自然主义带入印象主义，被亨利·朗格卢瓦尊称为"电影界的德彪西"。他们从印象派绘画获得启发，用画面来表现直接的感性印象，注重气氛的营造，追求造型美和新奇的视觉形象，内容脱离现实。1924年，年仅三十三岁的德吕克在刚拍完一部短片《洪水》后就去世了。印象派电影随之衰落，爱浦斯坦和杜拉克转向先锋派电影。聪明而敏感的杜拉克是一位有才华的女导演，由她导演、德吕克编剧的《西班牙节日》是印象派电影的开山之作，而由她导演的《贝壳与僧侣》则拉开了超现实主义电影的帷幕。

虽说昙花一现，但印象派电影在电影美学和技巧上却贡献良多，比如德吕克在《狂热》（1921）中的深焦距镜头，冈斯在《车轮》中的加速蒙太奇、在《拿破仑》中叠印的人物和合成银幕及多种角度拍摄的主观镜头，莱尔比耶在《黄金国》里从人物眼中看到的主观景象等。1943年的巴黎沦陷时期，莱尔比耶创办了法国高等电影学院。1947年，为抵制美国电影的大量涌入，法国成立了法国电影保卫委员会，莱尔比耶任主席，推动了法国民族电影的发展。

与上诺曼底以自然风光闻名的象鼻山不同，下诺曼底有一座以人文景观闻名的圣山——世界文化遗产之一的圣米歇尔山，位于下诺曼底和布列塔尼之间，是西欧著名的古迹和天主教圣地。其实它是一座海边小岛，四周被碧海和流沙所环绕，只是全岛都被圣米歇尔修道院所覆盖，历代增补修葺的建筑密密地一路盘旋向上，形成如山的巍峨之势，远望宛如一座金字塔。雨果曾说，圣米歇尔山对法国如同大金字塔对埃及一样重要。

加斯东·莫多是电影界的一位神秘人物，他原为画家，与毕加索熟识，曾为高蒙公司工作，后与德吕克、布努埃尔、克莱尔、杜维威尔、雷诺阿、卡尔内、雅克·贝克等众多大导演合作，几乎没有一个演员像他这样参演了如此多的法国电影的重要作品。他还创作黑色小说，也写了大量影评。1928年他拍摄了短片《期待的煎熬》，全片在圣米歇尔山拍摄，呈现出超现实主义倾向。

在圣米歇尔山一带拍摄的影片有十几部，其中著名的有埃里克·侯麦的《沙滩上的宝莲》（1982），讲述年轻的女孩宝莲和她表姐在诺曼底的浪漫假期。这是侯麦《喜剧与谚语》系列中的第三部，获得柏林影展最佳导演奖。片中宝莲的床头挂着马蒂斯的名画《罗马尼亚人的上衣》。

1896年10月5日，卢米埃尔兄弟在下诺曼底的瑟堡拍摄了俄国沙皇访问的短片，被认为是诺曼底最早的影像资料。

瑟堡位于下诺曼底科唐坦半岛的北端，是法国西北部重要的港口。

1964年雅克·德米的歌舞片《瑟堡的雨伞》是新浪潮影片中票房最好的作品，给诺曼底的雨增添了别样的魅力。影片中的歌词不押韵，全是日常生活用语，是独一无二的实验影片。此后，特吕弗的《两个英国女孩与欧陆》（1971）、埃里克·侯麦的《绿光》（1986），都成为瑟堡的经典。与《朱尔与吉姆》一样，《两个英国女孩与欧陆》也是改编自皮耶尔·罗歇的自传小说，同样是三人关系的爱情表述，主题和手法如出一辙，只是一女两男的结构变成了一男两女，后者更婉约惆怅，散发着清新抒情的古典气质。《绿光》在写实中融入了一丝童话色彩，"谁能看到绿光谁就能得到幸福"。女主角寻找幸福的历程，淡淡地展现出来，影片即兴创作的外表下有着严谨的结构和自然的表演，是侯麦作品中最被人推崇的一部，获得威尼斯影展金狮奖。

科唐坦半岛上的雅克·普莱维故居，是普莱维在七十岁时购买的最后一座别墅，他在这里度过了生命中最后七年的时光。这位嘴上总是叼着根香烟的著名诗人、剧作家，身后留下的作品依然在流传，比如《云》：

　　她想哭

　　他就像我

　　她说

　　有一点悲伤也有一点欢畅

　　之后她大笑

　　雨开始落下

1944年6月5日晚上，第一批美国空军伞兵降落到科唐坦半岛东南端的圣梅尔埃格利斯，又称圣母教堂市镇及其周边，拉开了诺曼底盟军登陆战的序幕。这里距瑟堡不到四十公里，离巴约五十六公里。

作为第二次世界大战重要的转折点之一，诺曼底战役被数次搬上银幕，诺曼底也因此成为第二次世界大战影片的主要拍摄地，其中最著名的是由肯·安纳金、安德鲁·马顿等四位导演联合执导的经典之作《最长的一天》（1962），全景式描写了6月6日盟军登陆战那波澜壮阔的一幕。因为影片的传播，圣梅尔埃格利斯每年都接待众多的美国人来这里追忆第82航空旅，比如小镇教堂的尖塔上挂着的一个假伞兵，那是纪念当年的一个美国伞兵约翰·斯蒂尔，他在被俘前，吊在降落伞上装死了两个多小时。电影主题歌后来成为加拿大空降部队的军歌。

为了拍摄诺曼底登陆的第一波进攻，著名美国西部片导演约翰·福特领着摄影师在正式进攻前三天跳伞到敌后，还给摄像机安装了落地装置，以便减弱着地后产生的冲撞。福特对他的两个助手说："看见什么就拍什么，只要你们能看见，都拍下来。"战役正式打响后，另一美国导演乔治·史蒂文斯在遍地尸体的海滩碰巧遇到福特，当时史蒂文斯正在障碍物后面寻求掩护，抬起头却看到福特在一旁站直了身子，冷静地观察着战斗。

1944年6月7日，盟军在离巴约十公里的阿罗芒什，仅用一周时间就建成一个给登陆部队供应军需的人工港。阿罗芒什的360°环形影院，在九个屏幕上同时放映影片，观众有身临其境般的感受。这里放映的影片《自由的代价》，其中的历史镜头和现实镜头都是在盟军登陆的原地点拍摄的。

诺曼底位于英吉利海峡的南部，连绵数百里的海岸几乎都是悬崖峭壁，盟军的登陆地点选在比较平缓的五个滩头。这场战役中有超过十万战士牺牲。作为欧洲最大的美军公墓，诺曼底美军公墓就坐落在五个滩头之一的奥马哈海滩，这里离巴约也是一步之遥，已经被法国政府赠送给了美国。这里也是著名的美国第二次世界大战影片《拯救大兵瑞恩》（1998）的拍摄地。

在诺曼底关于第二次世界大战的三十多处纪念馆中，卡昂的诺曼底战役纪念馆，又名"和平纪念馆"是其中首屈一指的。卡昂又名冈城，为下诺曼底大区首府，一战前由于文化发达，被称为"北方的雅典"，但在第二次世界大战历时两个多月的诺曼底战役中遭受重创。不过卡昂也是美食之都，卡昂牛肚已被列入世界非物质文化遗产名录。

卡昂与电影结缘颇早，早在1896年11月至12月，卢米埃尔的电影发明就在这里落户了，地点在位于圣让街28号的交易所咖啡馆，每日放映十二场，每场十五分钟。

1978年，一家名为"影像咖啡馆"的影院在卡昂开业，专门放映艺术与实验电影，也是多功能场所，可以表演爵士和戏剧。它的排片是一天作者电影、一天经典电影、一天儿童专场，还有高质量的商业片，这样，观众自然渐渐细分，分别找到自己的位置。把影院叫作咖啡馆，就是把电影看作一个真实的生活与邂逅的空间，影厅之外有咖啡。

巴约是1944年盟军诺曼底登陆解放的第一座法国城市，距卡昂仅二十八公里。著名的巴约挂毯，又叫"玛蒂尔德女王"挂毯，是一幅长达七十米、创作于11世纪的连环画，描绘了1066年诺曼底大公威廉征服英国，并成为英国国王的那一段历史。与卡昂不同的是，巴约的文化古迹保存完好。

生于巴约的让·格莱米永于1945年回到诺曼底，拍摄了纪念盟军登陆的纪录片《六月六日拂晓》，并为影片作曲。在此之前，他已以《夏日之光》（1943）和《天空属于你们》（1944）成名。他是个全面的艺术家，却因对商业性的拒绝而遭到制片商的抵制，后期只能拍摄一些短片纪录片，如他的最后一部影片《安德烈·马松与四种元素》（1958），表现了超现实主义画家安德烈·马松的创作历程及其所思所想。

诺曼底的战争片，还有获路易·德吕克奖的《城堡之恋》（让-保罗·拉皮诺，1966），以及《火车》（约翰·弗兰肯海默，1963）、《翌日》（罗伯特·巴利什，1964）、《士兵马丁》（米歇尔·德维尔，1966）、《大西洋堡垒》（马塞尔·加缪，1970）等。

20世纪50年代，诺曼底出现警匪片热潮，先后有十五部影片问世，其中著名的有雅克·贝克的《金钱不要碰》（1954）、让·德拉努瓦的《烦恼》（1954）、吉尔·格朗吉耶的《还有三日可活》（1957）。这种类型片是日常生活画卷的写照，紧贴诺曼底风俗展开故事情节，以独特的方式表现诺曼底人的生存状况。西部著名的老一代导演的作品如克劳德·奥当-拉哈的《一个穿白衣服女人的日记》（1965）反映堕胎主题，安德鲁·卡亚特的《职业风险》（1967）反映司法问题。

法国人把农村片也视为一种类型片。诺曼底的乡村有着丰富的元素，城乡接壤，却彼此界限清晰。应该说，电影很好地展现了诺曼底农村，而诺曼底的农村片也成为法国电影的一张名片，其中较著名的有《四季》及《四季续》（乔治·卢吉耶，1946，1984）、《农妇》（热拉尔·吉兰，1980）、《牛皮》（帕特里西亚·马祖，1989）、《焦土》（尚达尔·毕戈，1992）等，这些影片都是典型的农村题材，充满了地域幽默感和心理探究。

农村片中还有一种农村作者电影，主要代表有雅克·杜瓦隆、让·雅克·贝内克斯等，他们认为当代人物完全可以出现在农村，而无须是农民，如影片《巨兽岛》（1992），讲述的是一个小男孩和一个垂死老人的故事。《马里翁》的导演马努埃尔·布瓦里耶说："我老是讲述的东西，是在农村发生的事情。农村给我许多新的灵感，让我有许多发现。"

如果说城市是空间的场所，那么农村就是时间的场所。诺曼底的风光、城堡、街道、田野，不用做任何修改就可以充当历史片的布景。从中世纪到现代，古装片喜欢选择诺曼底作为拍摄地，就是因为它深厚的文化、风俗、底蕴和真实性，其中较著名的影片有：路易·马勒的《花都大盗》（1966）、安德雷·于内贝尔的《巴黎的秘密》（1962）、萨沙·吉特里的《拿破仑》（1954）、罗曼·波兰斯基的《苔丝》（1979）等。

1933年，让·雷诺阿拍摄福楼拜的名著《包法利夫人》，外景地选在里昂拉福雷，距鲁昂不到四十公里，诺曼底风情明显，莫里斯·哈维尔也曾在这里小住和作曲。当时对让·雷诺阿版《包法利夫人》的评价是："他准确反映了福楼拜和莫泊桑笔下的诺曼底，也完全忠实于他父亲的绘画风格，形成一个诗化视角，亦即自然主义风格。"让·雷诺阿不仅成为诺曼底的名牌，还是其父亲老雷诺阿绘画的影像版，影片男主角也由他的哥哥皮埃尔·雷诺阿出演。导演在片中用两三个场景反映了画家的关切：农村集市。片中所有人物都穿着当地人当时的日常服装，而不是古装片中经过设计、有些夸张的服装，"衣服多灰色，很单调，却接近生活"。

此后，《包法利夫人》被不同年代的导演多次搬上银幕。1990年，克劳德·夏布罗尔又一次改编拍摄《包法利夫人》，这一版是彩色的，也更加突出了伊莎贝尔·于佩尔饰演的包法利夫人的色彩。影片延续了现实主义和自然主义的表现手法，幽幽远山、荫荫丛林，犹如一幅幅法国19世纪的风景画。影片采用旁白原著的方式，既连接了画面间的时空断层，又有某种间离效果。

亚历山大·阿斯特吕克在拍摄莫泊桑的《一生》（1957）后，又改编了福楼拜的《情感教育》（1961），导演把诺曼底的所有元素融入电影，如海滩、城堡、港口、车站，让镜头像跳华尔兹一样地流动。

应该说福楼拜和莫泊桑笔下的不少人物都是诺曼底人，但他们多少是出自作家的文学想象。就在他们生活的时代，有一个真正的诺曼底年轻农民，他叫皮埃尔·里维埃，1835年杀死了自己的母亲和兄妹，被判无期徒刑，五年后在狱中自杀身亡。他遗书的开头是这样写的："我，皮埃尔·里维埃……"根据这桩发生在诺曼底的异常轰动的谋杀案，福柯于1973年写出了专著《我，皮埃尔·里维埃，杀害了我的母亲、妹妹和弟弟：19世纪的一桩弑亲案》，这本书不仅在人文科学界，还在艺术界产生了很大影响。

1974年，二十二岁的年轻导演克里斯纳·利宾斯卡根据福柯的思考，拍摄了影片《我是皮埃尔·里维埃》，片中使用了一连串闪回镜头，呈现了记忆的构成过程。1975，雷内·阿里奥也根据福柯的这本书，拍摄了影片《我，皮埃尔·里维埃》，福柯还曾到诺曼底的拍摄现场探班。早在1954年，克劳德·勒鲁什就拍摄了一部类似的"疯人"电影，以自己的方式探究人类的行为。为了还原事件的真实感，雷内·阿里奥影片的大部分角色包括主演都是由诺曼底当地农民扮演的。

三十年后，当年的导演助理尼古拉·菲利伯特回到诺曼底，拍摄了纪录片《重回诺曼底》（2007），寻访这些当年的农民演员。直到影片结尾，尼古拉才说出了拍这部片子的真实意图。原来当年他的父亲也参加了拍摄，扮演一个有几句台词的法官，但最后被剪掉了。现在父亲过世了，他想找到这段被剪掉的父亲影像。当年皮埃尔·里维埃在陈述为什么要杀死亲人时，说是因为他很爱父亲，母亲背叛了父亲，妹妹和弟弟也站在母亲一边，所以要把他们都杀掉。显然，跟这个杀人犯一样，尼古拉也很爱他父亲，影片就以他父亲当年出演的无声的影像画面结束，完成了隐含主题的揭示。

在诺曼底住过一段时间的导演和演员很多，比如演员伊夫·蒙当，导演梅里爱、马塞尔·帕缪尔、让·德拉努瓦、玛格丽特·杜拉斯、阿兰·罗伯-格里耶、克劳德·勒鲁什等。

在诺曼底拍摄的影片,还有上诺曼底的《女仆日记》(路易斯·布努埃尔,1964)、《醋劲小鸡》(克劳德·夏布罗尔,1985)、《信任最重》(埃蒂安娜·莎蒂耶,2004)以及《大盗罗宾》(雅克·贝克,1957),从1932年到1962年,该片共有六个版本;下诺曼底有《快乐》(马克斯·奥菲尔斯,1952)、《通往南方的路》(约瑟夫·洛塞,1978)、《小偷》(克劳德·米勒,1988)、《新悲惨世界》(克劳德·勒鲁什,1995)、《泰坦尼克号》(詹姆斯·卡梅隆,1997)、《萨德侯爵》(伯努瓦·雅克,2000)、《迁徙的鸟》(雅克·贝汉,2001)以及《茶花女》(阿贝尔·冈斯,1934;雷蒙·贝尔纳,1952;莫洛·波罗尼尼,1980)等。

诺曼底不仅因电影拍摄地而著称,也因电影节而著名,除多维尔的两个电影节外,还有卡堡浪漫电影节、瑟堡布列塔尼电影周以及鲁昂北方电影节,其中最著名的是历史悠久的多维尔美国电影节,被视为好莱坞的"欧洲记者会"。作为在法国举行的最重要的美国电影盛会,好莱坞在这里可以尽情享受诺曼底半岛的温泉和阳光了。

第四篇　风起于萍末，青出于蓝

关于爱的延续
总是言之甚少

——阿兰·巴迪欧

银幕上下，电影内外

天生情种

当爱情如暴风般席卷而来，它的翅膀与天空擦出火焰般的光芒，一路燃烧，势不可当。

爱情。男和女，都逃不过爱情。法国的男和女，更将爱情视为终生信仰，无论遭遇多大伤害，爱情永远伟大、光荣而美好，如一百多年前的法国诗人缪塞所说："在爱情上，我们时常被骗，时常受到伤害，感到不幸，然而我们还要爱。"因为我们"每个人都配得上爱情"。

法国电影总体来说是一种生活流电影，法国生活的主体是情感生活，而情感生活的主角是法国女人，所以，要看懂法国电影，先得弄懂法国人的情感，尤其是法国女人的情感。

法国人是为爱而生的，活着就要爱，爱要自由和平等，这些都是法国艺术影片的主题。情感是法国人生活中重要的一部分，由此形成一种独特的文化。法国哲学家德勒兹建议人们把电影当哲学来读，萨特说电影是最好的课堂，其实，法国爱情片就是现实伦理学、生活的哲学，当然也是最好的情感教育课堂。

法语"ame"，意思是"灵魂"，也可译为"心"。两个灵魂相通、两心相印的人，在法语中叫"ami"（朋友）或"amant"（情人）；两个朋友产生了感情，法语叫"amour"（爱情）或"amoureux"（情侣）；如果有感情，却做不了情侣，法语叫"amitié"（友谊）。这几个词从心到爱，从情到谊，同一个词源，道出了心生情的历程。一切皆来自于心。

法国文化中的一个绝对价值观就是自由、平等、博爱，即使在爱情方面，这条信念也是适用的，两个相爱的人如果其中一个失去了自由或平等，爱情也难以为继。法国人信仰的古希腊诸神和古罗马诸神各十二位，男神女神各半。男女神平等，男人女人也平等，在自由的前提下，因为平等，男女之间少了许多纠缠与纷争，只是在博爱上，还会有一些纠结。

博爱首先是大爱，爱天下的一切，包括异性和同性，包括世间万物。其次，法国人的博爱还有轻松惬意之意。爱要真，也要愉快，爱有时会痛，但痛还是为了痛快。爱是为了幸福快乐，如果不是这样，法国人不会忍受，更不会强求，一句"我不再爱你了"就是分手的最好理由。

狄德罗说:"法国的民族性是轻盈,指体态,也指性情,对己对人都不太认真。"因为轻盈,诸如权势、金钱这样的普世标准也成了负担,法国人敢加以嘲笑,至少不会低眉折腰。法国人的浪漫,其实就是这种轻盈。

在法国本土获得票房成功的影片《男人之心》(《法国男人》,2003)讲述四个男人之间的深厚友谊,他们的婚姻都有各自的问题,但四人之间的默契和友谊没有问题。四个男人坐在泳池边,悠闲地交谈,这种法国兄弟情谊的典型影像,就像美国西部片中几个牛仔并肩骑马驰骋的美国硬汉情怀一样。

法国人喜欢把情与爱说成是爱上和爱。爱上一个人,是感觉爱,是恋爱的感觉;爱则是要与一个人生活,相伴一生。美国人不玩这种文字游戏,他们把爱分为爱、很爱、特别爱。爱指持续两个月的爱,很爱可持续两年,特别爱指永远爱。这是美国一部爱情影片中的经典台词,在美国颇有认同基础。这样看,法国人比较喜欢谈情,美国人比较喜欢说爱。

"男人温柔是为了跟女人上床,女人跟男人上床是为了温柔。"这是法国影片《结婚》(2004)中的一句名言。

法语SEXES表示男性和女性,这个词从前往后念,或从后往前念,发音和意思都一样。可见,在法国人眼中,男女是平等的甚至是一样的,至少从词源上看是这样的。其实上帝创造男女,如果不分先后的话,两性原本就是平等的。上帝让男人有征服一切女人的心理机制,却不给他征服一切女人的生理能力;上帝让女人有接受一切男人的生理能力,却不给她接受一切男人的心理机制。一般来说,男性面对多个女性时幸福又快乐，女人面对多个男性伙伴反而会犹豫和痛苦。

都说法国人浪漫，其实在法国人的浪漫中，不势利、不献媚是一个重要内核，一个不自主的人是无法浪漫的。

从20世纪50年代罗杰·瓦迪姆的《上帝创造女人》（1956）中赤脚游荡的性感小野猫碧姬·芭铎，到特吕弗式经典三人组《朱尔与吉姆》（1962）中爱情乌托邦的毁灭，再到90年代莱奥·卡拉克斯的《新桥恋人》（1991）耗资一亿六千万法郎只为讲述两个流浪汉的爱情，法国电影中对自由、平等、博爱的宣扬并不是口号，而是自觉的行动纲领，甚至是真实的生活映像。

如果说美国好莱坞电影是对清淡生活的调剂或刺激，那么法国电影就是对自由过度生活的冷却或反思。它以生活中的喜怒哀乐为原料，如实讲述出来，引发观众的认同和思考。了解生活、洞察人性要看法国电影，虽然有些单调，有些唠叨，甚至有些另类，但作为作品，它们是心智与情感的结晶。

"爱情的唯一标准，就是没有标准地去爱。"大概因为法国人忠实于爱情，所以法国电影最大的特点是不按常理出牌，拒绝那套起承转合的好莱坞电影叙事法则，以及邪不压正、善有善报、有情人终成眷属一类的大众情感定式，关注"人"而非"故事"，电影里的人，无一不是红尘男女，贪、痴、嗔、怠、妒俱全，没有道德完人，更没有超级英雄。影片中展现的那些生活细节，原始地再现了爱情的本质——感性而易碎。

"爱情是一只放荡不羁的小鸟。"没有人知道它将在何处停留，又在何时起飞。我们只能依稀从它在法国银幕中留下的踪迹，作一番风的解读。

普通的故事

"我不追求独特。你找到一个对象，结婚生子。这是再普通不过的了。独特的地方就在于你爱的人。"——《一个男人和一个女人》

《一个男人和一个女人》讲述一个赛车手与一个年轻寡妇，因为前往学校接送他们的孩子而一见倾心共坠爱河的故事。作为克劳德·勒鲁什的成名作，影片以新颖别致的手法处理简单而普通的爱情故事，局部采用彩色，大部分采用单色处理，在迷人的背景音乐烘托下，影像流畅而清新，可谓法国文艺片的巅峰作品之一，包揽了当年的戛纳金棕榈奖和奥斯卡最佳外语片奖。

说到描绘法国人的情感世界，不能不提埃里克·侯麦。侯麦之于法国，犹如小津之于日本。理性谈风月的侯麦，四十年来如工笔画大师般描摹着那些困于情爱迷宫的男女以及他们灵魂深处的危机。从20世纪60年代的《六个道德故事》系列到80年代的《喜剧和谚语》系列再到90年代的《四季故事》系列，侯麦以他知识分子的执着，坚持不懈地探讨剖析面对情感诱惑的红尘男女，在欲说还休的对话中，展现出一种引而不发的情欲未完成状态，即"发乎情，止乎礼"。也许我们可以简单地称之为暧昧。

《克莱尔的膝盖》（1970）是侯麦《六个道德故事》系列之一。一个中年男人即将结婚，但在朋友的庄园里邂逅十六岁少女克莱尔之后，不能自拔地产生抚摸克莱尔膝盖的欲望。最后他使用诡计支走了克莱尔的男友，利用安抚克莱尔的机会达成了心愿。影片细腻地塑造出中年男人的复杂性心理，他对青春期少女的肉体产生迷恋，却又在现实压力下抑制了冲动。抚摸膝盖的动作在片中象征着男主角的征服欲而非占有欲。侯麦从这场爱情游戏中剖析中年男人面对少女的犹豫心态和虚实难辨的复杂思想，对男人自以为是的"洛丽塔情结"小小讽刺了一把。

《女友的男友》（1987）是侯麦《喜剧和谚语》系列中的第六部，启发灵感的谚语是"我朋友的朋友也是我的朋友"，引出两个男人和两个女人之间排列组合的变化，交错的、矜持的又或是挑逗的意乱情迷，又浅尝即止。《四季故事》系列的最后一部《秋天的故事》，被称为侯麦最迷人的影片，讲述一个中年女子毫无预备地被夹在两个经人介绍前来相亲的男士中间的喜剧故事，对白幽默诙谐又饱含智慧，如恋人絮语般捉摸不定，又深具文学气息。

克洛德·索泰的《普通的故事》（1978），气氛平淡朴实，令观众感同身受。女主人公玛丽决定跟男友分手，独身后因为帮助好友布丽艾尔的丈夫解决工作而与前夫乔治见面，两人旧情复燃。后来布丽艾尔的丈夫因工作压力而自杀，玛丽与她搬到一起住，此时乔治也与妻子一起迁去外地，玛丽平静地迎来了又一次分手。影片获恺撒奖十项提名和奥斯卡奖最佳外语片提名，最终玛丽的扮演者、茜茜公主罗密·施奈德凭借细致入微的演绎夺得恺撒奖最佳女演员奖。

《冬天的心》（1992）是克洛德·索泰获恺撒奖最佳导演奖的作

品,影片用冷静疏离的手法,刻画了娴静高雅的气氛下蕴含的感情暗流。故事中两个男主角史提芬与麦辛是合开小提琴工作室的好朋友,当麦辛的女友、女演奏家卡蜜儿出现后,两人之间的友情产生了微妙的变化。史提芬被卡蜜儿的才华和美貌所吸引,但直至卡蜜儿主动示好,他仍一直冷漠回应,面对爱情黯然退却。错失爱情机缘后,三人重聚已是往事如烟。

雅克·里维特改编自巴尔扎克小说的《不羁的美女》(1991),曾获得戛纳评审团大奖。影片以精心描画艺术创作过程的方式,带出微妙的情感暗流,激情、欲望、嫉妒,翻腾在晦暗不明的氛围中。当最后以艾曼纽·贝阿为模特的画作终于完成时,老画家并没有向包括观众在内的任何人展示,而是埋入墙内,用砖块封存起来,留下一个永远的谜。

法国影片以清新浪漫著称,但那是一种风格化的迷幻和冷酷,纯真而迷人。那种才子佳人花前月下式的温情戏码,或甜腻或苦情的纯爱故事,在法国片里实在少之又少。自由、平等、博爱是法国精神,也是法国人求爱的精神。在这种精神指引下,任何与爱有关的事情都变成了完美与不完美的佐证,而不至于成为你死我活的爱情葬礼。

恋爱关系、伴侣关系和婚姻关系,这三种关系常常使我们产生迷惑与迷失。在恋爱关系中,现实的恋爱对象可能不是一个梦中情人或理想婚姻的伴侣,而是一个想通过爱来抵御内心的恐惧、给自己所谓安全感的人,但这种白马王子式的完美对象,用西方一位学者的话说,就是"从你爱上这个人的那一刻起,他从王子到青蛙的蜕变过程就自然地开始了"。再完美的爱人，事实上也只是一个普通的凡人，一位心理学家甚至说："热恋状态，如同吸毒产生的快感，必然埋下失望的种子。所以，这种关系追求的完美程度是任何关系都难以承载的，是无法长久保持浓度的。"

伴侣关系则意味着彼此接受，相互发现并彼此欣赏。所以，伴侣关系是否幸福不会取决于别人，而只取决于你自己。伴侣关系不是我们期望的生活的保险箱，也不是休养的港湾，而是自我发展的机遇。

婚姻关系中有爱情的部分，也有规则的部分。它意味着彼此承担责任，相互关照，相互给予滋养。这种婚姻已有理想模式，可是追求理想往往带来失望和不幸，因此西方人更喜欢成为伴侣而不是夫妻。

法国实行一种合法同居，亦即准婚姻，双方采取分产制，只需共同分担生活开支。若要分手，只要一方提出书面解约，即告成立。据统计，每年有十五万对法国人采取这种方式，其中有一万五千对是"同志"。这说明法国人喜欢同居，不喜欢独处，但是即使他们相爱，也不轻言结婚，宁可住各自的房子，争取更多的自由和空间。匈牙利思想家克里斯蒂娃说，法国人过的是一种"既优雅又粗暴的法国式生活"，也许优雅指的是他们追求爱情，粗暴是指他们对待婚姻的方式。

萨特写给波伏娃的书信洋洋洒洒多达五十多万字，他称波伏娃为海狸，可见一开始就没打算把她娶进家门，而是让她在海中享受自由。这是一对预言家的爱情，他们知道婚姻的问题，所以不走进婚姻。两个夫妻式的朋友共同生活了几十年，避开了所有平常夫妻都会遇上的不和与不幸，一路亲密透明地走过来。他们的情感是架构式的，友谊也是架构式的,其实契约无论是口头的还是书面的,都是一种规则,只要双方按规则走,结果不一定幸福,但绝不会不幸。

萨特把爱情界定为绝对爱情和偶然爱情,算是对爱情的存在主义解释。这种解释充满人情和人性,令人想到萨特的著作《存在主义是一种人道主义》。女人有三种:生命的女人、生活的女人和生理的女人。生命的女人指婚姻中的女人,能和丈夫相濡以沫,白头偕老;生活的女人是指偶遇或持久的情人;生理的女人则指性交易的女人。生命的女人可能符合萨特的绝对爱情,生活的女人符合他的偶然爱情。无论是绝对还是偶然,首先这是爱情,可见人要面对两种爱,有一种爱要坚守,还有一种爱可放弃;一种长久的爱和一种瞬间的爱。占有一种,是福;占有两种是大福;但还有很多人在这两种爱之间挣扎、倾轧乃至自戕。

我们不会白头偕老

"一个老婆,两个孩子,三个挚友,四份贷款,五星期年假,六年没换工作,七套高保真音响,八星期做一次爱,九圈环绕地球的不环保垃圾,十年没有纠纷的家庭生活,平平淡淡,简简单单,只是少了一个赌注。"——《两小无猜》

《两小无猜》(2003)是导演杨·塞缪尔的处女作,由吉约姆·卡内和玛丽昂·歌迪亚主演,是一个浪漫并疯狂的法国故事。小男孩和小女孩从小到大都乐此不疲地玩一个"敢不敢"的游戏,用一个铁盒作为信物,接过铁盒的人必须按照对方提出的要求做,于是各种撒野捣乱,林林总总……直到女孩在男孩的婚礼上要求男孩逃婚,然后在铁轨上与男孩订下十年不见面的赌约。在经过十年平凡安稳的生活之后,三十五岁的男孩仍然热泪盈眶地怀念那段疯狂的岁月、那个疯狂的赌约,于是他不假思索地冲入下一个游戏,高速驾驶而撞车受伤。医院门口,女孩向昏迷的男孩提出最后一个游戏:"不要离开我,你敢不敢?"此时他们各自的丈夫和妻子正在雨中痛彻心扉。他们相爱,于是整个世界都是两个人的游乐场,无关其他。最后,他们互相拥吻着被封存在水泥里。

法国精神病学家拉康说:"爱情是两个精神病人的机遇,他不可能是其他样子,每个人都会遇到这样的人,这个人的精神病会与自己的完全吻合。"如一首歌中所唱:"爱情是一种病。而且,病得无可救药。"

曾获戛纳影展评审团大奖和恺撒奖最佳影片、最佳导演等五项大奖的《美得过火》(1989)中,由杰拉尔·德帕迪约饰演的贝尔纳有一个非常美丽的妻子,还有两个孩子,却偏偏与其貌不扬的约西娜坠入情网。贝尔纳的妻子找约西娜了解究竟,可约西娜也说不清所以然,只好去问贝尔纳,谁知贝尔纳也无可奉告。影片用幽默而有几分诗意的气氛探讨了婚姻中的两性关系,颠覆了一直被类型化的偷情题材。怪老婆过分美丽,这样哭笑不得的出轨理由,也许只有法国人悟得其味。

该片导演贝特朗·布里耶之后又拍了一部《浪得过火》(1996),也是一部匪夷所思的浪漫喜剧,主演阿诺克·格林布戈因此片获柏林影展最佳女主角奖。她在片中饰演一位热爱工作的法国妓女玛莉,收留了一名无家可归的流浪汉,将当妓女的收入交给他作日常花用。不料,这个穷极无聊的男人竟然引诱另一名修指甲女郎去当妓女,其后因东窗事发而入狱。

　　爱因追求永恒而痛苦，情因享受瞬间而甜蜜。有时甜蜜的情因希望永恒而变得痛苦，痛苦的爱因放弃永恒而变得甜蜜。如果爱是痛苦的，情是甜蜜的，自然爱情就是有苦有甜。莫里斯·皮亚拉的成名作《我们不会白头到老》（《我们不愿互诉衷曲》，1972），根据导演本人的自传体小说改编而成，讲述身为有妇之夫的让爱上年轻漂亮而单纯的卡特琳，开始了一段缠绵的爱情，但让脾气暴躁，而且也一直无法决定是和妻子离婚还是和卡特琳分手，两人的感情一直处于僵持状态。最后卡特琳离让而去，和他人订了婚，让才发现自己真正爱的是卡特琳，然而结局已难以挽回。该片主演让·雅南获得戛纳电影节最佳男演员奖。后来他自编自导自演了一部关于中国解放军占领巴黎的搞笑喜剧《解放军在巴黎》（1974），从中可以见识到法国人的政治娱乐尺度。

　　在克洛德·索泰的《生活琐事》（1970）中，主人公皮尔同样陷于妻子和情人间的纠葛而不能自拔。他想自己"关闭"起来，使自己"孤立"，以摆脱尘世的烦恼，这实际上行不通。但突发的车祸成全了他，他获得了真正而彻底的"孤立"。而在索泰的《恺撒与罗莎丽》（1972）中，两个男人伊夫·蒙当与萨米·弗雷争夺美艳的罗密·施奈德，但在影片结尾，这两个男人成了世界上最好的朋友，等施奈德回来时，他们似乎也不再需要她了。

　　与一男两女的经典三角恋一样，一女两男同样有甜蜜也有痛苦的煎熬。罗伯特·格迪基扬的《玛丽和她的两个情人》（2002）中，玛丽深爱着丈夫丹尼尔，但对情人马克的爱同样热烈。她每隔一段时间就去和马克小住一段时间,这时丹尼尔就不得不在痛苦的煎熬中焦灼地等待着她的归来。面对困境,两位恋人都几近绝望,玛丽自己也不知道如何解决这一切。

来自马赛的导演罗伯特·格迪基扬的影片都是以低成本、非职业演员完成的,主角都是市井小民,可见出轨、外遇在某种程度上是被默认的国民行为。

不外遇,毋宁死。正如普鲁斯特所说的"彼此拥有是一种伤痛,是荒诞的需求",这大抵是在"博爱"旗帜下的法国人的极端告白。法国学者勒内·热拉尔在《浪漫的谎言与小说的真实》一书中这样审视丈夫、妻子与情人三者的关系:"这与两个人的浪漫相遇无关,这是一种三角关系的欲望,总要牵涉第三者,前两个相爱方都不愿意看到第三者坐收渔利,但没有这个第三者又什么都不会发生。"

爱、情、性,实际上是平行共进的三条道,如同公路上的超车道、慢行道和快行道。任何车都可以走其中的任何一条,也都不会只走其中的一条。婚姻中的法国人免不了在回家的情、性路上并道、超车,但无论他们怎么出轨,还是会走在回家的路上,所以他们认为路上发生的事不那么重要,不值得为此而反目成仇。于是他们在复杂的感情世界中找到了一个简单的说法:情非爱。爱高于情,只要还爱我,与他人有染,就情有可原,其情可恕。如不爱我,则此情必断。

有一本法文书叫《如果爱我,就骗我》,讨论夫妻之间的忠与不忠。其作者是位心理学者,他认为:当一对夫妻不再隐瞒时,也就是爱结束的时候。一个人如果还有欺骗的意识,说明他或她还有爱,还不想散。欺骗和隐瞒也只限于出轨这个层次上。男人的不忠来自多重吸引力，多种需要；女人的不忠来自单向吸引，递进需要。法语中用"历险"和"奇遇"来表示男女情爱的萍水相逢，它的危险性和猎奇性都在其中。

如今的时髦词是女人好色，而且还多出自女人之口。这是女人的解放与觉醒，因为有了好色的女人，男人好色也不似以往那样无耻，变得比较中性起来。

科学家的实验证明，恋爱即动物的发情在人身上的表现，最长为三年，也就是从相爱到生子过程所需的时间。之后，婚姻就剩下义务和责任了，所以很平淡。克服这种平淡的不是爱情，而是相依为命的需求，有这种需求的人可以走向白头偕老，没有这种需求的人可能追求另一个恋爱季节。

两个人的爱情感人，三个人的爱情吸引人。法国影片中往往会有一个第三者，其更多是一个双性恋者，既可做女人，也可当男人。这种人让可怜的异性恋者对女人的欲望合法化，把女人放置在男女关系之间。为了取悦女人，男人必须像一个同性恋者，这些爱他们女人的男人，由于太爱她们，太怕她们，以至于不敢碰她们。

禁色迷情

"爱人啊，是该照亮星星了。我的宇宙从视线中消失，从高处俯瞰，我的人生满是错误。"——《我生命中的男人》

《我生命中的男人》是女导演扎布·布雷特曼眼中的男男世界，又名《他和她的男人》（2006）。费德烈和费德莉一家人如往年一样到普罗旺斯度假。有一天费德烈在林间慢跑，巧遇同志艺术家雨果，他热情邀约雨果来家中聚会。当晚，他们畅谈饮酒直到天亮。雨果享乐生命的态度，唤醒了费德烈体内沉睡的欲望。两个男人互动亲密，每个早晨的慢跑就是秘密约会的时光。渐渐地，费德莉发现丈夫似乎离自己越来越远……影片重新定义了"一夜情"，以同志情愫为催化剂，从丈夫、太太、情人三方探索人性深层情欲。主演查尔斯·贝林曾多次提名恺撒奖最佳男主角，另一主演贝尔纳·康庞曾获恺撒奖最佳导演及最佳男主角提名。

《禁色迷情》（《一见钟情》，1983）则讲述莲娜和玛德琳两个女人之间的友情和爱情，两位女主角伊莎贝尔·于佩尔和缪缪分别代表了两种不同的女性典型。莲娜和玛德琳认识之初，只是觉得彼此之间很谈得来，渐渐地，莲娜对玛德琳产生了一种仰慕和依赖的心理，结果导致莲娜的家庭破裂，演出了一幕家庭悲剧。

主演之一的缪缪出身底层，是在跟母亲在大街上卖草莓时被导演罗曼·布特耶发掘的。她以《圆舞曲女郎》（1974）一片成名，十次提名恺撒奖最佳女演员，并因出演丹尼尔·杜瓦尔的《再见了，巴黎的夜》（1979）获得该奖项，但却拒绝领奖，她认为演员是不应该彼此竞争的。这也许是她之后七次提名而没有得奖的原因。

《禁色迷情》获得恺撒奖最佳影片和奥斯卡奖最佳外语片提名，是由女导演黛安娜·克里斯以儿时的家庭经历创作而成。由于她秉持冷静平和的态度，这部电影得以跳脱格局窄小的个人回忆，成为女性意识觉醒时代的见证。

在法国,直至20世纪初,婚姻仍然是包办的,社会性高于爱情,婚姻的男权观念高于母权观念。但第一次世界大战后,这一切都结束了,男人放弃了一切,女性浪漫主义最终取得了胜利。

"当公路限速时,女人开始驾车;当吸烟有害健康时,女人开始吸烟;当政治无用时,女人获得了平等;当革命结束时,女人投了左派的票;当文学消亡时,女人变成了文学营销的论据。"从某种意义上说,法国文化是对女性的解读和体验,兼有女性魅力与男性智力。

法国女人的三性:个性、知性、感性,加在一起就是魅力。

女人是情感动物,法国女人更是如此,没有爱,无法想象法国女人如何生活。苏菲·玛索在她的半自传体小说《说谎的女人》中写道:"在爱情、真情、爱的表现之间,我无所适从。"

不知如何面对生活中的各种爱,却丝毫不影响她去享受爱,这就是苏菲,也是法国女人的典型特征。法国女人虽然是吃醋王,但也最看得开,能接受出轨与不忠。她们可以为爱情放弃一切,也能接受生活的讽刺与无常。她们为情而生,但绝不为情所困。

法国男人多为大男子主义者,外表的绅士风度隐藏着内心的霸道和小气;法国女人多为女权主义者,为了独立和自由,与丈夫、孩子和家人开战。我们都说商场如战场,其实家庭也如战场,是观念和态度的战场,也是情感的战场。

西班牙大导演阿尔莫多瓦有句名言:无论社会变得多么美好,男人总是要抛弃女人的。从这一点看,女人的本质是不幸的,虽然被男人抛弃不一定代表不幸。但现在女人已不再承认被男人抛弃，而更愿意主动离开男人。

今天，法国有三分之一的夫妇离异，在大城市，离婚率高达百分之五十。有两百万以上的未成年人的父母是曾离异过的，百分之六十八的离婚由女方提出，百分之八十五的孩子和妈妈住在一起。

林语堂说过："女人比男人更接近人生，她们了解男人，而男人却不了解女人。"他还说，"感觉"是女人的最高法院，当女人将是非诉于她的"感觉"之前时，明理人（指男人）当见机而退。最聪明的男人也只能"见机而退"或知难而退，想征服女人断无可能，最多获得一丝女人让予的征服的感觉。他还认为"在婚姻内，女人处处占便宜；在婚姻外，男人处处占便宜"。林先生在西方生活过多年，他的总体感觉是西方人太注重性而不太注意女人，中国人注意女人而不注重性，把女性与女人分隔开了。

罗兰曾说："男人心中还有一种永恒、秘而不宣的理想女人——妓女。"这可以从反面印证现代人性无能的梦魇，"难以满足的，而有性需求的，以及具有让人极度兴奋、眩晕能力的女性，对男人而言，是一个危险的、可怕的伙计，一个产生焦虑的装置。"但哲学家并没有否定爱情，他只是认为"妇女的解放在许多方面使婚姻成为一件更困难的事。无论女性还是女人，她既要爱情，也要婚姻"。

法国社会学家埃里克·泽穆尔在其著作《第一性》中，暗示西蒙·波伏娃的《第二性》（女人）现在已经成为第一性，男人从第一性降为第二性。虽然从社会层面上看还是男性主宰，但从家庭、局部层面上看，女性已掌控了一切。

而当女人恋上女人，"你的笑容宛如火焰，将我吞噬在寂寞的键声中兀自旋转"。《我想吃掉你》（又名《你是我的蕾丝边》，2009）是女导演索菲·拉卢瓦的第一部剧情长片，讲述少女玛丽和少妇艾玛互相吸引，两人越爱越混乱，最后一发不可收拾的故事。当艾玛被玛丽的青春气息激起所压抑的对爱的渴求，爱上的却是一份青涩的暧昧和执着的逃避，以致在一再的背叛中丧失了信心和理智。

"蕾丝边"是外来语"lesbian"的音译，源自希腊的"蕾丝坡岛"（Lesbos），据称该岛公元前7世纪的女诗人莎芙，曾在诗作中倾诉自己对其他女子的爱慕。随着故事的流传，"蕾丝坡岛人"渐渐成为女同性恋者的代名词。

导演索菲·拉卢瓦的童年和青少年时期都在音乐的环境下成长，所以在大银幕上初试啼声便展现出丰厚的音乐背景。主演朱迪斯·戴维斯是法国新一代实力派新星，在巴黎索邦大学修得哲学硕士之后，便转换跑道当演员，本片是她首次挑大梁演出，把玛丽矛盾迷惘的性格演绎得有血有肉。饰演艾玛的伊希尔·勒·贝斯柯，父亲有越南血统，其阿尔及利亚裔的母亲也是个演员，姐姐麦温·勒·贝斯柯更是知名的女星导演、吕克·贝松的前女友，也是《第五元素》中那位外星女高音的饰演者。作为欧亚混血儿的伊希尔被名导伯努瓦·雅克称为"金发蓝眼的中国天使"，她因出演伯努瓦的《萨德侯爵》（2000）受到影坛瞩目，2006年两人合作的《不可触及》让伊希尔得到威尼斯影展最佳新人奖。目前她也跟姐姐一样成为一位女星导演。

在20世纪70年代以前,数得上的法国女导演不会超过十个,但从20世纪80年代开始,女导演大量涌现,使得女性主义电影成为不可忽视的一支重要力量。被评论界认为是最尖锐的女权主义导演的凯特琳·布蕾亚,二十三岁参演的第一部电影,是意大利名导演贝托鲁奇的经典情色片《巴黎最后的探戈》,两年后她把自己的第四本小说拍成电影处女作《解放的潘多拉》(1975),描写一个处于青春期性幻想中的少女,被誉为"新女性主义代表作",但因镜头过于大胆而遭遇冷冻处理。直到1999年,其执导的《罗曼史》才被主流观众接受,该片以冷静的心理分析,探讨男女两性之间、爱与性之间的关系,直面一个遭遇丈夫性冷淡的年轻女子玛丽的心灵困境和性爱需要,真实地刻画了玛丽借性和身体获得掌握生活权利的追寻旅程。

《我爱你,我也不爱你》(1976)是塞吉·甘斯布的首部导演作品,讲述"一个GAY和一个没胸没屁股的小个子女孩"几天放荡生活的一曲爱欲情歌,提名恺撒奖最佳音乐和最佳音效。塞吉·甘斯布是身兼诗人、歌手、作曲家、导演及演员多重身份的才子,为法国战后流行文化界的顶尖人物。影片灵感来源于甘斯布与当时的歌手女友简·柏金合唱的同名歌曲,以充满魅力的嗓音展现情欲世界,曾在多个欧洲国家遭禁,直到1969年才得以重新发行。简·柏金也是该片主演,除了前卫性感的时尚宝贝身份外,她的一生充满传奇,从华丽名模、实力演员、风格歌手到影片导演,甚至成为全世界贵妇都要排队订制的柏金包设计师,令人见识到她极丰富的跨界创作才华。他们俩的女儿夏洛特·甘斯布,有着神秘感的独特气质,已成为欧洲影坛的新文艺女神，十四岁即在《不安分的姑娘》（1985）中有感人至深的表演，获恺撒奖最佳新人奖，2000年因达妮埃尔·汤普森的《圣诞蛋糕》夺得恺撒奖最佳女配角奖，2009年因主演拉斯·冯·提尔的《反基督者》获戛纳电影节影后桂冠。

阴阳错位的世界，雌雄同体的爱情，这是萨德侯爵的后代们醉心描摹的边缘与禁忌之爱。小清新的如才子型导演克里斯托弗·奥诺雷的歌舞片《巴黎小情歌》（2007），一部向名导雅克·德米的致敬之作，影片从男欢女爱突然转向同志恋曲，在香颂情歌的吟唱中，这样随性的法式爱情竟然也显得自然迷人。奥诺雷的另一部歌舞片《被爱的人》（2011）讲述性开放的60年代和害怕承诺的90年代，母女两代人的两段三角之爱，前者乐在其中，后者因爱上男同性恋者而纠葛迷惘，最后以身亡解脱。重口味的比如弗朗索瓦·欧容集结老中青三代顶级女星的《八美图》（2002），其题材竟是乱伦和谋杀。而在加斯帕尔·诺埃的《不可撤销》（2002）中，一宗暴力强奸案带来了强烈复仇意愿和极度暴力宣泄，性已远离了身体和爱情，变成了一种动力或者说诱饵，与情无关，更与爱无缘了。

此外，萨德侯爵的后代们也热衷于描摹极端癫狂之爱，比如传奇美人伊莎贝尔·阿佳妮最为传诵的银幕角色，一个是大文豪雨果之女阿黛尔（《阿黛尔·雨果的故事》，1975），一个是罗丹的情人卡米耶·克洛岱尔（《罗丹的情人》，1988），这两位都是因爱而狂，终老于疯人院的悲剧女子。

爱比死更冷

"我先走了,在你离开我之前,在你厌倦我之前,我走了。在生命最美、爱情还在的时候,我把孤独留给了你,还有我不曾苍老的容颜。我走了,带走了你的味道,你的体温,带走了你的模样,你的吻。你给的幸福我也带走了,留给你的是曾经美好的记忆,请你好好保存它们,也许有一天我会回来。"——《理发师的情人》

这是帕特利斯·勒孔特获七项恺撒奖提名的《理发师的情人》(《爱比死更冷》,1990)中马蒂尔德最后的遗书。安东尼在少年时期迷上了镇上美发店的一个中年女理发师,梦想长大后娶个理发师。之后,中年女理发师猝死。安东尼怀揣着自己的梦想步入了中年,终于遇见了美丽的女理发师马蒂尔德并娶她为妻,而马蒂尔德为了得到永恒的爱而自杀了。

与中国人认同的"等到风景都看透,也许你会陪我看细水长流"的爱情观不同,《爱比死更冷》以一段浪漫爱情故事出乎意料的结局,探讨了法国人对永恒爱情执迷的一面,即以死亡换来爱情的永恒。

王尔德在接受审判期间写给恋人的信中说:"欢乐隐藏了爱,但痛苦却揭示出爱的本质。"爱有多销魂,就有多伤人,所以谈情说爱有时成了一种风险。爱不只是两情相悦的甜蜜时光,有时苍白无力,有时撕心裂肺,甚至于让沉湎其中的人走上不归路。

克劳德·米勒获恺撒奖六项提名的《告诉他，我爱他》（1977），是一部有着辛辣对白的爱情黑色电影。大鼻子德帕迪约扮演的中产阶级小经理，疯狂痴迷从前的发小、现在的冷美人少妇，为此做出了一系列疯狂的举动，包括间接害死了她的有钱老公。与此同时，大鼻子也有个疯狂追求者缪缪，想用情欲诱惑他、感化他，但最后大鼻子毫不留情地杀死了她，因为她所做的一切都让他感觉恶心。可惜，冷美人也说大鼻子让她恶心，"我可以和任何人再婚，除了你！"绝望的大鼻子最后烧毁了精心准备好的新房子，带着他梦想中只有少妇才配得上的雪白婚纱，走向了不归路。

2007年，八十四岁的法国哲学家安德烈·高兹和身患绝症的妻子多莉娜在巴黎家中打开煤气，双双离世。高兹在自杀之前完成了《致D：爱史》，回顾他和多莉娜的爱情历程。书的开篇写道："很快你就八十二岁了。身高缩短了六厘米，体重只有四十五公斤。但是你一如既往的美丽、优雅，令我心动。我们已经在一起度过了五十八个年头，而我对你的爱越发浓烈。我的胸口又有了这恼人的空茫，只有你灼热的身体依偎在我怀里时，它才能被填满。"

在书的结尾处，高兹写道："我不要参加你的火化葬礼。我不要收到装有你骨灰的大口瓶。我听到凯瑟琳·费丽尔在唱'世界是空的，我不想长寿'，然后我醒了。守着你的呼吸，我的手轻轻掠过你的身体。我们都不愿意在对方去了以后，一个人继续孤独地活下去。我们经常对彼此说，万一有来生，我们仍然愿意共同度过。"

这就是伟大的爱情，就是在大部分时间里让彼此感到幸福，彼此不会厌倦、不会失望，一日不见如隔三秋的爱情。这样古典、平淡、含蓄却荡气回肠的爱情，在法国影片中也不多见，如朱丽叶·比诺什和奥利维·马丁内兹主演的《屋顶上的轻骑兵》（1995），一段乱世中的爱情，要用一生的时间，静默地、坚贞地去完成。

爱，可能是和死亡的概念同时诞生的。迈克尔·哈内克的《爱》（2012）则用真实的老去、疾病和死亡对爱情做了终极考量和检测。影片的主角是一对年过八旬的老年夫妇，妻子安妮突然中风、瘫痪后，他们平静安详的生活被打破了，原本平等的爱的关系面临着失衡的危险：她沦为一个被照顾的、无法表达自己的消极对象。最终，对乔治斯而言，帮助爱人死去，和他第一次对她说出"我爱你"一样，是一个根本性的决断和事件：一个宣布"爱"的开启，另一个以放弃生命的方式宣布"爱"的坚持和完成。

《爱》上映后好评如潮，获得包括奥斯卡最佳外语片奖、戛纳金棕榈奖以及恺撒奖最佳影片、最佳导演、最佳男女演员、最佳原创剧本在内的十多项大奖。主演埃玛妞·丽娃，昔日《广岛之恋》里的Elle已是八十五岁高龄，另一主演让-路易斯·特林提格南特也已八十二岁了，他早年主演克劳德·勒鲁什的《一个男人和一个女人》之后，成为勒鲁什的御用男演员，也曾主演基耶斯洛夫斯基的"蓝白红三部曲"之《红》以及侯麦最具知识分子气息的影片《慕德家一夜》。两位高龄演员的表演如水过无痕般真实自然，她的难堪、忧戚和绝望，他的日渐乏力和无奈悲愤，于平静内敛中透着无可抗拒的生命的残酷。

当爱高于生命，这种爱已不是浪漫主义的爱。浪漫主义的爱只关心相遇的戏剧，相遇就是高潮，就像童话故事中"王子和公主从此幸福地生活在一起……"浪漫的法国人在爱情问题上更坚持现实主义，即关注相遇之后"两的场景"的不断艰难再造、坚持和完成。

所谓爱，不是合二为一，不是相互占有，不是一个人以另一个人的世界观、感情或认知为中心，"在大部分爱情关系中，不是两个相爱的人相遇，而是两种关于爱的观念相遇，就像两个完全不同的世界相撞"，用法国哲学家巴迪欧的话来说，爱就是"两的场景"，"差异的经验"，就是在差异中不断有所构建和创造，就是"通过两人彼此不同目光和视角的交流，不断重新体验世界，感受世界的诞生"。

法国哲学家吉尔·利波维斯基说，我们的时代是一个自恋的时代，这个自恋型幸福时代不是一个"一切皆可"的时代，而是一个"既无约束也无惩罚的道德时代"，人们越是沉湎于自我欣赏，就越渴望被人欣赏。自恋的成因是人们对意志和死亡的恐惧，自恋的不幸在于要完全沉湎于自身，以避免受到他者的影响而失去自我。

也许爱情的力量能让我们走出自恋，重新体验世界。爱情是一面清透的镜子，能照出我们身上的光华与不堪，爱情也是一粒复杂的种子，在两个世界之间，在"两的场景"中间，落地生根，开花结果。爱情是我们内在成熟和不断学习的果实。

法国诗人路易·阿拉贡说："爱，只是一个字。"这个字最简单，又最复杂，足以构成人类错综魅惑的情感大世界。而法式的浪漫与情爱，称得上是其中最亮丽的样板。

> 艺术不是奢侈品
> 而是必需品
>
> ——罗伯特·布莱松

有一种气质叫感性

一个艺术的国度,感性几乎是必然的标签。除了对待情感的态度,以自由、平等和博爱为己任的法国人,在文化艺术的创造上,也是处处流露出感性气质,其唯美品位、生活乐趣与永不满足的创新精神,推动着这个艺术国度或快或慢地发展。法国电影的发展历程,就是其某种程度上的一个佐证。

伸向戏剧和文学的橄榄枝

一位法国作者乔治·杜拉梅勒曾说:"电影是最无知者的娱乐。"这句话虽然深刻揭示出电影如同人手一册的圣经,是一种大众食粮,但在电影史早期,它却是一个不折不扣的事实。

电影发明初期,正值巴黎的"美好年代",科学技术与经济的发展,给巴黎带来了崭新的文化艺术与生活方式。经过现代城市改造的巴黎,光彩炫目,活力十足。当时电影以它的新奇招徕的顾客主要是儿童和游乐场的游客,而且按米付费,如同绘画一样尚属手工。

1902年,夏尔·百代修建了三座大型玻璃顶摄影棚和一家洗印厂,实现了纵向一体化企业经营,以现代工业傲视梅里爱的手工作坊。百代还在各地市集设立了二十四个大放映棚,在巴黎开设了第一家豪华影院。这一年,百代公司的拍摄量猛增至三百五十部,而1901年仅为七十部左右,而且片长比一般短片长两倍,情节也更复杂。星探还在巴黎的剧院里物色到了优秀的喜剧演员麦克斯·林戴,他由此成为银幕上第一个喜剧明星。1917年,卓别林在赠给林戴的照片上写道:"献给独一无二的麦克斯,我的老师。弟子查理·卓别林敬赠。"

20世纪初,电影已成为大众娱乐业。观众涌入黑暗的大厅,观赏俗气的笑剧、笨拙的情节剧和魔术幻景。文人雅士则对电影不屑一顾,他们认为电影是给俗人看的俗物。到1908年,滑稽表演式的电影已无人喝彩,巴黎的影市行情一蹶不振。

在电影题材发生危机之时,莱昂·高蒙于1907年成立"艺术影片公司",有意与高雅攀亲,拍摄了第一部艺术影片《吉斯公爵遇刺》,由名作家编剧、法兰西大剧院一流演员领衔主演,注重表现人物性格。这部影片使得艺术影片的公式"有名的演员和高尚的题材"从此盛行。这是电影通过模仿戏剧——相当于照相术中的"绘画派"——登入了艺术殿堂。

1906年左右进入高蒙公司的路易·费雅德，是使得电影成为真正艺术的最重要导演之一，促成了高蒙公司的飞跃发展。在1925年去世前，他共拍摄了近八百部影片。费雅德的主要贡献在于将喜剧引向两个不同的方向，即建立在一种不近情理的逻辑发展上的荒唐喜剧和以内心观察描写占主要地位的心理喜剧。他还是拍摄成套的侦探片最成功的导演，创立了方托马斯、吸血鬼等形象。

百代公司也随机应变，创办"作家文艺家电影协会"，通过借鉴文学，倡导"艺术电影"，相继改编了《神曲》《小酒馆》《逍遥王》《巴黎圣母院》《九三年》《萌芽》《阿莱城姑娘》《巴黎的秘密》《驴皮记》《夏倍上校》等脍炙人口的文学名著，借文学名家和戏剧名伶提高电影身价，以招徕一批有文化修养的"白领"，获得了雅俗共赏的效果，名利双收。电影这时被看作是书的子产品。到第一次世界大战之前，特别是1912年以前，百代公司的影片数量超过美国电影公司的影片总和，成为名副其实的电影帝国和世界影坛霸主。此后，随着第一次世界大战的爆发，法国电影业逐步走向了衰落。

如龚古尔兄弟所言：历史是已发生事件的小说，小说是即将发生事件的历史。法国文学在法国文化中的重要性毋庸多言，法国拥有诺贝尔文学奖得主的数量在全世界高居前位。这大概得益于法国一直延续的思辨与文学创作相交融的传统，从蒙田开始，不论帕斯卡尔、伏尔泰，还是纪德、萨特，都为法国式的思维与文学创作提供了良好的典范。如符号学家朱莉亚·克里斯蒂娃所言，法国是一个"用小说进行哲学思考的国度"。借由改编文学名著,电影攀上文学高枝,从文学中获得了高贵身份,由此登堂入室,占有了艺术的第七把交椅。

夏尔·百代鼓励"文学作者与电影合作",认为作家最好来当导演,这使得法国影坛多了几分文人气,产生不少作家导演,著名的有让·科克托、马塞尔·帕尼奥尔、萨沙·吉特里、玛格丽特·杜拉斯等,还有一些短篇小说家或随笔作者,如侯麦、里维特、特吕弗、戈达尔等新浪潮主将。以阿伦·雷乃为代表的左岸派先锋电影,以它的文学性和知识分子气质,成为影史上重要的电影流派之一。2014年3月1日,九十一岁高龄的雷乃去世。此时他的新片《纵情一曲》刚亮相柏林电影节。作为新浪潮硕果仅存的几位电影大师之一,雷乃已经成了"生命不息、艺术不止"的神话。但时间终究带走了他,只有记忆永存。

当经典文学名著被搬上银幕,出色的电影也摇身一变成为了经典,如夏布罗尔改编自福楼拜同名小说的《包法利夫人》。此后,电影改编之路愈加宽广,比如与畅销书的结缘,甚至是报纸上的小说连载,前者的例子有乔治·西默农的侦探小说《夜幕下的十字路口》、大仲马的《三剑客》和《基督山伯爵》,后者有加斯东·勒鲁的神秘小说《歌剧魅影》。大仲马曾用丰厚的稿费,在巴黎近郊圣日尔曼昂莱森林的玛丽桥,建起了新哥特式风格的基督山伯爵城堡,但因其生活挥霍无度,1851年不得不破产拍卖。后几经易手,最后由政府收购,开始接待游客。

让·德拉努瓦改编自安德烈·纪德同名小说的《田园交响曲》(1946),曾获第一届戛纳电影节金棕榈奖。原著小说因此更声名远扬,让纪德在第二年获得了诺贝尔文学奖。

当小说改编成为潮流，哪怕是最不成功的，也能刺激观众在看完电影后去阅读小说，小说这时候又成了电影的子产品。这是电影对文学的回馈之一。

经典与畅销这两种文学作品类型给电影带来了两种价值观：艺术与金钱、诗意与经济。持第一种价值观的多为导演，持第二种的多为制片人。阿伦·雷乃曾说服制片人为他买下《疯长的草》电影版权，但他迟至二十五年后才把这部小说化为一部电影，实为感性之至。该书作者克里斯蒂安·加伊有幸看到了自己作品的银幕形象，他对此颇有些无奈："雷乃先生不是在拍文学，他组构了一些影像，给我们讲其他的事情。讲什么事我不知道，只能看影像。我想电影可能就是这样拍出来的。"

加伊想必同意这样的说法：最成功的改编不是在重写小说，而只是在读小说，如一个叫弗朗西丝·德·米奥曼德尔的人所言："一部好小说是一部拍成的电影。"电影是阅读，不是写作。但显然雷乃会反对这种说法，对他来说，电影就是一种写作，小说只是提供材料而已。

人们常说最好的电影改编并不来自最好的小说，其实好的文学不需要电影，它是一个独立王国。对于那些作品被搬上银幕的作家而言，电影不一定是件好礼物。

说到底，文学与电影的关系，不是泾渭分明，而是纠缠不清。文学在电影中无处不在，除了剧本，它还存在于电影剪辑中、结构中，存在于镜头的分配、节奏和重复中，存在于演员的表情和声音中，存在于场景的音乐中，存在于蝴蝶的翅膀、墙面的光影以及风吹起的水波中。文学关心它从何处来,电影则关心它到何处去。来去之间,是一个感性灵魂的理性旅程。

戏剧的超越与文学的交错

如果说巴黎喜欢戏剧,是因为这个首都本身就是一个丰富多彩的大舞台,在这个大舞台上演的一切,不会不在剧院的小舞台上表现出来。在电影发明之前,观看戏剧是巴黎人最主要的休闲娱乐方式。巴黎女人白天穿着优雅地去上班,晚上可以穿着同一身优雅装束去看戏,这不仅仅是一种生活方式,更代表了巴黎的气质。

19世纪末的巴黎,真正意义上的剧院有二十家左右,如以古典戏剧著称的奥德翁剧院、上演轻喜剧和道德剧的王宫大剧院、主要上演当代喜剧的沃德维尔剧院等,其中首屈一指的当属巴黎歌剧院和法兰西大剧院(即法兰西喜剧院),后者以它保留的著名剧目而闻名。

法兰西大剧院走出的著名戏剧女星萨拉·贝恩哈特,被雨果赞为"金嗓子",她以不寻常的演技成为雨果戏剧的出色诠释者。1894年,五十岁的萨拉买下文艺复兴剧院。1899年,她又买下国际剧院,改建成萨拉·贝恩哈特剧院,并反串小生,主演了《哈姆雷特》《雏鹰》等诗剧。1900年,萨拉主演的《哈姆雷特》被搬上银幕。1911年,她主演了《茶花女》,这部片子更多地属于戏剧,而不是电影。1912年,萨拉主演的默片《伊丽莎白女王》在纽约举行了盛大的首映礼,这是派拉蒙影业公司发行的第一部电影,并因此发了大财。此后萨拉还参演了多部影片。在她晚年将近八十岁时,因为截肢不能再登舞台,她同意在自己的别墅里拍摄《女预言家》一片,但影片没有拍完,她就去世了。

电影是如何取代戏剧而成为时代风潮的呢?

巴尔扎克不仅是小说家,也是思想家,他认为最高的艺术是"将观念纳入形象","艺术作品就是以最小面积惊人地集中最大量的思想"。在这一点上,电影与戏剧也许不分伯仲,但电影在呈现上的简单方便和复制性,渐渐打败了戏剧的隆重和繁杂。何况,戏剧是电影的第一个猎物,当戏剧进入电影镜头,它也就失去了存在的唯一性和必要性根基。

在法国电影早期,最豪华的影院叫影戏院,座位是包厢式的,看电影如同看戏。而进不了剧院包厢看戏的人也终于在银幕上看到了戏剧。就这样,莫里哀的戏剧从奢侈变成了亲民。

当时,法兰西大剧院的演员们一边忙演戏,一边拍电影。电影让戏剧演员成了电影明星,也让戏剧走进了千家万户。

大才子让·科克托这样描述戏剧与电影的关系:"戏剧与电影相对。电影与戏剧背对着背。演得过久的戏剧会偏离方向,会变成另一个戏剧,而电影能够拉回偏离的航向,删除无法纠正的错误。戏剧需要观众的配合和投入,演员一上场就想试探观众的温度。而电影则自成一体。电影是一个伟大的奇迹,一个脱离现实的、神秘的物体。"影院里的黑暗和银幕上月光似的光线恰好能够引发集体催眠状态,这也是为什么电影如此令人着迷。由此电影超越了戏剧,看电影成为20世纪最重要的休闲娱乐方式之一。

继戏剧之后，小说成为电影的新战场，几乎所有法国名著和知名作家的作品都被搬上银幕。读小说也在不知不觉中变成了看电影，文字被画面、想象被影像直接替代，甚至安静的阅读变成了喧嚣的刺激。文学改编作为一种电影生产方式被延续下来，尤其是经典名著的改编，成了不同年代的救市良药或是试金石。《赵氏孤儿》不仅有中国版，还有法国版；《李尔王》不仅有英国版，也有中国版；《巴黎圣母院》《悲惨世界》《基督山伯爵》《包法利夫人》《安娜·卡列尼娜》等名著都有多种电影版本，各个年代各种改编争奇斗艳，甚至使得文字原著被遗忘，只留下记忆中的影像画面。

让·雷诺阿、马塞尔·卡尔内、让·格莱米永和朱利恩·杜维威尔是法国20世纪30年代的电影四杰，其中杜维威尔更是一个改编高手。他曾任奥德翁剧院的舞台监督，1922年改编了小说《说西班牙语的美洲人》。戏剧和小说是他电影的两大源泉。有声电影出现后，杜维威尔从敌视转为接受这一技术进步，在当时树立了年轻新派导演的形象。他改编了涅米罗渥斯基的小说《大卫·高尔德》，并请戏剧演员哈莱·鲍尔担纲主演，成就了这位明星之后的辉煌电影生涯。他的戏剧题材既有法兰西大剧院，也有红灯区小剧场的演出，比如《五恶绅》（1931）。杜维威尔也是乔治·西默农侦探小说的重要电影改编人，比如《一个人头》（1932），他认为用九十分钟误导观众，在最后几分钟揭示结果是不对的，所以他在影片一开始就揭秘，让电影毫无悬念和神秘感，他只对心理活动感兴趣。同年拍摄的《胡萝卜须》改编自叙尔·雷纳尔的原著。1938年杜维威尔应好莱坞之邀拍摄了《翠堤春晓》,法国沦陷时期在好莱坞工作,并在战后第一个返回了巴黎摄影棚。这位电影改编高手也是位高产导演,以《同心协力》(1936)和《逃犯贝贝》(1937)跻身于一流电影导演行列。1958年,他改编了雅克·罗贝尔的小说,拍摄了再现抵抗运动事件的影片《玛丽的十月》。1960年,他改编拍摄了罗伯尔·萨巴蒂耶的小说《大道》。

20世纪60年代,杜维威尔成为法国新浪潮电影的第一个牺牲者,他的身后还有马塞尔·卡尔内。时代变了,口味也变了,可杜维威尔的电影没有变。改编的世界与现实的世界相距太远,越完美,越疏远。在新浪潮干将的眼里,杜维威尔被定位在"老派"一边,已经老气横秋。从1919年到1967年,杜维威尔将改编进行到底,他既是文学改编的受益者,又是文学改编的牺牲者。但几十年过后,当人们重新审视法国新浪潮时,杜维威尔仍是经典。如果没有他的老,新浪潮的新就不会如此鲜明和有力。

新浪潮打破了法国电影长久以来的文学和戏剧传统,从此,电影可以像诗歌、小说、绘画一样,是作者思想和意见的表达,因此被称作"作者电影"。这是一代用光线的墨水来表达自己的年轻人,他们大多是由巴赞创立的《电影手册》的年轻编辑与作者,摄影机成了他们的另一支笔。特吕弗说"电影史分为戈达尔前和戈达尔后",指的就是由戈达尔带头,新一代导演可以自由甚至是随心所欲地拍摄电影:一部电影可以是一篇学术论文，可以是一次影像试验，也可以是一篇政治宣言。他们筹划着要打翻正经学院派"优质电影"那一套。没有资金，买不起版权，就拍自己的故事，不用明星，实景拍摄，看似随意质感粗糙的被称为"新浪潮"的电影就这么诞生了。

德国哲学大师黑格尔在评论18世纪法国启蒙运动的重要出版物《百科全书》时指出，法国精神的重要性"在于它惊人的能量，它的思想、概念的力量，在于与生活、信仰以及几千年来建立的一切权威力量抗争"。这可以解释为何在法国，多数导演和编剧以破坏常规、展现个性为原则。作为一场激进的艺术电影运动，20世纪60年代，确切地说五十年代末新浪潮的出现，可以看成是电影界对五十年代新小说派和荒诞派戏剧反传统精神的接续和共振。

其实早在1956年就出现了新浪潮的前驱之作《短岬村》，导演阿涅斯·瓦尔达因此被尊为"新浪潮之母"，该片剪辑师就是阿伦·雷乃。这位以短片起家的导演随后拍摄了现代电影的开山之作《广岛之恋》（1959），并在片中使用了《短岬村》中那种奇特的对位法。《广岛之恋》的剧本即由新小说派女作家玛格丽特·杜拉斯所写。而新小说派领袖阿兰·罗布-格里耶最为轰动的作品就是与阿伦·雷乃合作的电影小说《去年在马里昂巴德》（1961）。在影片获威尼斯金狮奖之后，罗布-格里耶也投身电影界，自编自导了不下十部电影，成为"左岸派"的重要一员。在新浪潮电影中，"左岸派"又被称为"作家电影"，与《电影手册》派的"作者电影"相映成趣。新小说派导演力图把小说叙述的革命性代入到电影领域，以影像叙述挖掘人物细腻而斑驳的内心世界。

新小说派代表作家克洛德·西蒙后期的创作如《三联画》《事物的教益》，将文学与图像、电影等艺术形式联系在一起，仿佛绘画中的抽象画一般。你中有我、我中有你的交缠，使得电影虽然重新定位了文学，但两者依然守望相守无法分离。

相比新小说派与电影的紧密，荒诞派戏剧与电影的关系要松散得多。荒诞派戏剧代表人物塞缪尔·贝克特曾做过乔伊斯的助手，1931年发表研究普鲁斯特的专著。1952年，贝克特的成名剧作《等待戈多》在巴黎巴比伦剧院首演，引起轰动，连演三百多场，成为战后法国舞台上最叫座的一出戏。按普鲁斯特的说法，时间是一个双面兽，它既是一种救赎也是一种诅咒。作为荒诞派戏剧的奠基之作，《等待戈多》清晰地描绘了人类面对永远的、不可预料的等待所做的形而上的抉择。在创作上，贝克特深受乔伊斯、普鲁斯特和卡夫卡的影响，由他和尤奈斯库所开创的荒诞派戏剧的传统，可以看作是存在主义小说在戏剧舞台上的延伸。1969年，贝克特获诺贝尔文学奖。

《等待戈多》之后，贝克特的重心从小说转为戏剧，一生创作了三十多个舞台剧本，其中有二十多个被拍成电视剧或电影。比如《等待戈多》（2001），导演迈克尔·林德塞-霍格曾为披头士乐队拍摄著名纪录片《顺其自然》。2003年的纪录片《银幕上的贝克特》，是由都柏林策划的一个向贝克特致敬的活动，由十九位世界知名导演各自执导一部贝克特的名作集锦而成。

其实贝克特一度很想当电影摄影师，甚至写信给联著名导演爱森斯坦，问能否接纳他为学生。不过，贝克特唯一一部参与拍摄的影片是与好莱坞"冷面笑匠"巴斯特·基顿合作的短片《电影》（1965）。他是基顿的铁杆影迷，十分敬重这位在喜剧黄金时代声望同卓别林相媲美的默片表演大师，但基顿事后说：我承认我一直不理解贝克特想拍什么。老头第二年就过世了。

新浪潮代表人物特吕弗的自传体电影无人能比，他把自己从小到大的生活像电影小说一样呈现在银幕上。成名后，他和夏布罗尔把旧体制、优质电影那一套又一一捡了回来。侯麦和里维特是最知识分子化的，他们一直坚持自己的拍摄理念。戈达尔则是最具20世纪60年代气质的革命者，总想着给你当头一棒。事实上，法国的新浪潮电影并不比意大利新现实主义走得远，但它却影响了大半个地球的电影人，尤其是电影新人。

也许我们可以说，在文化艺术领域各种主义和运动的层出不穷，从印象派、先锋派、野兽派到立体主义、达达主义、超现实主义，等等，各领风骚三五年，正是自由而感性的法国的一个旁证。它们在历史长河中只是短暂一瞬，却留下了永远的光华。

生活感悟与喜剧源泉

法国电影感性，这是不争的事实。这种感性气质使得电影面貌亲切可人，而内容则往往源于对生活的感悟，就像法国人的浪漫源于对两性关系的豁达。

法国有一类电影导演即属于有感要发、有话要说型的,看到一则社会新闻,听到一个故事,会若有所思;经历一段情感、一次失败或一次背叛,会愤愤不平立马行动起来,把心中之感提炼为影像画面,以警喻世人。

说起来,这种感性气质其实来源于法国人幼儿时期的感性训练。法国人的感性教育就是尽情地开发孩子情感的强大威力和丰富的想象力,也就是罗曼·罗兰所说的强大的做梦潜能。与国内推崇数学、语文等学科不同,法国的幼儿教育更偏重音乐和美术。法国所有的幼儿园都把美术教育看成是教育的根本,百分之八十以上的幼儿课程都和美术有关,甚至会把孩子直接带到美术馆上课,培养孩子对艺术的热爱。法国的父母重视孩子的自尊与人格,注重培养孩子的个性与独立能力,还喜欢在孩子很小的时候就带着去参加各种艺术活动,让孩子亲身感受生活与艺术。这样的儿童教育特别重视感性的训练,这正是一切想象力和创造力的基础。

法国人生活中公认的两大爱好,一是罗曼蒂克,二是口腹之欲,皆是感性而为。爱情与美食成为产生法式智慧的取之不尽的源泉。这些来自生活的感悟往往以调侃和嘲讽的面目出现,有荒谬感,甚至是黑色幽默,反映到银幕上,就形成了法国特色的喜剧片。

如莫里哀的讽刺喜剧经久不衰一样,自默片时代以来,喜剧片就是法国人最喜闻乐见的电影品种。法国每年出产的电影中,往往一半以上是喜剧片。如果说商业上美国片以动作称雄的话,法国片就是以喜剧取胜,比如曾创下法国票房纪录、半个世纪稳坐法国喜剧片榜首的《虎口脱险》(1966)和打破首映票房纪录的《欢迎来北方》(2008),后者是由丹尼·伯恩自编自导自演的喜剧片,讲述一个能够消除人们对北方"寒冷可怕"偏见的故事。从给动画片配音和街头卖艺开始喜剧生涯,到成为法国最受欢迎的脱口秀喜剧明星而进入电影界,如今的丹尼·伯恩已是法国喜剧天王级人物,他自编自导自演的最新影片《臆想成病》(2014)讲述一个臆想症患者因洁癖而闹出的种种尴尬和笑话,而继《私奔B计划》之后,他主演的公路喜剧片《火山对对碰》(2013)也于2014年在中国上映。

与路易·德菲奈斯时代的激进讽刺不同,从1993年的时空穿越剧《时空急转弯》以来,以《美丽新世界Ⅱ之女王任务》(2002)的阿兰·夏巴为代表的法国新喜剧,更倾向于一种无厘头的漫画式夸张,这不仅是因为其改编自法国著名漫画系列《高卢英雄传》的缘故,大概也是时势使然。不过,同样根据法国同名漫画改编的喜剧片《小淘气尼古拉》(2009),走的却是《天使爱美丽》(2001)和《放牛班的春天》(2004)的路子。可见,在法国称得上类型电影的喜剧片,也是多种风格各表一枝。喜剧的核心,即它的冲突感,则往往来自生活中的感悟。

比如对于婚姻的感悟:"我结了两次婚,是两场灾难:第一个灾难是妻子跑了,第二个灾难是妻子留下了。"再如,"结婚,必须有两个人,保持婚姻至少要有三个人。"像这样对家庭和婚姻的调侃,虽然没有托尔斯泰的名言"幸福的家庭都是相同的,不幸的家庭各有各的不幸"那样深刻冷静,但也是从泪水中浸泡出来的,所以法式喜剧片往往能让人在笑的同时又让人掉泪。再比如关于女人的感悟:"不忠的女人有时内疚,忠诚的女人永远内疚","认为女人可以保守秘密是错误的,她不是保守一个秘密,而是许多秘密","女人宁愿跟着我们不幸,也不愿意我们离开她们而幸福"等,还有法朗士总结得好:"女人是要做选择的,如果选择一个有女人缘的男人,她不会踏实;如果选择一个没有女人喜欢的男人,她不会幸福。"

说起美食,一部法国片的名字就叫《我饿了》(2001),还有《极乐大餐》(1973)、《美食家》(1976)、《晚餐》(1992)、《晚餐游戏》(1998)等。大思想家卢梭就说:"我只要纯粹的快感,比如,我喜欢餐桌上的快感,但必须同一位朋友分享。"夏布罗尔导演是个有名的吃货,他对此深有体会:"吃不一定幸福,但滥吃一定是不幸的。"另一位导演萨沙·吉特里则说:"婚姻如饭馆,人们刚吃上自己的菜,就盯上别人的碗。"这是他从吃饭中悟出的人性。有人这样解释好美食与嗜吃的差别:"美食家是有节制的嗜食者。"主演过《阿里巴巴与四十大盗》的男演员费尔南代尔说:"喝茵香酒如女人的乳房,一个不够,三个嫌多。"再如,"抖包袱如烤羊腿,要讲究火候。"这些来自生活的幽默感悟都成为法国喜剧片的基础,并在观众的笑声中心满意足。

幽默来自智慧,而且涉及人生的方方面面。比如关于友情,法国人有这样的反思:"一个朋友如同一件衣服,最好在用旧以前扔掉,否则,它会抛弃你。"比如关于嫉妒:"自己幸福不够,还要让别人不幸。"有一部法国片就叫《嫉妒》,当然有些电影更细致,分别讲述男人的嫉妒和女人的嫉妒。政治喜剧也是法国喜剧片的强项,如作家保罗·瓦莱里对政治的讽刺:"政治是阻止人们管自己事的艺术。"还有一些关于品行、金钱等的感悟:"谦虚,是不让人厌恶的骄傲","懒惰是一种在不累时休息的习惯","有许多比金钱更重要的东西,但要获得它们需要许多金钱","成功不是人人有份,失败却无人幸免"。这些感悟给法国留下一笔智慧和伦理遗产,也给法国电影提供了充足的养料。

法国人善于嘲讽,也从不吝于自嘲。《法国人的乐》是一本专讲法国人幽默自嘲特质的书,书中说:"我们都是可笑的法国人,我们调侃我们自身的弱点,我们的不和谐,我们的懦弱,我们微笑着与这些缺点共存。如果没有我们,法国就不是法国了。"感性与理性、享乐与睿智、自负与自嘲的并行不悖是真正的法国传承,如同其他艺术一样,电影只不过是这种传承的载体和证明。

大主题,小主题

和所有的艺术作品一样,电影存在大主题与小主题之分,但在结构上或在电影学上,它们没有本质的区别。讲究细节的法国人素来喜欢微缩的力量和魅力,这种精细文化产生了丰富的个性版图,所以要选择一批代表法国电影的导演容易,选择一位却很难,比如特吕弗代表真诚与激情,戈达尔代表探索与前卫,里维特代表坚韧与边缘,侯麦代表严谨与道德,夏布罗尔代表絮叨与多样。如果一定要在上述人物中选择,夏布罗尔也许最能代表法国电影,因为我们都曾因法国电影的絮叨而厌烦,也都因法国电影的多样斑斓而欢喜。此外,夏布罗尔爱开玩笑、挑逗女人、好美食、偏颇但才华横溢,这些都是典型的法国人特征。他虽然是新浪潮的主将之一、"作者电影"最积极的倡导者之一,但他又是首先将"作者"进行实用主义移植的电影作者。他关注市场,重视观众。他有一句名言:"电影拍摄过程应该是一个节日……拍摄的快乐首先是观众的快乐,其次是操纵的快乐。"其实,法国电影导演对电影本质的认识是极为深刻和客观的,如夏布罗尔最爱说的一句话:"上帝能辨识他的作品。"这个上帝不是我们通常所说的观众,而是高于一切的审美。也正因为如此,法国电影即使不卖座、不叫好,有些导演仍会坚持自己的思考与风格。与市场相比,他们更相信时间。

与好莱坞擅长的大主题、大抱负的影片相比,法国电影更倾向于小主题,生活化的题材更真实、更有力。为了说明这个问题,夏布罗尔讲了两个故事。

"我们时代的末日":在一场原子大战后,人类从地球上消失了,只有一个黑人幸存,在纽约孤独地活着。他尽自己所能地安排生活,忍受着孤独的煎熬。两个月后,他发觉在这片废墟上还有一个白人女人活下来了。他找到她并很快爱上了她,但黑人的种族情结使得他无法享受这份幸福。又两个月后,一个男性白人出现在一艘飞船中。白人男性也看上了这个女人,黑人先是尝试回避,后来他们成了情敌。白人提出生死决斗。面对这座废墟城市的联合国大厦,最后的这两个男人展开了决杀。这证明战争确实是男人的疯狂,是"我们时代的末日"。

"一次邻居间的纠纷":在喀斯边远地区,一个穷苦的农民孤独地生活着。他尽自己所能地安排生活，仍遭受着孤独的煎熬。一天，一个城市女性的汽车在这里抛锚，然后她喜欢上乡村的景色。这个农民夸耀自己的土地，隐瞒了自己艰苦的生活。很快，他爱上了这个女人，但他的农民身份使得他无法享受这份幸福。不久，一个在城里生活了很久的农民决定回乡。他们成了邻居，新来的人很快也看上了这个女人。老农民先决定回避，后来他们成了情敌。新农民提出生死决斗。在喀斯这片不毛之地，风侵蚀了热瓦纳的一切，荒凉无比。这两个当地男人开始了决斗。这证明农民喜欢"邻居间的纠纷"。

第一个故事主题巨大，抱负也大；第二个故事平淡无奇，观众多会选择看第一个故事。但在夏布罗尔眼中，大主题是骗人的玩意儿，是用来忽悠人的，他认为主题越小，越能放大，真实才是电影的本质。

显然，像夏布罗尔这样的法国导演更希望从小处入手，以小博大，更重视用思想启发智慧，尽管他们懂得艺术的娱乐功能和商品属性。感性战胜了理性，真正有文化和艺术底蕴的法国导演无法割舍思想与智慧的标榜，也因此选择了坚持和特立独行，世界电影也因此多了一些缤纷色彩。谁都知道可乐赚钱，但谁也不想天天喝可乐。

法国电影有自己的文化土壤，可以自娱自乐；法国电影有自己的吸收系统，可以自给自足；法国电影导演有自身独特的关照视角，喜欢以小博大，这就是法国电影所散发出来的独有的感性气质。无论是法国电影的艺术化，或是以喜剧片为代表的幽默感悟，还是影像本身的气质，感性无处不在，而理性则深藏在细节之中。

上帝能辨识他的作品

——克劳德·夏布罗尔

观众：上帝与子民

2013年6月21日，位于北京小西天的中国电影资料馆比平常提前四个小时开始售票，蜂拥而至的购票者说明这是一次重要的观影活动：法国导演莱奥·卡拉克斯携新作《神圣车行》来北京做唯一一次放映。卡拉克斯为中国观众所知，是因为他那部只听到片名就不会忘记的经典《新桥恋人》。从活动形态上看，这是一次很像法国电影俱乐部的观影与研讨活动。电影俱乐部的观影一般有别于商业影院，多为文艺片、独立电影或是法国人常说的"作者电影"。应该说这次法式电影俱乐部的观影活动是成功的，因为座无虚席，观众都是慕名而来。但卡拉克斯多少带着遗憾走了，因为从映后的交流来看，中国观众的关切并不是他的关切，他只能三言两语地回答问题。热闹的观影像是一次明星秀，人们来看卡拉克斯，或者说来看《新桥恋人》的导演比看影片《神圣车行》的兴趣更大。

　　法国人常说观众的水平决定着电影的水平。法国用一百多年发明和发展了电影，也用了一百多年培养和造就了电影的观众，还有他们的品位与胸怀。法国是电影大国不仅体现在电影的产量和质量上，还体现在电影的礼遇和理解上。法国前国家电影中心主任杰罗姆·克莱芒认为：机构、市场、评论，这三个标准决定一个艺术家是不是天才，但他并不能因此而进入"伟大艺术家"的行列。就如新浪潮导演夏布罗尔最爱说的一句话："上帝能辨识他的作品。"票房不能说明一切，只有时间可以，渐渐显露出上帝的拣选之作。

　　卢米埃尔在发明了电影机和制作了一批电影之后，拍电影和看电影就成为一种新的娱乐点。除了卢米埃尔培养的一批摄影师外，还有大批照相摄影师也加入了拍电影的行列，其中有著名摄影师费利克斯·纳达尔的儿子保罗·纳达尔，还有摄影师费尔南·佩雷和他的合作者约瑟夫·拉夸。拉夸同卢米埃尔兄弟一样是多项发明的拥有者，包括照相机、电影机、三轮汽车和实验室用的离心机。电影对这些早期的电影先驱者们而言，只是他们的兴趣之一。这些人拍自己的家乡，然后放给家乡人看。1896年，这种地方纪录片得到大面积推广和辐射，几乎地方发生的事件都被拍成了电影。"拍摄地方一切事件"也成为法国电影早期的一种关注和诉求，并在无意识中形成卢米埃尔的纪实风格。直至今日，法国电影仍呈现极浓的地方色彩和风情，而地方性也成为法国电影的一条支脉。可以说，拍摄者的视角引导着观众的视角，而观众的需求也成为拍摄者的动力，拍什么看什么与看什么拍什么在法国电影百年史上一直有着良好互动，法国电影的题材和质量，从一开始就呈现制作与观赏的巧妙融合，供需关系在文化、品位、视角、包容性等要素上实现了对接。

早期的电影观众，用萨特的话说就是"一个读者、听者和观者的有机整体"，换种说法就是一个相对稳定和忠诚的群体，电影在他们眼中不仅仅只是一种猎奇的节目，尽管电影在当时确是一种新奇之物。如果细分，电影观众可以划分为若干群体，比如协会、社团、工会，以及后来的电影俱乐部。

最早的一个观众群体形成于教会。教会利用电影来布教，宣传教会，其中最著名的是巴黎帕约街上代表教会的一个右翼团体，这个团体有自己的宣传机构，它还有一个电影放映单位，专门为神父们放映影片，并在1903年制作了一部叫《魅者》的专辑，相当于我们现在的视频节目。1913年，这个机构在离帕约街不远的地方开办了一家影院，取名叫"好电影"。第一次世界大战之后，又开始修建真正意义上的影院，在20世纪20年代形成了一条院线，参与商业竞争，一个神父在1931年称此举为"与魔鬼竞争"。从这个侧面来看，上帝的信众也是电影早期忠实的观众。

与此同时，在世俗社会，一些社会学术团体也大多把看电影作为主要的活动项目之一。在第一次世界大战前，这样的学术团体在法国很活跃，比如下面这份里昂二区社会学术团体的创立纲领：

1. 在里昂创建一个开会的地点；
2. 研究社会、政治、经济和科学问题；

3. 参加社会团体活动（带孩子登山、士兵基金、学校食堂）；

4. 与法国和外国相关学术团体交流；

5. 组织节庆活动、讲座，以及一切与本纲领有关的活动。不以赢利为目的。

这个团体组织过多次电影观摩，主要为学生提供专场放映，利用电影实现他们研究社会问题的目的。从这个例子看，学生经常接受来自于社会的主题教育。据资料显示，孩子们在1910年左右已经开始定期与电影接触，巴黎地区一般是在星期四，组织孩子们看电影，而这一时期的孩子成为后来法国电影基本的和忠实的观众，而且带有新时代的眼光和审美情趣。

1919年，这个学术团体把礼堂卖给了一家合作社。礼堂易主，但宗旨未变，尤以青少年教育为重点，看电影，办夏令营，有时也向工人组织开放，提高使用率。值得一提的是，这个礼堂的管理者由市长任命，监督活动的执行情况。在第二次世界大战期间，合作社办公益，尤以举办电影教育活动为多。

可以说，早期法国的电影观众有两条看电影的路径，一是商业的，二是公益的，公益活动正是我们所说的寓教于乐的性质。法国电影发展初期就意识到要保持电影娱乐性与教育性的平衡。娱乐交给商业，教育交给公益。法国的青少年在受到电影品味熏陶的同时，也完成了文化包容、社会责任、艺术质量等核心价值观的确立。

1930年，这家合作社财务发生困难，致信市政府要求卖掉礼堂和地产。里昂市政府在调查之后，认为这个礼堂在过去及将来的功能都是巨大的，所以决定以二十五万法郎买下该礼堂，保留它的社会公益功能，租给当地的工会、协会、政党举办活动，也为当地居民提供一个节日活动的场所。直至1987年，该礼堂成为危房，才最后被拆除。

合作社一般以家庭为基础，分布在市、乡、镇。比如在法国利莫日市有一个利莫日联盟，1881年由两个合作社合并而成，在1901年已有股东九千四百六十个，亦即九千四百六十个家庭，该市人口总数为八万四千九百二十一人。电影是这个联盟的主要业务，而合作社的股东就是电影最忠实的观众。

法国北部是工业区，主要是冶金业和玻璃制造业。1875年，加莱地区有五十六个玻璃厂，这些玻璃厂组成了一个工会并拥有了自己的俱乐部，有一个拥有九百个座位的多功能厅。1909年开始放映电影，之后成为俱乐部的常规项目。最早的片目是十七部影片，主要来自于鲁克斯公司、闪电公司和高蒙公司，周六和周日早晚各放一场。值得一提的是，这个厅当时已安置了两块银幕，一块放映主片，一块专放预告片。由于玻璃厂老板和当地的中产阶级不愿意同工人们一起看电影，他们自筹资金在商业街建了一家豪华影院。电影的观众最初本无区别，但后来看电影的环境把他们区分开了。应该说，是蓬勃发展的工会电影俱乐部刺激了电影院的发展。这家工会俱乐部一直活动到1995年，恰好是电影诞生一百周年。

法国观众在电影诞生之初就已经呈现某种组织性和主导性。一般说，法国每个乡、镇、市、区都有自己的直属活动中心，中心一般会有电影、戏剧、图书以及其他一些功能。在大城市，有的区级政府还专门设视听官员，负责电影和音乐的普及推广。电影片目和活动项目多是由专人设计和安排，大多数影片都不是商业性的。电影的娱乐功能由街区影院来实现，中心影院以教育为主，最多见的形式是某一导演的回顾展、某一演员的经典作品展，以及某一类型片的系统放映与评述，甚至会专门安排放映国外影片和流派作品以保证居民的国际视野和文化包容性。有些地方如果出了电影名人，会定期给孩子们和居民放映这位电影人的作品以增加当地居民的自豪感，并以这种方式把居民与电影紧密地结合起来。如果某地区移民较多，那么这个中心放映影片的移民色彩就会更加浓厚。文化与人文关怀是视听官员的一个基本素质，可想而知，在阿拉伯人聚集地能看到阿拉伯电影，保持移民与故土的一定联系，对于这个地区的文化建设以及文化认同都有好处。所以法国的青少年是在一个广谱电影文化体系里接受教育的，一代一代下来，他们对商业推广和媒体宣传不仅有辨识力，更有抵制力。独立自我，追求品位与品质成为他们观影的自然选择。

电影在发明之后，立即成为世界博览会的宠儿，我们所知的几个早期电影先驱都在博览会上展示过自己的作品。1900年，巴黎世界博览会成为电影竞争的首选之地，电影放映成为博览会的一个单元——"老巴黎"，分散在展会各个角落的电影放映向参观者呈现巴黎以及法国的全景。1904年的南特博览会、1906年的马赛殖民地博览会都是电影施展魅力之处。博览会电影创造了纪录性专题片，比如法国在马赛殖民地博览会上的展厅就取名为"电影"，专门放映百代公司在非洲实地拍摄的节目内容，而早在1900年巴黎世博会上，法国就推出过一个为殖民地拍摄的纪录电影。世界博览会的观众应该是最早的专题片、纪录片观众。

游乐园电影是人们比较熟悉的类型，去迪士尼公园和法国未来影城公园的人们都会看一场游乐园主题电影。这种形式最早出现在1912年的巴黎第七区，游乐园叫"魔幻城"，高蒙公司专门为它摄制了一部电影

《如此生活》。

从上面可以看出，法国早期电影观众可大体分为教会观众、学校观众、合作社观众、工会观众和影院观众，还包括松散的游乐场观众、集市观众。社会等级的分化非常明显，但在电影问世早期，观众的口味几乎是一致的，电影口味的分化是之后的事，也更加复杂，类型片可能就是在这个基础上发展起来的。

现在人们爱说，有什么样的观众就有什么样的电影，其实从早期电影来看，是先有了什么样的电影，才有什么样的观众。时至今日，也不能说是观众决定电影，至少从广义上讲，是观众选择电影，而不是观众决定电影。电影曾经决定过观众，但随着其自身的发展，观众有了选择，电影的道路反而越走越宽，形成产销的良性互动。

最初的法国电影充当过"广告"产品，当时最流行的就是咖啡馆广告。1907年，许多咖啡馆都是普兰巧克力的连锁广告放映商。每当夜幕降临，咖啡馆就支起银幕，放映巧克力广告，有人称之为"路边电影"，也叫"免费电影"。只要有人坐下来喝咖啡看电影，那么站着的人就可以免费看了。在放映广告片的间隙，也放一些电影短片和电影预告片。

1906年12月28日，电影诞生十周年纪念日，里昂有一家与巴黎卡布西纳大道大咖啡馆同名的咖啡馆开张首映，吸引了许多观众。放映机来自百代公司，一些影片也是由百代兄弟公司提供的。后来，百代公司在这家大咖啡馆对面真的开了一家影院。

有意思的是，在法国北部城市阿拉斯，一对修自行车的夫妇也放映电影吸引顾客。这家人后来又做起了汽车维修，并与百代公司签订了供片合同，每周提供一千五百米的胶片节目（约七十五分钟），每米两生丁，整个节目约三十法郎。这家人于1928年开了一家影院，六百个座位。从此免费电影退出历史舞台。

免费电影，准确地说，就是咖啡馆露台电影。在多数情况下，一到晚上，老板会挂起一条床单，放映十分陈旧的老片子，内容多是杀人、恶搞、破坏等，以此来吸引顾客。每周更换两次片目，每晚同一时刻相同的顾客群会来观看相同的节目，他们会点一些饮料。应该说这是最随意的电影观众，你放什么，他们就看什么，而且反复地观看。电影深入人心，或者说成为习惯应该与此不无关系。只是街头电影良莠不齐，大多少儿不宜。随着观众和管理机构的反对，以及正规电影院的兴起，咖啡馆电影消失了，只留下了咖啡。

电影脱离咖啡馆后，建立了影院系统和放映体系，商业影院更多地实现票房价值而社会放映体系完成电影的教育功能。咖啡馆从电影的主场变成了电影的附属，观众也从喝咖啡看电影转换为看电影喝咖啡。但无论是咖啡—电影，还是电影—咖啡，这一组合既是日常习惯，也是招牌动作，一直是法国电影鲜明的特色和风格。

了解早期电影观众还有一个直观的途径，就是电影海报。画家马塞林·奥佐勒为卢米埃尔电影设计了第二款海报，与第一张一样是在1896年推出的，海报上画了一个家庭，正在看《水浇园丁》。与亨利·布里斯波的第一张电影海报不同，画面上没有出现宗教人士和军人以及衣冠楚楚的社会名流，气氛比较单纯，两个孩子都戴着漂亮的帽子，母亲则是华丽高帽，这说明这家人生活殷实。画面上后排的女人好像正在躲避前排女人的帽子，对电影显现出极大的好奇和兴趣。最初的影院也是一个名利场，看电影、显富贵是当时的写照，后来由于帽子影响观看，引起许多纠纷，才逐渐淡出影院。《水浇园丁》一共有三个版本，1895年的第一版是卢米埃尔在自家花园拍摄的，也是12月28日首映时的片目之一，当时的名字叫《花匠》。1896年又相继拍摄了两个版本。海报选择《水浇园丁》而没有选择轰动一时的《火车进站》，是因为1895年第一次放映《火车进站》后，相继出现了很多相似版本，几乎每家影院都在放映。

1896年卢米埃尔在圣马丹大道上的影院开张，门面很像一家店铺，门左侧下端张贴了三幅电影海报，这也是法国电影最早的海报，出自亨利·布里斯波之手。与奥佐勒表现家庭不同，布里斯波主要表现社会上流阶层的观众，画面主体是一个教士和一个军人，从交谈的熟络度上看，他们应该是这里的常客。但在画面深处，人们似乎没有那么彬彬有礼，正在争抢着进入影厅。画面还有一些人看起来与老板认识，不是职员、朋友，就是常客。

卢米埃尔兄弟是中产阶级富裕人士，从这两张海报来看，他们的目标观众也属于这个阶层。其他竞争者海报的主题也大多表现衣冠讲究的人士，以吸引大众追风。1908年，海报画家亚德里安·巴里耶是业界的佼佼者，他为百代公司画的一张海报上，广告语是"都带孩子来"，画面主体是穿着素雅考究的中产观众，正一个接一个地入场。百代公司还有一张海报，表现的是排队的情景，观众不仅来自各个阶层，而且还有各种肤色，排在最后面的是一位布列塔尼的农民。

这是一种海报策略，就像观众愿意在银幕上看到自己。这种经验来自于游乐场电影，当现场把观众摄入影片而后放映，观众一旦在影片中发现自己和认识的人就会很惊奇、很兴奋。宽泛地说，电影已经变成了生活的一面镜子。后来法国电影一直遵循着这条轨迹，让观众在影片中看到自己，看到自己的生活，由此形成生活化的电影风格。

从百代公司的两张海报来看，1908年时，电影观众的社会身份更加多样，他们同时出现在一家影院，观众分先后而不是地位高低入场，票价在十生丁或十五生丁左右。当电影观众不分等级后，电影的区分代替了影院的区分，才有了今天的大众电影与小众电影之分。这是后话，因为电影语言、电影艺术、电影类型的成型还需要时间。在电影诞生初期，看电影更重要，看哪种电影并不重要。

1912年，萨特还是个七岁的孩子。一天，在妈妈的带领下，他走过家附近的影院时看到了一幅电影海报，海报画面表现的是一个工人家庭和一个中产阶级家庭。由于记忆深刻，萨特把它写进了1965年的《词语》一书。这家影院今天仍然存在，已成为艺术与实验影院。

法国早期的电影院并未区分高级厅和大众厅，而且大多地处平民区，尽管早期电影观众的定位是有钱和有闲人士，但实际上真正满足的是平民大众，街区影院至今方兴未艾就是证明。可以说，法国电影原来是为富人准备的礼物，最终却落在平民手中。

法国早期电影的定位目标，一是上流社会，一是高品位，电影营销也是基于这两个诉求。为此有的影院专门设计了包厢，以突出看客的身份。有的影院用节目来吸引精英阶层而不只是富人。还有些影院以品位取胜，如第二帝国的风范、诗人夏多布里昂的气质都在海报上表现出来，自然，观众的打扮与品位有与之相同的。电影在1910年就已经对观众细化分层，包括影院档次、影院品位、节目遴选都已成型。

电影营销已初具规模。观众也开始接受引导，看什么电影、到哪里看、跟谁去看、怎么去看、看什么最符合自己的身份，这些概念一起形成，对电影也有了基本认知。1910年的巴黎，可以坐马车、坐地铁去看电影。在巴黎泰尔纳广场，1911年开办的一家时尚影院，虽然是个街区影院，但住在此地的多为时尚人士，所以电影的时尚与观众的时尚实现了对接。在克里希广场，也有一家高级影院，票价从半法郎到五点五法郎不等，社会各阶层可以共处一厅，但在卖票时就分出了高低。在当时的影院，穿着是社会等级的明显符号，但不管等级高低，穿着整齐是各阶层遵循的共同标准。

应该说，早期电影与观众都有明显的社会倾向，也因为如此，法国才有了观影传统的文化。据玛格丽特·佩罗《1873—1953，资产阶级家庭生活方式》一书记载，"1926年左右，一个巴黎中产阶级家庭，包括父母和三个子女，他们的休闲费用是一千三百四十五法郎，其中四百五十二法郎用于在外就餐，在八百九十三法郎的娱乐支出中，百分之六十五点四给了戏剧，百分之二十五给了音乐，百分之五点六属于电影，百分之四看画展。"电影花费很少，戏剧是最大的投入。法国文化有这种所谓的娱乐意识与艺术修养，戏剧方面的修养也是后来电影修养的基础。在早期，电影其实是与戏剧在竞争，而且从专业上看，舞台艺术要求观众有更多的常识和审美储备。

相比中产阶级，戏剧不是工人阶级的最爱，即便在电影没有发明前，他们看戏剧也只是追求动作和夸张剧情。当电影出现后，电影就成为他们最爱看的戏剧部分，在电影里寻求热闹和刺激。

总的来说，自1907年起，电影开始从它心仪的富裕优雅的上流阶层观众转向底层的市民和工人阶级，大众电影的概念由此形成。虽然影院档次有了区别，票价有了区别（0.75—5.5法郎），地域有了区别（市中心与郊区），但节目安排没有区别，人们在不同的地方看同样的电影。20世纪20年代之后，电影节目安排发生了重大变化，电影类型化也影响到观众的分化，从某种程度上说，电影已成为观众的身份特征。

先让观众忠诚于电影，然后让电影忠诚于观众，这是法国电影发展的两条线路。当长故事片出现后，电影观众逐渐被分化，电影本身也有了高低之分，分出这种高低的就是应运而生的电影评论，而电影评论的大行其道招来了最固执却最有眼光的知识分子的青睐，之后发生的事我们就比较熟悉了。

著名的法国电影资料馆以及馆长朗格卢瓦先生都是法国电影传奇的一部分。资料馆一共搬过三次家，最先设在香街上，后迁至余姆街，与巴黎高等师范学校比邻，最后定居贝尔西。它的第一住所是巴黎高档商业文化区，撒下了爱电影的种子；第二居住地为学术拉丁区，结出了懂电影的果实；第三居住地紧邻法国国家图书馆，成为人们的朝圣地，让电影永远传奇下去。

1919年，德吕克停掉报刊专栏，开始创办电影俱乐部，成为电影俱乐部这种影迷组织的倡导者和创立者。在德吕克的带动下，20世纪20年代的巴黎兴起第一轮迷影热潮，他创建的电影俱乐部后来成为法国规模最大的电影俱乐部联盟。

第一次世界大战后，大制片厂在产业内的地位相对下降，各个电影俱乐部、电影社团的作用显现出来，社团之间的矛盾和争论也日趋激烈。德吕克既是电影制作者，又是影评人，更是活动组织者，在当时电影社团的演进中发挥了很大的影响力。他试图通过这种方式，来确保真正值得尊重的电影和电影艺术家能站稳脚跟。他认为电影俱乐部不能仅仅局限在业内小圈子，于是和朋友们努力拓宽电影俱乐部的领域，最终影响了包括电影观众在内的更多的人。

20世纪60年代，从电影资料馆和电影俱乐部走出的超级影迷，从《电影手册》杂志走出的资深编辑和作者，联手掀起的新浪潮运动，将电影的实践与理论提升了一大步，也将电影拉下了神坛。从大众杂耍艺术蜕变为高雅艺术的电影再一次回到了它的起点，从摄影棚又回到了街头，由科班导演的经典变成了影迷的习作。特吕弗、戈达尔，与其说是导演的偶像，不如说是影迷的偶像，人们心中的好电影标准再一次受到了挑战，老一辈电影先驱的成果有些被颠覆，有些被继承。在经历了这一切后，法国电影观众变得更加宽容与包容，也更加冷静理性了。

2005年，法国拉鲁斯出版社出版的《新编法国电影史》中，提供了一份1919—2000年法国电影百年年度生产报告，也是一份统计分析样本。从这份资料看，法国年生产电影（指长故事片）最少的一年是1940年的二十一部，1945年的二十二部，相对惨淡的年份还有1927年的五十九部，1943年的五十八部，以及1941年的六十部。而生产电影最多的年份是1977年的二百一十部，1981年的二百〇九部，其次为1975年的一百九十七部，1976年的一百九十部，以及2000年的一百六十五部。高产量年度出现在1975—2000这二十五年间。法国电影年平均产量为一百一十部至一百二十部。

这份报表反映出法国百年电影制作进程比较均衡，不是稳中有进，而是稳中浮动。从年产一百一十部至一百二十部这个平均值来看，法国六千万观众已经能各自找到自己喜爱的影片。如果这个平均值是一个控制、理性的结果，就更值得借鉴，影片排映期也不会出现"一夜情""一场挂"的惨状，制片方与观影方都比较从容，因而影片的质量和社会效果也有保障。

法国电影史上票房前十二名的影片，除吕克·贝松2000年的《出租车2》之外，全都没有出现在影片制作最低年和最高年。法国超千万人次的高票房影片，百年间只有六部，第一位是《虎口脱险》（1966），第二位是《时空急转弯》（1993），第三位为《卡米洛先生的小世界》（1964），第四位是《暗度陈仓》（1965），第五位是《三个男人和一个摇篮》（1985），《出租车2》为第六位。这六部"神片"，无论从历史还是艺术角度来看，都是纯法国特质的高质量作品，大受欢迎是情理之中意料之外的惊喜。因为法国电影首先是保证艺术质量，其次是观影环境建设，至于票房奇迹并不是法国电影的核心追求。

这也从一个侧面说明法国观众的理性和个性追求，自立的口味、自主的文化操守有很强的生命力，从1919年开始，法国就没有出现过一票难求、万人空巷的观影盛况。有些观众不一定忠诚于电影的类型，但非常忠诚于电影的审美标准，只要看电影，必选择和自己品位相符的电影。个性选择，厌恶趋同是法国电影观众的一个明显标志。

1977年，法国出版了马克·费罗的《电影和历史》一书，2004年出版了尤里斯田·德拉热的《历史学家与影片》。这两本书将历史与电影联系起来，说明史学界已将电影视为一种历史文献，成为历史的一部分。从这个意义上说，法国电影越现实就越可能有历史意义，在创造娱乐的同时，法国电影也书写了历史。

学界对电影的历史性、文献性和社会学性的兴趣和认可，说明法国电影本身就有这些元素。卢米埃尔的血脉一直流淌在其中，其他艺术的精华也在百年间融入了电影，电影被冠以第七艺术之名，实则是艺术与思想的集大成者。法国电影观众有幸享受这份伟大遗产，也是这份遗产的发扬光大者。电影创作与电影观众是连体儿，缺一不可，平衡则双赢，失衡则两败。就像法国戏剧至今仍有自己的一票人马，势微但精致，法国文学也有自己的铁杆粉丝，独善其身，法国电影虽没有前两者纯粹，但从电影自身定位和塑造来看，仍是不折不扣的艺术。法国电影的质量与水平早有定论，对法国电影观众的判断，只要比较当下世界各国电影存在的问题，人们会有一个较清晰的看法：法国电影观众是一个比较忠诚、可靠、独特和有品位的整体。

至于说观众是电影的上帝，还是电影的子民，从现代商业理念来看，观众无疑是上帝，但从法国电影发展史来看，观众是把电影看作上帝，以子民的心态去追逐电影。当电影有了第七艺术的光环而进入艺术殿堂，电影明星、电影导演也获得观众对上帝般的膜拜。法国电影实行导演制，法国导演看重自己的作者身份，法国政府也大力支持艺术片，这些都说明法国没有完全把电影当商品，商业定律不适用于法国电影，所以法国电影才没有进入许多国家出现的怪圈，还在以稳健的姿态保持着电影发明国的殊荣。对电影观众来说，做子民比做上帝轻松，而且愉快。

电影是最好的课堂

——让-保罗·萨特

在影像的最深处

法国哲学家巴什拉在《梦想的权利》中指出，美是看出来的，比如看莫奈的《睡莲》，不是要看睡莲本身，而是要看莫奈看的睡莲，领会他心中的睡莲之美。而这种看，远不止是视觉的"看"，还是感知活动、思想活动的"看"。看的开始就意味着思的开始。我们通常说看电影，这里的看也有思。哲学家福柯写过一本"看"《马奈的绘画》的书，哲学家德勒兹也写过一本看弗朗西斯·培根绘画的书，叫《感觉的逻辑》。法国大思想家列维·斯特劳斯索性以《看、听、读》为名写了一本艺术思想专著。柏格森的《材料与记忆》、萨特的《形象》细说起来也都是关于看的哲学。

法国哲学不仅看艺术，更看日常生活，或者说，要通过平凡找出非凡，这不仅是法国哲学的传统，也是它的特点。法国哲学家阿兰·巴迪欧认为当代法国哲学是继古希腊哲学、启蒙时期的德国哲学之后哲学史上的第三个重要阶段。它是最具普遍性的，同时也是最独特的，黑格尔称之为"具体的普遍性"，它因特定的时间与空间而具体，又因包罗万象而普遍。

北京大学哲学系的杜小真教授对法国哲学有这样的总结：首先，它是生活方式的哲学。法国当代哲学承继了古希腊哲学的传统观，叮嘱人们理性地活着，热爱诸物，热爱生命，热爱人。其次，它是个体生命至上的哲学。它创造性地把个体"生存"或"存在"放在第一位，生命价值被提升到最高位置。没有什么比鲜活的生命、个体的生命，比"活着"更重要的了。再次，它是相异性的哲学。尊重个体，就必须尊重个体之间的差异，即相异性、个体性。萨特、梅洛·庞蒂、福柯、德里达、德勒兹以及弗朗索瓦·于连对此都有贡献。最后，它是与不同学科相互对话的哲学。哲学与其他学科沟通、与艺术沟通是法国人文和社会科学的重要特征，也是法国哲学魅力得到光荣绽放的原因。

作为法国哲学家和思想家的摇篮，巴黎高等师范学院墙上的建校法令让人印象深刻："为了使知识浸透共和国的每一个角落，完善人类知识的艺术，使得这纯净、充裕、光明的知识源头从共和国的先人那里一步一步地传遍整个法兰西，并在此过程中不失其纯正性。"毕业于该校的萨特认为"知识分子就是介入与己无关事务的人"，正是这一思想的体现。有人戏称：巴黎高师是一所按人数比例出版了最多的书却是最少畅销书的学校。

巴黎高师位于拉丁区余姆街45号，街尽头是著名的先贤祠。考高师难比登天，但一旦考入就乐在天堂了。余姆街（ULM）甚至可译为"娱乐么"街，因为在高师的学习近乎一种娱乐，读书快乐，辩论快乐，生活快乐，观影快乐。高师的学生是一群围绕着图书馆的年轻人，同时也是一批围绕着电影院的年轻人。余姆街29号，在1955—1970年间曾是法国电影资料馆的电影厅，这一时期不仅在思想界、在电影界也是最百家争鸣、百花齐放的时期。

爱森斯坦的影片《总路线》征服了高师的学生们，他们创办的一本杂志便以此命名。这些学生不仅沉迷于马克思主义，也沉迷于电影，常常出没于距高师仅一百米的国家教育学研究院地下室的电影厅。他们在那里发现了奥托·普雷明格和弗里茨·朗。1960届的哲学家雅克·朗西埃这样形容他的同学德贝："他喜欢电影院，他是一个唯美主义者。"戈达尔的《中国姑娘》一片再现了高师一个中国组织开展革命运动的过程，这在当时也是一个时髦现象。

法国哲学与电影的关系，首先在于它是一种实用哲学，指导普通人更加了解自己的生活，而法国电影的传统也是追寻生活的真谛，以影像的方式呈现平凡中的思考。哲学与电影的联姻，哲学因电影拓展了维度，电影因哲学提升了品质。

2010年，法国出版了哲学家阿兰·巴迪欧的文集《论电影》，该书包括巴迪欧从20世纪60年代到今天关于电影的全部文章和访谈，让我们看到这位激进哲学家如何从萨杜尔式的左翼影痴转变为通过电影去思考哲学的电影哲学家。与巴迪欧一样曾是影迷，并在自己的知识体系和思想格局内涉猎电影的哲学家还有萨特、福柯、德勒兹、梅洛·庞蒂、罗兰·巴特、德里达、西奥朗、朗西埃、布尔迪厄、鲍德里亚、让·吕克·南希、斯蒂格勒和乔治·迪迪·于贝尔曼等人。这些思想家都不同程度地讨论过电影，或从艺术史、思想史、时代特征和消费社会分析的角度影响了法国人对电影的解读。

福柯：影像考古学

2004年10月，为纪念米歇尔·福柯逝世二十周年，法国电影资料馆专门组织了一次电影展："福柯—电影：记忆影像，权力影像"。福柯在20世纪70至80年代，先后对《悲哀与怜悯》（1969）、《印度之歌》（1975）、《玛利亚·玛丽布朗之死》（1972）、《保罗的故事》（1975）、《我，皮埃尔·里维埃》（1975）、《爱情论坛》（1965）、《末日骑士与日常生活的可怜虫》（1962）等影片发表评论，有些是采访，有些是文章。他的哲学视角，让法国电影具有了哲学气质。2011年，《福柯看电影》已在法国出版。

1974年，《电影手册》在读了福柯的新书《我，皮埃尔·里维埃，杀害了我的母亲、妹妹和弟弟：19世纪的一桩弑亲案》之后，将目光转向了哲学，特邀福柯接受命题采访：《反回顾》，请福柯就马塞尔·奥菲尔斯的《悲哀与怜悯》一片发表见解。自此，"电影哲学"便成为一种时尚，福柯成为这一时尚的领导者。"别样思考"是福柯哲学的内核，也是福柯的实践。

《悲哀与怜悯》记录了德国纳粹占领时期法国人的真实面貌和心理状态。福柯在接受《电影手册》采访时说："电影是一种民众记忆重新编码的方式，民众记忆虽然存在，但已无法表达出来，一系列国家机器都被用来阻断民众记忆运动。"就像《悲哀与怜悯》的主题，在抵抗运动中，没有英雄。福柯告诫民众："如果没有英雄，也就没有斗争。影片真正的意图是没有斗争。"

作为哲学家，福柯尖锐地看穿了影片的立意，也揭穿了民众记忆面临的危险。采访还提到《拉孔布·吕西安》（1974）和《午夜守门人》（1974）两部影片。福柯认为情色与激情其实也是一种对反英雄立场的妥协、一种表示不坚决反对的方式。权力也有情色的成分，纳粹主义就是情色的绝对参照物——福柯的记忆影像由此而来。

玛格丽特·杜拉斯执导的《印度之歌》已成为电影史上的经典。有人说杜拉斯的电影像弗朗西斯·培根的画，她的小说像莫里斯·布朗肖的小说。福柯虽然没有看过杜拉斯的《印度之歌》，但对她的思想、她本人都了如指掌，甚至知道她最喜爱的演员。在他眼中，杜拉斯是一个情色的混合体，既触及女人的肉体，也触及死亡的肉体，好像死亡用爱情的温柔包裹着生命，包裹着美丽，好像死亡喜欢生命。杜拉斯在《印度之歌》中化为可感的肉体，看不清摸不着，却穿越银幕，直达你处。福柯认为：这就是第三维度，它总是超前的，介于银幕与观众之间，说不清在银幕上，还是银幕下，杜拉斯的文与像混合了。在对文学的杜拉斯和电影的杜拉斯的解读中，福柯特别指出了电影的第三维度，即在银幕与观众之间发生的事情。

1975年12月，福柯接受电影杂志的采访，就影片《萨德，性的教官》发表看法。他一开始就亮剑，指出了萨德主义与萨德不可同日而语，可能出现没有萨德主义的萨德，或没有萨德的萨德主义，并详细说明了影片中所谓的萨德都是伪萨德。

"拍一下面孔、一片眼皮，对唇和眼睛的表演，都不是萨德主义，只不过是对肉体进行的变速和增生，一种对身体碎片最细微部分和最小可能性的自行夸张。萨德主义中，器官的真实状态才是他迷恋的对象，即你有一只看东西的眼睛，我把它挖掉；你有一个吻我的舌头，我切割它。"有了福柯的界定，我们知道了在现代电影中流行的让肉体脱离自身的做法完全是另一回事，它们只是快感和痛苦的慢动作。福柯进一步指出：在《午夜守门人》和《混蛋》中，人们把法西斯主义与萨德主义联系起来，这是历史的错误。纳粹主义不是由20世纪疯狂的色魔创造出来的，而是由那些让人无法想象、最卑微的小中资产阶级创造出来的。纳粹头子希姆莱是一个农学家，他妻子是一位护士，而集中营就是一个医院护士和一个养鸡人的共同想象，即医院和禽舍。这就是集中营背后的臆淫。福柯挖苦说："纳粹就是家庭妇女，以抹布和扫把为工具，想净化社会，扫除他们认为肮脏的东西、尘埃和垃圾，如同性恋、犹太人、黑人、疯子。"

看完《玛利亚·玛丽布朗之死》后，福柯对爱情和激情有一番精彩描述："激情是一种状态，是一种降临在你头上，把你夺走、抱住你双肩的东西，它不懂得停顿，也没有来处。它主要玩控制与消失，任何条件都可以让它继续,也可以同时让它毁灭。激情的状态是不同对手之间的一种混杂状态。在爱情中,人们完全可以爱人而不管对象是否爱自己,这也是为什么爱情总是一方对另一方的关怀。这是爱情的软肋,因为它总是向别人索取,而激情,在两或三个人之间,要求绝对互通有无。"

在谈到雷内·阿里奥的《我,皮埃尔·里维埃》时,福柯说:"在日常生活中,一次围绕田地、家具、家畜展开点争执,这就是历史的无意识,而不是什么伟大的力量、生命和死亡的推动力。我们的历史无意识是由成千上万大小事件构成的,这些小事件会像雨滴一样,浸润我们的身体,我们的思维方式,然后,其中一个小事件在一个偶然的时机留下它的痕迹,或者可能变成一件大事、一本书、一部电影……"

电影是一种解释、一种话语,也可以是一种娱乐,而观看电影的人不都是专家,所以哲学家、思想家的电影观点其实是对观众、也是对电影的一种引导、发现和保护。

德勒兹:镜像背后

吉尔·德勒兹是大哲学家,更是大电影哲学家,他为电影贡献了两部专著:《运动—影像》和《时间—影像》,为电影本体论拓展了更加广阔的视野。他可能是世界上看电影最多、也最了解法国电影的哲学家,通过一些影片讲述影像的哲学语境与意味,简单的画面一下子变得深邃无限。

德勒兹认为,艺术的深层结构是哲学创造,一般所说的"艺术",

只是知觉和感性效应,像香水那样的东西。在他看来,电影是哲学,电影的那种"味道",才是我们感觉到的艺术。"电影大师们不仅可以比作画家、建筑家、音乐家,还可以比作思想家。他们不用概念而用运动—影像和时间—影像进行思考。电影制作中出现过大量平庸之作,但这不是反对电影的理由。电影不比其他艺术更糟,尽管它带来无可比拟的经济和工业后果。因此,电影大师更加脆弱,他们的创作更容易受到阻碍,电影史是一个长长的牺牲者名单。电影以不可替代的自助形式,成为艺术和思想史的一部分。"

譬如法国新浪潮的例子。德勒兹认为他们更多的是通过某种思想和自省意识来重新审视这场变革的。电影形式上的游荡脱离了陈旧社会现实主义的时空坐标,开始发挥作用,或呈现为一个新社会、一个纯粹的新现在。在夏布罗尔的影片《漂亮的塞尔日》和《表兄弟》中,是巴黎至外省、外省至巴黎之间的往返。在侯麦的《道德故事》系列和特吕弗的三部曲(《二十岁的爱情》《偷吻》《床笫风云》)中,迷路成为心灵分析的工具。里维特的(《巴黎属于我们》)调查—漫步,特吕弗的(《枪击钢琴师》)漫步—逃跑,在戈达尔的《筋疲力尽》和《疯狂的皮埃洛》中,这一点尤为突出。他们与他们遇到的时间几乎无关,哪怕是背叛、死亡,却要承受这些不清不楚的时间,这些事件间的衔接与它们经历的任意空间比例一样糟糕。在这种新影像中将要消失的,是感觉—运动关联,即作为动作—影像本质的整个感觉—运动的连续性。

阿伦·雷乃是表现时间的高手。"在雷乃的作品中,人们潜入时间不是因为受到心理回忆的支配,这样做只能给我们时间的间接表象,也不是因为受回忆—影像的支配,这样做仍涉及一个过去的现在,而是沿着一个更深层次的记忆,即直接开发时间的世界记忆,在过去中获得脱离回忆的东西。"如在《去年在马里昂巴德》中,在旅馆厚地毯上无声的走动,每次都把影像带回到过去。雷乃认为:只有在蹩脚的影片中,电影影像才是现在时的。雷乃的《天命》很少有人能看懂,但如果掌握了他的时间思考,看到影片的第四维度、第五维度也是可能的。

雷乃创造了大脑电影,戈达尔创造了身体电影,这是法国电影界的公论。当人们认为雷乃的人物是哲学家时,我们不一定认为这些人物要谈论哲学,也不一定认为雷乃在电影中"传播"哲学思想,而应认为他发明了一种哲学电影,一种思维电影。在电影史上,这是全新的类型,在哲学史上则是最鲜活的。雷乃创造"电影与哲学"的奇妙姻缘,让思维与奥斯维辛和广岛发生某种关系,这是战后哲学家和作家们所表现的内容,也是从威尔斯到雷乃的重要电影作者所表现的内容。哲学在雷乃影片中还涉及死亡、感情、爱情等主题,不愿意看哲学大部头著作的人,可以从雷乃的电影中分享哲学的味道。

在雷内·克莱尔的《幕间节目》中,女舞蹈演员的短裙从台下看就像怒放的花朵,而这朵花取决于女演员分开的双腿。再如,城市的灯光在一个下棋的男人的头发里变成一大堆点燃的香烟,而这些香烟又变成了一根根希腊神庙的石柱和地窖的石柱。棋盘这时隐约显现协和广场。德勒兹认为:"这些梦幻的情况产生两种重要差别:一方面,睡眠者的感觉继续存在,但处于无数外在或内在现实感觉的扩散状态,不受本身的控制,也不受意识的约束;另一方面,被现实化的潜在影像不能直接呈现,而要出现在另外一种影像中,而那个影像本身又发挥着第一种影像中现实化的潜在影像的作用。"这些都是对柏格森的"梦幻表现最宽泛的表面循环或所有循环的终极外表"这一梦幻理论的阐释。

玛格丽特·杜拉斯对房子尤其是花园洋房有独特的认识,她认为那里有恐惧与欲望、说话与沉默、出门与回家、创造时间与掩埋时间,所以她成为表现房子的重要电影人,如《毁灭吧,她说》(1969)、《娜妲莉·葛兰吉》(1972)和《巴克斯特,维拉巴克斯特》(1977)。

镜子是最频繁出现在电影中的物品,奥菲尔斯的全部作品和洛塞的作品对镜子的功能有全面的演绎。如在《夏娃》和《仆人》中,斜镜、凹镜和凸镜、威尼斯镜都是镜子这个循环的不可分割的部分,镜像对于镜子反映的现实任务而言,是潜在的,而就镜像只给人物留下某种简单的潜在性并将其推到画外的镜子而言,又是现实的,这种情境典型的体现是威尔斯的《上海小姐》中那个著名的镜宫。在此,不可辨识性原则登峰造极,这是一个完美的晶体—影像,无数镜子呈现出两个人物,而他们只能通过打碎所有镜子,进行面对面的厮杀才能重新获得他们的真实性。

船也是一个演出场地,一个循环。在透纳的绘画中,一分为二似乎不是事故,船在水上部分是清晰的、可见的、井然有序的,船在水下部分是阴暗的,这两种影像的循环不断地相互成为现实,制造无数的冲突。让·雷诺阿爱水，他认为水有两种状态，一种像玻璃，是平面镜或透彻水晶那样的静水，另一种是活水和流水，在《乡村一日》中，两个男人通过向静水的玻璃窗户观察刚到的那一家人，这两个人各自扮演着自己的角色，一个是无耻之徒，另一个是纯情少男。然而在江上发生情况时，生命的考验使他们恢复了本来面目。八个无耻之徒表现正直，而那个纯情少年则是一个不知廉耻的勾引者。

孩子也是焦点主题，姿态围绕孩子而形成。如在《二十年后的巴黎》中，第一种是正在讲述一个女人故事的男人的态度，这个女人说"我想要一个孩子"，然后就消失了；第二种是同一个男人坐在女人家中等待的态度；第三种是他们成为情侣的态度；第四种是他们分手的态度，男的想再见女人，可是女人告诉他曾有一个孩子夭折了；第五种是男人自杀的态度，当他得知女人已经去世，这时孩子是作为不确定点出现的，男人和女人的态度根据孩子进行分配。

德勒兹试图告诉我们，在平凡、平庸的背后，隐藏着奇妙的东西，而电影影像无论是运动—影像，还是时间—影像，是表现、再现这一切的最好方式，用电影说哲学比用文字似乎更鲜活、更有力，也更有趣。

西奥朗：法国文化DNA

法国史学家、思想家丹纳在其名著《艺术哲学》中认为，一个地域的自然环境无论从生理还是心理上，都会对当地居民产生一种决定性影响，进而影响到由此产生出的文化与艺术。法国得天独厚的地理和自然环境，也许就决定了法国文化的独特基因。

让-皮埃尔·乌里在他的《法国文化史》中说，法兰西文化也像法兰西这个国家一样，常常屏住呼吸，压低嗓门。西奥朗虽然是一位悲观主义哲学家，但他在《论法国》一书中对法国文化进行的基因追踪和全面解读，有助于我们进一步理解产生法国电影的文化土壤。

"法国的弊病和功绩全体现在社交性上，似乎人的存在只是为了相遇和交谈。交谈的需求是这个奇异世界的特征，法国人是为说话而生、为争论而活的。"

法国电影的一大特点就是台词絮叨，主人公常常拿着一杯咖啡说上半天。交谈、辩论在法国片中如同美国片中的动作，不可或缺。巴黎人的谈话艺术闻名于世，其对话和辩论方式来源于17和18世纪法国贵族沙龙的传统，华丽的思想碰撞和交流成为社交模式。法国人这种爱说话爱争论的国民性也就成为法国电影的典型特征。

"人的真正神圣是流淌在血液中的对任何事物的判断标准。法国的神圣是品位，好品位。法国应该是悦人、完美、耐看和有限制的。"

追求品位、与众不同的好品位确是法国电影的鲜明特征，以至于人们对法国电影的总体印象是艺术的、审美的和情趣的。法国人历来喜欢讲圆满的谎言，而不喜欢表达粗糙的真理。法国电影也确实因为品位而牺牲了市场，法国电影人追求的回报不仅是金钱还有审美，这比只追求票房回报率的商业电影更难。

"法国有两次实现了自身的伟大,一是修建大教堂时代,一是拿破仑时代。但这两个伟大时代都与法国独有的才华无关……除了这两个时代,法国只满足于自己,外国语言、别国文化、对世界的好奇都不能吸引它。这是一种完美文化的光荣缺陷,它在自己的规律中找到了自己的生活方式。"

法国电影的自娱自乐、自给自足恐怕是法国这一光荣缺陷的真实诠释。法国地理上的优越感传染给了法国人,使得他们的本性中从没有自卑感、血液中也没有危机感。法国人不怕远行,但他们恋家、恋沙龙、恋财产(主要是精神文化财产),这表明法国这样一个完美文明对新生事物的拒绝,因为法国人一直认为就是什么都不干,法国的生命力也不会受到影响。法国电影无须走出去,拓展发展空间,本国的空间已然是自给自足的肥沃土壤,也是法国电影发展百年、在自己的规律中找到的生存方式。法国电影没有太多走出去的迫切,但有足够的勇气接受外国电影,戛纳电影节为其象征。法国电影自身要传承传统、孤芳自赏,但法国电影市场却很多元,众多电影形态并存。有人说法国不思进取,这是没落的表现,但西奥朗认为"这种没落只是对法兰西这样一个伟大民族的高贵惩罚"。

"法国的一大弊端就是追求完美,而且主要体现在写作上,没有哪种文化能这样在乎风格文体,也没有哪种文化能写得这般美丽无瑕。……但法国是一个追求狭隘完美的国家,达不到超文化的高度:崇高、悲剧、博大审美的境界。这也是为什么它造就不出莎士比亚、巴赫和米开朗琪罗的原因。法国人胜在细节上，他们无法提供大视野，只可以教授形式、表达。"

法国产生过印象主义、超现实主义、象征主义等众多艺术流派，电影"新浪潮"说明法国有颠覆自身文化体系的能力，但法国人对细节的癖好和关注，往往也提升到艺术和哲学层面。风格是文化的直接表现，帕斯卡尔的思想随处可见，虽然并不深刻，但他表述这些思想的方式是唯一的。法国电影往往从日常生活细节中提炼思想，启迪智慧，追求生活的完美。

"法国中等水平的人比任何地方都多，超过英国、德国和意大利，每个法国人都能表现自己，都会一手，在这一点上，法国的伟大是由平庸者构成的。让平庸变得讲究、让琐事变得优雅、让日常生活充满智慧幽默。法国离不开平庸，离之就会失衡。"

法国电影的一个鲜明特点就是日常性，其人物多为普通人，鲜有好莱坞电影中的个人英雄。法国电影多以普通人生活为主题，讲述他们的生活、情感和由此带来的启示，电影成为他们对生活的诠释和劝解。有人曾经戏言，法国电影让人自负，美国电影让人自卑，这就是平庸与传奇的作用。不过法国观众例外，他们分享的是平庸的传奇，而不是传奇的平庸。

"只有法国从诞生到衰落能做到有规律地发展，这是一个最齐全的国度，奉献了自己所能奉献的一切，没有失去任何机会：它有一个中世纪、一个文艺复兴、一个大革命和一个帝国，以及一次衰败。法国是完成了自己使命的国家,独善其身的国家。"

法国电影也是如此。法国发明了电影,一路为电影这座大厦添砖加瓦,并努力在电影发展历程中不迷失自己,始终独善其身。

显然,法国电影与法国文化的根基非常匹配,法国电影的孤芳自赏、自娱自乐都可以从中找到答案,而且多少蕴含文人的气质:进则兼济天下,退则独善其身。

"法国是其他国家命运的先兆,因为法国太快到达极点,因为它透支太多、时间太长。"西奥朗最后断言,"精神枯竭导致一个民族的木乃伊化。法国所有的辉煌已无法阻止它走向精神的木乃伊。"这位罗马尼亚裔法国哲学家在1941年的预言没有实现,因为法国文化的一大特色,便是乐于接受外来文化,且兼容并蓄,所以法国仍能与时俱进,延迟了木乃伊化的进程。法国电影也从侧面印证了这一过程。

西奥朗论述的精神实质也就是法国电影的文化内核。换句话说,西奥朗揭示了法国电影的"地气",而从百年法国电影进程上看,它也从未脱离过这股强劲的"地气",也正是在这一点上,法国电影在平凡之外,总有一种神秘和深厚。电影在法国从不是单一娱乐性的,它总想着额外奉献一些思想、气质或者经验。

法国社会不加区分地偏爱过去。法国著名史学家费尔南·布罗代尔说,法国航行在"漫无边际的几乎是静止不动的水面上,而这水面就是悠久的历史"。法国人的日常生活和文化生活没有过多地被美国化,法国人对美国电影更多的是好奇，而不是影响和渗透。在这一方面，法国电影很像法国流行音乐，法国是发达国家中唯一能使流行音乐保留民族特色的国家。文化的法兰西，或者说电影的法兰西，一边不断引入进步的任何形式，一边促进当代新事物的建设，但它也从未允许这种大众化变成千篇一律，以及令习俗和消费的个体化异化有思想的人。

最后，我们想用法国诗人、作家保罗·瓦莱里的一句话来结束本书："我们这些文明，知道自己不是永恒的。"

后记

后记说源起，细想，十分必要。2007年，我从中影集团巴黎代表处卸任回国，被分配到中影制片分公司工作。在我工作的北京小西天附近，有家咖啡馆叫西堤岛。西堤岛是巴黎的一个岛屿名称，为巴黎的发源地，也即巴黎圣母院所在地。咖啡馆所在的小区住着我这本书的合作者严倩虹女士，我们曾是《中国银幕》杂志社的同事，当时我是主编，她是编辑部主任。因为这家西堤岛咖啡馆，和对电影的共同爱好，我们常常在咖啡馆边吃午餐，边交流各自对电影的认识。这样闲聊了几年，这本书的轮廓出现了，合作的必要性和方式也找到了，我们就从说转到了写。

就我个人而言，写这本书首先是为了向包括法国电影在内的法国文化致敬，其次是为了对所从事的电影研究有个交代，最后是为了让我们在《中国银幕》建立的信任与友谊结出果实。成书之际，欣喜之余，我为合作者严倩虹女士为本书付出的心力与真诚深表感谢和内疚，她的严格和认真都超过了我，我在她身上看到良好的治学和职业素质。在此，我郑重向她表示致意与歉意。

再说与重庆出版社的合作。经我的中学同学、现任科学出版社驻纽约代表张矩先生的介绍，我有幸认识了陈建军女士和她的团队。我口述了书的创意和文本结构，陈建军女士果断肯定了这个项目。她对原创的敏感和追求感动了我，也奠定了我们合作的良好基础。在此，特向张矩先生、陈建军女士，以及责任编辑李洁小姐、装帧设计崔晓晋小姐，表达诚挚的谢意。

最后，我要专门感谢我的恩师，北京大学哲学系杜小真教授。她先教我学习法语，随后又带我接触哲学，最后又指引我走进比较文化领域。记得2005年，杜老师来巴黎讲学，在代表处盘桓几日，每天就着咖啡，谈论我们感兴趣的话题。她告诫我研究法国电影，要在更广泛的领域去审视它，法国文化是绕不开的根基，哲学、艺术、心理学可能都会派上用场。今天再看全书的视角，结构好像正是这番教诲的展开。所以，这次特别请杜小真教授为本书写序，一是感谢恩师多年的培育之恩，二是明确此书与导师教诲的直接渊源。

法国电影的研究既需要文本解读，也需要旁敲侧击，从远处，从他处，从看似不相干之处发现线索，寻根、比较、质疑都是值得借鉴的研究方式。由于我们的水平和知识、视野有限，本书肯定会有不足和不到之处，敬请读者指正。

谢强

图书在版编目（CIP）数据

漫不经心的传奇：法国电影与电影的法国 / 谢强，严倩虹 著. —重庆：重庆出版社，2014.11
ISBN 978-7-229-08756-2

Ⅰ.①漫… Ⅱ.①谢… ②严… Ⅲ.①随笔—作品集—中国—当代 Ⅳ.①I267.1

中国版本图书馆CIP数据核字（2014）第234074号

漫不经心的传奇：法国电影与电影的法国
MANBU JINGXIN DE CHUANQI FAGUO DIANYING YU DIANYING DE FAGUO
谢强　严倩虹　著

出 版 人：罗小卫
策　　划：华章同人
出版监制：陈建军
责任编辑：李　洁　何彦彦
营销编辑：许珍珍
责任印制：杨　宁
封面设计：崔晓晋

重庆出版集团
重庆出版社　出版
（重庆市南岸区南滨路162号1幢）
投稿邮箱：bjhztr@vip.163.com
三河九洲财鑫印刷有限公司　印刷
重庆出版集团图书发行有限公司　发行
邮购电话：010-85869375/76/77转810
重庆出版社天猫旗舰店
cqcbs.tmall.com
全国新华书店经销

开本：880mm×1230mm　1/32　印张：10.75　字数：245千
2015年3月第1版　2015年3月第1次印刷
定价：42.00元

如有印装质量问题，请致电023-61520678

版权所有，侵权必究

[里昂] ———————— 电影故乡的一方水土

里昂成长的独特性,
是我们解读这个电影故乡的一把钥匙。

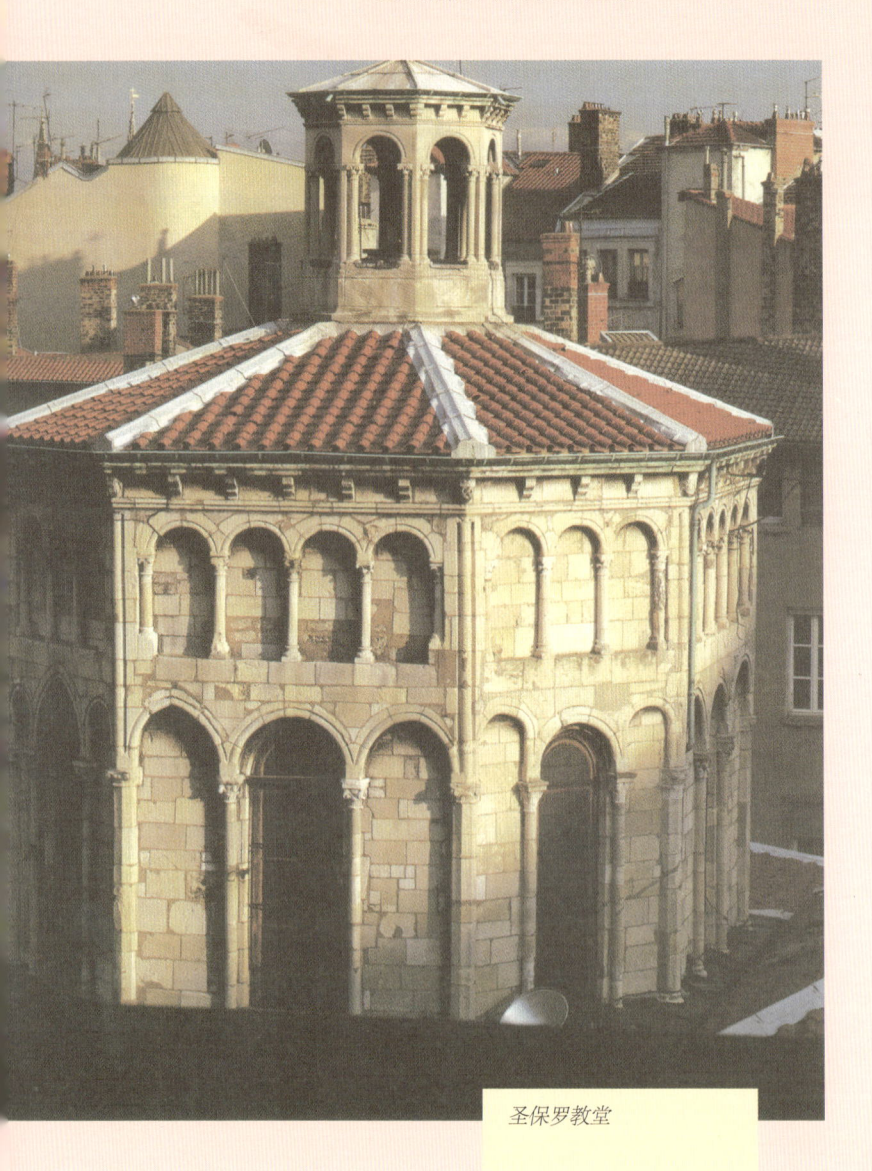

圣保罗教堂

红十字街区离里昂旧城区不远,
是当年运输来自中国丝织货物的主要线路。

里昂十字街区

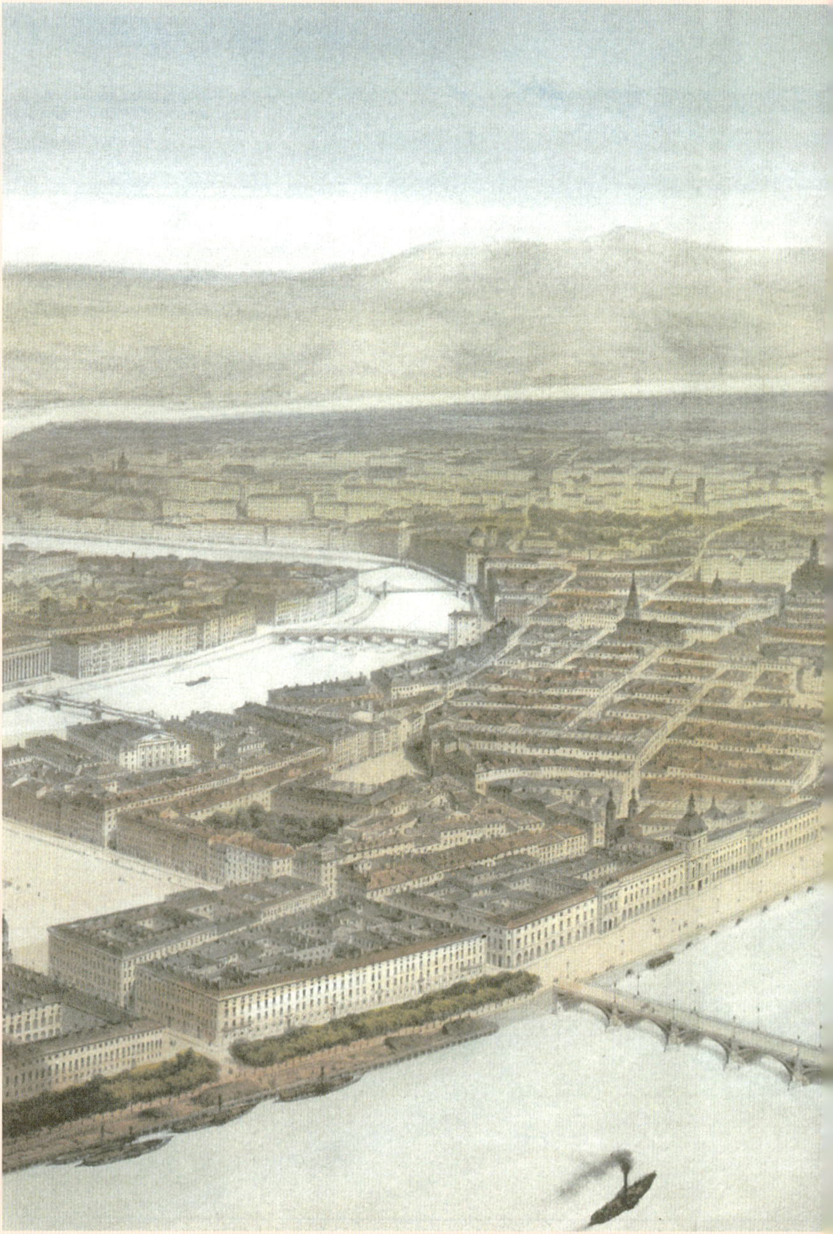

索恩河与罗纳河

河流孕育文明。里昂历史上就是个发明之城，或许与罗纳河和索恩河的交汇不无关系。

卢米埃尔家族

"摄影机只能诞生在一个创世者手中,他必须身兼发明家和创作者、科学家和艺术家、工业家和导演于一身……路易·卢米埃尔就好像是莫扎特、帕格尼尼、史特拉第瓦里三位一体,他因此才是电影之父。"

——原法国电影资料馆馆长亨利·朗格卢瓦

奥古斯都·卢米埃尔

路易·卢米埃尔

卢米埃尔
《火车进里昂站》

卢米埃尔街区

卢米埃尔家族

———— 在法语中,"卢米埃尔"的词义是"光"。"光"发明了电影,真是恰如其份。

印象派与雷诺阿父子

如果说十九世纪末工业文明的发展是孕育电影的子宫,那么印象派绘画就是电影的精神血脉。这条隐秘的河流,长久以来无人知晓,尤其是印象派绘画对初生电影的巨大影响。

莫奈《火车进站》

卢米埃尔
《火车进科隆站》

莫奈《花园中的女人》

巴齐耶《家庭团聚》

德加《歌剧院管弦乐队》

卡耶博特《赛艇》

方丹－拉图尔《马奈画室》

马奈《草地上的午餐》

奥古斯特·雷诺阿《浴女》

奥古斯特·雷诺阿
《划船者的午餐》

奥古斯特·雷诺阿和妻子

让·雷诺阿《游戏规则》

印象派绘画直接地见证生活。初生的电影,有着与其神秘的相似性。
两个雷诺阿之间的关系,先是父与子,其次是绘画与电影,最后是印象
派与法国电影。

让·雷诺阿《衣冠禽兽》
（左为让·雷诺阿）

让·雷诺阿工作照

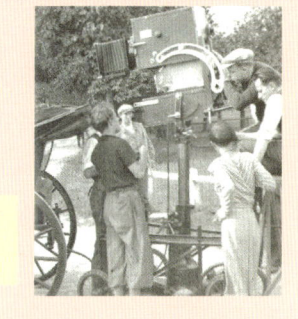

[巴黎]

———————— 一场流动的盛宴

巴黎是法国的首都,更是电影的首都。同时,电影用幻想、回忆和欲望重新创造了一个新巴黎,并逐渐形成了影像上的巴黎主义。

雷内·克莱尔《沉睡的巴黎》

让-皮埃尔·热内
《天使爱美丽》

卡布西纳大道的传奇

卡布西纳大道曾是巴黎最早的艺术和文学中心。同一条大道上相距不远的两种划时代意义的展出,展览与放映,绘画与电影,具有如此的渊源,如冥冥之中的巧合。

莫奈《卡布西纳大道》

卡布西纳大道

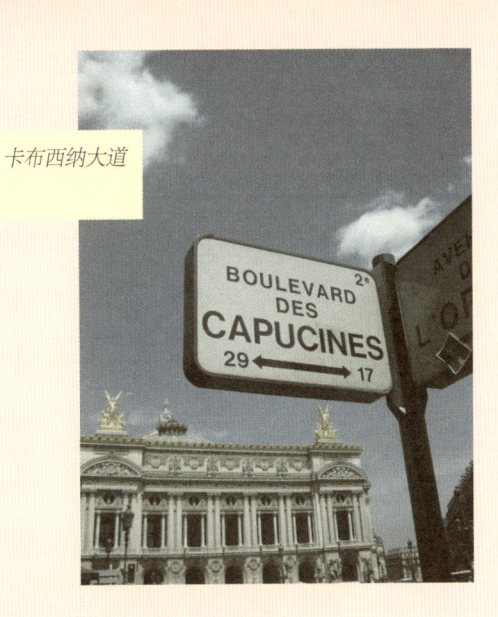

作为第一位真正意义上的电影导演,梅里爱创造了"幻景影片"和"排演影片",运用幽灵般的影像营造超现实的世界,成为表现性电影的源头,与卢米埃尔兄弟的再现性电影交相辉映,共同构成了电影艺术的元语言。

梅里爱在排演影片

意大利人大道

意大利人大道实际上是卡布西纳大道的延伸，是拿破仑三世时期最具巴黎风情的地方。

玛德莲教堂

1720年，路易十五在巴黎东边开辟新区，即玛德莲教堂、卡布西纳大道、圣拉扎尔街这一带，相当于现在的CBD。

拿破仑三世

拿破仑三世统治下的法兰西第二帝国时期,卡布西纳街区非常热闹和喧嚣,相当于老北京的前门大街。

大饭店与歌剧院

清朝代表团

加尼叶歌剧院

大饭店

法兰西第一街香榭丽舍

一条大街能成为一个象征,不仅仅因为它的繁华漂亮,更重要的是因为其有着非凡的历史文化积淀。没有哪一条街能比香街更代表巴黎,时尚的巴黎,文化的巴黎,以及政治的巴黎。

18 世纪的香街

18 世纪的香街

香街全景（1845）

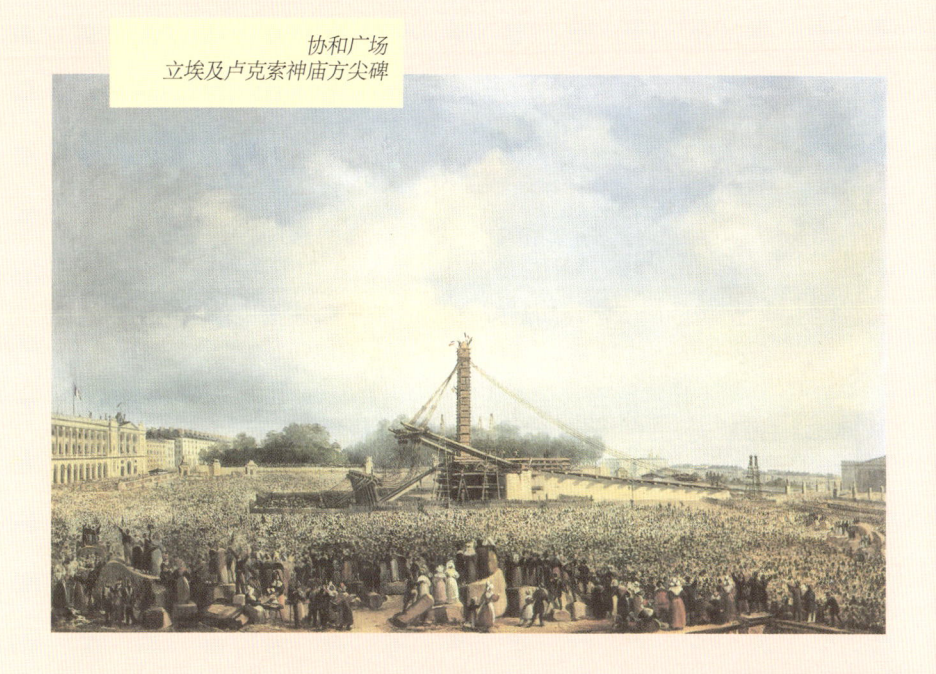

协和广场
立埃及卢克索神庙方尖碑

雨果国葬

1885年6月1日，上百万巴黎市民涌上街头，为雨果盛大的葬礼送行。

巴黎圣母院

孚日广场

法国电影资料馆

电影影像中心

戈达尔《筋疲力尽》

特吕弗《朱尔与吉姆》

《朱尔与吉姆》中两个角色最终的分歧似乎成为特吕弗和戈达尔之间关系的隐喻，而两人之间的第三者，是时间。

蓬皮杜艺术中心

波伏娃桥和国立图书馆

UGC 诺曼底影院

克莱蒙梭广场

从右岸到左岸,从蒙马特到圣日耳曼德普雷和蒙帕纳斯,这些文艺咖啡馆见证了许多伟大艺术家和作家们的传奇时刻和日常生活。咖啡馆就是巴黎的一种生活方式。

巴黎早期咖啡电影院

修拉《克里希大道》

富凯咖啡餐厅

红磨坊

让·雷诺阿以红磨坊为题材拍过一部《法国康康舞》(1955)，由巴兹·鲁赫曼执导、妮可·基德曼主演的音乐电影《红磨坊》(2001)，也为这家著名夜总会带来不朽的声誉。

红磨坊壁画

蒙马特的凡·高涂鸦

和平咖啡馆

"你只要在和平咖啡馆待上足够长的时间，准能碰上一个朋友。"——柯南·道尔

卢浮宫

北方旅馆

运河边的"北方旅馆"是 1938 年马塞尔·卡尔内同名电影的场景所在。

圣马丁运河

1990年，大导演吕克·贝松在蓝色列车餐厅拍摄了《尼基塔》的一个场面。

蓝色列车餐厅

巴士底广场

UGC 丹东影院

花神咖啡馆

花神咖啡馆称得上是巴黎最著名的文艺咖啡馆之一，最让人津津乐道的，就是它一度是萨特和波伏娃的办公场所。

普洛克普咖啡馆

双偶咖啡馆

伏尔泰咖啡餐馆

伏尔泰逝世后，其在塞纳河边伏尔泰堤岸的寓所，一楼以他的名字开了家伏尔泰咖啡餐馆，吸引了大批怀旧的观光客。

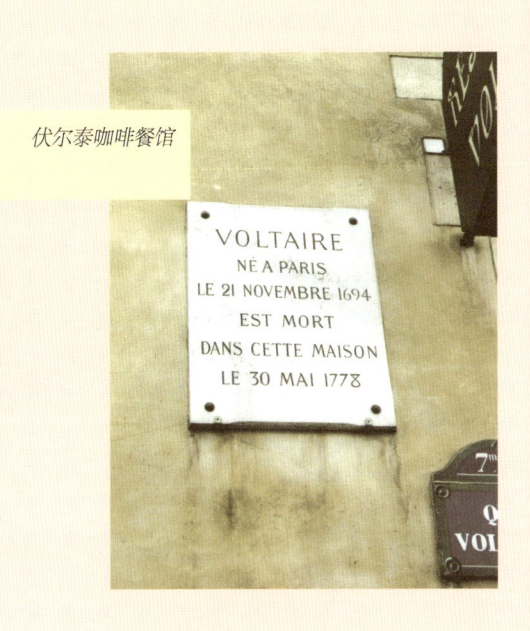

伏尔泰咖啡餐馆

穆夫塔尔街

被亨利·米勒形容为"图书的仙境"的英文书店，小小的店堂有点杂乱但魅力十足。

莎士比亚书店

索邦大学

1968年巴黎的"五月风暴"就是从索邦大学刮起来的。

香坡电影院与巴尔扎啤酒屋

著名的香坡电影院，这家装饰派风格的艺术影院经常回顾放映如希区柯克、伍迪·艾伦和法国导演的经典老片。

[蓝色海岸] ——————— 拉西奥塔

在发明电影之前,卢米埃尔兄弟已研制成功了彩色照片,在拉西奥塔海岸第一次还原了这个世界的色彩。

卢米埃尔影院

海湾

尼斯

法国沦陷时期，尼斯事实上已成为自由法国的首都，也是电影的首都。

英国人漫步大道

尼斯海湾

英国人漫步大道是十九世纪英国人沿海岸修筑的一条步行大道，是尼斯的标志形象，尼斯嘉年华狂欢节、鲜花游行大战等一些节庆活动都在这条魅力非凡的大道上举行。

尼斯狂欢节

维多利亚影棚

特吕弗《美国之夜》

《美国之夜》》是一部影片，也是一种白天拍夜晚的方法。1973年，特吕弗拍摄了一部同名电影，以"戏中戏"的结构展现了一部电影的拍摄过程，获得1974年奥斯卡最佳外语片奖。

尼斯总是与天堂连在一起。马塞尔·卡尔内的《天堂的孩子》（1945）是一面旗帜，这部影片将闹剧、悲剧、哑剧熔汇于一炉，创造出一种优质高雅的风格。

卡尔内《天堂的孩子们》

让·维果《尼斯印象》

戛纳

45e FESTIVAL INTERNATIONAL DU FILM
CANNES 1992   7 AU 18 MAI

1992年
戛纳电影节海报

戛纳

戛纳其实是一座被文化概念架起来的城市，戛纳电影节的能量，让一座平淡无奇的城市变得举世无双。

圣特罗佩

经过一众文化人的镀金,如今的圣特罗佩已变成法国著名的度假天堂,别称"太阳城"。

罗杰·瓦迪姆
《上帝创造女人》

诺曼底

19 世纪下半叶，法国最好的文学和绘画都出现在诺曼底。而诺曼底赢得电影人的青睐，不仅是因为它临近巴黎，更因为它独特的地理环境和气氛，以及众多的历史文化古迹，吸引着电影人的到来。

莫泊桑《一生》

莫奈的吉维尼花园

莫奈喜欢水,也喜欢花,他精心打造的有着睡莲池和日本桥的吉维尼花园,就是属于他自己的"花花世界"。

安德磨坊因被特吕弗发现作为《四百击》(1959) 的外景地而出名。安德磨坊在某种意义上是诺曼底新电影的一种启示。

安德磨坊

卡尔内《雾码头》

戈达尔在诺曼底拍片时,很少用补充光,即使在室内,如火车中,他都借用窗外射进来的日光,光线成为场面调度的一个重要元素。《雾码头》是卡尔内的成名作,灰暗压抑的情绪和氛围,映衬了二战前法国社会的消沉与颓唐,成为诗意现实主义影片的代表作。

在电影中，多维尔是富裕社会和爱情圣地，对此最好的
诠释是罗杰·瓦迪姆的《危险关系》(1959)。

多维尔

多维尔的对岸、一桥之隔的小镇特鲁维尔，相比之下
显得淳朴和宁静多了，它多次在玛格丽特·杜拉斯的
笔下出现。

特鲁维尔

距离巴黎 220 公里的象鼻山是诺曼底的象征。

象鼻山

圣米歇尔山

雨果曾说,圣米歇尔山对法国如同大金字塔对埃及一样重要。

奥马哈海滩美军公墓

奥马哈海滩美军公墓是著名的美国二战影片《拯救大兵瑞恩》(1998)的拍摄地之一。

卡昂和平纪念馆

克里斯纳·利宾斯卡
《我是皮埃尔·里维埃》

1974年，22岁的年轻导克里斯纳·利宾斯卡根据福柯的思考，拍摄了影片《我是皮埃尔·里维埃》，片中使用了一连串闪回镜头，呈现了记忆的构成过程。

[法兰西电影浮世绘]

———————— 天生情种

法国的男人女人，将爱情视为终生信仰，无论遭遇多大伤害，爱情永远伟大、光荣而美好。

安东尼奥·卡诺瓦
《爱神之吻》

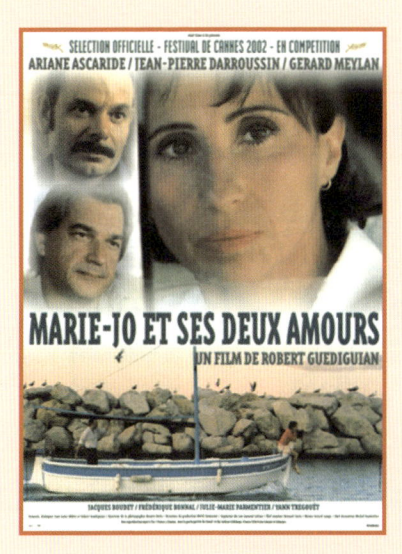

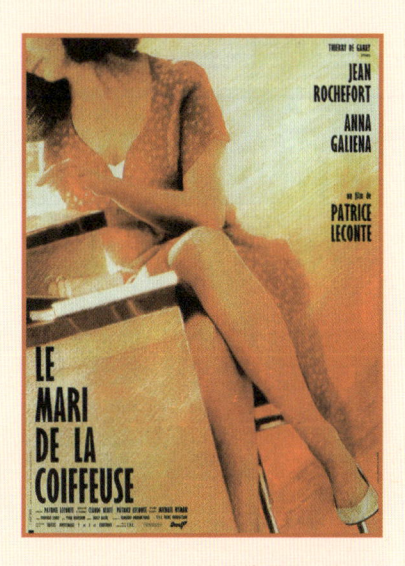

罗伯特·格迪基扬
《玛丽和她的两个情人》

帕特利斯·勒孔特
《爱比死更冷》

———————— 感性气质

基督山城堡

一个艺术的国度,感性几乎是必然的标签。这种感性气质使得法国电影的面貌亲切可人,而内容则往往源于对生活的感悟,就像法国人的浪漫源于对两性关系的豁达。

《救命》

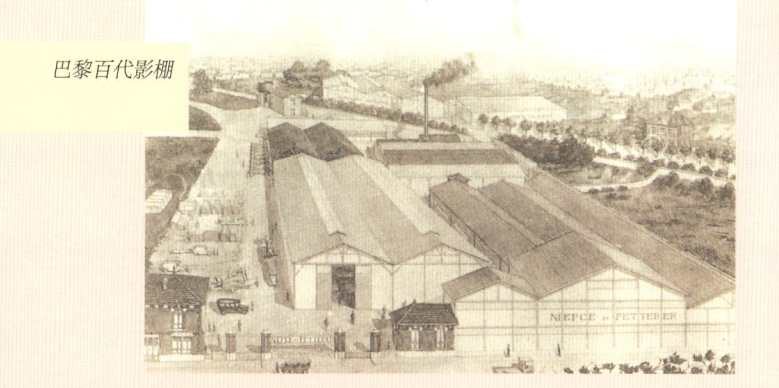

巴黎百代影棚

观众养成

法国用一百多年发明和发展了电影,也用了一百多年培养和造就了电影的观众,以及他们的品味与胸怀。

卢米埃尔兄弟

圣马丹影院

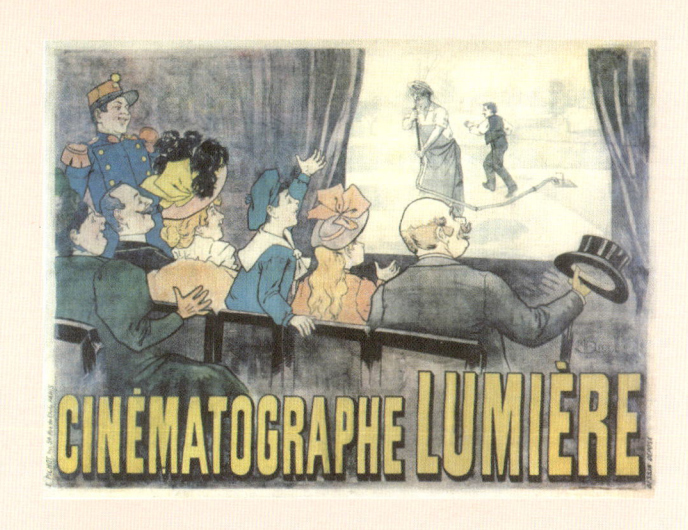

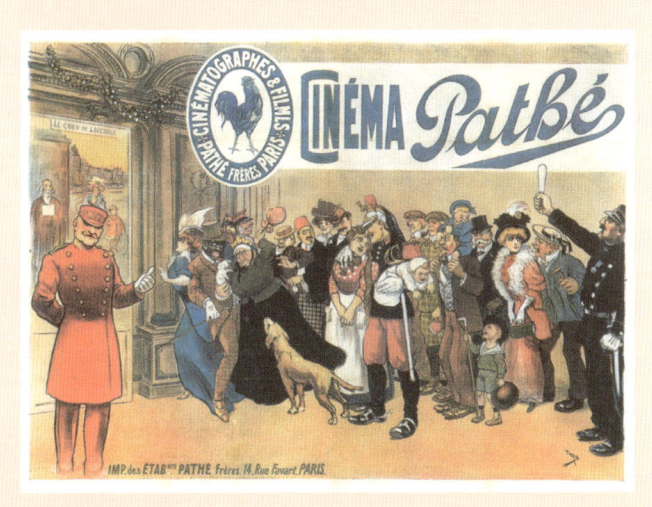

卢米埃尔海报

FÉERIC-CINEMA, 6 et 8, rue Puteaux. Boulevard des Batignolles, 52. — Métro Rome. Ancien Monastère Saint-Antoine de Padoue.

教堂影院

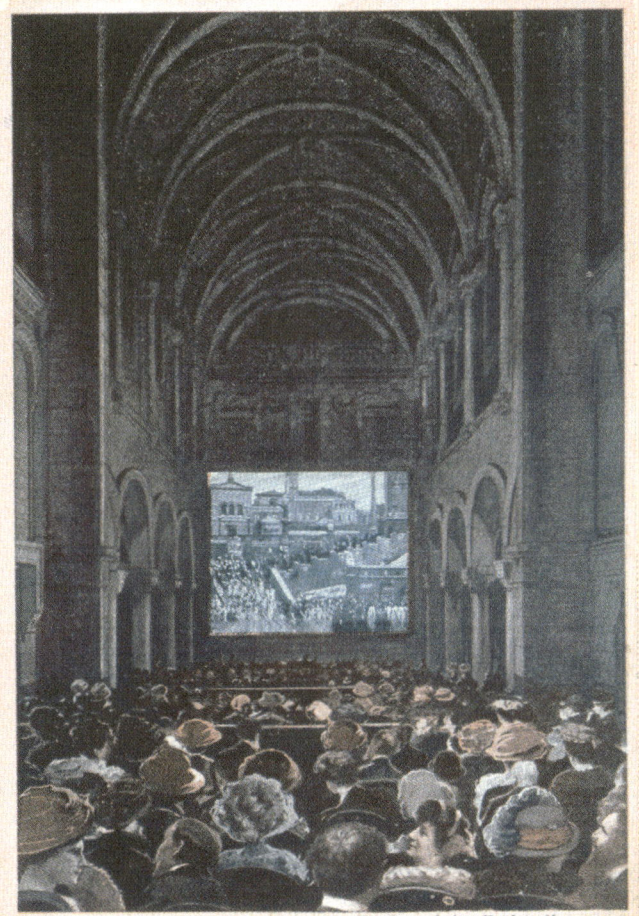

FÉÉRIC-CINÉMA, 6 et 8, rue Puteaux. Boulevard des Batignolles, 52. — Métro Rome. Ancien Monastère Saint-Antoine de Padoue.

里尔克戏院

影像思考

福柯

福柯的哲学视角，让法国电影具有了哲学气质。

德勒兹

德勒兹可能是世界上看电影最多、也最了解法国电影的哲学家,他通过一些影片讲述影像的哲学语境与意味,简单的画面一下子变得深邃无限。

德勒兹在大学讲课

法兰西学院

法国哲学与电影的关系，首先在于它是一种实用哲学，指导普通人更加了解自己的生活，而法国电影的传统也是追寻生活的真谛，以影像的方式呈现平凡中的思考。哲学与电影的联姻，哲学因电影拓展了维度，电影因哲学提升了品质。

先贤祠

塞纳河

图片提供及摄影:
谢强、严倩虹、胡戒、金昱含